아픈 건가요?

유수경
장편 소설

SCARLET
ROMANCE
STORY

아픈 건가요?

c o n t e n t s

프롤로그

드르륵.

끈적끈적한 여름의 공기가 가득한 좁고 어둑한 실내에 퍼지는 재봉틀이 내지르는 비명 소리.

드르륵, 드르륵.

멈출 줄 모르고 이어지는 소리는 가늘고 연약한 두 손으로 만들어졌다.

"빨리하지 못해? 지금 몇 개가 밀려 있는 줄 알아? 너 먹이고 입히는 값은 해야 하잖아? 쓸모없는 것. 쯧쯧, 내 오지랖이 다 망친 거야. 내 늘그막에 호강은 고사하고 어린것 뒤치다꺼리를 하게 될 줄 누가 알았겠어? 내 팔자야, 아이고, 내 죽을 팔자야."

역한 술 냄새가 고씨의 입에서 나와 안 그래도 좁고 후텁지근한 실내를 더 숨 막히게 만들었다. 아직 해가 지려면 멀었지만 고씨는 벌써 취해 있었다. 술병은 없지만 그녀의 몸 안에 이미 몇 병의 소주가 들어 있었다.

비틀거리며 방으로 들어와 엎어진 고씨의 손찌검보다 반복되는 넋두리를 우나는 더 견디기 힘들었다. 고씨의 넋두리는 그녀가 친자식이 아니라는 사실을 몇 번이나 되새겨 주었기 때문이다.

친자식이고 싶었다. 무식하고 나쁜 부모라도 있는 것이 더 나았다. 고씨가 친부모라면 아무리 맞아도 견딜 수 있을 것 같았다. 더 많은 일을 하라고 해도 해냈을 것이다.

그러나 우나의 간절함과 달리 고씨는 그녀의 친엄마가 아니었다. 어딘가에서 주워 온 아이라며 날마다 투덜거리는 고씨의 넋두리에 귀가 터질 것 같다. 지겹다. 그만 좀 하지.

드르륵.

"아이고, 아이고, 내 팔자야. 아이고 불쌍해라, 불쌍하고 불쌍해라."

드르륵.

재봉틀이라도 있는 게 얼마나 다행인지. 우나는 열심히, 더 열심히 일했다. 고씨의 주정이 그치기를 기다리며 재봉틀을 놀렸다.

"시집가."

드르륵.

"야, 이년아, 말이 말 같지 않아?"

"왜?"

엎어져 있던 고씨가 언제 일어나 앉았는지 재봉틀질을 하는 그녀 앞에 바짝 다가와 있었다. 잔뜩 힘을 준 벌건 눈이 제법 살벌했다. 우나는 손을 멈추고 고씨를 보았다.

"시집가."

"그게 무슨 소리야?"

"잔말 말고 가라면 가."

"뭐가 어떻게 된 일인지 제대로 말을 해야 듣지? 시집가라고? 알았어. 가면 되지. 그럼 이거 안 해도 돼? 내 마음대로 가면 돼? 그거야 뭐가 어려워?"

불안하다. 갑자기 밀어붙이는 고씨의 말을 아무렇지 않은 척 힘 겹게 넘기고 있지만 우나의 심장은 튀어나올 것처럼 불안하게 뛰었 다. 팔아먹는 거야? 드디어?

"세탁소 집 장씨. 거기로 가."

처음으로 고씨는 우나의 눈을 피해 고개를 돌렸다. 아직 사람의 마음은 남은 거다. 아주 작고 보잘것없지만 양심이란 것이 있어서 미안했던 거다. 이제 스무 살이 된 우나를 마흔아홉의 홀아비에게 팔아먹으려니 찔리긴 한 거다.

"장씨 아저씨가, 얼마 준대?"

비굴해 보이고 싶지 않아 우나는 떨리는 손을 재봉틀 밑으로 숨 기며 꼭 쥐었다. 거칠거칠한 얼굴에 감정은 드러내지 않았다. 무서 워. 안 돼.

"야!"

"내가 버는 것보다 많이 줘?"

잘 생각해. 제발. 내가 계속 일해 줄게. 그 지겨운 술도 매일 마 실 수 있게 해 줬는데 뭐가 모자라서 이래?

"그동안 너 먹인 거 입힌 거 다 빚인 거 알지? 도망갈 생각하면 죽어. 이미 다 말했고 돈도 받았어."

"혼인신고도 안 했을 텐데 뭘 믿고 이래?"

도망가야 하는 건가? 몇 번이나 기회는 있었다. 가둬 두고 지낸
건 아니니까.

그러나 그럴 수 없었다. 대체 어디서 어떻게 주워 온 거냐고 몇
번이나 물어도 말해 주지 않는 고씨 때문이다.

고씨는 알코올중독자지만 영악했다. 우나가 비밀을 알기 전까지
절대 이곳을 떠날 수 없다는 걸 알고 있었다. 그래서 입을 열지 않
고 손쉽게 우나를 잡고 살았다.

그런데 결혼? 이러면 출생의 비밀이고 뭐고 도망갈 텐데 뭘 믿
고 일을 벌인 거야?

"흥, 너 따위가 뭘 알아? 혼인신고, 그거 했다. 어쩔래? 이런 후
지고 다 쓰러져 가는 판자촌 동네가 무서운 건 아무도 너 하나 어
떻게 돼도 모른다는 거야. 내가 네 대신 도장 찍고 다 했어. 장씨
동생이 공무원님인데 그깟 혼인신고 못 할 거 같냐? 넌 지금 도망
쳐도 유부녀야."

할 말을 다 했는지 다시 바닥에 엎어져 씩씩거렸다. 더 이상 우
나와 말하기 싫은 모양이다.

"기다리고 기다렸는데, 사람이 이러면 안 되는 거잖아? 그 오랜
세월 그만큼 참고 견뎌 줬으면 사람으로 이러면 안 되는 거잖아?"

벌떡.

"왜 안 돼? 왜 안 되냐고? 너 때문에, 내가, 너 때문에 인생 망
친 년이야. 시집이라도 보내 주는 거 고마운 줄 알아."

고씨가 멀쩡한 사람처럼 일어나 재봉틀에서 물러나 앉은 우나와
마주했다.

"원수 딸이구나? 아니면 그 비슷한 거. 누구한테 하는 복수야? 누구한테 원한이 맺혀서 자기를 죽이면서까지 날 그렇게 괴롭히는 거야? 뭘 듣기라도 하자, 제발. 내가 철천지원수라서 이런 대접을 받는 거라면, 덜 억울할 것 같아서 그래. 나 입고 먹은 거 이미 다 갚았어. 계산서 보여 줘? 내가 그냥 일한 줄 알아? 내가 저능아니? 다 계산했어. 내 기억이 시작된 열 살부터 지금까지 십 년. 내가 쉬지 않고 일해서 번 돈으로 술 마신 거잖아! 빚은 누가 누구한테 진 건데 이래?"

우나는 떨리는 손으로 고씨의 옷을 붙들고 똑바로 마주했다. 작고 가는 손이 출렁거리는 고씨의 뱃살에 달라붙었던 셔츠를 그러쥐었다. 눈물이 쏟아질 것 같다. 고씨 앞에 엎드려 울면서 제발 그만하라고 애원하고 싶었다. 아랫입술을 꼭 깨물고 나오려는 눈물을 눌렀다.

"너는, 너는, 내가, 저리 가. 제발, 저리 가. 오지 마."

고씨가 우나와 바짝 마주하자마자 눈을 부릅뜨며 발작을 일으켰다. 몸을 떨면서 소리를 질렀다. 고씨의 옷을 놓고 뒤로 조금 물러났다.

아주 가끔 고씨의 발작을 보았다. 모두 우나와 바짝 마주하고 난 후였다. 왜 그래? 제발 말 좀 해.

"말해. 오늘은 그냥 안 넘어가. 내 인생을 통째로 말아먹은 날이니까 절대 그냥은 안 물러나. 말해!"

"아, 저리, 아니야. 난 아니야. 그럴 생각이 없었어. 정말 없었다고. 그건 사, 사고였어."

드디어 들었다. 처음으로 고씨의 입에서 뭔가를 들었다. 우나가 가까이 다가오자 뒤로 물러나며 계속해서 떨었다.

"말해. 숨기면 가만 안 있을 거야."

뭘 어떻게 해야 하는지 몰라 다그쳤다. 정상이 아닌 고씨의 상태가 불안했지만 지금 말고는 기회가 또 언제 올지 알 수 없었다. 시간이 없어. 말해.

"그, 그건, 널, 차 안에 피를 흘리고 있는 널 그냥 둘 수 없었어. 흐흑, 그 개 같은 놈은 죽었고 넌, 너하고 네 엄마 아빠도 죽었어. 아, 난 아니야. 난 운전하지 않았어. 하하, 그냥, 아, 흐흐흑, 술을 좀, 술을 좀 마시고 그놈하고 싸운 게 다야. 다른 여자하고 놀아나는 그놈을 죽이고 싶었어. 내 청춘을 다 뺏어 간 그놈을 죽이고 싶어서, 그래서 목을 잡고 흔들었는데……."

죽었다. 부모님은 이미 죽은 거다. 우나는 고씨의 뒷말을 듣지 못하고 멍하니 바라보았다.

"차, 사고였어?"

"그놈을 흔들었는데 갑자기 쾅. 세상이 다 돌았어. 빙글빙글, 하하하, 그놈은 차 밖으로 튀어 나가서 죽었지. 잘 죽었어. 죽을 놈이었으니까. 그런데, 씨, 너가 있었어. 살아서 꿈틀거리는 너. 차 안에서 기어 나와 나를 빤히 바라보는 너. 그냥 오면 되는 거였어. 알아? 아무도 너 안 찾았어. 다 죽었는데 아무도 널 찾지 않았다고. 벌벌 떨면서, 씨, 내가 죽인 것도 아닌데, 씨, 그때 죽은 거야. 내인생은 그때 그 엿 같은 놈하고 같이 죽어 버린 거야."

술기운이 좀 날아간 건지 현실감을 잊은 건지 고씨가 우나 앞으로 다가왔다.

"너, 고아야. 크큭, 차가 쾅 하고 터졌거든. 넌 어떻게 기어 나왔을까? 참 끈질겼어. 그러니 내가 그냥 두고 올 수가 없지. 아이고, 팔자야, 내 팔자야. 그냥 두고 왔어도 되는 건데. 크크큭, 그 사람한테 넘겨줘도 되는 건데. 잘 숨겼다? 너를 꼭 안고 숨겼어. 네가 기어 나가려고 하는 걸 잘 잡은 거지. 펑. 그리고 끝이야. 와아, 나도 들켰다가는 죽을 수도 있었던 거야."

고씨는 갑자기 모든 동작을 멈추고 굳어 버렸다. 하얗게 질린 그녀의 얼굴에 우나도 두려움을 느꼈다. 사고의 충격으로 기억을 잃은 건가 보다. 뭔가 더 있지만 알고 싶지 않았다. 부모님이 죽은 것을 확인하면 된 거다. 그때 인생은 끝이 났고 지금 다른 인생을 살고 있으니까. 갑자기 소름이 끼치면서 몸이 떨렸다.

아아.

아수라장의 차 안. 엄마? 그녀를 감싸 안고 버텨 내는 여자. 차 안이 무중력 상태인 것처럼 모든 것들이 공중에 떴다.

'살아.'

세상이 무너지는 커다란 소리와 충격이 사방에서 들리는데 그런 상황과 어울리지 않는 아주 작고 연약한 소리. 살아.

"으으……."

우나는 머리를 잡으며 눈을 감았다. 터질 것 같다. 머리가 터져 나가는 것같이 아파.

"무서워. 너 무서워. 네 눈, 제발 가. 이젠 제발 가 줘. 제발 날 놔 줘. 난, 내가 그런 거 아니야."

고씨의 흐느낌에 우나는 눈을 떴다. 살아. 그래. 살았어. 그거면 돼. 살라고 했고 그래서 살았어. 더는 기억나지 않아. 기억하고 싶지 않아.

팔자타령하던 고씨의 말이 생각났다. 이런 게 팔자인 건가? 부모를 잃었으니 고아원에서 살게 됐을 거고 지금의 삶과 다른 모습을 기대하기도 어려웠을 거다.

우나는 몸을 말고 바닥에서 훌쩍이는 고씨를 바라보았다.

"시집갈게."

벌떡.

"갈 거야? 정말? 안 도망치고? 나, 돈 받았단 말이야."

"갈게. 장씨 아저씨?"

고씨의 말대로 은혜 갚는 건 아니다. 그러나 고씨의 아픔을 아주 조금 이해했다. 죄책감과 혼란이 뒤섞여 자기도 어쩌지 못하는 인생. 그래도 지금까지 어떻게 잘 버텨 왔다. 운이 좋은 건가? 앞으로 어떻게 될지는 장씨 아저씨를 만나 봐야겠다.

세탁소 장씨 아저씨는 동네 사람이니 잘 알고 있었다. 재봉틀질을 하고 있어서 자주 만나는 편이었다. 결혼이라니! 그런 낌새 전혀 못 느꼈는데. 언제 뒤로 고씨와 계약을 한 것일까? 뭐가 어떻게 된 걸까?

무뚝뚝하고 조용한 성품의 장씨 아저씨와는 말할 기회를 가질 수 있을 거다. 물어봐야 해. 아니면, 그건 나중에, 나중에 생각하자.

"그래. 장씨. 그이가 너 좋아하나 봐. 달라고 하더라고. 첨엔 웃기지 말라고 했어. 야, 웃기잖아. 지가 너한테 어울리기나 하니? 자식이 없어서 그렇지 있기만 했다면 너보다 더 나이 든 자식이 몇은 있을 사람이 널 달라고 하니까 구역질이 나더라."

"그런 사람한테 팔아먹은 건 구역질 안 나?"

"그, 그건, 야 이년아, 넌 은혜를 갚아야 하잖아. 내가 너 살렸어. 알아?"

"알았어. 갈게."

이제 고씨를 떠난다. 그 생각을 하니 두려웠다. 비밀 때문에 떠나지 못했다는 건 핑계였나 보다. 다른 세상으로 나가는 걸 두려워하고 있었던 거다. 이젠 모든 핑계가 사라졌다. 정말 세상에 혼자내쳐진 거다. 무서운데. 벌써부터 손바닥이 긴장으로 축축해졌다.

"내일부터 가서 살아. 그 장씨 되게 웃겨? 여자 없이 오래 살더니 갑자기 왜 그런대? 벌써 노망이 난 건가?"

"내일부터 가서 살아? 아주 정신이 나갔구나?"

아주 조금 남았던 측은함이 완전히 사라졌다. 정말 미쳤구나. 이제까지 이런 미친 여자의 수발을 들고 있었다니 한심하다.

"그, 그렇게 됐어. 벌써 몇 주째 미룬 거야."

"꼴에 또 미안한 마음에 말 못 한 거야? 미안해하는 것도 웃기는 상황 아니야?"

"야, 미안하긴 뭐가 미안해. 그냥 마음의 준비를 한 거야."

정신을 좀 차린 것 같다. 술기운이 사라지면 우울한 여자가 되는 고씨 아줌마. 하루에 몇 시간 안 되지만 정신을 차리면 말을 아주 잘 듣는 순한 아줌마가 되었다. 다른 때 같았으면 측은함이 다시 돌아왔을 텐데 오늘은 아니다. 내일부터 살아? 시집가겠다는 말을 취소하고 싶었다. 그러나 시집을 가든 안 가든 이곳을 나가야 한다는 사실엔 변함이 없었다.

한숨도 자지 못했다. 우나는 좁고 더운 그 방구석에 쪼그리고 앉아 밤을 새웠다. 저녁에 나가서 술을 더 마시고 돌아온 고씨 아줌마는 말도 제대로 하지 못할 정도로 취해서 그대로 쓰러져 잠이 들었다. 헐떡이는 숨소리를 밤새 들으며 앞으로 어떻게 살아가야 할지 생각했다.

딱히 생각을 정리한 건 아니다. 그저 이 좁고 불쾌한 방을 영영 떠나게 된다는 것과 스무 살이란 어린 나이에 벌써 유부녀가 되었다는 사실을 받아들이는 데 거의 모든 시간을 보냈다.

바짝 마른 몸을 두 팔로 감아 안았다. 무섭다. 새벽이 어슴푸레 젖어 드는 작은 창을 보며 두려움을 느꼈다.

재봉틀에 붙어서 매일을 혹사당하던 불쌍한 여자일 때가 훨씬 나았다. 고와야 할 손은 험한 세월을 드러냈고 화장품이라곤 누가 쓰다 버린 걸 주워 몇 번 바른 것이 다인 그녀의 얼굴은 거칠고 메말랐다. 푸석거리는 머리하며 근질거리는 몸. 목욕탕에 갔던 게 언제인지 생각나지 않을 정도였다.

모든 삶을 하루하루 버티는 것에 집중했던 지난 시간이었다. 언젠가 비밀을 듣게 되었을 때 어찌해야 할지 생각해 둔 건 없었다. 어느 날부턴가 고씨 아줌마가 절대로 비밀을 말해 주지 않을 거라 확신하고 그냥 그렇게 살아온 것 같다.

다리가 저려서 몸을 펴는데 떨렸다. 어이없게도 고씨 아줌마가 이제까지의 삶에 커다란 울타리였다는 걸 새삼 느꼈다. 떨리는 몸을 움직여 낡은 가방에 소지품을 챙겼다. 책가방보다 조금 더 작은 그 가방에 그녀의 모든 세월을 담을 수 있다는 사실이 서글펐다.

해가 다 떠오른 아침. 다 싼 가방을 쥐고 자리에서 일어났다. 작은 우나의 키로도 팔짝 뛰어오르면 머리가 천장에 닿을 듯 낮은 방. 비가 많이 오면 새고 습하면 곰팡이가 펴서 손이 많이 가는 방. 낡은 서랍장과 앉은뱅이책상이 전부인 방.

최근에 숨겨 두었던 돈 몇 푼을 고씨 아줌마를 위해 책상 위에 놓았다. 자신의 팔자만큼이나 고씨의 인생도 박복하다는 생각이 들었다. 힘든 순간을 기억하지 못하고 사는 자신과 반대로 충격의 그날을 모두 기억하며 살아야 했으니까.

덜그덕.

"이년아 인사도 없이 가나?"

언제 일어났는지 문을 열고 앉아 신을 신으려고 하는 우나의 등 뒤로 고씨의 잠긴 목소리가 들렸다. 돌아보지 않았다. 낡은 운동화를 마저 발에 끼웠다.

"장씨 아저씨하고 살면 보기 싫어도 볼 건데 뭐."

"이거, 가져가."

"뭘?"

책상 위에 놓아둔 돈을 도로 주려는 건 줄 알고 넣어 두라고 말하려고 했다. 그러나 우나의 눈앞에 불쑥 나타난 건 낡고 구겨진 봉투였다. 몇 번 접어서 손바닥에 넣을 만했다. 고씨는 돌아서 앉아 있어서 표정을 살필 수 없었다. 너무 낡아서 금방이라도 접힌 부분이 찢어질 것 같은 봉투를 천천히 펼쳤다.

찰랑.

목걸이. 씻지도 않았는지 검은 피 얼룩이 그대로 묻어 있는 목걸이였다. 보석이 박혀 있는 펜던트가 달린 목걸이. 말하지 않아도 알 것 같다.

그날, 사고가 난 날, 챙겨 둔 거겠지.

"그거 말고는 없어."

"용케 안 팔고 가지고 있었네?"

"보기 끔직해서 꺼내 보지도 않았던 거야."

"고마워."

"이젠 계산 끝났으니까 가. 장씨가 괴롭히면, 아니다. 그냥 네년 팔자야. 그렇게 알고 살아."

다시 자리에 누워 버리는 아줌마를 보고 문을 닫았다. 좁고 눅눅한 부엌문을 열고 밖으로 나왔다. 엎어지면 코가 닿는 앞집 대문. 대문이라고 말하기 민망한 찌그러진 그 문을 보고 몸을 돌렸다.

어째서인지 가방이 무겁게 느껴졌다. 허망할 만큼 들은 게 별로 없는 가방인데. 가방끈을 꽉 잡고 천천히 꼬불거리는 좁은 길을 따라 내려갔다. 사람 하나 겨우 지나다니는 좁은 골목을 한참을 걸어 내려와 자전거가 달리는 넓은 길로 나왔다. 아침의 시원한 바람을 느낄 수 없는 날이었다. 터벅터벅 한참을 더 걸어 내려 자동차가 겨우 지나다니는 큰길로 나왔다.

세탁소. 슈퍼라고 간판을 단 구멍가게와 붙어 있는 그곳을 보고 멈추었다. 벌써 세탁소는 문을 열었다. 장씨 아저씨는 부지런했으니까.

"어서 와."

보지도 않고 불쑥하는 말. 그녀가 문 앞에 가만히 서 있는 걸 그가 알고 한 말이다.

"아줌마가 어제 말했어요."

"들어와. 할 말 있으니까."

우나는 장씨 아저씨가 안쪽으로 쑥 들어가자 덜컥 겁이 났다. 그러나 따라 들어갈 수밖에 없었다.

"거기 앉아. 아침은?"

"안 먹었어요."

방이 아니라서 마음이 조금 놓였다. 세탁소 구석의 작은 싱크대 앞에 있는 플라스틱 낡은 의자에 앉으라고 했다. 얼른 의자에 앉고 보니 세탁소 안이 잘 보였다.

장씨 아저씨는 잠시 머뭇거리더니 그녀의 옆쪽에 떨어져 앉았다. 손에는 떡이 든 그릇이 들려 있었다.

"먹어."

그가 내민 그릇을 받아 들었다. 인절미 몇 조각이 들어 있었다. 누가 노인네 아니랄까 봐. 지금 이 상황에 이걸 먹다가는 목에 걸려 죽을 것 같아서 가만히 무릎에 내려놓았다.

"무슨 할 말인데요?"

말 없는 상황이 너무 힘들어 입을 열었다. 조금 놓였던 마음이 다시 불안해져서 가만히 있을 수가 없었다.

"고아라면서?"

세탁소 문 쪽을 보며 툭 던진 장씨 아저씨의 말.

"네?"

"고씨가 너 고아라고 하더라."

"그래서요?"

고아라서 함부로 할 수 있다는 말인가요? 아무도 없으니 마음대로 하겠다는 소리예요?

"난, 네가 고씨 딸인 줄 알았거든. 그런데 고아라고 해서."

"그게 무슨 상관인데요?"

그릇을 잡은 손이 떨렸다. 안 돼. 두 손으로 그릇을 꼭 잡고 떨지 않으려고 했다.

"고씨가 뭐라고 했는지 모르겠는데, 아니, 별다른 말은 안 했겠지."

여전히 세탁소 문을 바라보며 말하는 장씨.

"혼인신고 했으니 도망은 못 갈 거라고 했어요."

혹시라도 이상한 짓을 하려고 한다면 그릇을 집어 던질 준비를 했다. 싱크대 옆에는 무기가 될 것들이 널려 있었다.

"아, 그거. 그래. 그걸 말하려고."

세탁소 문을 보던 눈을 내려 바닥을 보았다. 그는 두 손을 모아 꽉 잡고 있었다. 고생한 흔적이 생생한 주름지고 울퉁불퉁한 검은 손.

"혼인신고 안 했어요? 아줌마가 거짓말한 거죠?"

"아니. 하긴 했어."

머뭇거리는 그의 모습에 아주 조금 두려움이 물러갔다.

"얼마 주고 했는데요? 저는 그거 말하려고 온 거예요. 아줌마한테 얼마나 준 건지는 몰라도 다시 갚을 테니 없던 일로 해 주세요."

밤새 생각했던 말. 장씨 아저씨는 말이 통할지도 몰라. 그 희망을 기억해 내고 입을 열었다.

"내 말을 들어 봐. 그게 그런 게 아니야."

"아니긴 뭐가 아니에요? 술주정뱅이 아줌마 꾀서 이상한 계산한 거잖아요."

부탁 들어주세요. 어떻게 아저씨의 아내가 될 수 있어요? 이건 아니잖아요.

"얼마 못 살아."

"……."

뭐?

"몇 달 안 남았다고 해서 서두른 건 사실이야."

"그게 무슨 소리예요? 몇 달 안 남은 거하고 아줌마 꼬인 거 하고 무슨 상관인데요?"

"나 죽으면 재산 너 가지라고."

"네?"

"너한테 주고 싶어서 그랬어."

"도대체……."

이게 다 무슨 소린지. 이 아저씨도 고씨 아줌마처럼 미친 건가? 이 사람들이 왜 이래?

"주변에서 재산 때문에 싸우는 거 많이 봤다. 그냥 너한테 줄 수가 없을 것 같아서. 안사람이 되면 제일 먼저 재산을 물려줄 수 있게 되어 있다고 하더라. 나한테 친척이 몇 있는데 그냥 너한테 주면 그것들이 도로 빼앗을 수가 있다고 해서. 몇 푼 되지는 않지만 너 앞으로 사는 데 도움은 돼. 세탁소는 석 달 후면 계약이 끝나. 주인한테 미리 말해 놨어."

"아저씨, 지금 무슨 소리를 하는 거예요?"

"아, 그, 너, 죽은 내 딸 같아서."

"네?"

"딸이 있었어. 어릴 때 죽었지. 교통사고로. 참 허망하게 보냈어."

장씨 아저씨의 눈물을 보고 더 이상의 생각은 할 수 없었다. 거칠고 휘어진 투박한 손으로 눈물을 닦아 내는 아저씨의 모습이 마음을 쳤다.

"집이 두 채가 있어. 작은 거야. 그래도 너 시집갈 돈은 될 거다. 나는 진짜 죽으니까 걱정은 하지 마. 몇 번이나 확인했으니까. 온몸에 암이 퍼져서 수술할 필요도 없다는데 뭘 더 기대하겠어. 난 죽을 때까지 이 세탁소만 있으면 돼. 그리고 이거, 집문서야. 잘 숨겨 둬."

구석에 있던 라면 박스 안에서 낡은 노란 봉투를 꺼내 그녀에게 내밀었다. 이게 도대체 어찌되는 일인지. 우나는 생각 없이 봉투를 열어 안의 것을 봤다. 알 수가 있나.

그러나 장씨 아저씨가 속이는 것 같지는 않았다. 멍하니 보고 있으니 그가 챙겨서 그녀의 가방을 열어 직접 넣어 주었다.

"지금 당장 팔고 싶으면 그래도 돼."

"아저씨."

"이제까지 너 지켜봤는데 성실하고 한결같아서 잘 쓸 거라고 믿어. 이제 네 거니까 네가 알아서 해."

할 말은 다 했는지 장씨 아저씨는 자리에서 일어나 세탁물을 잡고 일을 시작했다. 말도 없이 우직한 아저씨의 뒷모습을 보며 우나는 한참을 그대로 앉아 있었다.

1
선택

퍼억, 와장창.

깨지고 부딪는 소리가 식당에 가득했다. 무시무시한 소리 후에 아무도 반응하지 않아 오히려 고요하게 느껴졌다. 고요함을 깬 사람은 다름 아닌 소리를 만들어 낸 주인이었다.

"그 말은 내가 다시 하지 말라고 분명히 말했어."

"오빠."

식탁 위에 있어야 할 그릇들과 음식들이 모조리 바닥에 내동댕 이쳐졌다.

천상은 자리에서 일어나 곧바로 움직이려다 휘청거렸다. 작게 욕을 하며 그가 앉았던 자리 뒤쪽에 기대어 놓았던 목발을 집어 의지했다. 퇴원한 지 몇 달이 지났지만 아직도 움직이기 전에 목발이 필요하다는 사실을 간간이 잊었다.

절룩거리며 식당을 나온 그는 거실에 가서 앉았다.

"오빠, 난 죄 없어. 난 전하기만 했으니까. 아빠는 둘 사이에 서로 잠깐 오해가 생긴 줄로 아셔. 당연하잖아? 나도 오빠가 이 정도로 난리치는 거 이해 안 되니까. 다른 남자가 오빠 여자한테 손만 댔는데 펄펄 뛰면서 과민 반응 하는 것 같단 말이야. 정작 본인은 그 남자하고 아무 사이 아니라는데 오빠가 사고까지 내면서 이러니까 아빠도 뭐라고 하시는 거지."

식당에서 따라 나온 수현은 몇 번이나 한숨을 쉬었다.

이럴 줄 예상은 했지만 막상 오빠인 천상이 화를 내니까 무서웠다. 원래 성격이 무뚝뚝하고 말하고 싶은 거 툭툭 잘 내뱉는 사람이라 곁에서 살갑게 버티는 사람이 거의 없었다.

그런 오빠가 루진과는 꽤나 오래 약혼한 사이로 지내고 있었고 가끔 함께 여행도 다니는 걸 보면서 오빠에게도 맞는 사람이 있기는 한가 보다 생각했다.

그런데 이번에 사고를 내면서까지 루진에게 화를 냈다. 루진이 다른 남자와 함께 방에 있었다는 이유였다. 오해의 소지가 다분한 상황이란 건 틀림없었다.

그러나 하루 이틀 사이도 아닌데 루진이 아무 사이 아니라고 딱 잘라 말하는 걸 오빠는 받아들이지 않았다.

아빠가 자신을 보내서 타일러 보려는 마음을 이해했다. 서른넷이 넘어가는 오빠가 여전히 결혼하지 않고 있는 것에 아빠 속이 타들어 가고 계셨으니까.

까다롭고 괴팍한 오빠의 성격에도 몇 년이나 곁에서 잘 지내던 루진을 잃고 싶지 않으신 거다. 루진은 좋은 집안 딸이기도 했기에 달리 더 좋은 신붓감을 찾을 수 없다고 믿고 계셨다.

수현은 아빠와 자신이 생각했던 것보다 오빠의 반응이 더 심각하다는 걸 알았다. 루진의 말처럼 그 남자와 정말 아무 사이도 아닌데 오빠가 여태 이러는 걸까? 정말 별일 아니었다면 시간이 이렇게나 흘렀는데 어느 정도 화가 누그러졌어야 하는 거 아닐까?

"돌아가."

"꺼지라는 말의 완곡한 표현이야? 연약한 여동생을 이 저녁에 내쫓겠다는 거야?"

"양쪽에 남자를 쥐고 흔드는 여자가 연약할 수는 없는 거지."

"오빠!"

아까와는 비교도 안 되는 수현의 거친 소리. 정말로 연약함과는 거리가 먼 표정이었다.

"이런 거구나? 이런 식이었어. 루진이 이제까지 버틴 게 용하네. 이렇게 곁에 있는 사람을 상처 주면서 다 쫓아내고 결국 뭘 어쩌자는 거야? 혼자 남아서 우울한 피해자 역할을 폼 나게 하겠다는 거야? 알았어. 원하는 대로 해 줄게. 다리 하나로 절망하는 못난 오빠로 인정할게. 잘해 봐. 평생 다른 사람이나 원망하면서 살아 보라고!"

싱글 소파에 얹혀 있던 가방을 집어 든 수현은 차오르는 눈물을 삼키며 문을 나섰다. 아프다. 아무것도 모르는 다른 사람들처럼 오빠마저 자신을 비난하는 지금이 너무 힘들었다. 자상하게 챙겨 주지는 않았지만 말없이 항상 든든하게 지켜봐 주었던 오빠였는데 이젠 그 오빠마저 잃은 것 같은 마음에 외롭고 두려웠다.

양쪽에 남자를 쥐고 흔드는 여자라고? 그녀의 이혼은 아직 마무리되지 않았다. 양쪽으로 쥐고 있다는 두 남자. 그녀는 지금 남편을 두고 다른 남자와 바람을 피웠다고 비난받고 있었다.

그러나 정말 그렇다면 마땅히 이혼당해야 할 그녀인데 간단하게 보이는 그 이혼이 이루어지지 않고 여전히 진행 중이었다. 애초에 먼저 바람을 피웠던 남편과 이혼하기로 작정한 후 만난 남자. 그와의 만남이 바람피우던 남편에게 좋은 핑곗거리가 되었다.

이혼에 대해 구체적으로 합의하지 않은 것이 화근이었다. 심하게 싸우고 이혼하자고 말했지만 법적인 시도를 먼저 하지 않은 것을 구실로 삼아 좋은 위치를 차지하려고 했다.

그렇게 시작된 이혼소송이 길어지면서 소문이 소문을 낳았고 오해와 억측이 서로를 상처 주고 있었다. 가족인 오빠마저도 저렇게 비난하는데 다른 사람들이 이성적으로 말해 주길 기대할 수는 없었다.

수현이 뛰쳐나간 후 혼자 거실에 남은 천상은 후회의 한숨을 쉬었다. 그렇게까지 말할 생각은 없었는데. 흥분해서 막 내뱉은 말이 본의 아니게 수현에게 상처를 주었다.

"젠장!"

쿠당탕탕.

목발을 집어 던지고 분노를 터트려 보지만 이미 상처 입은 수현을 되돌릴 수는 없었다. 이래선 안 되는데. 안다. 아는데 잘 안 된다. 가슴 안에서 끝도 없이 치밀어 오르는 분노가 그를 마음대로 휘두르고 있는 데다가 불편한 다리는 그에게 일어난 일을 절대 잊지 못하게 만들었다.

그래서 더 화가 났다. 상한 마음을 잊고 털어 내고 싶은데 걸을 때마다 한쪽으로 기울어지는 몸은 모든 잊고 싶은 기억들을 고스란히 재생시켰다. 일상의 매 순간이 그렇게 분노로 덮여 있었으니 어떤 일이든 부정적으로만 보이는 건 당연했다.

다스려야 하는데. 수현의 말처럼 다른 사람이나 원망하며 허우적대는 짓은 정말 더 이상 하고 싶지 않다. 힘을 주어 자리에서 일어섰다.

물리치료를 계속 받고 있는데 아직 몸의 균형을 제대로 잡지 못했다. 이것도 평소의 그였다면 있을 수 없는 일이었다.

건강할 땐 규칙적인 운동으로 건강을 유지하던 그가 정작 사고 후에 물리치료와 운동을 게을리한 까닭에 더디게 회복되고 있었다.

어서 극복해야 할 일이다. 신체적인 불편함을 극복하지 못하고 마음을 잡는 건 불가능했다. 불편할 때마다 화를 내야 했고 그 화가 또 다른 화를 부르고, 다시 화를 내고. 악순환을 끊어야 한다.

"크."

집어 던진 목발까지 가는데 몇 번이나 휘청거려 바닥을 짚어야 했다. 차라리 네발로 기어가는 게 더 빠를 것 같았다. 멀리 나가떨어진 목발까지 한참이 걸려 도착했다.

통증도 여전했고 다른 근육들도 아직 정상적으로 움직일 수 없었다. 그동안 남 탓을 하며 화를 내느라 회복하는 일에 전력하지 못한 탓이다. 누구보다 건강하고 강한 남자였던 그가 이젠 다리 하나 다쳤다고 바닥을 기어갈 만큼 초라해진 거다.

다리 하나로도, 팔 하나로도 거뜬히 모든 일을 해낼 줄 알았는데. 스스로에게 실망스럽고 화가 났다.

겨우 붙잡은 목발을 다시 집어 던지고 싶었다. 하지만 상처받은 수현의 얼굴을 떠올리며 노여움을 눌렀다. 목발을 짚고 식당으로 갔다. 식탁과 바닥은 말끔하게 치워져 있었다.

주방에서 아주머니의 그릇 씻는 소리가 들렸다. 내일이면 그만두고 다시 오지 않을 것이다. 이렇게 나간 아주머니만 몇 명이나 되는 걸까? 수현의 말대로 정말 주변 사람들을 상처 주며 다 쫓아내고 있었다. 어쩌다 이렇게까지 된 걸까?

"내일부터 안 나오셔도 됩니다."

주방에 들어선 그를 느꼈는지 설거지를 하다 돌아선 아주머니에게 말했다. 그만둔다는 소리를 언제 해야 좋을지 속으로 고민하는 걸 덜어 주기 위해서였다.

"새 사람이 오기로 했어요?"

"그건 아닙니다."

"그럼 새 사람 올 때까지 일해도 돼요. 사장님이 정 싫으시다면 할 수 없지만."

"싫지 않습니다."

"아까 식탁 엎은 것 때문에 그러시는 거라면 괜찮아요. 사장님 성질이야 일찍 알고 있었던 거니까 신경 쓰지 마세요. 진짜 내보내고 싶으실 때 말씀해 주세요. 저도 진짜 나가고 싶을 때 제가 제 입으로 말할 테니까요."

"……"

다시 돌아서 설거지를 하는 아주머니를 두고 나왔다. 뭔가 한 방 맞은 기분이었다. 그의 성질을 알고 있었다는 말에 부끄러움이 느껴졌다. 그동안 주변 사람들에게 성인으로서 보여 줘야 할 인격을 하나도 보여 주지 못했다는 생각이 들었다. 그저 닥친 일에 분노하고 터트리느라 다른 사람들에게 보이는 자신의 모습을 조금도 신경 쓰지 않았다.

가진 성격이 거칠어서 스스로 웬만한 일에는 인내하려고 애를 썼는데 사고 후부터 그런 절제를 까맣게 잊고 있었다. 개망나니처럼 보였을 거란 생각에 아까보다 더 실망스러워졌다.

이런 식으로 삶을 엉망진창으로 흘러가게 둘 수 없어. 이젠 정신을 차려야 할 때야. 더 이상 뇌가 없는 사람처럼 닥치는 대로, 감정이 원하는 대로 행동하는 일은 멈춰야 해. 이미 벌어진 일을 두고 길길이 날뛰는 짓은 이제 끝낼 때가 됐다.

거실의 큰 창으로 캄캄한 밤의 경치를 내려다보며 한참을 서 있었다. 스스로에게 분노하고 실망했던 마음을 다스리는 데 많은 노력이 필요했다.

목발을 짚고 섰던 몸을 다시 펴고 긴 한숨으로 마음을 가다듬었다. 그리고 전화를 걸었다.

"내일부터 업무 보고 하러 오지 않아도 됩니다. 회사로 출근할 생각입니다."

간결한 통화를 끝내고 잠시 더 서 있던 그는 평소처럼 침실로 들어가지 않고 물리치료를 위한 운동기구가 있는 방으로 들어갔다. 방치했던 몸을 관리하기 위해서였다.

서진욱 이사는 천상이 회사로 돌아온다는 말에 인상을 썼다. 그 전에도 차갑고 무뚝뚝했던 그가 사고 후엔 얼음가시를 단 용광로로 변했기 때문이다. 폭발하면 뜨거운 용암이 튀는 것이 아니라 날카롭고 위험한 얼음가시가 사방으로 발사되었다.

그래서 보고를 위해 개별적으로 사장에게 다녀오는 일은 약간의 불편함이 있었지만 마음은 오히려 편했다. 회사의 작은 일들은 자신이 알아서 처리했고 긴급하고 굵직한 문제들만 추려서 알렸기 때문에 되돌아오는 반응은 그만큼 줄어들었다.

그러나 이젠 다시 예전처럼 큰 불편함과 더불어 깐깐한 회사 생활이 될 것이다. 평화로운 회사 생활에 젖어 사장이 되돌아오는 것이 더 불편하게 느껴졌다. 몇 달은 더 있다가 복귀할 줄 알았는데.

"사장님 비서도 없는데 이 밤중에 어떻게 하라고."

사고 전에도 깐깐한 천상의 성격 때문에 비서가 몇 번이나 울면서 그만두었다. 남자 비서를 쓰자니 천상의 성질이 소문나서 아무도 지원하지 않았다. 게다가 비서로서 비전이 있어야 하는데 그걸 찾을 수 없으니 더더욱 남자들은 어려운 시간을 참으려 하지 않았다.

그러던 중에 사고가 났고 근 몇 달간은 편안한 시간을 보낼 수 있었다. 그러나 갑자기, 내일모레도 아니고 내일 바로 나온다는 사장의 말은 폭탄처럼 느껴졌다.

긴급 호출을 받아 몇몇의 임원이 조용한 주점에 모여 투덜거리고 있는 중이었다.

"어차피 사장님도 비서들이 며칠을 못 버티고 도망가 버리는 걸 알고 계시니까 내일 뽑아 올리면 되겠죠. 그래도 일단 부서 말단 직원을 임시로 사장님 비서로 쓰면 어떻습니까?"

"이미 그건 시도해 본 거 아닙니까? 사고 전에 신입 직원한테 잠시 사장님 비서로 일하라고 했었고 그 결과 울고불고 난리가 났었죠. 말단 직원들이 혹시 자기들한테 불똥이 튈까 봐 서로 뭉쳐서 건의를 했던 것도 잊으시면 안 됩니다. 단 하루라고 철저히 못을 박지 않으면 항의가 만만치 않을 겁니다."

"일단 내일은 비서부터 뽑아야 합니다. 사고 후에 몸이 불편해져서 비서의 자리는 더 절실할 수 있습니다. 쉽게 그만두지 않을 사람이어야 하는데."

으휴.

집단 한숨을 쉬고 한잔 기울이며 피곤한 마음을 달랬다.

"이사님 한숨 소리에 가게 꺼지겠어요."

깔끔하게 머리를 묶은 작고 단정한 여자가 진욱에게 살갑게 인사했다. 이곳 단골인 진욱과 편안하게 말을 나누는 사이였다. 특별 서비스인지 그들이 시키지 않은 음식이 접시에 담겨 테이블 위에 얹어졌다.

"아, 골치가 아파서. 사람 하나 찾기가 너무 어려워."

고우나. 아르바이트를 하는 대학생이다. 작은 몸으로 야무지게 일하고 성실하다고 가게 주인이 자주 칭찬하는 아이였다. 저런 자세를 가진 사람이라면 고약한 성질의 사장 곁에서 비서 노릇을 할 수 있지 않을까?

"어떤 사람을 찾는데요?"

우나는 테이블 끝에 쟁반을 들고 다 먹은 접시와 쓰레기를 깨끗하게 치우며 접대용으로 물었다.

"사장님 비서. 그런데 사장님 성질이 고약해서 남아나는 사람이 없어."

잠깐. 우나 양이 사장님 비서가 되지 말란 법도 없잖아?

"그래요?"

우나가 슬쩍 웃으며 몸을 돌리려는데,

"우나 양 정도면 아주 딱 좋은데. 술 먹고 행패 부리는 남자들도 당황하지 않고 거뜬하게 해치우니까."

"제가 언제 해치웠어요? 무서워서 가만히 뒤로 숨었는걸요."

혼자 오거나 회사 사람들과 가끔 와서 저녁으로 간단히 한잔하는 서진욱 이사. 다른 모든 손님들과 별다른 건 없었다. 딸처럼 보인다고 편안하게 말을 걸어 주는 바람에 몇 마디 나눴었다. 단골이니 자연스럽고 편안한 건 당연했다.

갑자기 비서가 되라니? 진심일까?

"눈을 부릅뜨고 가게 정리하는 거 봤어. 우나 양, 우리 사장님 비서 좀 해 주면 안 될까?"

말을 하다 보니 더 확신이 생겨 한번 슬쩍 찔러 보려던 마음을 바꿔 진지하게 말을 했다. 정말 지푸라기라도 잡고 싶었으니까. 매번 사람을 뽑아 쓰는 건 지치고 힘든 일이었다.

"제가요? 에이, 좋은 회사라서 가겠다고 하는 사람 많을 텐데요, 뭐."

이런 곳에서 아르바이트하는 것보다 성질 더러운 사장의 비서가 되는 게 더 좋을 것도 같았다. 솔직히 지금 서 이사의 제안은 다른 상황을 따지지 못할 만큼 그녀를 흔들었다.

등록금을 벌기에 조금 버거운 요즘이었다. 공부가 어렵기도 했고 잊을 만하면 찾아와서 행패를 부리는 장씨 아저씨의 친척들에게서 벗어나고 싶기도 했다. 장씨 아저씨 사촌 동생은 그녀가 다니는 대학을 알고 난 후부터 더 자주 그녀를 찾아와 괴롭혔다.

"오면 뭐해? 며칠 있다가 울고불고 뛰쳐나가는 걸. 그래서 이젠 채용 공고도 못 내. 몰려왔다가 몰려나가는 거 회사로서도 굉장한 손해야. 소문도 나고."

"진짜 고민이신가 봐요?"

정말 솔깃한 제안이지만 모든 일에 기대나 희망부터 가지면 안 돼. 아닐 수도 있으니까. 갑자기 농담이었다고 할지도 모르고.

"우나 양, 여기 아르바이트보다 보수나 모든 면에서 좋으니까 한번 생각해 봐. 내일 말고는 시간이 없어."

이제 진욱과 함께 있던 다른 이사들도 거들었다. 우나의 단정한 모습과 또랑또랑한 눈망울이 제법 믿음이 갔다. 솔직히 그런 거 다 살필 정신은 없었다. 하루만 버티고 나가더라도 당장에 사람이 필요했으니까.

"저 아직 이 학년이라서 학교 다녀야 해요. 그래서 저녁때만 아르바이트하는 거잖아요."

"한 학기 휴학하면 안 돼? 등록금 벌어서 다시 다니면 되잖아."

"서 이사, 너무 그러지 마. 우나 양이 당황하잖아. 그런데 서 이사 말도 한번 생각해 봐. 보수도 괜찮고 정식 직원이니까 안정적이잖아. 집안이 어려워서 학교 늦게 들어갔다면서?"

"네. 그런데 진짜 비서 필요하세요?"

정말 휴학을 하고 싶었다. 이 기회를 잡아도 되는 걸까? 휴학하고 등록금을 번다면 일석이조. 괴롭히는 그들에게서 벗어나 편히 숨을 쉬고 싶었다.

"생각 있어? 우리가 단체로 거짓말하는 거 아니야. 어때?"

"내일 당장은 안 되고, 이것저것 정리해야 하니까요. 진짜로 정말로 필요하신 거죠?"

"진짜라니까 그러네. 우리 취하지 않았어. 알지? 진짜 필요해. 우나 양 없는 내일 하루는 어떻게든 대충 때울 수 있으니까 우나 양 주변 정리하고 꼭 회사로 와. 서류 작성해야 하니까. 내가 오래 봐서 믿고 말하는 거야. 그러니까 우나 양도 함부로 약속 어기면 안 돼?"

그건 우나가 당부하고 싶은 말이었다. 그러나 우나는 말하지 않았다. 마지막까지 마음을 놓을 수 없는 세상이니까. 회사에 들어가서 정식으로 채용이 되면 그때 안도의 한숨을 쉬어도 늦지 않는다.

"그럴게요. 내일 필요한 서류 들고 오후에 갈게요. 서 이사님 찾아가면 되나요?"

"일단 그렇게 해. 내가 말해 둘 테니까."

"허어, 서 이사, 이제 한시름 놨습니다."

"우나 양, 약속 어기면 안 돼. 나 의외로 뒤끝 긴 사람이니까."

"네. 꼭 갈게요."

우나는 주방으로 돌아와서 침착해지려고 애를 썼다. 아직 아무것도 이루어진 것이 없다는 걸 반복적으로 떠올리며 흐트러지려는 감정을 다잡았다.

서진욱 이사는 시간을 맞춰 회사로 온 우나를 보며 조금 전까지 불안했던 마음을 다스렸다. 갑자기 이뤄진 채용이 그로서도 믿기지 않았다. 회사에서 본 우나는 가게의 어두운 조명 아래서 본 것보다 훨씬 더 말끔했다. 단정한 정장 차림이라서 더 달라 보였다.

"스물셋. 두 해나 늦게 학교를 들어가서 더 열심히 하나 보군. 성적이 좋아."

"감사합니다."

우나는 손을 떨지 않으려고 노력했다. 바로 채용되는 것이 아니라는 건 알고 있었지만 꼼꼼히 서류를 살피는 서 이사의 모습에 저절로 긴장이 됐다.

"평소엔 내가 직접 살피지는 않는데 우나 양은 갑자기 데려오는 거라서 봤어. 내가 책임져야 하는 거라서."

"네."

"좋아. 내 예상보다 좋아서 고마울 지경이야. 저, 우나 양."

"네."

"어제 내가 사장님 성질이 어쩌고 했잖아?"

"네."

"마음을 굳게 먹고 일해 줘. 내가 우나 양을 고용한 건 다른 아가씨들과는 좀 다르게 심지가 강할 것 같아서야. 나가더라도 미리 시간을 좀 주고. 내 희망은 오래 버텨 주는 거지만 말이야."

"노력하겠습니다."

"그래. 우리 사장님 생각보다 그렇게 어렵지 않을 수도 있어. 뭐, 사람이 느끼는 게 다 다르니까."

너무 겁을 줘서 당장이라도 나간다고 할까 봐 진욱은 말을 바꿨다. 일단 내일 우나가 출근을 해 줘야 하니까. 그렇게 우나를 다독이고 있을 때였다.

"이사님."

노크 소리와 동시에 들어온 직원의 얼굴이 잔뜩 굳어 있었다.

"무슨 일이야?"

"저, 김수경 씨가 지금 울고불고, 그게, 비서 못 하겠다고, 지금 뛰쳐나와서 난리입니다."

진욱은 눈앞이 캄캄했다. 하필 지금 잘 다독이고 있는 우나 앞에서 일이 터질 것은 뭐란 말인가. 난감한 얼굴로 감히 우나를 마주보지도 못하고 자리에서 일어났다.

"겨우 하루를 못 참아? 아니, 하루도 아니고 반나절이잖아."

우나도 앉아 있을 수가 없어서 조용히 일어섰다. 사장님이라는 분 성질이 아주, 아주 안 좋은가 보다.

그러나 우나는 출근을 되돌릴 생각이 없었다. 최악의 사람이라도 손찌검만 하지 않으면 고씨 아줌마보다, 장씨 아저씨 친척들보다 나을 테니까.

"저기, 그런데 더 큰일은 사장님이 난리라는 겁니다. 심부름 빨리빨리 안 한다고. 그래서 누구라도 지금 당장 사장님께 가 봐야 하는데요."

이제야 정신이 좀 들었는지 초조한 표정의 직원은 아차 하며 서 이사와 함께 서 있는 우나를 흘끔 보았다. 서 이사의 표정이 왜 평소보다 더 험악했는지 깨달았다. 어쩌지? 했던 말을 몽땅 주워 담고 싶었다.

"그래서 나더러 가 보란 거야?"

너 때문에 우나 양이 그만둔다고 하면 알아서 해.

"아니, 그게 아니라, 사장님이……."

난감, 또 난감. 성질 나쁜 사장님 때문에 그가 잘리게 생겼다.

"저, 이사님, 제가 가 보겠습니다. 어차피 내일부터 일해야 하니까 지금부터 하죠 뭐. 정리는 다 하고 왔으니까 괜찮습니다."

"뭐? 저, 진짜? 아니, 그래도 갑자기 일하는 건 좀, 그렇지만 급하게 됐으니까 우나 양이 괜찮다면 그렇게 해 줘."

서 이사는 가겠다는 우나가 고마우면서도 불안했다. 지금 잠깐 일해 보고 내일 도망칠 수도 있기 때문이다. 오늘 당장에 떠나 버리면 또 내일은 어쩐다? 그러나 당장에 사장님이 난리라니 안 보낼 수도 없었다.

일단 직원을 따라 우나를 보내고 자리에 털썩 앉아 한숨을 쉬었다.

"후우, 회장님 밑에서 일할 때가 훨씬 좋았는데."

우나는 직원을 따라 사장실로 갔다. 큰 회사라서 사장실 앞에 비서실이 따로 있었다. 아무도 없는 비서실. 두어 명은 충분히 일할 수 있는 넓은 공간이 텅 비어 있었다.

직원이 사장실 앞에서 머뭇거렸다. 감히 문을 두드리기 어려운가 보다. 그래도 직원이 안내해 줄 때까지 기다려야 했다.

똑똑.

"사장님, 새로 정식 채용한 비서입니다."

정식 채용했다는 말에 힘을 준 그는 우나가 단 며칠이라도 견뎌 주길 바랐다.

"정식 채용이든 아니든 그게 중요해? 제대로 일할 줄 모르는 사람은 필요 없어."

쩌렁쩌렁한 남자의 목소리에 우나는 조금 놀랐다. 성질 고약한 늙은 사장을 생각하고 왔기 때문이다. 그러나 잠깐이었다. 생각보다 젊었지만 새파란 젊은이는 아니었으니까.

커다란 책상에 앉아 있는 그를 본 후 책상에 놓인 명패를 보았다. 후천상 사장. 사장은 불만이 가득한 얼굴이었다. 의자 옆에 세워져 있는 목발이 눈에 띄었다. 몸이 불편하구나.

"고우나입니다. 지금 당장 필요하신 것이 있으십니까?"

"뭐?"

천상은 작은 여자가 한발 나서며 또박또박 말을 해서 조금 의외였다. 그가 소리를 지른 후에 그를 보고 또박또박 말하는 여자는 없었기 때문이다. 그래서 아주 잠깐 여자가 하는 말을 못 알아들었다.

그러나 곧 우나라는 이름이 생각났고 뭐가 필요한지 물었다는 것도 생각났다.

"목이 말라. 아까부터 물 한 잔도 마시지 못했어."

"네."

우나는 몸을 돌려 직원을 바라보았다. 어서 따라 나오라는 그녀의 눈빛에 직원이 대강 사장에게 인사하고 사장실을 나왔다.

"어디에 뭐가 있는지 알려 주세요. 얼른 가져다 드려야 하니까요."

"아, 예. 여기, 여기가 각종 음료수나 뭐 그런 게 있습니다. 냉장고도 있고 전자레인지도 있고, 또."

"됐습니다. 나머진 제가 알아서 하겠습니다."

"그래요? 아, 그럼 수고해요."

직원은 사장과 직접 대면하고도 전혀 변화가 없는 이 대단한 아가씨에 대해 서 이사에게 말해 주고 싶어서 얼른 자리를 빠르게 떠났다.

우나는 냉장고에서 시원한 물을 꺼내 컵에 따랐다.

똑똑.

간단한 신호 후에 바로 문을 열고 들어갔다. 여전히 책상에 앉아 있던 사장이 눈을 들어 그녀를 봤다.

"물 가져왔습니다."

천상은 우나가 가져온 물을 단숨에 마셨다. 정말 목이 말랐다. 그런데 다른 사람들에겐 목마르다고 말하지 않았다. 우나에게 소리친 것처럼 했으면 당장에 가져올 것을 알지만 그러지 않았다.

알아서 하지 못한다고 닦달하지 않고 그녀의 물음에 대답해 준 자신이 금방 이해가 되지 않았다.

"고우나라고?"

"네."

"앞으로 우나라고 부를 텐데 문제없어?"

"없습니다."

"나가 봐."

"네."

"잠깐, 정식으로 일하는 거야?"

"네. 저는 정식이 아니면 안 할 생각입니다. 정식으로 채용하시겠습니까?"

정식이든 아니든 일을 제대로 하지 못하면 소용없다고 했던 그의 말이 생각나 확인하고 싶었다.

"물론이야. 각 부서에서 올라올 서류가 많아. 체크해서 빠진 부서가 없는지 확인해."

"네."

"비서는 해 본 거야?"

"처음입니다."

"알았어. 가 봐."

"네."

천상은 문이 닫히고도 한참을 그대로 앉아 우나가 나간 문을 보고 있었다. 우나가 가져다주었던 물 잔은 사라졌다. 차가운 잔이 놓였던 자리에 물 자국이 남아 있었다.

퇴근 시간이 다가와 서진욱 이사는 걱정 반 기대 반의 마음으로 사장실로 향했다. 비서실에 앉아 있는 우나를 봤을 때의 안도감은 이루 말할 수 없었다. 차분한 모습으로 앉아서 뭔가를 하고 있던 우나가 그를 보고 일어섰다.

"보고서 가지고 오는 거야. 할 만해?"

"네. 저, 지금까지 보고서를 가져온 부서를 적었는데 어떤 부서가 빠졌는지 모르겠습니다. 봐 주시겠어요?"

"아, 그래."

깨끗하게 써 내려간 글씨를 보며 확인했다.

"해외영업부는 내가 담당이니까 제외하고 관리부하고 국내영업부가 빠졌어."

"알겠습니다. 들어가세요."

"그래."

사장실 문을 열어 주고 돌아갈 줄 알았던 우나가 함께 안으로 들어왔다. 서 이사는 당황해서 우나를 보았다.

"관리부하고 국내영업부가 빠졌다는데 어떻게 할까요? 연락해서 가져오라고 할까요?"

"내가 직접 연락할 테니 됐어. 뭐 마실 만한 거 가지고 와."

"네."

서 이사는 우나가 아무렇지도 않게 사장과 대화하는 모습을 봤다. 몇 시간 만에 벌써 적응한 건가?

"서 이사님이 채용했다고 들었습니다."

"아, 예."

"정식 채용입니까?"

"물론입니다."

우나에 대해 확인까지 하는 사장의 태도에 대해 생각할 시간은 없었다. 가져온 일을 처리해야 했다. 제일 급했던 비서 문제가 해결되고 나니 다음 것이 기다리고 있었다. 해외영업 부진을 어떻게 보고해야 할지.

우나의 일을 잊고 가져온 보고서를 사장에게 내밀었다. 일단 서류로 확인하는 것이 사장의 스타일이었다. 설명은 그다음이었다.

달깍.

문 열리는 소리가 나고 우나가 들어와 가져온 컵을 사장의 책상 한쪽에 놓았다. 기척을 거의 내지 않고 물러가는 우나를 보고 다시 눈을 돌렸을 때 컵을 들어 물을 마시는 사장을 보았다.

이제까지 울며 달려 나간 여자들은 어째서 그랬을까? 사장님도 특별나게 볶는 것 같지 않고 우나도 달리 일하는 것 같지 않은데.

다른 사람들은 대체 왜 그랬던 거야?

　마지막으로 서 이사가 다녀가자 조용해졌다. 퇴근 시간은 아까
지났다. 배가 고파진 우나는 사장실을 보았다.
　쿠당탕.
　문을 통해 들리는 심상치 않은 소리에 자리에서 일어나 노크를
생략하고 안으로 들어갔다.
　"사장님."
　책상에 앉아 있을 거라 생각했던 그가 없었다. 책상 밑으로 뭔가
움직이는 것이 보였다. 돌아서 가 보니 엎어진 의자 옆에 쓰러져
고통에 인상을 쓰고 있는 사장을 볼 수 있었다.
　"누가, 누가 함부로 들어오래!"
　버럭 소리를 지르며 다리를 잡고 몸을 틀었다.
　"다리가 아프세요?"
　"나가!"
　당장에라도 일어나 멱살을 잡을 것 같은 그의 호통에 잠깐 찔끔
했지만 그게 다였다. 아프면서 왜 소리는 질러? 우나는 고씨 아줌
마가 가끔 근육 경련을 일으키는 것을 보았다. 사장도 아픈 다리에
경련이 일어난 것 같았다.
　"다리 좀 놔요."
　아파서 쩔쩔매는 사장의 다리를 잡아끌었다. 그녀의 손바닥으로
근육이 팽팽하게 꼬여드는 것이 느껴졌다. 얼른 바닥에 무릎을 꿇
고 앉아 사장의 아픈 다리를 그녀의 허벅지 위에 올렸다. 신발과
양말을 벗긴 후 작은 손으로 열심히 주물렀다.

아줌마의 물렁살과 달리 단단한 사장의 다리를 주무르는 일은 힘들었다. 그래도 다른 방법을 몰라서 계속 주물렀다. 언제부턴가 신음 소리가 사라지고 거친 숨소리만 들렸다. 바닥에 완전히 누운 사장이 한참 후에야 보였다.

"어휴, 이젠 힘들어서 더 못 하겠어요. 괜찮아요?"

"됐어."

그는 바닥에 누웠던 몸을 반쯤 일으켜 우나의 허벅지 위에 오른 다리를 빼 보려고 했다.

"아직 힘주면 안 돼요. 이런 거 안 배웠어요?"

가볍게 그의 다리를 친 우나는 직접 다리를 내려 주었다. 무거운 그의 다리가 내려가자 그제야 다리가 저리다는 걸 느꼈다. 사장이 있다는 것도 잊고 낑낑 소리를 내며 어렵게 저린 다리를 폈다.

이젠 그녀와 그의 처지가 바뀌었다. 인상을 쓰며 겨우겨우 다리를 폈지만 바로 일어날 수는 없었다. 공교롭게도 그와 마주 보며 어긋나게 다리를 펴고 앉게 되었다.

"내가 다리를 주물러 주고 싶지만 해 보질 않아서……."

우나의 다리를 힐끔 본 그는 고개를 돌렸다.

"됐어요. 제 다리는 금방 나아져요. 사장님은 하루 종일 의자에 앉아서 일하니까 경련이 일어난 거예요. 가끔 일어나서 걸어 줬어야 해요."

"됐어."

완전히 몸을 일으켜 앉은 천상은 가는 우나의 팔과 작은 손을 보았다.

"어휴, 팔이 떨어져 나갈 것 같아요."

우나는 사장의 시선을 느끼고 얼른 손을 주물렀다. 조금 더 기다려야 했지만 그러기 싫어서 자리에서 억지로 일어났다. 구두를 벗고 맨발로 바닥에 서니 빠르게 회복되는 느낌이었다. 사장을 일으켜 주고 싶지만 힘이 모자라 그럴 수 없다는 걸 알았다.

"혼자 일어설 수 있어요?"

"다리 하나만 고장 났어."

퉁명스러운 그의 말에 조금 물러섰다. 그가 일어서려고 몸을 비틀었기 때문이다. 정말 다리 하나만 고장 난 건지 거뜬히 일어났다. 바닥에 엎어진 목발을 집어 주자 얼른 끼고 섰다.

쓰러진 의자를 다시 끼꺽거리며 바로 세웠다. 한숨을 쉬고 돌아섰는데 사장과 다시 마주했다. 굽이 있는 구두를 벗어서 그런 건지 커다란 그가 더 크게 보였다.

아래로 시선을 내리니 양말과 구두가 벗겨진 그의 발이 보였다.

"그대로 서 계세요."

우나는 다시 앉아 그녀가 벗겼던 양말과 구두를 그에게 신겨 주기 위해 무릎을 꿇고 이번에는 그의 다리가 아니라 발을 허벅지에 올려놓았다. 그의 구두를 신기고 다시 일어설 때는 그가 그녀의 손을 잡아 주었다.

일어서자마자 얼른 손을 놓고 뒤로 물러섰다. 너무 커. 시야를 다 가리는 그의 체격에 질려 아주 멀리 떨어지고 싶었다.

"이제 퇴근해도 돼요?"

"비서가 사장보다 먼저 퇴근해?"

"그래서 물어본 거잖아요. 아직 멀었어요? 그럼 뭐라도 시켜 먹고 해요. 배고파요."

"금방 끝나니까 기다려."

"또 일해요?"

"나가."

"네."

할 일이 많은 건 이해할 수 있지만 무슨 일을 몸도 살피지 않고 하는 걸까? 우나는 사장실을 나와 의자에 털썩 주저앉았다. 들고 나온 구두는 신을 수가 없었다. 그대로 바닥에 떨어뜨리고 한숨을 쉬었다.

바짝 긴장했을 때는 몰랐는데 긴장이 풀리니 몸에 힘이 빠졌다. 정신없이 힘을 썼더니 팔을 들 힘도 없었다. 후들거리는 팔다리를 진정시키는 데 한참이 걸렸다. 바로 퇴근한다고 해도 일어나 걸어갈 수 없을 것만 같았다.

일어설 수도 걸을 수도 없어. 사장님이 일을 조금 더 오래하는 건 정말 다행스러운 일이야. 겨우 팔을 움직일 수 있게 되었을 때 책상에 엎드려 쉴 수 있었다. 허벅지가 뻐근했다. 사장님이 그렇게 컸구나. 새삼 사장의 존재감을 느끼게 되었다.

"우나."

"네? 네."

머리 위에서 들리는 소리에 깜짝 놀라 일어났다. 피곤해서 잠깐 졸았던 걸까? 사장님이 나오는 소리를 듣지 못했다.

갑자기 일어서는 바람에 어지러워 눈을 질끈 감았다. 책상을 짚고 잠깐 버티고 서니 정신이 맑아졌다.

"이제 끝나셨어요?"

아무렇지도 않은 척 옷매무새를 고치며 말했다. 역시 커. 목발을 짚고 선 커다란 사장의 모습에 다시 기가 죽었다.

구두. 차가운 바닥이 느껴져 아직 구두를 신지 않았다는 걸 깨달았다. 바닥을 슬쩍 보니 구두가 이쪽저쪽 떨어져 있었다.

"퇴근해."

"네."

"뭐해?"

"네?"

"왜 가만히 서 있어?"

"아, 네."

그가 가기를 기다렸는데 움직이질 않았다. 사장이 나가면 구두를 챙겨 신으려고 했던 그녀는 민망함을 느꼈다. 그러나 곧 잘 보여야 할 상대가 아니라는 사실을 떠올리며 민망함을 감추었다.

우나는 바닥에 떨어진 구두를 집어 신고는 가방을 들었다. 여전히 몸에 힘이 없었지만 밥을 먹고 쉬면 금방 회복할 것을 알았다.

"다치신 지 얼마 안 되셨어요?"

"그건 왜?"

우나는 그와 함께 복도를 같이 걸어서 엘리베이터 앞에 섰다. 구두를 신으니 그의 커다람을 그나마 덜 느낄 수 있었다. 목발을 짚는 폼이 어색해서 물었다.

"목발 짚는 폼이 어색해서요. 다친 다리가 튼튼한 걸 보니 조금 있으면 목발 없이도 걸으시겠어요."

"네가 의사라도 돼?"

"의사가 아니래요?"

"내가 지금보다 더 심해지는 거면 어쩌려고 함부로 말을 해?"

"그렇게 튼튼한 다리가 앞으로 더 나빠질 수 있다고 생각할 수 없으니까요."

"……."

할 말이 없다. 다른 사람들은 자신과 이런 간단한 대화도 나누지 못했다.

분명 다친 다리에 대해 묻기 시작한 순간부터 시작되는 자신의 불퉁한 대답에 불쾌한 감정을 억지로 숨기다가 울음을 터트리며 도망쳤을 텐데, 이 여자는 자신의 말문을 막는 곳까지 대화를 끌고 갔다.

"타고 가. 데려다줄 테니까."

"됐습니다. 배고파서 저녁 먹고 갈 겁니다. 안녕히 가세요."

아무에게도 하지 않았던 배려였는데 거절당했다. 천상은 멀어져 가는 작은 여자를 노려봤다. 불쾌해서 그런 걸까? 아주 조금 뜨끔했다. 우나를 의도치 않게 괴롭힌 건 아닌지 조금 걱정이 되었다.

자동차를 타고 집으로 오는 내내 그녀의 작은 손과 발이 생각났다. 그녀의 허벅지에 올라간 그의 다리가 무지막지해 보였다. 튼튼한 다리라고? 한번 손으로 다친 다리를 만져 보았다. 다른 쪽보다 약간 가늘게 느껴졌지만 보기엔 조금도 다르지 않았다.

우나의 말대로 의사는 물리치료를 잘 받고 노력하면 절룩거리기는 해도 목발 없이 걸을 수 있다고 했다. 이제까진 그 사실에 별로 관심이 없었다. 목발을 짚고 걷든 그냥 걷든 아무런 상관이 없었다. 어차피 절름발이니까.

　그러나 이젠 좀 관심이 생겼다. 바닥에 엎어져서 꼴사납게 끙끙
거리는 경험을 다시 하고 싶지 않으니까.

2
적 응

 집에서 나온 우나는 며칠 전에 새로 이사한 집을 다시 봤다. 옮겨 다니기 편하려고 작은 원룸에 월세로 살고 있었다. 새로 지은 빌딩이라 시설과 환경이 깨끗하고 좋았다.

 그러나 이곳에서도 그리 오래 살 수 없다는 걸 알고 있었다. 장씨 아저씨의 친척들 등쌀에 옮기긴 했지만 학교를 알고 따라오면 다시 들킬 것이 뻔했기 때문이다. 아주 잠깐이라도 안심하고 싶어서 옮겼는데 마침 회사에 다닐 수 있게 되었다. 휴학과 취업으로 기대했던 것보다는 한곳에서 더 오래 지낼 수 있을지도 모른다.

 어제 오후부터 일한 탓에 첫날은 아니었지만 그래도 일찍 출근했다.

 "안녕하세요."

 간단히 청소를 끝내고 차를 준비하는데 사장이 출근했다. 그는

49

그녀의 인사에 멈칫하고는 그대로 사장실로 들어갔다. 여전히 그에 겐 목발이 어색했다.

똑똑.

문을 열고 안으로 들어갔다.

"들어오라고 말도 안 했는데 불쑥 들어오는 거야?"

"다른 분 안 계시면 들어가도 될 것 같아서요. 아침엔 어떤 거 마시세요?"

"뜨거운 건 질색이야. 그것만 아니면 아무거나."

"네."

"내가 나가라고 할 때 나가야지!"

"네."

다른 할 말이 있었나 보다. 우나는 들어오는 건 몰라도 나가는 건 그가 허락할 때까지 기다리기로 했다. 돌아섰던 몸을 다시 바로 했다.

"시간마다 내게 알려."

"네?"

"어제처럼 쓰러진 나 때문에 또 힘 빼고 싶지 않으면 시간마다 알려. 난 일하다 보면 시간이 어떻게 가는 줄 몰라."

"아, 네."

경련이 일어날지도 모르니 미리 대비하라는 소리였다. 부탁하는 건지 명령하는 건지. 그러나 우나는 별로 상관이 없었다. 표현이 거친 사람들과 오래 살아온 탓이었다.

"나가 봐."

"네."

별로 어려운 일은 아니니까. 우나는 차를 준비했다. 뜨거운 건 싫다고 했지만 그렇다고 아침부터 찬 음료를 주고 싶지 않았다. 적당히 식힌 차를 준비해서 다시 사장실로 갔다.

노크를 한 후 또다시 곧장 문을 열고 사장실로 들어갔다. 그는 그런 그녀의 태도에 불만 가득한 얼굴로 노려봤지만 다른 말은 하지 않았다. 가져온 차를 한 모금 마시고는 다시 우나를 봤다.

"왜 그러고 서 있어?"

"나가라고 하셔야죠."

"……."

천상은 다른 사람처럼 반응하지 않는 우나를 다시 봤다. 저 여자는 대체 무슨 생각을 하고 있는 걸까?

"사장님?"

"지금 기어오르는 거야? 기분 나쁜 걸 이런 식으로 표현해?"

"기분이 나쁜 건 아니지만 표현이 이상한 건 사장님도 마찬가지죠. 사장님 말씀을 어떻게 해석해야 할지 가끔 어려울 때가 있어요. 앞으로 들어오고 나가고는 눈치껏 알아서 하겠습니다. 아침은 드셨어요?"

"뭐?"

"샌드위치라도 준비해 드릴까요?"

"너는……. 마음대로 해."

사장이 책상 위로 시선을 내리는 걸 보고 우나는 사장실을 나왔다. 첫날이라 마음이 부산스러워 아침을 걸렀더니 배가 고팠다. 혹시나 해서 물었는데 역시 사장님도 그냥 나온 모양이다. 우나는 출근하면서 봐 뒀던 가게를 생각하며 서둘러 움직였다.

"우나 양, 어디 가?"

진욱은 우나가 급하게 나가는 걸 보고 가슴이 덜컥했다. 기어이 이틀을 못 넘기고 도망가는 건가?

"사장님이 찾으시기 전에 얼른 나갔다 오려고요. 아침 안 드셨대요."

"아, 그렇군. 어서 다녀와요."

평범한 얼굴로 인사를 하고 서두르는 우나를 보며 안심했다. 다행이야.

진욱은 사장실로 향했다. 오전에 있을 회의에 앞서 전달할 말이 있었기 때문이다.

똑똑.

문을 두드렸는데 안에서 기척이 없었다. 열어야 하나 말아야 하나 고민하다가 용기를 내서 열었다.

"들어오지 않고 뭘……, 서 이사님. 우나는?"

천상은 우나가 문을 두드리고 곧바로 들어오지 않아서 또 무슨 시위를 하려는 걸까 생각하고 있었는데 들어온 사람이 서 이사였다. 우나가 아니라는 사실에 놀랐고 조금 실망했다.

"아, 우나 양은 사장님 아침 사러 급하게 내려갔습니다."

"아침을?"

"예. 아침 안 드셨다고 하면서 찾으시기 전에 얼른 다녀온다고 뛰어갔습니다."

혹시 사장이 화를 낼까 봐 우나를 위해 설명을 덧붙였다.

"회의 때문에 온 겁니까?"

"아, 예."

진욱은 사장이 인상을 쓰기만 하고 다른 말을 하지 않아 놀랐다. 뭐라고 한 마디라도 할 줄 알았는데. 어쨌든 잘 넘어간 것에 감사하기로 했다.

우나는 샌드위치를 사서 서둘러 사장실로 돌아왔다. 덩치 큰 사장님을 생각해서 그녀 몫의 두 배를 준비했다. 접시에 잘 담아서 문을 두드리고 바로 열었다.

"벌써 사 가지고 왔군."

"아! 네. 죄송합니다."

서 이사가 안에 있다는 걸 몰랐다. 우나는 일을 방해한 것 같아 미안했다. 사장의 얼굴을 마주하기 무서워서 조용히 책상 위에 가져온 접시를 놓았다. 자신을 노려보며 뭐라고 호통칠 준비를 하고 있는 것 같았다. 방해한 것은 사실이니 혼이 나도 참아야지.

"그 부분에 대해선 준비를 하고 갈 테니 회의 시간에 봅시다."

"예."

"우나."

준비한 샌드위치를 책상 위에 놓고 서둘러 나오려는데 사장이 불러 세웠다. 놀라서 몸을 돌린 그녀에게 진욱이 눈으로 인사를 하고 먼저 나갔다.

이사님이 없을 때 혼을 내시려는 걸까? 생각이 얼굴에 드러난 탓인지 진욱이 문이 닫히기 바로 전에 걱정스러운 얼굴로 돌아봤지만 사장에게 혼이 날까 봐 긴장하느라 그녀는 알지 못했다.

천상은 돌아선 우나의 모습이 새삼스러웠다. 샌드위치를 들고 들어서던 그녀의 놀란 얼굴이 그대로 이어지고 있었다. 우나가 긴장하거나 당황할 일은 아니라고 생각했다. 그의 거친 표현 앞에서 조금도 기가 죽지 않던 그녀였기 때문이다. 혼을 낼 생각으로 부른 것이 아닌데 우나는 그렇게 생각하는 것 같았다.

"샌드위치가 있는 줄 알았어. 나가서 사 가지고 올 만큼 배고프진 않아. 그리고 어딜 가면 간다고 말을 해야지 그냥 없어지면 어떻게 해?"

당황한 여파가 아직 가시지 않아서 그런 걸까? 그리 크게 호통을 친 것도 아닌데 우나의 여린 어깨가 움찔했다.

"죄송해요. 제가 배가 고파서 그랬어요. 사장님 드실 때 먹으려고. 금방 갔다 오려고 했는데……."

우나의 기가 죽은 모습에 놀랐다. 당황까지는 어찌 이해할 수 있지만 별거 아닌 그의 호통에 바짝 기가 죽어 버리는 그녀를 이해할 수 없었다. 작고 여린 여자의 모습을 하고 있었다.

"앞으로 아침은 미리 준비해 놔. 중간에 나가는 일이 없도록 하고."

"네."

"눈치껏 알아서 나가!"

"아, 네."

우나가 나가고 접시에 담긴 샌드위치를 봤다. 회의 시간 전에 든든히 먹으면 집중에 도움이 되긴 할 것 같다. 아침은 매일 빠지지 않고 먹는다. 우나가 아침을 먹었느냐고 물었을 때 왠지 기분이 좋았다. 먹었으면서 먹었다고 말하지 않은 이유는 모르겠다.

어쨌든 그가 말하지 않은 덕에 우나가 아침을 먹게 되었으니 그것으로 된 거다. 평소엔 먹지 않는 샌드위치지만 먹어 보기로 했다. 그 작은 몸으로 뛰어가서 사 왔으니 먹어 줘야지.

헐레벌떡 사 가지고 온 샌드위치를 다 먹고 아직 뭐가 뭔지 모르는 비서의 업무를 고민하고 있을 때 사장실 문이 열렸다. 한 손에 빈 접시를 든 사장이 어색하게 목발을 짚고 나왔다. 우나는 얼른 다가가서 접시를 받아 들었다.

"책상 위에 까만색 서류 파일 쌓아 둔 거 있으니까 그거 가지고 따라와."

"네."

접시를 놓고 안으로 들어가서 보니 깔끔하게 정돈된 책상 위에 까만 서류 파일이 단정하게 놓여 있었다. 아침에 청소를 할 때도 놀랐지만 사장은 주변을 굉장히 깔끔하게 했다. 아침에 그녀가 청소한 것에서 달라진 거라곤 서류 파일이 전부였다.

얼른 집어 들고 사장에게 갔다. 그녀가 나오자 몸을 돌려 앞장서서 걸었다.

"회의실에 들어가면 내가 앉은 자리에 서류를 놓고 돌아가면 돼. 끝나면 연락할 테니까 다시 와."

"알겠습니다."

두 층 내려간 곳에 회의실이 있었다. 반투명한 유리로 벽을 만든 방이 두 개 이어져 있었다. 넓고 환한 회의실에 들어서자 기다리고 있던 임원들이 자리에서 일어섰다. 사장이 앉은 곳 앞에 서류를 놓은 우나는 회의실을 나왔다.

잠시 문 앞에서 머뭇거리다가 옆방으로 들어가 앉았다. 회의가 끝나는 대로 사장과 함께 움직이기 위해서였다. 반투명한 유리벽이 안을 대충 비춰 주었고 사람들의 목소리도 들려주었다.

회의는 한 시간이 훨씬 넘게 이어졌고 사람들의 목소리가 차츰 줄어들었다. 사장의 호통에 말이 계속 끊어지고 있었기 때문이다. 우나는 회의 내용이 낯설어 지루했지만 이따금씩 들려오는 사장의 호통이 조는 걸 막아 주었다.

드르르.

의자들이 한꺼번에 뒤로 밀리는 소리가 들렸다. 퍼뜩 정신을 차린 우나는 얼른 방을 나와 회의실 문 앞에 섰다. 문이 열리고 사람들이 굳은 얼굴로 하나둘 나오기 시작했다. 안을 흘끗 보니 사장이 서류를 정리해서 파일에 넣고 있었다.

"내가 연락한다고 했는데 뭐하러 기다려?"

천상은 사람들이 나가고 바로 들어와 파일을 집어 든 우나를 향해 괜히 퉁명스럽게 한마디 했다. 그녀가 처음부터 기다리고 있었다는 걸 알고 있었다. 반투명한 유리벽 너머 우나의 검은 실루엣을 간간이 보며 회의 내내 폭발하려는 마음을 진정시켰기 때문이다.

"연락받고 움직이면 오래 걸리잖아요. 어차피 할 일도 없는 걸요."

천상이 자리에서 일어서는 걸 지켜본 후 그가 먼저 앞서게 했다. 회의실에 들어올 때보다 그의 움직임이 둔해 보였다. 두 시간이 다 되도록 집중하고 일했으니 무리가 된 거겠지.

"휴학했다고?"

"네."

별로 할 말이 없는 둘이 사장실까지 돌아오는 길은 길었다. 겨우 한다는 말이 휴학했느냐는 거였고 그렇다고 대답한 것이 전부였다.

우나는 사장실이 보이자 그를 앞질러 문을 열어 주었다. 불쾌해 보이는 얼굴의 사장을 보았지만 신경 쓰지 않았다. 안으로 들어서 자마자 얼른 뛰어서 책상 위에 서류를 놓고 돌아섰다. 그녀의 하는 짓을 가만히 서서 지켜보던 사장과 눈이 마주쳤다.

"소파에 좀 앉으세요."

"왜?"

"오래 일하셔서 잠깐 쉬셔야 할 것 같아서요. 어서 가서 앉으세요."

우나는 커다란 사장의 겉옷을 잡아당겼다. 끌려올 만큼의 힘은 아니었지만 그녀의 손에 끌려 소파로 간 천상은 앉기가 어려워 머뭇거렸다. 일하는 의자는 팔걸이도 있고 높이가 높아서 짚고 앉기에 편했지만 소파는 달랐다. 우나 앞에서 어정쩡하게 앉아야 한다는 사실이 마음에 들지 않았다.

"잠깐만요."

고민하는 그의 팔을 만진 우나. 천상은 또 무슨 일인가 하며 내려다보았다.

"겉옷 벗으세요. 누우려면 불편하니까요."

"누워? 왜?"

"다리를 편하게 해서 긴장을 좀 풀어 줘야 할 것 같아서요. 사장님은 너무 커서 제가 도와줄 수 있는 게 없어요. 좀 알아서 하세요."

"……"

투덜거리는 그녀의 기세에 밀려 거절하지 못하고 하라는 대로 했다. 사실 어떻게 거절해야 하는지 생각나지 않았다. 팔에서 멀어진 우나의 작은 손이 아쉬웠다.

우나는 그가 양복 상의를 벗도록 도와주고는 냉정하게 소파를 가리켰다. 작은 여자의 기세에 밀려 천상은 얼결에 소파 끝에 앉았다. 쪼르르 상의를 걸어 두고 다시 온 우나는 천상의 어깨를 밀어서 기어이 소파에 눕게 했다. 아까 기가 잔뜩 죽어 떨던 여자가 맞는 건지 의심스러웠다.

툭툭.

"자, 다리 올리세요."

소파 팔걸이를 친 우나. 팔걸이에 다리를 걸쳐 올려놓으려는 우나의 생각을 알았지만 내키지 않았다. 누운 것도 불편해서 당장에 일어나고 싶었다. 그런데 우나의 눈을 마주하니 생각대로 할 수 없었다. 절대로 일어나면 안 될 것 같은 어이없는 생각이 들었다.

다리를 올리지 않고 주저하고 있으니까 우나가 허리를 굽혀 그의 다리를 자기가 들어 올리려고 했다. 당찬 시도를 하는 그녀를 말리려고 하라는 대로 했다.

이건 바보짓이야. 왜 이러고 있어야 하지?

"이러고 잠시라도 좀 있으세요. 다시 뛰어들어 와서 힘 빼기 싫어서 그래요."

기가 막혀서 아무 말도 못하고 있는 천상을 상관치 않고 스툴을 가져다 앉아 그의 아픈 다리 쪽의 신발을 벗겼다. 이번엔 양말까지는 벗기지 않았다. 평소대로 뭐하는 짓이냐고 호통을 쳐야 마땅한 상황인데 우나의 작은 손이 조물거리는 걸 느끼는 순간 소리는 쑥 들어갔다.

"이러니까 제가 아주 편하네요. 이렇게 잠깐이라도 주무르면 훨씬 좋아질 거예요."

처음 겪는 일이 어색해서 팔로 눈을 가리고 누운 천상은 곧 어색함을 잊을 수 있었다. 우나의 손길에 딱딱하게 굳었던 근육들이 풀어지면서 한참을 지고 있던 무거운 짐을 내려놓은 것처럼 편안해졌기 때문이다. 긴 한숨이 저절로 나왔다.

"휴우, 이제 다 됐습니다. 뭐, 더 원하셔도 힘이 없어서 안 되니까 참으세요."

"됐어."

바보 같은 짓이라고 생각했는데 너무 편안하고 시원했다. 회의하느라 두 시간이 다 되도록 뜨겁게 열을 내며 달렸던 엔진이 천천히 식어 가는 느낌이었다. 어제부터 출근을 위해 그가 들인 노력은 꽤나 컸다.

아침에 준비하는 것부터 회사에서의 생활까지 평소와 다른 몸을 끌고 움직이는 건 어렵고 힘들었다. 평소보다 몇 배의 준비 시간이 드는 몸 때문에 더 일찍 일어나고 더 많이 힘을 들여야 했다. 이렇게 소파에 팔자 좋게 드러누워 마사지를 받게 될 줄은 조금도 생각하지 못했다.

긴장을 잠시 풀어 준 것이 다리엔 아주 큰 효과가 있었다. 통증과 당김이 사라지고 몸마저도 편안해졌다.

"저는 그럼 나가 보겠습니다. 혼자 일어나실 수는 있는 거죠?"

"지금 놀리는 거야?"

우나의 말에 눌렀던 성질이 화르륵 타올랐다. 반쯤 몸을 일으켜 그녀에게 소리를 질렀다.

"아니라는 거 아시면서. 나가 보겠습니다."

약간의 움찔거림도 없이 우나는 조금도 밀리지 않은 얼굴로 할 말 다 하고 돌아서서 나갔다. 갑자기 혼자 남겨진 느낌이 들어 천상은 우나를 도로 부를 뻔했다.

말을 하려던 입을 닫고 스스로 놀라 자리에서 서둘러 일어섰다. 말도 안 돼!

우나는 천상의 요구대로 시간마다 사장실로 들어가 그를 책상에서 일으켰다. 그러나 그리 쉬운 일은 아니었다.

"잠깐만, 이것만 보고."

천상은 우나가 옆에 서 있는 것을 아랑곳 않고 서류를 보거나 컴퓨터 키보드를 두드렸다. 중간에 끊어지는 건 일하는 사람에게 많이 불편할 거라는 생각에 이해하면서 기다렸지만 십 분이 넘도록 일을 끊지 않았다.

"사장님, 이제 한번 일어나셔야 합니다."

"음."

대답만 하고 움직임이 없었다.

"사장님, 제 다리 부러지겠어요."

"뭐?"

"사장님 기다리고 서 있었더니 다리 아프다고요."

"아, 그래. 알았어."

정말 일에 몰두했던 건지 평소의 무뚝뚝하고 차가운 얼굴이 아니었다. 우나는 사장이 부드러워질 수도 있을 거라고 생각했다.

그러나 그건 그녀와 상관이 없는 일이란 사실을 떠올리며 얼른 털어 버렸다. 신경 쓸 일이 아니야. 할 일만 제대로 해내기로 다시 결심한 우나는 사장의 팔을 잡고 일으켰다. 몇 배나 큰 그였지만 우나의 손길에 딸려 힘겹게 몸을 일으켰다.

"자, 이거요."

목발을 주고 사장실을 몇 발짝 걷게 만들었다. 한참을 방치했던 몸을 움직이는 사장의 표정은 한껏 찌푸려져 있었다. 일어나서 한 발 걷기까지가 제일 힘든 순간이었다. 그 순간만 지나면 다음은 부드럽고 쉬웠다.

"마실 거 드려요?"

"그래."

굳었던 몸을 풀고 부드러워진 몸을 느끼고 나면 우나가 마실 걸 권했다. 그냥 물만 마시더라도 그 시간이 좋았다. 목발에 의지해 서 있는 그에게 우나가 다가와 컵을 내밀면 그걸 받아 마시고 주면 된다. 별로 대단할 것도 없는 그 과정이 그는 좋았다.

"자꾸 힘들게 하시면 제가 무슨 짓을 할지 몰라요."

"협박이야?"

"그러니까 일어나라고 할 때 바로 일어나시라고요."

"그러고 있잖아."

"어머, 어쩜 그렇게 오리발을. 이제까지 사장님 모습 죄다 찍어 뒀어야 해. 사장님이 말 안 듣고 일하는 것 때문에 제가 옆에서 기다린 시간을 다 합하면 반나절이 될지도 몰라요."

"그럼 이미 퇴근 시간이겠지."

"이제 정말로 두 번만 더 하면 퇴근이에요."

우나는 화가 났는지 물 잔을 들고 그대로 나가 버렸다.

피식.

천상은 웃음을 흘리고 있는 자신의 모습에 놀랐다. 웃기까지 하다니.

우나의 토라진 모습이 귀엽게 느껴졌고 화가 나서 어쩔 줄 몰라 하는 모습도 재밌었다. 그런 마음이 새삼스러워 고개를 저으며 책상에 가서 앉았다. 앞으로 두 번 더 우나의 재미난 얼굴을 볼 수 있다는 생각에 다시 또 웃어 버렸다.

아프다는 우나의 소리에 보다 만 서류를 보았다. 일을 하던 중간에 관심을 다른 곳으로 돌려 본 적이 없었다. 그래서 약혼녀였던 그녀, 루진의 불만을 무시했고 마음에 담지 않았다. 이해해 줄 줄 알았고 이해해 줘야 한다고 생각했기 때문이다.

갑자기 떠오른 루진의 생각에 천상의 기분은 아래로 곤두박질쳤다.

탕.

그렇더라도 그를 속이는 짓을 하면 안 되는 거였다. 아무리 화가 나도 그렇게 뒤에서 배신을 하면 안 되는 거지. 차라리 그를 때리고 욕을 해야 마땅하고 옳았다.

"사장님! 아니, 저, 그게……."

깜짝 놀란 얼굴로 문을 열고 뛰어든 우나는 그를 보고 당황해서 말을 잇지 못했다.

"별거 아니야. 나가 봐."

"네."

우나는 들어온 것처럼 재빠르게 사장실을 나갔다.

천상은 우나가 나가고 난 후에야 왜 우나가 당황했는지 깨달았다. 우나는 그가 화가 난 것인 줄 알았을 것이다. 루진에 대한 생각 때문에 잔뜩 화난 얼굴이었으니 우나가 오해할 만했다.

쓰러진 줄 알고 걱정해서 들어온 건데 제대로 설명하지도 않고 쫓아낸 것 같아서 마음이 불편했다.

저 여잔 왜 이렇게 걸리적거려? 눈에도 밟히고 마음에도 온종일 밟힌다. 너무 작아서 그런가? 어리고 작아서 마음이 놓이지 않은 건지도 모른다. 그래. 아이 같아서 그렇겠지.

"후."

서류를 들여다보는 그의 입에서 긴 한숨이 나왔다. 아무래도 우나가 신경 쓰였다. 웬만해선 기가 죽지 않는 여잔데. 우나의 움츠러드는 모습이 싫었다.

그러나 어떻게 우나의 기를 살려 준단 말인가. 그저 작은 한숨을 몇 번이나 내쉬며 억지로 일을 할 뿐이었다. 일은 모든 면에서 그에게 숨을 곳이 되어 주었다. 감정에 시달리면 으레 일로 숨었다. 이번에도 그런대로 잊을 수 있었다.

얼마나 시간이 흘렀는지도 모르고 일을 이어 가고 있었다.

똑똑.

"사장님."

조심스러움이 느껴지는 모습으로 우나가 안으로 들어왔다. 평소 같으면 그녀가 옆에서 뭐라고 투덜거려도 잘 알아차리지 못했을 텐데 이번에는 기다리고 있었던 것처럼 그녀가 노크하는 소리부터 똑똑히 들었다.

"우나 협박이 무서워서 기다리고 있었어."

퉁명스럽게 말하며 자리에서 일어섰다. 뭐라고 말해야 할지 몰라서 생각난 대로 할 뿐이었다.

"이번에도 말 안 들으면 정말 사고 치려고 했는데."

"손해 보는 일은 잘 안 하고 살았어."

"사장님으로 손색이 없네요."

우나가 다시 밝아진 것 같아서 기분이 좋았다. 가까이 다가와 그가 움직이는 걸 살펴보는 그녀의 눈길도 좋았다.

"아까 소리 난 건 화나는 일이 있어서 책상을 친 거야. 너 때문은 아니야."

멋쩍어서 우나에게 등을 돌리며 툭 던지듯 말했다. 마음에 남은 작은 불편함이 남김없이 털려 나가는 것같이 시원했다.

"아, 네."

"점심은 누구하고 먹은 거야?"

사무실을 이리저리 걸으며 말했다. 점심시간 전부터 궁금했던 것이다. 함께 먹자고 말하기엔 뭔가 어려움이 있는 것 같아서 참았기 때문이다. 마땅한 명분도 없고 상황도 어려웠다.

"혼자 먹었죠. 비서실에 저 혼자뿐이잖아요. 게다가 신입인데 함께할 사람이 있을 리가 없죠."

"그럼 나한테 함께 먹자고 하지 그랬어?"

"어머, 사장님도 참. 어떻게 그래요? 그리고 사장님은 함께 먹을 분들이 많잖아요. 억지로라도 사장님하고 먹어야 할 사람도 많을 거고."

"억지로? 꼭 그런 식으로 말해야 해?"

"사실이니까 그렇죠. 사장님 비위 맞추려고 함께 먹기 싫은데도 억지로 먹는 사람이 거의 대부분일 걸요?"

"그래서 고소해?"

"고소한 건 아닌데, 뭐, 다 뿌린 대로 거두는 거죠."

"너무 기어오르는 거 아니야?"

"사장님이 인상 한번 쓰면 바로 내려가는 거니까 걱정하지 마세요."

토라져서 고개를 돌리는 우나의 모습에 다시 웃음이 나오려고 해서 참았다. 그녀의 토라진 모습을 좋아하는 걸 들키고 싶지 않았다. 웃음을 참으려니 자연스레 인상이 써졌다.

"아파요?"

"뭐? 아니야. 기분 나쁜 일이 생각나서."

"사장님은 온통 기분 나쁜 일만 경험하셨나 봐요. 항상 화난 얼굴이세요."

"너도 멀쩡한 다리 고장 나 봐, 나처럼 매일 인상 쓰고 다닐 테니까."

"그런가요? 뭐, 저도 인생 고장 난 사람이긴 하지만······."

"뭐?"

"아, 아니에요. 인생이 다 그렇죠 뭐."

우나는 갑자기 상관없는 사람에게 속을 털어놓는 스스로에게 놀랐다. 이런 말을 왜 했지? 입조심해야지.

이제까진 조심하려고 해서 조심한 것이 아니었다. 한 번도 이런 이야기를 누군가에게 해 본 적이 없었고 또 친구도 별로 없었다. 하나도 없다고 해야 하나?

대학에서 사귄 친구들도 속을 감추고 다니다 보니 가깝게 친해질 수 없었다. 그렇다고 그리 슬프거나 외롭지는 않았다. 항상 혼자였던 삶이라서 별로 별나게 느끼지 못했기 때문이다. 앞으로도 혼자 지낼 인생이었다.

"몇 살이나 살았다고 인생 타령이야?"

"점심 같이 먹어 드려요?"

더 깊이 들어가기 전에 서둘러 막았다.

"먹어 드린다니? 내가 혼자인 너하고 먹어 주는 거야."

"그럼 그렇게 생각하세요."

"그렇게 생각하는 게 아니라 그게 사실이야."

"어후……."

"나가 봐."

"네? 네."

갑자기 나가라는 그의 말에 뭔가 이상함을 느낀 우나는 슬쩍 그의 눈치를 보고는 얼른 사장실을 나왔다.

사장실을 나온 우나는 잠시 자리에 앉아 아무것도 하지 못했다.

정말 인생이 고장 난 걸까? 그렇게 생각한 자신에게 실망하고 있었다.

무엇 하나 고장 난 것은 없었다. 단지 여느 이십 대의 삶과는 다르다는 거. 그것도 겉으로 보기엔 조금도 차이가 없었으니 문제될 것도 없었다. 어차피 지금처럼 좋기도 힘든 인생이었다.

그런데 고장 난 거라고 말하다니. 장씨 아저씨에게 미안하고 고씨 아줌마에게도 미안했다. 과정이 어찌되었든 의도와 결과가 좋은데 뭘 더 바라는 걸까? 지금보다 얼마나 더 좋은 인생을 바라는 걸까?

아저씨, 죄송해요.

"우나."

"……. 어? 사장님."

사장이 눈앞에 서서 그녀를 내려다보고 있다는 걸 처음엔 의식하지 못했다. 눈물 가득한 눈으로 올려다보고도 현실임을 알지 못했다. 눈 깜박임에 눈물이 또르르 흘러내려 시야를 선명하게 채운 사장의 모습이 보였을 때에야 지금의 상황을 이해했다. 자리에서 벌떡 일어나 얼른 젖은 빰을 훔쳤다.

"무슨 일이야?"

"네?"

"왜 울고 있어?"

"아, 그게, 별로, 힘, 힘들어서 그렇죠. 사장님을 시간마다 일으키러 들어가야 하니까. 첫날이고, 또 긴장도 되고. 뭐, 그렇죠. 원래 신참들은 몰래 화장실 가서 울기도 많이 울어요. 신경 쓰지 마세요."

우나가 울고 있어 깜짝 놀랐다. 퇴근하고 데려다준다는 말을 하려고 나온 참이었다. 그 말을 불러들여서 할 수가 없어서였다.

그가 나온 줄도 모르고 눈물을 흘리고 있는 우나의 모습에 가슴이 철렁했다. 우나에게 눈물은 어울리지 않았다. 어수선한 변명을 늘어놓는 모습에서 또다시 선이 그어지는 걸 느꼈다.

"힘들면 하지 마!"

"뭘 그렇게까지. 사람이 울 수도 있지 울었다고 그렇게 싫은 티를 내셔야 해요? 뒤에서 몰래 사장님 욕도 하는데 앞에서 우는 건 더 좋은 거 아니에요?"

"차라리 뒤에서 욕을 해."

"욕할 사람이 없어요. 그리고 다시는 안 울어요. 이젠 다 적응해서 울 일 없어요. 사장님 일으키는 일 없으면 비서실에서 빈둥거려야 한다고요."

무서운 얼굴로 찡그리고 선 사장과 대면하기 힘들다. 우나는 기가 죽으려는 걸 간신히 붙들고 서 있었다.

"어디 살아?"

"네?"

"데려다줄 테니까 차 타고 가."

"아니, 저기, 사장님."

다시 사장실로 들어가 버린 그에게 말을 이을 수 없었다. 그녀가 울어서 데려다준다고 하신 걸 텐데 거절할 이유를 대기 어려웠다.

하필 우는 걸 들켜서 일이 복잡하게 됐다. 다음부터는 절대 울지 않아. 왜 갑자기 마음이 약해져서는 이런 일을 만들었는지 모르겠다.

장씨 아저씨의 죽음도 고씨 아줌마의 죽음도 견뎌 냈고 장씨 아저씨 친척들의 괴롭힘도 잘 버티고 있었다. 새로운 인생을 위해 대학도 다니고 있고 이번엔 아주 좋은 직장에 취직까지 했다. 울 일은 하나도 없었다.

3
떨림

책상에 놓인 아침. 천상은 우나가 준비해 준 아침을 잠시 보고 있다가 먹었다. 밖에서 우나도 먹고 있을 걸 생각하니 안심이 되었다. 적어도 그가 여기서 아침을 먹는 동안 우나도 아침을 먹을 것이다. 바빠서 거를 일은 없었다.

똑똑.

우나가 들어왔다. 문이 열릴 때마다 기분이 좋은 건 우나 때문일까?

"접시 치우려고요. 다 드셨네요."

"넌?"

"저도 다 먹었죠. 전 끼니 거르는 거 싫어해요."

"그런데 왜 그렇게 말랐어?"

"체질이죠. 요즘을 살아가는 여자로선 아주 좋은 체질. 먹어도 안 찌는. 다들 다이어트에 빠져 허우적대고 있을 때 저는 마음 놓고 잘 먹을 수 있거든요. 이런 말 여자들 있는 곳에서 하면 저 돌 맞아요."

다른 여자들은 아무것도 모르고 화를 내겠지. 피자, 햄버거, 치킨. 그런 거 생각도 못 해 보고 자랐다. 세끼 밥? 그것도 감지덕지였다. 두 끼라도 제대로 먹을 수 있다면 그날은 운이 좋은 거였다.

갑자기 닥친 삶의 변화를 열 살의 어린아이가 잘 적응해 나가지 못하는 건 당연했다. 살아가기 위해선 스스로 밥을 해 먹고 적당한 수면을 취해야 하고 미래를 위해 학교도 다녀야 한다는 걸 알아내기엔 어려움이 많았다.

영양실조가 되지 않은 것이 신기할 정도의 삶이었다. 돈을 숨겨 고씨 아줌마의 술값으로 모두 날아가지 않게 한 건 밥을 먹기 위해서였다. 밥 먹는 걸 들키는 바람에 가지고 있던 돈을 빼앗긴 것도 여러 번. 그렇게 자란 그녀에겐 살찔 기회나 여유는 없었다.

요즘엔 대학도 다니고 좋은 집에서 편안하게 산다고 하지만 등록금과 생활비를 마련하기 위해 바쁘게 아르바이트를 해야 했고 공부와 일상의 자잘한 일들도 열심히 하느라 여전히 살찔 시간은 없었다.

"정말 잘 먹는데 안 찌는 거야?"

"돼지같이 먹지는 않아요. 그걸 기준으로 삼지 마세요."

세끼를 챙겨 먹는 건 새로운 삶을 살고 있다는 증거였다. 세끼 식사는 달라진 그녀의 삶을 스스로 인식할 수 있는 가장 간단하고 좋은 방법이었다.

"한번 먹여 보고 내 눈으로 확인할 테니까 그리 알아."

"어머, 세상에. 웬만해선 살은 잘 안 찌겠지만 혹시라도 찐다면 어떡하시려고요?"

"살찌우려는 마음이야 다 똑같겠지. 잡아먹으려고 찌우려는 거야."

"치. 안 잡아먹히려면 밤에 몰래 가서 땀나게 운동해야겠네요."

"그러면 옆에 데려다 놓고 24시간 감시하면서 찌울 테니 그리 알아."

"네, 네. 마음대로 하세요. 저는 솔직하게 다 말씀드렸으니 결과에 책임 없어요."

우나는 접시를 들고 토라져 사무실을 나갔다. 피식 웃고 일거리에 시선을 돌린 천상. 그러나 바로 일이 눈에 들어오지 않는다.

정말 잡아먹고 싶은 걸까? 다행히 우나는 어려서 그의 말을 제대로 해석하지 못했다.

잡아먹고 싶다니 말도 안 돼. 저런 작고 어린 여자 뭐 먹을 게 있다고. 스스로 고개를 흔들며 가당치 않은 생각을 털었다.

진욱은 우나가 계속 잘 버티고 있다는 사실에 놀라며 앞으로의 일도 기대를 했다. 버텨만 준다면 고맙겠다고 생각했던 일에 잘 적응해 나가는 우나를 보니 슬슬 귀찮은 일이 보이기 시작했다.

사장이 사고로 회사를 나올 수 없게 되었을 때 여러 가지 일이 각각의 부서에 떨어졌다. 그런데 이제 사장이 복귀했으니 그간 하던 일이 다시 사장에게 되돌아가기 시작했다. 그중에서 미팅이나 오찬 일정에 관한 것들을 일일이 그가 거르고 걸러서 보고했는데 이제 사장이 직접 결정해야 했다.

일단 그 일을 사장의 일로 복귀시키려면 먼저 우나의 상태를 살펴야 했다. 사장을 감당하기도 힘든데 잡무까지 주면 싫어할 수 있으니까.

"일은 어때?"

비서실에 직접 들러 운을 띄웠다.

"바쁘긴 한 것 같은데 별로 하는 일이 없습니다."

"아, 그렇군. 사실 비서실에서 해 줘야 하는 일이 있는데 우나 양이 어렵다면 나중에 넘길까 하고 물어보려고 왔어."

"여기서 해야 하는 일이라면 당연히 해야죠. 무슨 일인데요?"

"별거는 아니고 전화를 받거나 약속 메일을 띄우거나 그런 거지. 물론 사장님의 허락을 받고서 말이야. 바쁜 사장님이 일일이 외부 전화를 받거나 메일을 보낼 수는 없잖아? 물론 사장님이 직접 결정해야 하는 일이기는 해도 말이야."

"알겠습니다. 어떻게 시작하면 되나요?"

"사람을 보내서 알려 주라고 할 테니까 기다려."

"네."

진욱은 속으로 안도하며 가볍게 그의 사무실로 돌아왔다. 이제 귀찮은 일에서 한동안 놓여난 건가? 우나의 표정을 보니 앞으로 한참은 더 괜찮을 것 같았다. 어쩌면 계속 일을 할지도 모른다.

사장이 직접 우나의 서류를 가져오라고 해서 불안한 마음에 긴장했는데 월급을 좀 더 올려 주라는 말에 조금 놀랐다. 어제는 우나와 사장이 함께 차를 타고 퇴근하기까지 했다는데 참 의외였다.

서진욱 이사가 다른 사람 시켜도 되는 일을 굳이 직접 가지고 올라와 우나를 살피는 이유는, 평소와 다른 사장의 변화가 혹시 우나 때문인지 알아보기 위해서였다.

하지만 아직까진 특별한 분위기를 느낄 수 없었다.

새롭게 맡은 일과 사장을 시간마다 자리에서 일으키는 일이 합해지니 제법 일다운 일을 하는 것처럼 바빴다. 우나는 괜한 감상에 젖을 시간이 없어져서 좋았다. 몸이 너무 편하면 되지도 않을 신세 한탄을 하며 울어 버리곤 하니까.

"점심을 이렇게 먹는 사람이 어딨어요?"

"여기 있어."

사장과 함께 먹는 첫 번째 점심. 뷔페. 보통 사람들 며칠의 점심 값을 치러야 먹을 수 있는 곳이었다.

"월급 주는 거 이렇게 다 빼먹으려는 거죠?"

"내가 사 주는 거야. 너 같은 서민이 이런 점심 먹을 수 있다고 생각하지 않아."

"아시니 다행이네요. 그리고 얻어먹는 거 싫거든요?"

"비싼 곳이니까 많이 먹겠지, 안 그래? 돈이 아까워서 과식하는 곳이라면서?"

"어휴."

얄미워. 진짜 돈이 아까워서 많이 먹기는 하겠어.

"나 장애인이니까 옆에 따라다니면서 음식 담아 줘야 하는 거 알지?"

"어머, 세상에. 그거 시키려고 여기 온 거죠? 내 이럴 줄 알았어."

토라져서 투덜거리는 우나 몰래 웃고는 자리에서 일어섰다. 한쪽만 짚은 목발이지만 모두의 시선이 잠시라도 머물다 갔다. 그런 분위기를 눈치챈 우나는 얼른 그의 옆을 따르면서 토라졌던 조금 전의 얼굴을 모두 지우고 그를 올려다봤다.

"뭐부터 시작하시겠어요?"

"처음부터 다 돌 거야. 네 것도 함께 담아."

"억지로 먹이려는 건 아니죠?"

"그건 아니야."

그의 말이 거짓이라는 건 금방 드러났다. 그녀가 그냥 지나치려고 하면 인상을 쓰면서 음식을 접시에 담게 만들었다. 한 접시를 가득 채워 자리로 돌아왔을 때 우나는 완전히 토라져 있었다.

"억지로 먹이는 거면서."

"그것도 못 먹어?"

사장의 말에 우나는 시위하는 마음으로 대답하지 않았다. 그를 마주하지도 않고 접시 위의 음식을 하나 집어 입에 넣었다.

"맛은 있네요."

천상은 표정이 점점 좋아지는 우나를 보며 속으로 또 웃었다. 몇 가지를 다 맛본 후에 우나는 완전히 달라졌다. 그를 보고 웃어 주기까지 했다.

"먹어 보지도 않고 성질부터 내면 못써."

"알았어요."

우나의 배는 감당하기 벅찰 정도로 불렀지만 기분은 좋았다. 맛있었으니까. 사장에게 별다른 말을 하지 않기로 했다. 배가 불러 힘들지만 그건 그녀가 좋아서 먹다가 그런 거니까.

뷔페를 나와 회사로 들어오는 동안 서로 별다른 말은 하지 않았지만 편안했다.

"배불러서 죽겠어요."

"저녁때까지 부지런히 움직여."

"하여튼 사장님은 너무 얄미우세요."

"고우나, 기어오르다가 혼나는 수가 있어."

그의 말에 얼른 입을 쏙 다물고 자리에 앉는 우나를 지나쳐 사장실 안으로 들어왔다. 들어오기가 무섭게 그는 웃음을 터트렸다. 소리를 내지 않으려고 몇 번이나 헛기침을 할 정도였다.

우나를 먹이려고 그도 평소보다 많이 먹어 불편하기는 했다. 바로 자리에 앉지 않고 천천히 사무실 안을 걸었다. 매일 저녁 운동을 많이 하는 요즘이었다. 얼마 되지 않는 시간이지만 벌써 목발을 짚는 손과 멀쩡한 다리에 힘이 붙어서 훨씬 걷기가 쉬웠다. 다리의 통증도 눈에 띄게 좋아졌다.

"사장님."

불쑥 들어온 우나.

"배가 불러서 노크도 잊은 거야?"

"아니, 그게 아니라 왜 인터폰 안 받으세요? 놀랐잖아요."

"아, 그랬어? 왜, 무슨 전환데?"

"어떤 여자분이, 그러니까 이루진이라는 분이 전화하셨어요. 잠깐 기다리시라고 했는데 다음에 한다고 끊었어요."

우나의 말소리는 점점 힘을 잃었다. 사장의 얼굴이 굳어지면서 무섭게 변했기 때문이다. 배부르게 먹고 기어오르다가 한 번에 놀린 셈이었다.

"연결할 필요 없어. 없다고 해. 아니, 안 받는다고 해."

"네. 저……."

"왜?"

"나, 나가도 되죠?"

"나가."

얼른 인사를 하고 후다닥 사라지는 우나의 모습에 또 인상을 썼다. 그녀에게 화낼 일 아닌데. 괜히 우나만 잔뜩 겁을 집어먹게 만들었다. 다시 나가서 달래 주고 싶었지만 지금 마음으로 그건 힘들었다. 회사로 직접 전화까지 한 루진에게 화가 났기 때문이다. 어떻게 감히.

그러나 집이나 그의 개인 전화로 걸지 않은 건 그녀다운 행동이었다. 루진은 선을 아는 여자니까. 눌러둔 감정이 그를 함부로 흔들지 않도록 침착해지려고 애를 썼다. 회사로 전화한 건 공적인 일로 할 말이 있어서겠지.

전화를 안 받는다고 한 건 유치한 답이었다. 루진을 대하는 그의 태도는 철없는 소년이나 할 법한 행동이었다.

마음을 가라앉히고 사장실을 나갔다.

"고우나."

"네!"

비서실에 앉아 오늘부터 새로 주어진 일을 하느라 그를 보지 못한 우나에게 다가갔다. 그의 소리에 놀라서 벌떡 일어나는 우나.

하여튼 이 여자는 극과 극으로 행동해. 그거 한 소리 했다고 금방 기가 죽어서 작은 소리에도 놀란 토끼처럼 펄쩍펄쩍 뛰기나 하고. 품어서 다독여 주고 싶었지만 그건 해 줄 수 없는 일이었다.

"이루진이란 여자한테 전화 오면 바로 연결해. 아까 한 말 잊어 버리고."

"아, 네."

"칠칠맞기는."

"네?"

"이빨에 고춧가루 끼었어."

"네? 어머, 이 닦았는데, 어디, 어디요?"

휴대폰을 들여다보며 확인하는데 어디에도 없어 사장실로 들어가는 그에게 물었다.

"생각해 보니까 아니야. 사람이 착각할 수도 있으니까."

"사장님!"

사장실로 들어간 얄미운 사장. 문이 조금만 늦게 닫혔어도 티슈 박스가 그의 등을 때렸을 텐데. 아쉽다. 분하다. 씩씩거리며 바닥에 떨어진 티슈 박스를 집어 들었다. 지금이라도 뛰어 들어가 심술 맞은 사장의 다리를 발로 차 버리고 싶지만 그러지 못해서 더욱 분하다.

안에서 어쩐지 사장의 웃음소리가 들리는 것도 같다. 얼마나 분했으면 말도 안 되는 환청까지 들리겠는가. 사장이 소리 내서 웃을 사람은 절대 아니었다. 분하고 억울해서 티슈 박스를 소리 나게 책상 위에 올려놓았다.

천상은 매시간 들어와 퉁명스럽게 어서 일어서라고 말한 후에 휑하니 방을 나가 버리는 우나의 토라짐에 지쳐 가고 있었다. 한두 번은 귀엽고 재밌게 봐줄 수 있는데 풀리지 않고 계속되니까 초조해지기 시작했다. 상냥하고 따뜻한 눈빛으로 그를 바라봐 주기를 바랐다.

그러나 우나는 그가 걷는 것도 지켜봐 주지 않았고 물을 떠서 가까이 다가와 건네주지도 않았다. 책상 위에 소리 나게 컵을 놓고는 그대로 휭 나가 버렸다.

두어 번 그러고 말 거라고 생각했는데 이제 퇴근 시간이 가까워 온 마지막까지도 우나의 얼굴은 펴질 줄 몰랐다.

"고우나."

"네."

퇴근 시간에 맞춰, 아니 초조함으로 조금 일찍 사장실을 나가 그녀 앞에 섰다.

우나는 그의 말에 이젠 놀라지 않고 천천히 일어섰다. 우나의 눈은 그를 마주하지 않았다. 그의 셔츠 주머니를 바라보고 있었다.

"무서워."

"네?"

"너 화내니까 무서워."

"어머, 누가 할 소릴. 사장님이 훨씬 더 무섭거든요?"

우나의 시선을 마주하자 기분이 좋아졌다. 똑바로 마주하며 투정하는 우나의 귀여운 모습을 다시 볼 수 있게 되었다.

"아니야. 네가 더 무서워. 난 화내고 금방 설명해서 풀었잖아. 넌 끝까지 안 풀어 주니까 네가 훨씬 무서운 거지."

"사장님이 하신 일을 생각하셔야죠. 저하고 그렇게 비교하시면 안 돼요."

"그럼 내가 잘못했다는 거야?"

"물론이죠."

"그럼 잘못한 사람이 사과하는 건가?"

"잘 아시네요."

"알았어. 사과할게."

"네?"

너, 너무 쉽다. 인상 꽉 쓰면서 자신을 더 괴롭힐 줄 알았던 사장이 무뚝뚝한 얼굴로 바로 수긍해 버리니 할 말이 없었다. 이런 건 그녀가 쓴 시나리오에 없었다. 이제 어떻게 하지?

"사과하는 의미로 저녁 같이 먹자. 사과는 받아 주는 거라고 들었는데 어쩔래?"

"이게 지금 사과하는 거 맞아요?"

"맞아. 아주 예의 바른 사과를 하고 있는 중이야. 이런 사과 안 받아 주면 그건 사람도 아니지."

"뭐, 뭐, 뭐라고요? 마, 말도 안 돼."

"저녁 먹으러 가자. 아까 먹은 거 네 성질 받아 주느라 다 꺼졌어. 배고파."

"누, 누가 할 소린데 그래요?"

"너도 배고파? 그럼 잘됐네. 내 사과가 아주 적절한 타이밍을 마련한 거야."

아, 때려 주고 싶다. 저 얄미운 사장한테 한 방 확실하게 날려 주고 싶은데, 어휴. 할 말 다 했다고 돌아서 가 버리는 사장의 등에 대고 주먹을 몇 번이나 치켜 봤지만 분한 마음이 줄어들지 않았다.

"따라와."

"앗!"

올렸던 주먹을 급하게 뒤로 감췄다. 고개를 돌린 엄한 얼굴의 사장 때문에 다시 기가 죽은 우나. 파르르 떨던 모습을 급하게 바꿔 얼른 가방을 들고 그의 뒤를 따랐다.

사실 오늘은 일찍 퇴근한다고 말하려고 준비를 해 두고 있었다. 사장의 심술에 시위하는 요량으로 퇴근 시간보다 조금 일찍 간다고 말하려던 것이었다.

그런데 사장이 먼저 나와 모든 계획이 엉망이 되었다. 이렇게 쫄 래쫄래 사장의 뒤를 얌전히 따를 줄 알았다면 미리 준비나 하지 말 걸. 아직 퇴근 준비 못 했다면서 미약하지만 튕겨 볼 수 있었을 텐 데.

"한 그릇만 먹으면 되니까 입 내밀지 말고 먹어."

"한 그릇은 맞는데 그릇이 너무 커요."

도가니와 갈비가 푸짐하게 담긴 음식은 정말 맛있어 보이긴 했 다. 그러나 세숫대야처럼 커 보이는 그릇 때문에 수저를 들기가 무서웠다. 엄한 얼굴의 사장을 슬쩍 올려다보다가 다시 눈을 내렸 다.

"조용히 다 먹어."

"배 터지겠어요!"

"진짜 못 먹어?"

"지금 사장님 배하고 제 배하고 같다고 생각하시는 건가요?"

"그건 아니야. 그럼 조금 남겨."

"저하고 사장님하고는 두 배로 차이가 나거든요?"

"알았어. 조금 더 남겨. 더 이상은 안 돼."

그의 허락에 마음이 놓인 얼굴을 하고 얼른 자기 그릇에서 갈비와 도가니 몇 점을 그의 그릇으로 옮겨 담았다. 몇 번이나 눈으로 확인하며 확연히 차이 나는 두 그릇을 보며 안심했다.

"정말 저 살찌우실 거예요?"

"넌 내가 실없는 소리나 하는 사람으로 보여?"

"아니요. 먹을게요. 먹으면 되죠."

이러다 사장이 또 화를 내면 어쩌나 겁이 나서 얼른 국물을 호로록 입에 넣었다. 맛있어.

"왜?"

깍두기와 김치를 집지 않고 바라만 보고 있는 우나에게 천상이 물었다.

"고춧가루."

푸읍.

위험했다. 얼른 손으로 입을 막지 않았으면 입안에 있던 음식을 테이블에 뿜을 뻔했다.

"콜록, 아니, 괜찮아. 아까 그건 내가 장난친 거잖아. 안심하고 먹어. 이 집에서 이게 맛있다고 소문난 거니까."

"그래도 마음에 걸려요. 먹기 어렵단 말이에요."

인상을 쓰는 우나의 말에 속이 상했다. 맛있는 거 먹지도 못하게 한 것 같아서 아까의 장난을 후회했다.

"고춧가루 있어도 예쁘니까 먹어."

"사장님한테 예쁘면 뭐하게요?"

"나 말고 달리 예쁘게 보일 사람이라도 있어?"

"아니, 뭐, 그건 아닌데……. 맞아요. 달리 예쁘게 보일 사람도 없는데 고춧가루 좀 끼는 게 어때서. 고추장을 얼굴에 묻혀도 상관

없는데, 까맣게 잊고 있었어요."

바보. 잘 처신하다 갑자기 왜? 정말 잊고 있었다. 그녀가 보통의 연애를 할 수 없다는 걸, 감정을 키우고 마음을 키우는 일을 해서는 안 된다는 걸 까맣게 잊고 있었다.

"뭘 잊어?"

"아니에요."

우나는 가만히 생각하는 얼굴을 하더니 어두워졌다. 천상은 지난번 우나의 눈물을 보았을 때처럼 마음이 아팠다. 다시 우나의 삶이 궁금해졌다. 아주 많이.

"이제부턴 아침도 함께 먹을 거니까 그렇게 알아."

"네? 사장님, 너무하세요. 이건 독재 수준이라고요."

"시끄러워. 넌 내 눈이 없으면 깨작거리고 안 먹을 타입이야."

우나가 어두운 얼굴을 털어 냈다. 다시 돌아온 귀여운 얼굴로 투덜거리는 모습이 좋았다.

"아니라니까 진짜 안 믿으시네?"

"살찌면 인정하겠어."

"어휴, 진짜, 내가 정말, 해내고야 말겠어."

눈을 몇 번이나 흘기고는 그릇을 부지런히 비웠다. 물론 깍두기와 김치도 열심히 먹었다. 우나는 이러다 위만 늘어나서 똥배 나오는 거 아닐까 하며 속으로 걱정했다.

"그게 신상에 좋아."

천상은 우나의 투덜거림을 보며 속으로 웃고 그도 맛있게 저녁을 먹었다. 우나가 준 갈비는 더 맛있었다. 우나보다 그가 먼저 살이 찌는 건 아닌지 슬쩍 걱정이 되었다. 운동을 더 열심히 해야겠어.

◎

천상의 선포를 이루는 아침. 사장실 소파에 마주 앉은 두 사람. 우나의 표정이 좋을 리는 없다. 그러나 표정을 감춘 천상은 그 어느 날보다 기운이 나는 아침이었다.

"아침부터 인상 쓰는 거냐?"

"독재자!"

물러가라. 자유를 달라!

"오늘 거울 안 봤지?"

"봤어요. 여자가 아침에 거울도 안 보고 나와요?"

"그럼 좋아진 거 알았겠네?"

"좋아지다니요?"

"너 오늘 얼굴 뽀얗게 폈어."

오늘따라 우나가 예뻐 보였다. 아마도 잘 먹어서 좋아진 혈색 때문일 거다.

"설마."

"겨우 하루만에도 효과가 나는 처방이라는 거지. 그러니 당분간 잔머리 굴리지 말고 따라."

진짜 좋아진 것 같기도 하고 아닌 것도 같고. 모르겠다. 사실 아침에 거울을 보니 칙칙해 보이지 않아서 기분이 좋기는 했기 때문이다. 그렇다고 사장의 말에 넙죽 동의할 수는 없었다. 착각일 수도 있으니까.

기름진 음식만 먹어서 기름기가 얼굴에 도는 건지도 몰라. 어제 저녁 뽀얀 국물을 먹어서 뽀얗게 된 건지도 모르고. 기고만장한 사장을 더 살려 줄 수는 없는 거지.

"화장해서 그래요. 여자들은 화장하면 다 뽀얗게 보여요. 그러라고 떡칠을 하는 거니까. 남자들은 화장 안의 여자 얼굴을 모르니까."

다 먹은 접시를 포개서 자리에서 일어서려는데 사장이 기다란 팔을 뻗었다. 깜짝 놀라서 엉거주춤 멈추었다. 때리게?

"어디, 아닌데?"

사장의 손가락이 우나의 뺨에 닿았다. 쓱 문질러 내리는 그의 손가락에서 떨림이 느껴지는 건 그녀가 떨고 있기 때문일 거다. 그럴 거야. 뺨에 근육 경련이 일어난 것 같았다.

"거, 거참. 화장 망치게 어디다 함부로 손을 대요? 안 묻게 해요, 안 묻게. 첨단의 시대에 그 정도 기술은 필수라고요."

열이 확 하고 얼굴에 몰려 올라오는 것 같아서 얼른 일어나 돌아섰다. 접시가 불안하게 그녀의 손안에서 달그락거리는 소리를 냈다.

만져 보고 확인까지 하다니. 함부로 거짓말하면 안 되겠어.

사장실을 나와 다용도실로 들어와 한숨을 쉬었다. 싱크대에 그릇을 넣고 손으로 두 뺨을 감쌌다. 화끈거려. 빨개지지는 않았겠지? 평생 이런 일은 없었는데. 하여튼 사장 아저씨는 매너가 너무 없어.

설거지를 하며 겨우 정신을 차린 우나는 평정심을 되찾고 일을 할 수 있었다. 두 번 사장실에 들어가 그를 일으켰지만 별다른 이상 증상은 나타나지 않았다.

다행이야. 사장의 움직임은 하루가 다르게 자연스럽고 편안해졌다. 일어나라면 바로바로 일어나는 데다가 눈에 띄게 나아지기까지 하니 보람이 느껴졌다.

뿌듯한 마음으로 일을 하는데 벨소리가 울렸다.

"네, 비서실입니다."

— 어제 전화 드렸던 이루진이라고 해요. 오늘 통화할 수 있을까요?

"아, 네. 네. 바로 연결해 드리겠습니다."

사장이 이상한 증상을 보였던 그 여자다. 우나는 사장의 말대로 바로 그의 방으로 연결해 주었다.

전화를 돌리고 나니 멍해졌다. 궁금해. 누구지? 사장님을 오락가락하게 만드는 여자는 누굴까? 아니야. 정신 차려. 어디다 대고 궁금질이야? 넌 네 할 일만 똑바로 하면 돼.

다독이고 다독여서 겨우 일을 시작했다. 그러나 계속해서 사장실로 눈이 가는 건 어쩔 수 없었다.

탕.

지난번에 듣고 놀라 뛰어들어 갔던 소리가 다시 사장실 안에서 들렸다. 우나는 자리에서 일어났다가 다시 앉았다.

진정해. 사장님은 이제 많이 좋아져서 쉽게 쓰러지거나 하지 않아. 지난번처럼 책상을 친 거야. 그 여자하고 뭔가 안 좋은 일이 있었던 거겠지. 사는 데 화나거나 속상한 일은 매일 있을 수 있는 거니까. 진정.

안으로 들어가고 싶은 몸을 잡느라 열심히 이성을 키웠다. 몇 번이나 일어났다가 다시 앉았지만 사장실 안으로 들어가지 않고 버틸 수 있었다.

벌컥.

깜짝이야. 사장이 인상을 펴지 않은 채 사장실에서 나왔다. 옷을 다 갖춰 입은 걸 보니 외출할 모양이다.

"점심 먹고 들어올 거야."

"네."

쌩하니 찬바람을 날리며 사장이 사라지자 가슴이 휑하니 뚫리는 것 같았다. 점심 함께 먹자고 자기가 먼저 그래 놓고. 독재자라면서 자유를 달라 외쳤던 마음과 달리 막상 그가 자유를 주자 불안했다. 이게 무슨 일인지.

아까 그 여자하고 만나는 걸까? 그게 아니라면 갑자기 나갈 일은 없는 거잖아? 아니야. 쉽게 판단해선 안 돼. 그리고 막말로 그 여자하고 만나서 점심을 맛있게 먹으면 안 되는 이유 없잖아? 그게 무슨 상관이라고. 상관없지. 암, 아무런 상관이 없어야지.

그런데 마음이 왜 이런지 모르겠네. 허전해서 그런가? 얼마나 함께 밥을 먹었다고 벌써 허전하고 불안하단 말이야? 바보. 귀한 자유를 소중히 써야지.

시계를 보니 점심시간이 가까워 오고 있었다.

"김밥이나 먹어야겠다. 아니야, 돈가스? 아니, 귀찮게. 김밥. 아니, 아니야. 음, 이거, 진짜 짜증 나네."

결국 지갑을 들고 회사 밖으로 나와서야 점심 메뉴가 정해졌다. 돈가스. 왕 돈가스로 빵빵하게 먹어야지.

사장이 뭘 먹었느냐고 혹시, 혹시라도 물어볼 수 있으니까 그럴

싸한 것으로 먹긴 먹어야 해. 김밥은 혼날 것 같아서 안 되고 다른 건 별로 먹고 싶지 않았다. 왕 돈가스 정도면 무난할 것 같았다. 허전함을 잊으려고 바삐 움직였다.

점심시간을 한참이나 지난, 퇴근 시간을 두어 시간 앞두고 천상이 돌아왔다. 우나가 자리에서 일어나 그를 맞이하자 흘끗 보고는 바로 사장실로 들어갔다.

원래 그런 사람이라고 알고는 있지만 몸에 힘이 빠지는 걸 막을 수가 없었다. 사장이 그녀를 향해 뭔가 말할 이유는 없었다. 흘끗이라도 보기는 했으니까 그걸로 충분한 거다.

그러나 이성적인 생각과 달리 감정이 자꾸만 부글거리며 일어났다. 감출 수 없는 감정 때문에 키보드 위를 움직이는 우나의 손가락과 화면을 바라보는 눈에 힘이 들어갔다.

탕.

잘 놀다 들어와서 왜 또 성질이야? 우나는 사장실에서 들리는 소음에 움찔한 몸을 다시 진정시켰다.

탕, 탕.

이번엔 참을 수가 없었다. 기어이 사장실 문을 열고 안으로 들어갔다.

"사장님?"

"왜 이렇게 늦게 들어와? 내가 안에서 죽어야 속이 시원하겠어?"

"현대적인 통신 수단이 있는데 그건 왜 안 쓰세요?"

"이게 더 빠르잖아."

책상에 앉은 천상이 그녀에게 호통을 쳤지만 이번엔 그리 무섭게 느껴지지 않았다. 그가 그녀를 불렀다는 사실에 기뻐하고 있었기 때문이다.

"왜요? 마실 거 가져다 드려요?"

"점심 뭐 먹었어?"

"돈가스. 왕 돈가스."

오호, 올 것이 왔다. 그러나 미리 대비한 일이었다. 자신 있게 대답할 수 있었다.

"정신 상태가 좋아."

혼내 주려다 김이 빠진 건지 그의 목소리에 힘이 없었다.

"칭찬받은 거죠?"

"누가?"

"됐어요. 나가도 돼요?"

"안 돼."

"그럼 뭘 원하시는지 말씀을 하세요."

"너."

"네?"

"……."

당황한 그녀의 질문에 답이 없다.

천상은 스스로 한 말에 놀라서 우나와는 비교도 되지 않는 혼란 속에 있었다.

"점심에 뭘 드셨기에 얌전한 저한테 화풀이세요?"

복잡하고 어색한 분위기가 너무 싫어 힘들게 짜증을 냈다.

"안 먹었어."

"네? 여태 밥도 안 먹고 뭐하셨어요? 노는 게 그렇게 재밌었어요?"

아니 멀쩡하게 나가서 왜 밥도 안 먹어? 저 큰 덩치가 끼니를 놓쳤으니 어쩌면 좋아.

"놀긴 누가 놀아!"

"왜 소리는 지르고 그러세요? 일 안 하고 밖에 나갔으면 논 거지."

"배고파서 그래. 배고프면 성질나잖아?"

기세 좋게 오르던 사장의 목소리가 우나의 반격에 눌려 갑자기 바닥으로 꺼졌다.

"그건 그래요. 얼른 뭐 좀 드릴게요."

배고픈 거 싫어하는 우나의 몸은 벌써 문으로 향했다. 당장에라도 뛰어나갈 준비가 됐다.

"다리도 아파."

"네, 네. 다녀와서 주물러 드릴 테니 그것도 조금만 참으세요."

책상을 바라보며 웅얼거리는 사장을 두고 얼른 사장실을 나왔다. 우나는 뛰다시피 걸으며 바쁘게 움직였다.

우나가 나간 후 문을 바라보고 앉은 천상. 왜 그런 소리를 했을까? 우나가 필요하다고? 말도 안 돼. 스트레스를 너무 받아서 잠깐 머리가 어떻게 된 것이 분명했다.

루진과의 만남. 루진과의 만남은 피할 수 없었고 피해서도 안 되는 일이었다. 언젠가 만나야 했기 때문에 뒤로 미루기 싫어서 억지로 나갔다.

역시 생각했던 대로 루진은 시간을 되돌리고 싶어 했다. 마치 그녀 때문에 다친 그를 책임이라도 져야 할 것처럼 굴었다. 그건 그가 더 싫어하는 태도라는 걸 그녀는 모르는 것 같았다. 이미 떠나버린 배다. 서로가 다 상처 입은 마당에 어떻게 되돌릴 수 있단 말인가.

점심을 먹자는 그녀의 청을 거절했다. 하던 말이나 끝내자고 아무렇지 않은 척 자리를 지켜 그가 하고 싶은 말을 했지만 돌아오는 루진의 말을 듣는 건 괴로웠다.

우나. 우나가 생각났다. 루진이 청한 점심을 거절한 이유도 생각났다. 우나와 함께 먹기로 한 것이 바로 어제인데 약속을 어기고 싶지 않았다.

그러나 이야기는 길어졌고 우나와의 약속을 지킬 수는 없었다. 그래서 더 화가 났던 걸까? 한 말 또 하고 또 하고. 더 이상 듣기 싫어 자리에서 일어섰을 때 후회했다. 이럴 줄 알았으면 더 일찍 일어날 것을.

자존심 강하고 자신만만했던 루진이 결국 눈물을 보였지만 그의 마음은 흔들리지 않았다.

'루진, 이미 벌어진 일이고 서로가 서로를 아주 잘 알게 된 시간이었어. 되돌리는 건 불가능해. 새로 시작하는 것도 싫고. 앞으로 또다시 그런 일이 없을 거라고 단정 지을 수도 없어.'

'천상 씨, 내가 몇 번이나 말해? 그건 실수였어요. 난 실수를 자주 하지 않아요. 절대 그런 일은 없어요. 그러니까 그런 걱정은 하지 않아도 돼요. 천상 씨, 내가 잘못했어. 다시 시작해. 그 사람하고는 처음부터 아무런 사이 아니었기 때문에 달리 정리하고 말고

할 것도 없지만 그래도 당신에게 당당하고 싶어서 흔적마저도 깨끗하게 정리했어요. 앞으로 그런 일 없어요.'

'아무런 사이도 아닌데 그런 관계를 가질 수 있는 네가 무섭다. 난 마음이 없으면 안 되거든. 너 안을 때마다 진심이었어. 넌 아닐 수도 있다는 걸 알았고 그래서 마음이 돌아서지 않아. 널 안을 때마다 넌 진심일까 의심하는 건 어리석은 일이야. 내가 안 된다는 걸 내가 알기 때문에 이 관계는 되돌릴 수 없어.'

'이렇게 쩨쩨한 남자였어요? 여자의 순결이나 따지면서 여자의 실수 하나 감당해 주지 못한단 말이에요?'

'너한테는 실수로 작게 여겨질지 모르지만 나한테는 그 이상이야. 내가 가졌을 상처 따위 너한테는 늘 별거 아닌 실수 자국이겠지.'

'아니, 그런 말이 아니에요. 잘못했어요. 다신 안 그래. 천상 씨가 힘들었다는 거 아니까 미안해서 그동안 연락도 못 한 거예요.'

'됐어. 이만큼이라도 일어설 수 있었던 건 네가 연락하지 않아서였으니까. 앞으로도 연락하지 마.'

'더 기다려야 해요?'

'아니. 기다릴 필요 없어. 내 마음은 변하지 않아. 너하고는 다시 만나고 싶지 않아.'

'기다릴게요. 화내. 그 화 다 떨어지면 그때 다시 시작해요.'

그 말을 끝으로 일어났다. 되돌이표처럼 반복되는 내용에 질려 일어날 수밖에 없었다. 대체 이제까지 알고 지냈던 루진이란 여자는 어떤 여자였던 걸까? 새삼 낯설게 느껴졌다. 한 번도 본 적 없는 여자와 마주한 것처럼 캄캄하게 느껴졌다.

"후."

한숨을 뱉어 내고 의자에 기대서 눈을 감았다. 우나의 얼굴을 보고 싶어서 책상을 몇 번이나 친 것은 잘한 일이었다. 꽉 막혔던 속이 우나의 투덜거림을 듣자마자 바로 뚫렸기 때문이다.

사실 배는 고프지 않았다. 식사 때를 놓쳐 속이 잠깐 쓰린 것 같더니 이제는 그것마저도 느낄 수 없었다. 저녁때까지 그럭저럭 견딜 수 있을 만큼이었다.

그러나 우나의 보살핌을 받고 싶어서 배고프다고 굶었다고 짜증을 냈다. 작고 여린 우나의 다정한 눈길과 손길이 필요했다.

"배고파서 기절한 건 아니죠?"

"아니야."

"금방 저녁이니까 이 정도만 먹어요."

"뛰었어? 그 짧은 다리로 얼마나 빨리 가겠다고 뛰기는 뛰어?"

헉헉거리는 우나의 모습에 안타까운 잔소리가 저절로 나왔다.

"빨리 사다 줘도 문제예요? 짧은 다리 안 놀리게 하고 싶으면 제때 식사를 하시든가!"

획 토라져서 소파에 가서 털썩 앉았다. 그래도 나가지 않아서 천상은 마음을 놓았다. 토라진 우나가 밖으로 뛰쳐나가면 초조해져서 그녀가 힘들게 사 가지고 온 김밥은 한 점도 먹지 못할 테니까.

소파에 앉아서 숨이 찬 건지 화가 나서 씩씩거리는 건지 아무튼 푸푸거리며 있는 우나를 보며 즐겁게 김밥을 먹었다.

"다 먹었으면 이리 와서 누워요."

"됐어. 조금 뛰었다고 할딱거리는 너한테 뭘 더 바라겠어?"

"다리 아프다면서요?"

"참을 수 있어."

"갑자기 왜 튕겨요?"

"염치가 없어서."

"알긴 아네요?"

"알지. 너보다 열 살은 더 먹었으니까."

"열 살? 으에, 진짜 아저씨네."

우나의 반응에 뜨끔했다. 아저씨? 기분이 나빴다. 한 살 줄여 말한 건데도 아저씨라는 소리를 듣다니. 남자 나이 서른넷이면 한창이지 어째 아저씨야?

하지만 우나의 나이를 생각하면 그런 소리를 함부로 할 수 없었다.

"아저씨, 이리 오시죠?"

"까불지 마."

"네. 사장님, 염치는 그만 챙기시고 이리 오세요."

천상은 못 이기는 척하고 소파에 가서 누웠다. 다리를 알아서 올려 주고 우나를 기다렸다. 스툴을 끌어다 앉은 그녀의 작은 손이 그의 다리를 잡고 주무르기 시작했다.

"그, 그만."

"얼마나 했다고 그만해요?"

"됐어. 힘이 없어서 간지러워. 차라리 벌레가 기어 다니게 하는 게 낫겠어."

우나의 손길에 온몸이 반응했다. 이런 말도 안 되는 일이. 천상은 놀라서 몸을 반쯤 일으켰다. 생각 같아서는 우나의 손을 당장에라도 쳐 내고 싶었지만 그럴 수는 없었다.

심장은 왜 벌떡거리고 난리인지 모르겠다. 얼른 우나로부터 도망치고 싶었다.

"어후, 진짜, 몸에서 사리 나오겠네."

"뭐?"

"많이 참고 참으면 몸 안에 돌이 생긴다잖아요. 제 몸에 벌써 돌 12개는 생겼을 거예요."

"쓸데없는 소리 그만하고 나가."

"나갈 거예요."

우나는 책상에서 접시를 가지고 뒤도 안 돌아보고 사장실을 나갔다. 천상은 겨우 몸을 바로하고 두 손으로 얼굴을 몇 번이나 비볐다.

루진을 만나 너무 흥분했던 거다. 감정이 이리저리 튕겨 나가 있다 보니 이런 일이 생기는 거겠지. 너무 슬프거나 두려운 후에 가까이 있는 사람과 잠자리를 같이하는 경우도 있다고 하니까.

루진. 그녀의 말은 그런 걸까? 제길, 뭘 생각해? 루진의 일은 그로선 용서가 되지 않는 일이다. 용서보단 용납이 되지 않았다. 다른 여자가 그랬어도 이해하기 힘든 일인데 내 여자가 그랬다는 걸 어떻게 받아들일 수 있단 말인가. 감정적 실수라고 해도 받아들일 수 없었다.

눈으로 직접 본 일이라 루진을 보면 그날 함께 있었던 남자가 자연스럽게 떠올랐다.

처음 루진의 부정을 들었을 때는 아프고 힘들었다. 믿을 수 없고 믿고 싶지 않았다. 그래서 루진의 바람처럼 통 크고 멋지게 이해하고 받아들이려고 했다.

하지만 직접 눈으로 본 후엔 그럴 수 없었다. 듣는 것과 보고 듣는 건 달랐다. 사고를 낼 정도로 흥분했던 건 상처받았기 때문이다.

수술을 받는 기간 동안 마음과 감정에도 수술을 받았다. 시간이 지난 지금 다리가 나아지는 것처럼 마음과 감정도 나아지고 있었다. 그렇지만 마음과 감정이 나아지고 있다는 건 과거로 돌아갈 수 있다는 의미가 아니었다. 지난 일로 더 이상 아프지 않게 된다는 의미였다.

천상은 루진의 생각으로 차갑게 이성을 회복하고 책상에 앉아 밀린 일에 몰두했다. 우나로 인해 두근거렸던 심장과 몸의 떨림에 대한 건 벌써 까맣게 잊고 있었다.

4
벗겨진 과거

천상은 우나의 다른 얼굴이 무얼 말하는 건지 알고 싶어서 생각에 잠겼다.

금요일에 흔히들 묻는 질문을 그도 우나에게 했다. 이틀 동안 우나를 볼 수 없다는 사실에 섭섭한 마음이 들어 질문이 나왔다. 우나와 함께하지 못하는 이틀은 지루하고 재미없는 날이 될 것이 분명했으니까.

퇴근하기 전에 주말 약속을 정하려고 나름 좋은 시간을 골라 물었다. 내일 토요일엔 뭘 하느냐고.

그런 그의 질문에 우나는 생각에 잠긴 얼굴을 하더니 날짜를 확인하고는 입을 완전히 다물었다. 그의 기대와 다른 우나의 태도를 바꿔 보려고 이런저런 말을 해 봤지만 듣지 못한 것처럼 반응하지 않았다.

슬픈 것 같기도 하고 아닌 것 같기도 한 아리송한 우나의 표정. 결국 우나와 주말에 만날 약속은 정하지 못하고 대체 토요일에 무슨 일이 있는 건지 궁금증만 잔뜩 가진 상태로 대화를 끝내야 했다.

궁금증으로 끝난 대화를 겨우 잊어 갈 즈음 우나가 그 앞에 섰다.

"사장님, 오늘 저녁은 먼저 가 봐야 할 것 같습니다."

"그게 무슨 소리야? 사장보다 비서가 먼저 가겠다는 거야?"

"아니요. 저녁을 함께 못 해요."

"왜? 종교적으로 금식이라도 하는 날인가?"

"그런 상상력은 어디서 나오는 건지 모르겠네요. 아니에요. 어딜 들러야 해서요."

"어딜 들르는 거하고 저녁을 안 먹는 거하고 무슨 상관인데?"

이틀을 못 보는 것도 싫은데 마지막 저녁까지 안 된다고? 기분이 몹시 나쁘다. 천상은 무슨 수를 써서라도 우나와 함께 저녁을 먹고 싶었다.

그러나 침착한 우나의 표정에서 그건 불가능하다는 걸 알았다. 그가 고집을 부린다고 변할 일이 아닌 거다.

"다른 사람하고 먹을 거라고요. 금식도 아니고 거르겠다는 것도 아니에요."

"알았어."

슬슬 짜증이 나려고 해서 얼른 말을 끝냈다. 우나에게 괜히 짜증 내서 좋을 건 없으니까.

우나는 알았다는 그의 말에 바로 나갔다. 괘씸해. 뭔가가 우나를

가득 채우고 있다는 걸 알게 돼서 심술이 났다. 뭐지? 그를 밀어낸
게 뭔지 궁금하다.

"사장님 요즘 아주 많이 좋아지신 것 같아요. 운동 많이 하시나
봐요?"

마지막 시간에 들어온 우나가 그의 힘찬 움직임에 칭찬을 했다.
괜히 으쓱한 기분이 들어 좋았다.

"멀쩡한 다리라면서?"

"맞아요. 이렇게 잘 움직일 줄 알았다니까요. 의사 선생님도 그
러셨죠?"

"더 열심히 하면 목발 없이 걸을 수 있다더군."

"와아, 잘됐네요."

"귀찮은 일에서 해방됐다는 착각은 하지 않는 게 좋아."

"그게 무슨 소리예요?"

"목발 없이 걸어도 여전히 절름발이야. 그러니 이제까지 하던 일
을 앞으로도 해야 한다는 거지. 알았어?"

"저 괴롭히려고 다리 다친 사람 같아요. 알았어요. 뭐, 하면 되
죠."

"몸무게는 재 봤어?"

"늘었어요. 속이 시원하세요? 일주일도 안돼서 그렇게 많이 늘
다니. 안 찌는 체질이라고 마음 놓을 일이 절대 아니야."

"뽀얗게 피면 좋은 거 아니야?"

"또 그 소리. 삼계탕도 아닌데 뽀얀 게 뭐가 좋다고 그러세요?"

우나는 지난번 사장의 손가락이 생각나서 몸을 돌렸다.

"내가 나가라고 하지도 않았는데 자꾸 나갈 거야?"

천상의 말에 우나는 멈칫했다. 잘 움직이는 사장 곁에 더 있을 필요도 없다.

사실 요즘은 말만 하고 그냥 나가도 상관없었는데 여전히 그의 옆에서 챙기고 살폈다. 아직은 도움이 필요할지도 모른다는 생각에 그냥 하던 대로 하고 있지만 오늘은 확실히 그만두어야 한다는 걸 알았다.

이렇게 자꾸 함께 있고 싶은 건 멀리해야 할 감정이니까. 힘들지만 잘라 내야 할 감정이었다.

사장이 사장님이라서 이제껏 편안하게 마음 가는 대로 지낸 거였다. 사장님이란 그의 위치가 그녀의 마음을 잘 가두어 줄 것이라고 믿었기 때문이다. 나이도 많고 성격까지 나쁜 사장님이었으니까. 그런 절대의 벽에 마음을 놓았었다.

그러나 이젠 그 벽에 안심할 수 없게 되었다. 벽이 점점 사라지는 것 같았다. 좋다. 사장의 잔소리와 태도가 익숙해질수록 좋아졌다.

이렇게 내버려 둘 수 없어. 내일 납골당에 다녀오면 더 확실하게 마음을 정리할 수 있겠지. 인생이 고스란히 드러나는 곳이니까. 확실하고 분명하게 상황을 깨달으면 저절로 부푼 감정은 사라질 것이다. 게다가 어차피 그녀 혼자만의 감정이니까 정리는 빠르고 간단한 일이었다.

"이건 규칙적인 일이니까 꼭 허락이 필요 없는 거 아니었어요?"

둘러대며 문을 잡은 손을 놓지 않았다. 지금은 사장을 마주하고 싶지 않았다.

"퇴근 안 시키는 수가 있어."

불안하다. 천상은 우나가 자신을 피한다는 느낌이 들었다. 뭔가 이상해. 똑바로 마주 보고 따박따박 말대꾸를 해 대던 우나가 다른 곳을 보며 말하고 있었다.

"정 그러고 싶으면 그러시든가요."

진짜 이상하다. 너무하다느니 왜 그러느냐느니 하며 팔팔 뛰어야 하는데 다 죽어 가는 소리로 그러시든가요? 고우나 왜 그래?

"나가."

나가라는 말에 우나는 오히려 잠시 미적거렸다.

그녀가 나가고 난 후 천상은 문에서 시선을 돌릴 수가 없었다. 토요일에 대한 궁금증으로 시작된 그녀에 대한 의심과 불안으로 마음이 꽉 차서 다른 일을 할 수 없었다.

비서실에 앉은 우나는 사장실을 바라보았다. 어렵다. 정말 싫다. 사장이 퇴근시키지 않겠다는 말이 반갑게 들리기까지 할 정도였다. 바보. 간단한 거야. 주제 파악만 하면 끝나는 일인데 무슨 미련을 두는 거야?

"바보."

한숨과 함께 중얼거린 후 어렵게 시선을 돌렸다.

벌컥.

깜짝이야. 조금 전까지 바라보던 문이 그녀가 눈을 돌리자마자 갑자기 열리는 바람에 지은 죄도 없는데 크게 놀랐다.

"나 먼저 퇴근할 거니까 시간 되면 알아서 퇴근해."

"아, 네."

놀라서 벌떡 일어선 그녀의 배웅을 제대로 받지도 않고 천상은 평소의 얼굴로 먼저 퇴근했다.

"이게 자연스러운 거지."

천상의 뒷모습을 기억하며 천천히 자리에 앉았다. 혼자 좋아했던 마음을 접는 거라지만 꽤나 진하게 이별이 느껴졌다. 월요일에 다시 볼 그였지만 지금과는 다른 마음이길 바랐다.

우나는 정각에 퇴근했다. 미리 갈 수도 있었지만 그러고 싶지 않았다. 되도록 천천히 집으로 돌아왔다.

비어 버린 배 속에서는 분위기를 생각지 못하고 밥을 달라고 신호를 보냈다. 씁쓸하게 자기 배를 내려다본 우나는 옷을 갈아입고 다시 집을 나왔다.

재래시장으로 간 그녀는 순대를 사 먹고 튀김을 사 먹었다. 작은 몸에 들어갈 곳이 어디 있다고 다시 국숫집에 들러 국수도 먹었다.

우나의 걸음엔 주저함이 없었다. 국숫집에서 나온 우나는 채소가게에서 약간의 채소를 산 후 정육점에 들러 쇠고기를 샀다. 장바구니가 제법 묵직하게 채워졌다.

집으로 돌아온 우나는 작고 좁은 싱크대에 사 가지고 온 것들을 늘어놓았다.

"아저씨, 불고기 해 드릴게요."

중얼거린 우나는 잠깐 멍하니 섰다가 요리를 시작했다.

납골당에 가기 전날은 두 사람을 추모했다. 고씨 아줌마를 위해선 아줌마가 좋아하던 음식을 대신 사 먹었고, 장씨 아저씨를 위해선 평소 돈이 아까워서 절대 사 먹지 못하셨던 쇠고기로 음식을 해 먹었다. 그녀가 둘을 기억하는 유일한 방법이었다.

장씨 아저씨에게 시집을 보내고 겨우 두 달 만에 고씨 아줌마는 죽었다. 그녀를 잡아 주고 살펴 줄 사람이 아무도 없었으니까. 아마 고씨 아줌마는 그걸 알고 있었던 것 같다. 같은 동네인데도 죽기 전까지 한 번도 우나를 찾아오지 않았다.

술값이 떨어지면 한 번쯤 와서 징징거릴 것도 같은데 그녀는 그러지 않았다. 심지어 그 길로 다니지도 않았다. 세탁소에서 매일 장씨 아저씨 옆을 지키면서 동네를 살폈지만 고씨 아줌마가 지나가는 걸 보지 못했다.

고씨 아줌마가 죽고 유품을 정리한다면서 집을 모두 뒤져 봤다. 낡은 사진이 몇 장. 모두 아줌마의 젊은 시절 모습이었다. 예뻤다. 지금 모습에서 절대로 추측해 낼 수 없는 모습이었다. 술이 그녀의 인생을 망친 건지 아니면 망쳐진 인생 때문에 술의 노예가 된 건지 알 수 없었다.

장씨 아저씨의 도움으로 장례를 치렀다.

'나는 이렇게 하지 않아도 돼. 괜히 시끄러운 친척들한테 시달리기나 할 거니까.'

'괜찮아요.'

'옆에 있어 줘서 고맙다. 바라지 않은 일이었는데 네가 해 주니까 이젠 계속 그래 주면 좋겠다는 생각까지 들어.'

'처음부터 계속 있으려고 했어요.'

'미안하다.'

'그 말은 안 하시기로 했잖아요.'

'그랬지. 미안하다.'

아저씨의 생명은 3개월에서 7개월로 늘어났다. 고맙고 미안하다며 마지막까지도 하지 말라는 말만 하고 돌아가셨다. 마지막에 처음으로 그녀의 두 손을 꼭 잡으셨다. 정말 완벽하게 혼자가 된 그때의 두려움을 다시 느끼고 싶지 않았다. 남겨진다는 건 무섭고 힘든 일이었다.

그래서 그런 것인지 두 사람의 죽음을 겪으며 잃었던 기억을 거의 되찾았다. 다시 경험하게 된 두려움 앞에 기억이 되살아난 것이다. 부모님이 누구신지, 어디서 어떻게 살았는지 모두 알게 되었다.

어려서는 의미나 분위기를 몰랐던 일들을 다 자란 후 기억으로 깨닫게 된 것도 있었다. 부모님의 치열한 부부 싸움과 서로에 대한 분노 때문에 그녀의 어린 시절이 어땠는지, 사고 후에 왜 아무도 그녀를 찾지 않았는지까지 알게 되었다.

최운하. 그녀의 이름. 우나란 이름은 고씨 아줌마가 그녀가 말하는 발음을 잘못 알아들어서 그렇게 된 것 같다. 운하라는 이름을 울먹이는 아이가 발음하면 우나로 들릴 수 있었다.

그 당시에 이름과 나이 말고는 기억나는 것이 없었다. 3학년 4반이라는 것을 기억하고 있다는 것이 신기할 정도였다.

"내일 아저씨 친척들 만날지도 몰라요. 뭐, 매년 각오한 일이니까. 혹시 도와주실 수 있으면 좀 도와주세요. 제가 견딜 수 있을 만큼만 괴롭히라고."

불고기가 거의 다 되어 가고 있었다. 배가 불러서 당장 먹지는 못한다. 내일 하루 종일 불고기만 먹게 될 거다. 그래서 사장이 신경 쓰는 살은 빠질 여유가 조금도 없었다. 월요일엔 더 뽀얗게 피어서 출근하게 될지도 모른다.

불고기가 다 되었다. 주방을 정리하고 집 안 청소를 했다. 저녁에 할 일은 아니었지만 뭐라도 해야 쓸쓸함을 잊을 수 있었다.

자주 이사 다닌 탓에 안 그래도 작아서 얼마 없는 물건이 잘 정돈되어 있었다. 구석구석 먼지 하나 없이 깨끗이 닦아 냈다.

더 할 것이 없게 되었을 때 씻으러 욕실로 들어갔다. 작은 욕실도 그녀의 몸과 함께 깨끗하게 청소가 되었다.

젖은 머리를 털며 욕실을 나와 긴 한숨을 쉬는 것으로 모든 일에 끝을 냈다.

◎

우나는 평소 출근하는 시간에 맞춰 일어나 어제 저녁에 해 둔 불고기로 거창한 아침을 먹었다.

달리 준비할 것은 없었다. 평소엔 절대로 내리지 않는 머리를 풀어 내린 것이 전부였다. 어깨를 조금 넘는 머리를 단정하게 하고 집을 나왔다. 청바지에 티셔츠, 운동화. 장씨 아저씨가 그녀의 나이에 맞는 옷차림이라면서 좋아하던 모습이었다.

시외로 나들이 가는 사람들 때문에 밀리는 복잡한 도로 위를 버스를 타고 갔다.

고씨 아줌마와 나란히 있는 장씨 아저씨. 아저씨는 고씨 아줌마를 화장하고 모셔 둘 곳을 마련하며 아저씨 것도 함께 마련했다. 죽는 것만 생각했지 그 후의 일에 대해 생각해 본 적 없으셨다면서 서둘러 준비하셨다.

"아직 과부 행세를 해야 할 필요가 있는가 봐, 산소엘 다 오고?"

"……."

드디어 나타났다. 장씨 아저씨의 사촌 동생.

"요즘은 학교도 안 나오던데 어디로 도망간 거야?"

오늘도 변함없이 그에게선 술 냄새가 확 끼쳐 온다. 벽을 짚고 선 모습을 보니 스스로 서 있기도 어렵다는 걸 알 수 있었다.

"우애가 깊었던 사촌 동생 행세를 하시려면 잘하셔야죠. 여기까지 와서 돈 달라고 아우성치면 다 들통나잖아요?"

"이게 아주, 주둥이만 살아서……. 형님이 미친 거야. 다 늙어서 새파란 어린것한테 넘어가서. 열 계집 싫다는 남자 없다지만 어떻게 형님이 그러실 수가 있나 몰라?"

험한 말은 여전했지만 우나의 말에 찔끔한 것인지 목소리 톤은 현저히 줄었다. 사람들 앞에서 우나를 창피 주던 버릇에 이곳이 납골당인 줄 잊었던 것이다.

고씨 아줌마처럼 이 사람도 주정뱅이였다. 이성이 얼마 남아 있지 않았다. 다른 친척들은 그의 뒤에 서서 그녀가 돈을 꺼낼 때를 기다리고 있었다. 그가 돈을 받는 즉시 모두가 합세해서 얻어 내려는 거다. 직접 말하긴 뭣하니 주정뱅이가 하는 일을 부추기며 이용하고 있었다.

이 모든 일을 장씨 아저씨는 잘 알고 있었다. 아저씨가 살아 계시는 동안에도 파렴치하게 돈을 뜯으러 왔기 때문이다. 아저씨 말처럼 돈을 가지고 멀리 떨어져 살았다면 이런 고초는 겪지 않아도 되었을 거다. 결혼했다는 걸 아무도 모를 때 재산을 정리해서 멀리가 버리면 누가 알겠는가.

하지만 그럴 수 없었다. 이런 일을 미리 예상하고 재산을 정리해서 멀리 가라고 권하던 장씨 아저씨 곁을 떠날 수 없었다.

"제가 여기 오는 거나 학교에 가는 거나 다 알고 오시는 거, 누가 알려 주는 거잖아요. 그 사람들 가만히 앉아서 아저씨 이용하는 거예요. 혹시 제가 신고라도 하면 아저씨만 잡혀가고 그 사람들은 모른 척할 수 있으니까요."

"뭐? 신고를 해? 야, 너 막가는구나? 해! 신고해! 내가 무슨 죄가 있다고 겁을 먹겠어?"

"잡혀가면 술 못 마셔요. 감옥에서 술은 안 주잖아요?"

"너……."

그녀의 말에 남자가 말을 잇지 못했다. 술을 마시지 못할지도 모른다는 생각이 남자를 놀라게 한 것 같았다. 그러나 놀란 얼굴은 시시각각 빠르게 변했다. 뭔가 생각하려는 것 같은데 제대로 생각을 할 수 없는 것이다.

우나는 남자의 갈등에 도움을 주고 싶었다. 제대로 된 생각을 할 수 있기를 바랐다.

"그분들이 아저씨한테 제가 신고 안 할 거라고 말했겠지만 믿지 마세요. 제가 신고 안 하는 건 문제가 있어서가 아니라 아저씨가 장씨 아저씨 친척이라서 그런 거니까요. 장씨 아저씨가 아저씨 걱정 많이 하셨어요. 젊을 땐 공부를 잘해서 뒤를 밀어주고 싶어 하셨어요. 다른 친척들 꼬임에 넘어가서 계속 망나니 노릇이나 하지 말고 이제 좀 정신 차려 보세요. 저는 영원히 이대로 견디기만 하지는 않아요. 그럴 수도 없고요."

들을까? 장씨 아저씨가 혹시라도 도와주시면 정신을 차릴 수 있지 않을까? 우나는 그걸 기대했다. 고씨 아줌마의 지겨운 주정 안에 숨겨져 있던 슬프고 힘들었던 삶의 무게를 그에게서도 느꼈기 때문이다.

고씨 아줌마처럼 허무하게 죽어 가게 하고 싶지 않았다. 그러나 그건 아주 작은 희망이었다. 그 작은 희망은 대부분 눈 깜짝할 사이에 사라져 버렸고 그녀도 언제까지나 받아 줄 수는 없었다. 힘든 삶을 사는 건 그녀도 마찬가지였기 때문이다. 견딜 수 있을 때까지 견뎌 보겠지만 언제 포기하게 될지 그녀도 장담할 수가 없었다.

"야, 이년아, 날 지금 뭐로 보고 함부로 주둥이를 나불대!"

올바른 생각은 처음부터 기대할 수 없었나 보다. 결국 남자의 이성은 완전히 끊어졌다.

아마 제일 아픈 부분을 건드린 탓일 거다. 우나는 발작하며 흥분하는 모습에 놀라 주춤거리며 뒤로 물러섰다. 주변에서 조용히 참배하던 사람들이 하나둘 관심을 가지기 시작했다.

탕.

고요하게 잠들어 있던 납골당이 흔들거렸다. 술기운에 이성을 잃은 그가 유골함이 차곡차곡 들어 있는 벽을 주먹으로 쳤기 때문이다. 쉽게 깨지지 않겠지만 불안하게 울리는 큰 소리에 참배를 온 유족들이 깜짝 놀라 우르르 몰려 나갔다.

"여긴……."

쾅.

여긴 동네도 아니고 길거리도 아니라고 말하려고 했다. 그러나 흥분한 그가 작은 그녀의 멱살을 잡고 벽에 밀어붙이는 바람에 다음 말을 할 수 없었다. 머리가 부딪혀 눈을 뜰 수 없었다.

"한 번만 더 말해 봐, 이년아. 뭐가 어쩌고 어째? 오늘 너 죽고 나 죽는 거야. 그깟 돈 다 필요 없어. 형님이 너 같은 거한테 속아서 고생고생하며 번 돈 다 뺏긴 거 그게 억울해서 내 오늘은 그냥 안 넘어가. 어디 오늘 내 손에 죽어 봐."

"으악!"

목이 졸리는 아픔에 가까스로 비명을 질렀지만 고통은 줄어들지 않았다.

"그 손 놔!"

그때, 공포와 아픔에 묻혀 허우적대는 그녀의 귀에 커다란 다른 남자의 소리가 들렸다. 순식간에 목을 졸랐던 손이 풀리고 그녀는 바닥에 떨어지듯 내려앉았다. 힘이 없는 다리 때문에 서 있지 못하고 그대로 쓰러지듯 주저앉은 우나는 차가운 바닥을 한 팔로 짚고 콜록대며 기침을 했다.

"여기서 왜 행패십니까?"

후다닥 달려오는 소리와 함께 다른 사람의 소리가 들렸다.

"놔! 저년 내가 오늘 죽일 거야. 죽이고 말 거야."

"빨리 잡아."

"놔, 놓으라고. 아니야. 아니야. 안 돼!"

여전히 눈을 뜨지 못했지만 그가 잡혀가고 있다는 걸 알 수 있었다.

"우나."

갑자기 울리는 귀에 익은 목소리에 멍해졌다.

사장님? 아니야. 여기가 어딘데 사장님이 있겠어? 놀라서 잘못 들은 거야.

"고우나, 괜찮아?"

"사장님?"

숨이 정상으로 되돌아오고 눈을 떴을 때 말도 안 되게 사장이 바닥에 어색하게 무릎을 꿇고 앉아 그녀를 바라보고 있었다. 설마, 혹시나 해서 손을 보니 목발이 있었다. 진짜 사장님인 거다.

"일어날 수 있겠어?"

"아니, 어떻게, 여긴 어떻게, 사장님이 어떻게 여기 계세요?"

"그런 건 나중에 말하고 다친 곳은 없어?"

천천히 일어서자 사장도 목발을 짚고 몸을 폈다. 편안한 복장의 모습은 처음이었다. 조금 전의 충격도 잊고 마주한 사장의 모습에 놀랐다.

"어, 없어요. 아!"

아니 마주하지 않아서 놀랐다. 그가, 사장이, 그녀를 안았기 때문이다. 넓고 단단한 사장의 품에 안기자 조금 전에 있었던 두렵고 아팠던 일이 조금도 생각나지 않았다.

꿈처럼 환상처럼 느껴졌던 순간의 일은 경찰서에서 남김없이 사라졌다. 장씨 아저씨의 사촌 동생을 신고해야 했기 때문이다. 그것도 천상과 함께.

사유를 말해야 했고 그녀의 감추고 싶었던 삶을 모두 드러낼 수밖에 없었다. 경찰이 몇 번이나 묻는 바람에 몇 번이나 확인해 줘야 했다. 그도 그럴 것이 스물셋의 그녀가 과부라는 사실이 믿기

어려운 데다가 죽은 남편의 나이가 오십이 다 된 남자였다는 것도 놀랄 일이었을 것이다.

발작을 일으키던 장씨 아저씨의 사촌 동생은 경찰서에 오자마자 고씨 아줌마처럼 금방 얌전해졌다. 하지만 변하지 않을 것을 안다. 그래서 신고하고 합의를 거절하기로 했다.

더 이상은 참지 않을 생각이다. 이미 친척들은 그녀에게 최고의 폭력을 행사했기 때문이다. 그들은 그녀가 더 참을 어떤 것도 가지지 못하게 모두 부서트렸다.

꿈꾸지 말아야 할 천상의 마음을 의식하며 숨기고 싶었던 과거는 폭력과 더불어 바로 그 앞에서 생생하게 드러났다. 이젠 그에 대한 마음을 힘들게 누를 필요가 없었다. 그녀에 대해 모든 것을 알게 된 그의 곁에 있을 수 없을 테니까.

경찰서에서 한 번도 사장을 보지 않았다. 처음부터 가당치 않은 상대였는데 주책없게도 마음을 멋대로 주고 나니 모든 것이 부끄럽고 가리고 싶었다. 그런 자신의 주제를 명확히 파악하게 된 날이었다.

조용히 마음을 정리하려고 했는데 어째서 이렇게 다 발가벗겨진 건지. 되지도 않을 마음을 먹어서 벌을 받은 걸까? 이왕이면 모르고 헤어지면 좋았을 것을.

이젠 더 보여 줄 것도 없다. 아니, 아직 하나가 더 남았나? 가릴 기운도 마음도 없었다. 이미 드러난 일만으로도 사장은 그녀를 이상하게 생각하고 꺼리게 되었을 테니까. 차라리 잘된 일이야. 이런 일 없었으면 계속 주제 파악 제대로 못 해서 마음 정리 못 했을 수도 있으니까.

"어디 가는 거예요?"

돌아오는 차 안에서 한참을 말이 없었다. 나란히 앉아 앞만 바라보고 가는데 그녀의 집 쪽 방향이 아니었다. 그가 운전기사에게 어디로 가라고 하는 말을 듣지 못했다. 그녀가 타기도 전에 이미 정해진 곳인가 보다.

"잠깐 말할 장소가 필요해서."

말할 것이 더 있던가? 이제 그만 회사에 나오라는 말을 하려는 걸까? 그런 거라면, 하긴, 조용하게 말하고 싶을 수도 있겠지.

한적한 시외를 한참 달리다가 멈추었다. 커다란 나무에 둘러싸인 집이 보였다.

"내려."

"네? 네."

이런 일이 아니었다면 굉장히 아름답고 좋은 곳이라고 좋아했을 것이다.

사장을 따라 안으로 들어갔다. 아무도 없는 거실 소파에 햇볕이 따뜻하게 내리쪼였다.

"앉아."

사장실의 소파에 앉을 때와는 조금 다른 기분. 머뭇거리며 앉았다. 무릎 위에 올린 두 손을 내려다보았다.

마주 앉은 사장의 한숨 소리가 들렸다.

"음!"

천상은 심호흡을 한 후 말문을 열기 위해 소리를 냈다. 어떻게 말해야 할지 몰라서 헛기침으로 조용한 공기를 흩트리긴 했는데 쉽게 말이 나오질 않았다.

"결혼, 했었어?"

이런저런 말들을 생각했지만 머릿속을 꽉 채우고 있던 충격적인 사실부터 튀어나왔다. 믿기지 않는다. 저렇게 작고 어린 여자가 결혼까지 하고 그 남편을 먼저 보내기까지 했다는 게 가능한 일일까?

"네."

"나이가 그렇게 많은 사람인데?"

"아, 네. 사정이, 사정이 있었지만 어쨌든 한 건 한 거니까요."

"결혼 생활은 얼마나?"

머뭇거리다 입을 다문 우나. 더 뭔가가 있는데 입을 열 생각은 없는 것 같다. 사정이 있었다면 그런 거겠지. 스무 살의 나이로 아버지 같은 사람에게 시집을 가는 일은 자연스러운 일이 아니니까.

"7개월."

"혹시 병이 있던 분이었어?"

"네."

"넌 아픈 사람한테 약한 거냐?"

"결혼까지 해 줄 만큼 약하진 않아요."

사장이 어떤 의도로 묻는지 알 것 같아 발끈했다. 아무나 아프기만 하면 마음을 주는 줄 아는 것이 싫었다.

"사랑했어?"

천상은 이 질문이 싫었다. 그러나 확인하고 싶었다. 이미 지난 일인 데다가 당사자는 죽어 이 세상을 떠났다는 걸 알면서도 알고 싶었다. 그러면서도 마음 한쪽에선 대답하지 않기를 바라고 있었다. 사랑했다는 말을 듣고 멀쩡할 자신이 없었다.

돈 때문일 수도 있잖아? 사랑이 아니라 돈. 돈 때문에 결혼했다는 게 더 좋은 걸까 아니면 사랑해서, 말도 안 되는 상황이지만 결혼했다고 하는 것이 더 좋은 걸까? 모르겠다. 차라리 파렴치하게 돈을 좇으려고 결혼까지 했다고 하는 게 더 나을 것 같기도 했다. 적어도 마음은 없었다는 소리니까.

"이런 말 하실 거라면 대답 안 할래요. 사장님하고 아무런 상관 없는 일이에요. 월요일에 잠깐 들러 정리하겠습니다."

사랑하지 않았다. 아버지로도 좋은 아저씨로도 사랑은 하지 않았다. 감사했다. 그것만으로도 7개월을 함께 보낼 수 있었고 그 후로도 계속 기억할 수 있었다.

"그게 무슨 소리야?"

무슨 말이라도 해. 아까 그 역겨운 사람의 말처럼 돈이 탐나서 나이 들고 병든 남자를 유혹했던 거야? 말도 안 돼. 그래. 말도 안 되는 일이지. 우나가 그럴 수는 없지. 그런데 왜 말을 안 해? 쉬운 거잖아?

사랑했다는 말보다 파렴치한 마음이었다는 말을 듣는 게 나을 것 같다던 그의 마음이 순식간에 변했다. 대체 자신은 우나에게 뭘 원하는 걸까?

"그만 나오라는 말 하려고 이렇게 구차하게 돌아가는 거 하지 않으셔도 돼요. 이미 준비했어요."

"뭐라고? 고우나. 기어오르지 마라. 누구 멋대로 그만둬? 까불지 말고 월요일에 출근해. 늦거나 안 나오면 내가 가서 끌고 오는 수가 있어. 앉아."

도망가고 싶은데 도망갈 수 없는 곳이다. 우나는 사장의 호통에 움찔하며 도로 앉았다. 그만두라고 말할 작정이 아니었어?

"그 사람, 계속 널 괴롭혔다는데 앞으로도 안 그러리라는 보장 없어."

"네. 알아요."

후천상, 정신 차리자. 이성적으로 생각해. 우나는 그런 여자가 아니야. 아까 분명 사정이 있다고 했어. 우나가 결혼했었다는 충격적인 사실이 그를 꽤나 흔들어 댄 것 같다. 우나가 떠나겠다는 말을 하지 않았으면 정신을 차리지 못하고 떠들다가 후회할 뻔했다.

얼른 마음을 가라앉히고 닥친 상황을 정리하는 데 집중했다.

"벼룩의 간을 내먹으려는 인간들이 있기는 있구나. 부모님은?"

"고아예요."

고아라는 대답을 하며 바닥까지 탈탈 털리는 기분을 느꼈다. 그녀에게 남은 비밀은 이제 없었다. 아, 그래. 아직 더 남은 게 있기는 있구나. 뭐 이리 비밀이 많아?

그러나 남은 비밀은 이제까지에 비하면 별거 아니었다. 아직도 살아 계신지는 모르지만 할아버지가 계시고 아버지가 다른 여자와 결혼해서 잘 먹고 잘 살고 있다는 것이 감춰야 할 비밀은 아니니까.

다만 한 가지, 살아 계신 아버지가 그녀와 엄마를 동시에 죽이려 했을지도 모른다는 건 함부로 말할 일이 아니었다. 막장 스토리. 그래도 스물셋에 과부인 것보다는 낫지 않을까?

그녀의 입장에서 사장에게 드러내고 싶지 않았던 비밀들은 다 공개된 셈이었다. 흠과 약점은 감추고 싶었는데. 좋은 점과 예쁜 것만 보여 주고 싶은 마음이 뭉개지니 허탈하고 참담했다.

"그럼 내가 참견해도 되겠어."

천상은 어째선지 우나가 고아라고 말한 순간 마음이 놓였다. 고아. 그렇구나. 그 사정이란 거 그걸 수도 있는 거구나. 고아라서, 아무도 없이 혼자라서 나이도 병도 상관하지 않고 결혼할 수 있었겠지.

나이도 들고 병도 있는 남자였다지만 우나에게 잘해 준 건 틀림없었다. 우나가 그를 여전히 추모하고 있었고 파렴치한 친척에게도 끝까지 예의를 지키려고 노력했으니까. 그녀 곁엔 그녀를 돌봐 줄 사람이 아무도 없다. 있어 주고 싶다. 우나의 곁에 있어 주고 싶었다.

"네?"

"그, 파렴치한 인간들이 다시는 너 안 건드리게, 어쨌든 앞으로 그건 신경 쓰지 마."

"뭘 하시게요?"

"합법적이고 도덕적인 방법으로 해결할 수 있어."

이제 과거는 완전히 끝내자. 그럴 수 있게 도와줄게. 넌 능력 있고 성실한 비서니까.

"그런 건……."

"유능한 직원이 일을 잘할 수 있게 하는 게 내 의무야. 인력관리 차원이니까 달리 생각할 거 없어. 대신 월요일에 늦지 말고."

혹시라도 떠날 생각은 하지 마라.

"네."

"그런데, 너. 오늘 나하고 있자."

"네?"

"그러니까, 내가 너 구해 줬으니까 오늘 하루 고마운 마음으로 나하고 밥도 먹어 주고 심심하지 않게 하라는 거야."

"그, 그런 게 어디 있어요?"

"큰 회사 굴리는 바쁜 사람이야. 비서 하나 때문에 버린 시간이 얼만지 알아?"

"그러게 거긴 왜, 아니 참, 어떻게 거긴 오셨어요?"

"시끄러! 내 사생활이야. 함부로 침범하지 마."

어제 저녁부터 따라다녔다는 걸 알면 우나 성격에 진짜 화를 내고 떠날지도 모를 일이다. 이건 당분간 비밀로 해야 해.

"아니, 그런 게 아니라, 어휴, 진짜."

회사를 그만두지 않게 된 것이 좋은 건지 나쁜 건지 모르겠다. 사장을 잊고 새 출발 하는 것이 좋을 것 같기도 하고 그를 떠나고 싶지 않아 계속 있고 싶기도 했다.

말도 안 되는 감정들이 서로 팽팽하게 맞서는데 사장마저 그녀를 휘둘러 선택이란 걸 할 수 없게 만들었다.

"가자."

"어딜요?"

"가자면 가는 거지 뭘 물어?"

"진짜 이러시기예요?"

"오늘 하루 너는 내 거야. 목숨을 구해 준 은인한테 잘해야지."

마땅히 갈 곳을 생각지 못했다. 어제부터 우나의 시선을 그에게서 빼앗아 가는 뭔가를 알아내려고 예민하게 날을 세우고 뒤를 따라다녔기 때문이다.

그러나 이대로 우나를 보낼 수는 없었다. 충격을 받은 우나 때문이 아니라 그 자신 때문이었다. 폭행을 당한 우나 못지않게 우나의 과거 때문에 그도 큰 충격을 받았다. 거기에 더해서 죽은 남편을 여전히 추모하는 우나 때문에 그 사람에게 질투를 느꼈다. 말도 안 되는 일인데 쉽게 떨쳐지지 않았다.

"은혜 갚으라는 말을 이렇게 대놓고 한다는 건 좀 너무……."

"너무 뭐?"

"뻔뻔해요."

"원래 뻔뻔해. 그러니까 잔말 말고 은혜 갚아."

천상은 앞서 거실을 나섰다. 뒤에서 우나가 어떤 표정으로 그를 따를지 안 봐도 확신할 수 있었다. 입을 쑥 내밀고 속으로 잔뜩 투덜거리며 따르고 있을 거다.

자동차에 나란히 앉았다. 우나가 옆에 바짝 붙어 앉아 있으니까 이리저리 휘저어지던 마음이 좀 안정이 되었다.

"집 근처까지 가면 점심때가 되니까 점심 먹으면 되겠어. 주말 동안 뭘 어떻게 먹는지 불안했는데 적어도 오늘 하루는 내가 감시할 수 있겠어."

"알아서 잘 먹는다니까 진짜 안 믿으시네. 어후, 그나저나 집에 잔뜩 만들어 둔 불고기는 내일 먹어야 하나?"

투덜거리며 집에 잔뜩 해 놓은 불고기를 걱정했다. 아저씨가 어찌나 아끼던지 쇠고기를 살 때의 그 모습이 생각나서 꼭 많이 사게 된다.

"잘됐네. 그거 먹으면 되겠어."

우나는 사장이 뭐라고 했는지 알아듣지 못했다. 불고기 생각에 잔뜩 빠져 있었기 때문이다. 그냥 목소리가 들린다고 생각해서 고개를 돌려 그를 보았다.

"우나 불고기 솜씨 검사할 좋은 기회야."

"네? 네? 불고기, 그러니까 제가 만든 불고기를 드시겠다는 거예요?"

"생각해 보니까 은혜를 갚으려면 그게 정석 아니야? 식당에서 사 먹는 거야 언제든 사 먹을 수 있는 거지만 직접 해 주는 건 흔하지 않으니까. 점심 메뉴는 불고기."

"사, 사장님!"

"시끄러."

운전기사에게 주소는 이미 떨어졌다. 집으로 돌아가는 길을 막힘 없이 달렸다.

"다른 반찬은 없는데."

"김치 없어?"

"있어요."

"그럼 됐지."

"사장님은 고급만 좋아하시잖아요."

"내가 언제?"

"저하고 식사하실 때마다 엄청 비싸고 좋은 음식만 드셨잖아요."

그거야 너 먹이려고 그런 거지. 그러나 그 사실을 말할 수는 없었다. 천상은 우나에게서 시선을 돌려 창밖을 보았다. 대답 안 하고 버티면 그만이니까. 우나의 째려보는 눈길에 뒤통수가 따끔거렸지만 끝까지 버텼다.

좁은 원룸에 사장이 들어오니 숨 쉴 공간도 부족하게 느껴졌다.

118

우나는 현관문을 여는 그 순간까지 사장을 보며 애원했지만 성질 나쁜 사장이 들어줄 리는 없었다. 빨리 문을 열라는 그의 재촉에 할 수 없이 문을 열고 처음으로 다른 사람을 그녀가 사는 공간에 들였다.

"짐 챙길려면 한 시간 안에 다 챙길 수 있겠는데?"

식탁 겸 책상에 앉아 집 안을 둘러본 천상은 그의 방보다도 좁은 그곳에 우나가 살고 있다는 사실이 믿어지지 않았다. 우나가 작아서 그나마 다행이라 생각했다.

"아무리 짐이 없어도 그 정도는 아니에요."

손을 씻고 회사 다용도실 싱크대만 한 싱크대 앞에 섰다. 작아도 제법 주방의 분위기를 풍기는 그곳에 선 우나는 밥통에 밥을 확인하고 불 위에 불고기를 얹었다. 원래 재워 두고 조금씩 꺼내서 익혀 먹는 거지만 장씨 아저씨를 기억하기 위해 한 일이라서 솥 안에 모두 넣고 요리를 해 버렸다. 아침에 그나마 열심히 먹은 탓에 처음처럼 수북하지는 않았다.

"진짜 필요한 것만 챙기면 한 시간이면 되잖아?"

갑자기 우나를 홀랑 데려가고 싶다는 생각이 들었다. 괜히 좁은 집 안으로 들어온 것 같다. 음식을 준비하는 우나와 너무 가까워서 팔을 뻗으면 그녀의 허리를 감아 안을 수도 있을 것 같았다. 눈을 다른 곳으로 돌려야 하는데 마땅히 볼 것이 없었다.

"그건 그렇죠. 별로 짐을 싸고 싶은 마음은 없지만."

그릇을 꺼내고 작은 냉장고에 있는 반찬을 꺼내 접시에 담았다. 우나는 음식을 준비하는 동안 많이 차분해지는 것 같았다. 그가 그녀의 집에 와 있다는 생각에서 잠시 멀어질 수 있었다. 회사에서 그를 위해 음식을 준비하는 기분이었다.

"왜?"

"이사를 너무 자주 다녀서 피곤해요. 한곳에서 오래 살았으면 좋겠어요."

"그렇게 되겠지."

"그렇겠죠. 세월이 흐르는데 언제까지나 그러겠어요?"

"혹시 아까 그놈 때문에 그런 거야?"

"네? 뭐, 아닌 건 아닌데……."

"걱정하지 마. 그 문제는 확실하게 해결해 줄 테니까."

작은 테이블 위에 우나가 준비한 음식들이 차려졌다. 밥이 놓이고 김치와 밑반찬 두 개. 그리고 주인공인 불고기가 넓고 오목한 접시에 수북이 담겨 나왔다.

기분이 이상하다. 천상은 우나가 차려 주는 밥상을 받는 기분이 이상했다. 좋은 건 맞는데 다른 뭔가가 더 있었다.

"감사합니다. 앞으로 열심히 하겠습니다!"

"은혜 갚을 일이 또 늘었군."

"열심히 하는 걸로 됐지, 뭘 또 시키시려고요?"

"됐어. 배고파. 얼른 먹자."

마주 앉아 숟가락을 들었다.

"불안하단 말이에요."

"그건 내 사정 아니니까."

"불고기가 갑자기 아까워요."

"맛없으면 혼날 줄 알아. 다음에 다른 거 해 놓으라고 할 거야."

안 그래도 맛이 없을까 봐 마음이 졸여지는데 사장이 엄포까지 놓으니 정말 불안했다. 그가 불고기를 한입 먹을 때까지 우나는 아무것도 할 수 없었다.

"맛있어요?"

아주 조심스럽게 물었다. 눈치를 한껏 보면서.

"아직 모르겠어."

밥을 먹고 다시 불고기를 집어 먹었다. 이번에는 말해 주겠지 하고 기다리는데 사장은 밥을 반 공기나 비울 때까지 아무 말도 하지 않았다.

"뭐라고 말 좀 하세요."

"먹어."

"맛이 어떻다고 말을 해야 먹죠."

"맛있어."

"어휴, 심술, 심술! 빨리 말해 주지, 배고픈데."

맛있다는 말에 한숨을 쉬며 안도했다. 하여튼 성격 나빠. 우나는 조금 편해진 마음으로 밥을 먹었다. 한두 번 해 본 솜씨도 아닌데 맛이 없을 리는 없었다.

다만 사장의 입에 맞을지 그게 궁금했을 뿐이다. 배가 고픈 탓에 밥을 먹기 시작하자 앞에 앉은 사장을 잠시 또 잊었다.

"밥 더 줘."

"아, 네."

작은 그릇뿐이라서 더 주려고 생각하고 있었다. 역시나 사장은 빈 밥공기를 내밀며 더 달라고 했다.

"이런 걸 혼자 먹으려고 했다니, 너 보기보다 엄청 탐욕스러워."

"아니거든요?"

천상은 정말 맛있게 먹고 있었다. 처음엔 맛이 없어도 맛있게 먹어 주리라 마음먹었었다. 그러나 불고기는 기대 이상이었다. 억지로 맛있는 척할 필요가 없었다.

천상은 우나와 좁은 집에서 밥을 먹고 있는 것이 동화 속의 환상처럼 느껴졌다. 행복한 가정의 모습. 가정의 따뜻함과 편안함을 밥을 먹는 내내 느낄 수 있었다.

5
사랑인 건가요?

불고기를 얻어먹은 후 계속해서 좁은 집에 우나와 함께 있을 수 없었던 천상은 괜한 핑계를 대며 밖으로 그녀를 데리고 나왔다. 행복하고 좋은 시간이었지만 혼란스러움도 함께였다. 우나가 자꾸만 여자로 보여서 힘들었다. 안고 싶고 만지고 싶어서 스스로 당황했다. 밖으로 끌고 나와 여기저기 생각나는 대로 다녔다.

그러나 시간이 갈수록 우나에 대한 그의 말도 안 되는 열망이 커지고 분명해졌다. 급기야는 힘들다고, 피곤하다고 투덜거리는 우나의 앙증맞은 입술에 키스하고 싶은 충동에 휩싸여 그녀의 팔을 잡기까지 했다. 무슨 일이냐고 놀라서 묻는 우나의 얼굴에 퍼뜩, 겨우 정신을 차리고 물러났다.

이상하다. 충격을 너무 받은 탓인가 보다. 그렇게 생각하고 평정을 찾기 위해 무던히도 애를 썼다.

결국 저녁을 먹고 영화를 한 편 본 후에 헤어졌다. 영화를 선택한 걸 보는 내내 후회했다. 캄캄한 공간에 나란히 앉으니 우나를 만지고 싶은 마음이 더 커졌기 때문이다. 변태. 스스로 갖은 욕을 다 해 봤지만 소용이 없었다. 저렇게 작고 어린 여자를 엉큼하게 생각하는 자신이 아주 혐오스러웠다.

힘들게 우나와 헤어지고 집으로 돌아왔지만 고민은 점점 커져만 갔다.

왜 이러지?

질문에 의미는 없었다. 알고 있었다. 이미 왜 이러는 건지 잘 알고 있었다. 인정할 수 없었고 인정하기 싫었지만 우나를 뒤쫓던 그 순간부터 이미 사로잡힌 마음이었다.

우나를 갖고 싶다. 우나의 마음을 갖고 싶다. 우나가 없이는 살고 싶지 않다. 우나 없이는 살 수도 없을 것 같다.

실연의 상처와 육체의 상처 때문에 마음이 제멋대로 흐르는 걸까?

하지만 그것도 답은 아니었다. 루진에겐 갖지 않았던 마음이었으니까. 둘은 서로 바쁘면 한 달씩도 보지 않고 떨어져 지낼 수 있었다. 다시 만나도 애틋하거나 절절함 없이 평소처럼 대할 수 있었다.

이런 열정과 열망은 처음이다. 갑자기 그리워지고 보고 싶어서 벌떡 일어나야 할 만큼 주체할 수 없는 감정은 그의 인생에 처음이었다. 그러니 어려운 환경에 몰렸다거나 충격을 심하게 받았다는 핑계를 댈 수 없었다. 이 감정은 그렇게 해서 잠깐 생겨나는 것이 아니니까.

사랑.

과부에게? 고아인데도?

당연히 문제가 되어야 할 조건인데도 먼지처럼 아무렇지 않게 느껴졌다.

그래서 뭐? 우나는 우나야. 불륜도 아니고 정식 부부였다가 상부한 것이 뭐가 어때서?

사랑.

정말일까 하는 의심은 바로 깨졌다. 당장에라도 보고 싶었기 때문이다.

사랑해. 어쩔 수 없어. 시간을 되돌릴 수 없는 것처럼 이 마음도 되돌릴 수 없으니까.

밤새 제대로 자지 못했다. 졸다가 일어났다가 다시 억지로 잠들었다가 다시 깼다. 벅차기도 하고 불안하기도 한 마음의 상태 때문에 잠이 깊이 들지 않았다. 새벽이 밝아 오는 것을 보고 기쁘기까지 했다. 새로운 날이 왔으니 우나를 볼 수 있었기 때문이다.

시계를 노려보다가 여섯 시가 되자마자 씻고 준비하기 시작했다. 오래 걸리는 걸 생각해서 일찍 움직인 것이다.

꼼꼼히 준비하고 나온다고 했는데 겨우 30분. 다리 한쪽 불편한 것에 빨리 적응한 탓에 이젠 준비 시간이 많이 줄었다. 너무 시간이 많이 남았다. 아주 천천히 옷을 챙겨 입었는데 아직 일곱 시가 넘지 않았다. 다시 옷을 벗고 운동복을 입은 후 운동을 시작했다.

후우.

겨우 또 30분을 채우고 그만두었다. 다른 모든 걸 포기하고 다시 외출 준비를 한 후에 차를 타고 우나의 집 앞으로 갔다. 우나의 방이라고 생각되는 곳을 올려다보며 휴대폰을 쥐었다. 차라리 이렇게 시간을 보내는 것이 나을 것 같았다.

그렇게 해서 아홉 시라는 경이로운 시간을 맞이하게 된 것이다. 정각 아홉 시를 충혈된 눈으로 확인하고 바로 전화했다. 받지 않는다. 다시. 다시. 우나.

우나는 잠이 덜 깬, 아니 잠에서 깨지 못한 눈으로 대충 손을 더듬어 휴대폰을 귀에 댔다. 눈은 잠깐 억지로 폈다가 다시 감은 상태였다. 어제 늦게까지 성질 유난한 사장의 비위를 맞추느라 힘이 들었던 탓이다.

일생을 피곤하고 힘들게 할 장씨 아저씨 친척들에 대한 고민을 가장 빨리 끝낸 날이었다. 사장의 성질이 한몫을 단단히 한 셈이다. 그래서 밤이 쉬웠다. 지쳐 쓰러져 금방 잠이 들었으니까.

그런데 그런 피곤한 그녀를 깨운 전화 소리. 받지 않으려고 이불을 뒤집어쓰고 이리저리 뒤척였지만 끊겼다가 다시 울리는 공포의 전화 소리에 떠지지 않는 눈으로 침대에 누워 전화기를 귀에 댄 것이다.

"여보세요."

잠에 잔뜩 취한 목소리.

— 어디 아파? 목소리가 왜 그래?

"아, 누구세요?"

어디서 많이 듣던 목소린데?

— 고우나, 너 진짜 아파?

"사장님? 아, 진짜, 이거 꿈 아니죠?"

어제 하루 종일 볶인 것도 모자라 꿈에서까지 달달 볶이는 건가?

— 계속 생각했어? 보고 싶었어?

천상은 허스키한 우나의 목소리에 아찔한 기분이 들어 눈을 감았다.

"우아, 진짜. 무슨 말도 안 되는 소리를. 대체 몇 신데 깨우시는 거예요? 졸려 죽겠단 말이에요. 휴일 하루 뺏어 먹었으면 남은 하루는 주셔야죠!"

잠긴 목이 소리를 지르는 와중에 트였다. 마지막엔 평소의 우나 목소리로 돌아왔다. 소리를 지르느라 누워 있지도 못하고 벌떡 일어나 앉았다.

— 지금 아홉 신데. 이만하면 많이 봐준 거 아니야? 평소보다 두 시간은 더 잔 거잖아?

"……"

지금 우나의 머릿속엔 그녀가 자랐던 험한 동네의 듣도 보도 못했던 욕들이 줄을 지어 지나가고 있었다. 마지막엔 돌아가신 고씨 아줌마가 매일 늘어놨던 거센 욕들로 마침표를 찍었다.

이 순간 12개였던 사리가 갑자기 자가 분열을 일으키며 기하급수적으로 늘어서 72개가 되었다. 전화기를 집어 던졌거나 사장에게 목숨을 걸고 욕을 한 번이라도 했더라면 사리는 늘어나지 않았을 것이다. 속이 터져서 숨만 헐떡거렸다.

— 우나, 고우나? 너 자? 고우나!

"졸리기는 해도 귀는 안 자요."

한쪽 손으로 잡은 이불이 틀어지고 있었다. 이걸 그냥.

— 잠 깼어?

"아니요."

깼어도 안 깼어. 절대 안 일어나. 다시 잘 거야, 잘 거란 말이에요.

— 배고파.

"배달 시켜요."

— 은혜 입은 네가 책임지고 차려 줘야지.

"저 사고 치는 거 한번 보실래요?"

잘못 걸렸다. 장씨 아저씨 친척들이 훨씬 매너 있는 것 같다. 그들은 한 번도 이른 아침에 전화를 해서 깨운 적이 없었다. 이거 뭐 피하려다가 뭐 뒤집어쓰는 거 아닌지 모르겠다.

— 은혜를 이런 식으로 갚으면 안 돼.

"후우, 지금 방금 사장님 저한테 은혜 빚지셨어요."

— 무슨 소리야?

"제가 하늘에다가 사장님을 한 대 쳐서 날려 달라고 간절히 기도했다가 취소시켰거든요."

— 그랬어? 고맙다. 은혜 갚을게. 나와.

"아, 씨."

— 까불지 말고. 기다릴 테니 천천히 준비하고 나와.

"사, 사장님? 이보세요? 야!"

끊어진 전화. 드디어 전화기를 집어 던졌다.

우나는 너무 화가 나서 나가지 않으려고 했다. 사장이든 사장 할아버지든 다 무시하고 버티려고 했다. 해도 해도 너무한 거라고 생각하면서 이번 참에 본때를 보여 주겠다는 가당치 않은 결심까지 했다.

그러나 시간이 지나갈수록 나오라는 그의 말이 자꾸 생각나면서 근처에서 기다리고 있을 것 같은 말도 못 하게 불안한 생각이 그녀를 조여 왔다.

설마, 아니겠지? 아침부터 근처에 와서 기다릴 사람인가? 잘 모르겠어. 그렇지만 분명 준비하고 나오라고 했는데, 어디로 나오라는 말도 없이 그냥 그러고 끊었으니까 근처가 아닐까? 아니야. 준비하고 나와서 연락하라는 건지도 몰라. 연락하면 느긋하게 집에서 출발하겠지. 한참 길에서 기다리게 할 속셈인지도 모르잖아?

"아, 씨. 뭐야? 아니면 어쩌라고."

결국 10분 정도 뭉그적거리다가 욕실로 들어갔다. 계속 투덜거리며 사장의 욕을 했지만 그를 힘들게 하거나 기다리게 할 수는 없었다.

"머리도 다 못 말리겠네."

씻고 준비하는 시간이 초조하게 느껴졌다. 머리도 다 말리지 못해 평소처럼 묶지도 못하고, 살짝 덜 마른 머리를 만지면서 한숨을 쉬었다. 묶지 않는다고 뭐가 어떻게 되는 것도 아닌데 뭐.

결국 찰랑거리는 단발머리에 티셔츠와 청바지를 입었다. 간단한 소지품을 넣은 편한 가방을 메고 현관 앞에 섰다.

"조금 더 버텨 볼까? 얼마나 버티면 될까? 30분? 1시간?"

현관문 앞에 서자 사장의 심술이 생각나서 다시 주춤한 것이다. 나오란다고 홀랑 나오고 그러면 앞으로도 계속 사장 마음대로 할 텐데. 자다가 일어났던 기억이 떠오르자 아찔했다. 두 번 겪고 싶지 않아. 그러나 팔은 이미 현관 손잡이를 잡았다.

"가서 잘 말하면 되겠지."

결국 더 지체하지 못하고 문을 열고 나왔다. 복도를 나와 엘리베이터를 타고 내려가면서 언제 사장에게 연락을 해야 할지 또 고민했다. 되지도 않을 계산을 하느라 아까보다 더 피곤했다.

"내가 못살아. 으휴, 여보세요?"

— 다시 자는 줄 알았어.

불호령을 내릴 것이라 생각한 것과는 다르게 사장의 목소리에 힘이 없었다. 갑자기 엄청나게 미안해졌다.

"그, 그러게 왜 이렇게 일찍 연락하셔 가지고 일을 이렇게 만드세요? 지금 다 나왔어요. 어디로 가면 돼요?"

— 바로 앞에 있어.

"네? 으아!"

원룸 빌딩의 문을 밀고 나오는데 바로 앞에 사장이 나타났다. 오만 가지 생각을 하면서 문을 열고 나왔던 우나는 놀라서 뒤로 다시 들어갈 뻔했다. 사장이 그녀의 팔을 잡아 자기 쪽으로 당기지 않았다면 다시 닫히는 현관 안으로 달아났을 것이다.

통화를 하느라 한 손에 휴대폰을 잡은 그가 나머지 손으로 우나를 품에 안았다.

"배고프다."

"사, 사장님은 부자잖아요. 집에도 먹을 게 널렸을 테고 나와서도 마음만 먹으면 배가 터지게 먹을 수 있을 텐데 왜 가난한 저한테 와서 배고프다고 그러세요?"

평소와 다르게 느껴지는 건 그에 대한 감정 상태가 달라서인 걸까? 그에 대한 마음을 정리한다는 말은 곧 그에 대한 마음을 인정했다는 것과 같았다. 사장을 좋아하는 마음을 정리라는 이유로 인정하고 난 후 그에 대한 감정이 더 자란 것 같다.

어제의 어렵고 두려웠던 시간을 그가 함께해 줬기 때문일까? 모르겠다. 다 들통이 나면 모든 것이 끝날 것이라고 믿었는데 그와는 아무것도 끝나지 않았다.

오히려 그녀의 마음 안에서 더 많이 진행된 것처럼 느껴졌다. 함께 집에서 밥을 먹은 일은 그녀의 마음에 커다란 자리를 차지하고 있었다. 그가 채워 준 그녀의 공간이 새삼스러웠다.

우나는 품에 안긴 자신을 내려다보는 사장의 표정이 어딘가 다르다고 느꼈다. 역시 그녀의 마음이 달라졌기 때문일 것이다. 그를 더 많이 좋아하게 된 거다.

슬그머니 사장의 품에서 나오려고 말을 하면서 몸을 틀었다.

"계산이 아직 덜 돼서 말끔하지가 않아. 서로 주고받을 게 있잖아?"

우나의 생각처럼 그의 품에서 슬며시 나올 수 없었다. 몸을 돌리려고 고개부터 내린 그녀를 그가 팔에 힘을 주어 다시 원상태로 돌려놨기 때문이다.

"뭔데요? 뭐, 그 은혜라는 거요? 서로 한 개씩이니까 없어진 걸로 하면 되는 거잖아요?"

"아니지. 난 그런 건 아니라고 봐. 너한테 받을 건 너한테 받고 내가 줘야 할 건 내가 줘야지."

"알았어요. 알았으니까 이것 좀……."

더 이상 그의 품에 안겨 있을 수 없었다. 티 나지 않게 탈출하고 싶었는데 포기했다. 우나는 열이 오르고 있는 뺨을 감추려고 고개를 숙이며 그의 가슴을 밀었다.

휘청.

"어머!"

그가 목발에 의지하고 있다는 걸 잊었다. 그는 제자리에서 움직일 수 없는 상태였다. 한 손엔 휴대폰을 다른 한 손으로는 우나를 감싸 안고 있었기 때문이다.

목발을 겨드랑이에 끼고 균형을 유지하고 있었던 그는 우나가 미는 바람에 휘청거렸다. 순간의 상황을 파악한 우나는 순발력 있게 그를 다시 안았다.

아까보다는 훨씬 더 완벽한 포옹이었다. 두 사람 사이에 빈틈이라곤 발견할 수가 없었다.

"죄송해요, 잠깐 잊었어요."

바짝 안고 나서 금방 알게 된 상황. 민망해진 우나는 이번에는 침착해지려고 애를 쓰며 사장의 품에서 천천히 뒤로 물러섰다.

천상은 휴대폰을 주머니에 집어넣고 목발을 제대로 잡고 섰다. 그는 기분이 좋기도 하고 나쁘기도 했다. 다리가 다친 것 때문에 우나가 그를 자발적으로 안아 준 건 기분이 좋았지만 한편으론 불편한 다리 때문에 챙김 받는 상황이 싫었다. 앞으로는 더 열심히 운동해서 목발 없이 우나를 안아 주고 싶었다.

"가자."

"어딜 가요? 이렇게 아침 일찍 밥 먹을 곳이 있어요?"

"지금 열 시야."

먼저 몸을 돌려 앞서가는 사장의 뒤를 따르던 우나는 미안했다. 너무 미적거려서 시간이 훌쩍 지나가 버린 것이다.

"간단히 먹을 거죠?"

"코스 요리라도 기대했어?"

자동차 앞에서 몸을 돌린 사장. 우나는 조금 움찔하며 시선을 피했다.

이상하다. 사장을 마주 보기가 어려웠다.

"사장님은 뭘 어떻게 하실지 예상이 안 돼요."

"타."

"오늘은 직접 운전하셨어요? 그 다리로 그게 돼요?"

"오른쪽 다리만 멀쩡하면 되는 차야."

사장이 그녀를 위해 직접 문을 열어 주었다는 걸 느끼지도 못하고 열린 문 안으로 들어가 앉았다. 문이 닫히고 그가 목발을 짚으며 운전석 쪽으로 돌아가는 걸 보고서야 조금 전에 그가 한 행동이 생각났다. 뭐야? 왜?

우나는 다시 열이 오르려는 얼굴을 빨리 식히고 싶어서 괜히 머리카락을 이리저리 만졌다.

"설렁탕 먹을까요?"

"좋지."

사장의 이상한 행동에 놀라느니 그녀가 먼저 제안을 하는 것이 좋을 것 같아서 말했는데 그가 냉큼 들어주었다. 적어도 아침으로 부담스러운 걸 먹지 않게 되었다.

"지금도 졸려?"

"아니요."

천상은 늦은 아침을 먹는 동안 우나가 조용해서 물었다. 투덜거리거나 다정하게 챙겨 주던 우나가 설렁탕을 다 비울 때까지 한 마디도 하지 않은 것이 이상했다.

화가 난 걸까? 아까는 감정에 휩쓸리지 않으려고 애를 쓰느라 우나를 세심하게 살펴볼 수가 없었다. 화가 난 거라면 어쩌지?

"나는 우나가 해 준 밥 또 먹고 싶어. 그게 내가 원하는 거야. 너는?"

"은혜가 이렇게 부담스러운 건지 몰랐네요. 지금 막 밥 먹고 숟가락 놨는데 또 밥 생각이 나다니 정말 놀라워요."

표정 없던 우나의 얼굴에 찡그림이 돌아왔다. 천상이 기다리던 표정이었다. 우나는 눈을 치켜뜨며 그를 흘겨보았다.

"너도 어려운 거 말해. 그럼 덜 억울하잖아."

"세계 여행이라도 시켜 달라고 해야겠지만 저는 사장님과 다르니까 간단한 걸로 하겠어요. 음, 포항 구경 한번 시켜 주세요. 뭐, 당장은 아니라도, 시간이 되면, 아니다. 됐어요. 못 들은 걸로 하세요."

겨우 돌아왔던 우나의 표정이 차갑게 쓸려 내려갔다. 복잡한 표정의 그녀는 고개를 돌려 음식점 창밖을 내다봤다. 그녀에게 지금 그는 없었다.

"죽은 남편하고 추억이라도 있는 곳이야?"

"네? 돌아가신 아저씨는 왜 갑자기 등장시켜요?"

"남편 생각이 나서 가고 싶었던 거 아니야? 지금은 함께 갈 수 없으니까."

"시한부 선고 받아 언제 어떻게 될지 모르는 아저씨가 가긴 어딜 가요? 동네도 아니고 그렇게 먼 곳을. 그리고 아저씨는 돈이 아까워서…… 아무튼 없던 걸로 해요. 데려가기 싫으면 그렇다고 말을 하면 될 걸 괜히 시비를 걸어요? 제가 바로 취소했잖아요."

"시한부 선고? 결혼하자마자 바로 알게 된 거야?"

"됐어요."

"고우나!"

"네. 아저씨는 3개월 남았다는 소리를 듣고 급하게 결혼을 서두르신 거예요. 됐어요?"

"죽음을 앞두고 꼭 너하고 결혼해야 할 이유가 있었던 거야?"

"이제 그만하세요."

"……."

너무나 단호한 우나의 눈빛에 입을 다물었다. 정신없이 휩쓸려 가던 그를 우나가 잡아 준 셈이었다. 어른답지 못했어. 천상은 무례하게 파고들었던 것을 반성했다.

"이제 돌아갈래요."

우나가 참지 못하고 일어났다. 평소와 다르게 그의 대답도 듣지 않고 몸을 돌려 음식점 밖으로 향했다. 천상은 서둘러 우나를 따라 움직였다.

팍, 드르륵.

서둘러 움직이다가 목발이 다른 테이블을 쳤다. 다행히 아무도 앉아 있지 않은 곳이라 테이블이 약간 밀리는 것 말고 피해는 없었다. 몇 안 되는 손님들의 시선이 천상에게 몰렸다.

"젠장."

천상은 불편한 몸에 짜증이 났다. 폭발하려는 감정을 누르느라 눈을 감고 잠시 제자리에 서 있었다.

드르륵. 테이블이 다시 밀리는 소리에 눈을 떠 보니 우나가 어느 틈에 다가와 그의 목발에 밀린 테이블을 제자리로 옮겼다.

"아파요?"

그가 눈을 감고 있어서 걱정이 든 모양이다. 천상은 우나의 다정한 말에 마음이 단번에 풀어지는 걸 느꼈다.

"목발이 부딪힌 거야."

"통로가 좁다는 걸 잊었어요."

우나는 조금 더 신경을 쓰지 못한 걸 후회했다.

"앞으로는 나 두고 먼저 가고 그러지 마."

"네."

음식점에서 나와 차에 다시 탄 천상은 그녀가 어디를 갈 거냐고 묻는 시간을 주지 않았다. 복잡한 도시의 도로를 조금 벗어날 때까지 우나는 입을 열지 않았다.

천상은 고속도로로 들어가는 입구에 섰을 때 우나를 보았다.

"포항 가자."

"네? 아니, 아니에요. 멀어요. 다른 때, 아니, 안 가도 돼요."

"가! 가기로 했어."

남편과의 추억이 아니라면 반드시 다른 이유가 있을 거다. 단순히 관광을 위해서 한 말은 아니었다. 우나가 복잡한 얼굴로 주저하는 이유를 알고 싶었고 설사 알아내지 못한다고 해도 가야 했다. 주저하는 우나에게 뭔지 모르지만 마주할 기회를 주고 싶었다.

"사장님!"

"이미 말한 소원이니까 무르는 거 없어."

"사장님이 직접 운전해서 갈 거리가 아니에요."

"중간에 자주 쉬면 돼. 회사에서 일하는 것처럼. 이미 들어섰으니까 포기하고 내 시중이나 잘 들어. 중간에 경련이 와서 교통사고 날 수 있으니까."

"그, 그렇게 위험한 일을 왜 하려고 그래요?"

"내가 함께 있어 줄 테니까 걱정하지 말고 가!"

"……."

함께 있어 줄 거라는 사장의 말에 우나는 말문이 막혔다. 그에게 함께 있어 달라고 말하고 싶었다는 걸 그때 알았다. 차마 할 수 없고 해서도 안 되는 말을 그가 직접 해 주었다.

어떻게 알았지? 말해 주기 전까지 그녀 자신도 몰랐던 마음을 알아준 천상 때문에 눈물이 나려고 해서 얼른 고개를 돌렸다.

포항.

할아버지가 살고 계신 곳. 그녀를 귀하게 여겨 주시던 할아버지를 보고 싶었다. 그동안 돌아가신 건 아닐까 하는 두려움과 혹시라도 아버지에게 들키는 건 아닐까 하는 두려움도 있었다.

기억이 회복되자마자 사업하는 아버지는 쉽게 찾을 수 있었기에 어디에서 어떻게 사는지 직접 눈으로 확인했지만 할아버지는 찾아뵙지 못했다. 동네 이름만 기억하고 서울로 올라오기 전 살았던 집 주소를 기억할 수 없었기 때문이다.

복잡한 심정을 어쩌지 못하고 있었는데 사장이 그걸 해결해 주었다. 사장님과 함께라면 뭐든 견딜 수 있지 않을까?

사춘기를 거치면서 어릴 때 모습이 많이 사라졌다. 거울을 보며 부모님의 외모를 떠올렸지만 닮은 곳이 별로 없었다. 따로따로 닮아 전체적으로 바로 그녀의 모습을 찾기 어려웠다.

열 살 전까지는 아버지를 많이 닮았었다. 그런 말을 아주 많이 들었다. 할아버지도 아버지를 닮은 그녀를 많이 예뻐하셨다. 그러나 자라면서 아버지의 모습을 많이 잃었다. 다행이었다. 할아버지에겐 죄송하지만 그녀는 아버지의 모습이 완전히 사라지길 바랐다.

열 살 전까지 머리를 묶지 않았다. 긴 생머리를 좋아한 아버지를 위해 엄마가 머리를 풀고 다니게 했기 때문이다. 그래서 지금은 머리도 풀지 않고 항상 단정하게 묶고 다녔다.

"보기 좋은데 왜 묶어?"

"불편해서요."

"의자에 앉아 있기 불편해. 풀어."

"머리 하나도 마음대로 못 해요?"

"머리 하나만 마음대로 하고 싶어?"

"또 이상한 곳으로 끌고 가려는 거죠? 흥, 절대로 안 속아요."

천상은 우나의 반응에 즐거워하며 마음을 놓았다. 복잡하고 안 좋은 얼굴은 우나에게 어울리지 않아.

"내비게이션이나 제대로 살펴봐. 휴게소마다 쉬어야 하니까. 제일 먼저 나오는 휴게소는 얼마나 가야 해?"

그가 봐도 되지만 우나에게 일을 주었다. 운전하느라 그녀를 살피지 못해서 방법을 생각한 것이다.

"어머, 알았어요."

우나는 먼 길을 갈 준비가 전혀 되어 있지 않았다. 그녀는 지금 버려졌다가 되찾았고 그리고 다시 버린 과거를 마주하려고 하기 때

문이다. 천상이 막무가내로 밀어붙이지 않았다면 결코 용기를 낼
수 없는 일이었다.

자주 휴게소에 들러 시간은 더 길어졌다. 우나는 점점 천상이 걱
정되기 시작했다. 아무런 내색은 없었지만 그가 차에서 내릴 때마
다 숨기지 못하는 신음 소리 때문이었다.

운전할 수 있다면 대신 하겠는데 아쉽게도 우나는 운전을 하지
못했다. 교통사고에 대한 기억 때문에 기회가 몇 번 있었지만 배울
수 없었다.

"조금 더 쉬었다가 가요. 제가 주물러 드릴까요?"

"됐어."

천상은 어젯밤에 자지 못한 피로가 계속해서 밀려 내려오는 걸
느꼈다. 자주 쉬면서 다리를 풀어 주고 있는데도 조금씩 다리가 묵
직해지고 있었다. 우나 말대로 더 쉬어야 하나 생각했다.

불편해. 다리를 못 쓰는 것까지는 어떻게든 받아들이겠는데 짐을
지는 것처럼 그를 괴롭혀서 힘들었다. 예민하게 관리해 줘야 하고
통증에 대한 걱정도 해야 했다. 시간이 갈수록 불편함이 줄어드는
것이 아니라 안 되고 포기해야 하는 것이 계속 늘어났다. 아직 적
응하려면 더 많은 시간이 필요하다는 걸 겨우 기억하며 화내지 않
으려고 애를 썼다.

포항에 다가올수록 우나의 초조함을 크게 느낄 수 있었다. 이럴
때 자신마저 짐이 되고 싶지 않았다. 우나에겐 포항에 가는 일이
꽤나 크고 무거운 일인 것 같은데 그걸 그가 도와주고 싶었다.

"이번이 마지막 휴게소야. 포항 어디로 가?"

"아, 그게, 송도. 송도해수욕장에 가고 싶어요."

"알았어."

어린 시절 작은 그녀의 몸으로 한참을 걸어야 갈 수 있었던 해수욕장. 얼마나 오래 걸었던 건지는 정확히 모르겠지만 주변 구경을 하며 동네 아이들과 어울려 꽤나 한참 걸었던 것 같다. 가끔 방향을 잘못 잡아 길을 잃었다가 찾아내기도 했다.

아이들과 어울려 그런 곳에 갔다 오는 걸 엄마는 싫어하셨다. 혼나기 싫어서 언제나 거짓말을 했다. 여기저기 참 많이도 돌아다녔다.

가끔 모여서 싸우기도 하고 지는 걸 싫어해서 놀이터에서도 치열하게 경쟁을 했다. 그네면 그네, 달리기면 달리기. 높은 곳에 누가 먼저 오르느냐는 위험한 시합도 했고 가끔 머리 뜯고 싸우기도 했다.

가정불화의 불안을 밖으로 해소했던 건지도 모른다. 아버지가 서울에 회사를 차리고부터 부부 싸움은 치열하고 위험해졌다. 뭐가 어떻게 된 건지 자세히는 몰라도 엄마는 아버지가 서울에서 바람을 피우고 있다고 믿고 있는 것 같았다.

서울로 이사를 했지만 하나도 좋지 않았다. 학교는 재미없었고 사투리를 쓴다고 놀림을 받았다. 시골 아이. 얌전하지도 않으면서 얌전한 아이 취급을 받았다. 입만 열면 까르르 웃으며 웃긴다고 놀려서 말을 하지 못했던 거다.

바다도 없고 누비고 다닐 놀이터도 없었다. 넓고 넓은 바다와 바람, 쏟아져 내리는 어마어마하게 굵은 빗방울을 보며 지냈던 그녀에게 서울은 답답하고 차가운 곳이었다.

"윽!"

"사장님!"

신음 소리를 듣자마자 차가 갓길로 빠졌다. 천상은 경련이 일어나는 다리에 지지 않으려고 참았던 신음을 뱉으며 최대한 안전하게 차를 주차시켰다.

"미안!"

차가 안전하게 서자마자 의자를 뒤로 급하게 빼고 다리를 잡으려고 했다.

"제가 해요. 가만 계세요."

우나가 넓어진 공간 위로 몸을 굽혀 천상의 아픈 다리를 잡고 주물렀다.

우나는 사고가 났던 그때의 장면이 치고 지나가는 바람에 무서웠다. 옆으로 빠르게 지나가는 자동차들의 소음이 비명 소리로 들렸다. 금방이라도 그들의 차를 들이받을 것 같았다.

천상의 다리를 그래서 더 열심히 주물렀다. 계속해서 두려움을 피할 방법이 그것뿐이었다. 자동차 소리가 머릿속을 파고 지나가며 그녀를 괴롭혔지만 그녀의 두 손안에 느껴지는 단단한 천상의 다리가 괜찮다고 말해 주는 것 같았다.

"우나."

다리는 금방 풀렸다. 계속해서 쉬어 주었기 때문에 심하게 경련이 일어나지 않았다.

그런데 풀린 다리를 모르는 건지 우나는 계속해서 주물렀다. 그녀는 지금 자리가 불편해서 그의 배 위에 거의 엎드리듯 기대서 다리를 주무르고 있었다.

천상이 그녀를 몇 번이나 불렀지만 우나의 움직임에 변화가 없었다.

"우나!"

결국 천상이 팔을 뻗어 우나의 어깨를 잡아 그의 품으로 끌어당겼다.

"아!"

"울어?"

우나의 얼굴은 온통 눈물로 젖어 있었다. 깜짝 놀란 천상은 흘러내린 머리카락을 넘겨 주며 눈물을 닦아 주었다.

우나는 그의 손길을 겨우 느끼고는 그의 품에 얼굴을 묻었다. 머리와 등을 쓰다듬어 주는 것 말고 그가 할 수 있는 것이 없었다.

"또 사고가, 사고가 날까 봐 무서웠어요."

"사고를 당했었구나?"

"엄마가 돌아가셨어요."

"미안해. 내가 몸이 안 되는데도 고집을 피우는 바람에 널 힘들게 했어."

몸이 완전히 회복된 것도 아닌데 무리했다. 천상은 정말 미안하고 속상했다. 품에 안겨 떠는 우나를 소중하게 보호하지 못했다는 죄책감이 들었다.

"아니에요. 그런데 이제 어쩌죠? 사장님 운전 못 하시잖아요?"

진정이 된 건지 그의 품에서 떨어진 우나가 걱정스러운 얼굴로 물었다. 그가 끌어다 안는 바람에 우나는 지금 천상의 허벅지 위에 앉아 있었다. 아직 그녀는 그런 상황을 파악하지 못하고 있었다.

"할 수 있어. 이젠 다 왔으니까. 대신 오늘 다시 운전해서 올라

갈 수는 없겠어. 버스나 다른 걸 타고 올라가야 해."

"그럼 차는 어쩌죠?"

"잘 두었다가 찾으러 오거나 누군가에게 비용을 지불하고 대신 가져다 달라고 해도 되고."

"아, 그렇구나."

우나를 안심시키기 위해 여러 가지 생각을 해 낸 것이 아니었다. 우나와 함께 밤을 보내고 싶다는 위험한 생각을 누르기 위해 머리를 얼른 굴린 것이다.

"얼른 내려가지 않으면 겨우 통한 피가 다시 막힐 것 같다."

"네? 어머, 어머. 죄송해요."

천상은 우나에게 키스하고 싶은 열망에 놀라 불쑥 내려가라고 말했다. 무안해하는 우나에게 미안했지만 할 수 없었다.

그녀의 허리를 잡은 손에 힘을 주어 당기면 바로 키스할 수 있었다. 그 유혹에서 스스로 달아날 수 없었다. 우나가 도망가 주지 않는다면 그녀가 바라지 않는 키스를 하게 될 것이 분명했다. 무겁고 힘든 뭔가를 대면하기 직전인 우나에게 다른 부담까지 얹어 줄 수는 없었다.

빨개진 얼굴로 얼른 자리로 돌아간 우나는 부끄러워서 한참을 그를 보지 않았다.

몸을 다시 잘 움직여 준 후 의자를 바로 했다. 한 시간 안에 우나가 원하는 곳에 도착할 수 있을 거다. 우나를 살핀 후 천천히 출발했다.

해수욕장에서 바다를 한참 바라보던 우나는 맨발로 해변을 걸었다. 목발이 모래에 푹푹 꽂혀 들어가는 것만 빼고 그의 시선을 우나에게서 빼앗는 건 없었다.

조금 앞장서서 걷는 우나를 뒤따르며 마냥 보고 있는 시간이 의외로 좋았다. 생각에 잠긴 우나의 모습에서 진한 여성스러움이 느껴졌다.

머리카락이 바람에 이리저리 날렸다. 귀에 머리카락을 꽂는 모습도 예뻤고 바람에 따라 얼굴을 돌렸을 때 드러나는 우나의 이마도 참 예뻤다.

"배고프지 않아요?"

천천히 걷던 걸음을 멈추고 돌아선 우나는 천상을 사장이 아닌 남자로 올려다봤다. 천상과 데이트를 하는 기분이 들었다.

많이 좋아해. 아주 잠시 연인 같은 기분을 가져도 되는 거 아닐까? 비록 천상의 손을 잡고 다정하게 걸을 수는 없지만 함께 한적한 해변을 걷는 시간이 즐거웠다. 이곳이 그녀의 가장 즐겁고 명랑했던 시간을 간직하고 있어서일까? 십 년이 넘은 탓에 많이 변했지만 바다는 변함이 없었다.

"배고파. 맛있는 거 먹자."

"제가 사 줄게요."

"뭐?"

"직접 해 주지는 못해도 맛있고 비싼 거 사 줄 수는 있어요."

"안 돼. 그렇게 때워서 없애는 거 반대야. 내가 낼 거야."

"여기까지 오느라 고생하셨잖아요. 제가 좀 사 주면 안 돼요?"

"그렇게 원한다면, 그럼, 비싼 거 먹을 거야."

"그러세요."

천상은 우나가 하고 싶은 대로 따르기로 했다. 그가 응하자 바람을 맞으며 시원하게 웃음을 지었다. 다시 키스하고 싶은 생각이 치밀어 얼른 바다로 고개를 돌렸다가 마주 보았다.

"여기 오다가 본 횟집에서 먹자. 싱싱한 해산물을 맛보고 가야 여기까지 온 보람이 있을 것 같으니까."

"좋죠."

씩씩하게 걸어 해변을 벗어난 우나는 신을 다시 신으려고 했다. 비틀거리는 그녀를 위해 천상은 위험을 무릅쓰고 우나를 만졌다.

흔들리던 우나는 그가 손을 잡아 주자 고마운 웃음을 짓고는 천천히 신을 신었다.

"우나야, 도저히 안 되겠다."

"네? 아!"

신을 다 신고 몸을 바로 한 우나의 허리를 잡아 품으로 끌었다.

땅거미가 지며 해변이 어둑해지고 있었다. 천상은 아까부터 계속해서 그를 힘들게 했던 우나의 입술을 기어이 입에 넣었다. 파도 소리가 사라지고 세상이 사라졌다. 품 안에서 바르작거리던 우나의 움직임도 더 이상 느낄 수 없었다.

겨우 우나의 입술에서 떨어진 건 지나가던 청년들의 장난스러운 휘파람 소리를 듣고서였다. 천상의 풍채에 감히 다른 짓은 하지 않고 얼른 사라졌지만 우나와의 키스는 멈출 수밖에 없었다.

"이제 어쩌지? 앞으로는 더 참을 수 없을 것 같은데."

거의 무의식적으로 키스했지만 우나가 어떻게 받아들일지 두려웠다. 우나가 한 말처럼 **뻔뻔하게** 나갈 수밖에. 떨리는 마음을 감추고 싶었다.

"······."

우나는 입술에서 아직도 천상의 온기가 느껴지는데 이게 현실인지 아닌지 명확하지 않았다. 그녀가 좋아하는 천상이 정말 키스한 걸까? 꿈이길 바랐다. 현실이라면 어떻게 감당해야 할까? 두려움과 두근거림이 뒤섞여 어쩌지 못하는 그녀에게 천상은 이해하기 어려운 말을 했다.

뭘 참을 수 없다는 걸까?

"하루 종일 참았거든. 그런데 이젠 안 돼. 앞으로는 자주 키스하고 싶어질 텐데 어떻게 할 거냐?"

가만히 내려다보니 우나는 고민하는 얼굴이기는 한데 싫어하거나 화를 내는 것 같지는 않았다. 그의 말대로 앞으로는 참아지지 않을 것 같고 그러고 싶지도 않았다. 두려움이 사라지고 용기가 생겼다.

"그, 그걸 저한테 물으시면 어떻게 해요?"

키스! 다른 어려움에 눌리려던 우나는 눈앞에 닥친 진짜 어려움에 당황했다. 자주 할 것 같다고? 안 그래도 뻔뻔한 사람이 더 뻔뻔해진 것 같다. 이런 걸 어떻게 자주 하지?

"그럼 내가 하고 싶은 대로 해도 돼?"

"그, 그건 아니죠."

천상에게 맡기는 것 자체가 위험하게 느껴졌다.

"그럼 하지 마? 그건 좀 어려운데."

"그럴 거면 뭐하러 물어봐요?"

우나는 토라지며 천상의 품을 밀어내려고 하다가 아침에 그가 넘어지려고 했던 그 일이 생각나 천천히 뒤로 물러났다.

"그래도 알리고 해야 덜 놀라잖아."

우나가 안겼던 품이 벌써 허전하다.

"말도 안 돼. 언제는 알리고 했던 것처럼. 게다가 알아도 엄청 놀랄 거거든요?"

"어디 가? 나 두고 가지 말라고 했지!"

그의 품에서 빠져나간 우나는 몸을 돌려 몇 발짝 멀어졌다. 그녀가 뛰기라도 한다면 낭패다. 그는 아직 뛰는 건 할 수 없었기 때문이다. 앞으로도 어렵겠지.

"두고 안 가요. 그냥, 그냥 먼저 걸은 거죠. 차가 어디 있는지 생각이 안 나요."

많이 좋아하는 그녀의 마음을 알기라도 하는 것처럼 사장은 그녀를 힘들게 했다. 거칠 것 없이 다가가는 마음의 움직임에 두려움을 느낄 사이도 없이 이끌려 가 버린 지금 이 상황을 어떻게 이해해야 할지 몰라 불안했다.

이게 뭐지? 아픈 걸까? 불안과 기대감이 그녀의 가슴을 뛰게 했다. 이 마음, 혹시 사랑인 걸까? 진한 통증이 가슴에서 느껴졌다.

"이리 와."

여전히 그를 바라보지 못하는 우나에게 손을 내밀었다.

오라는 그의 말에 우나가 움찔하며 그를 보았다. 그가 내민 손을 보며 눈을 크게 떴다.

"빨리 와."

끌려오듯 천천히 다가온 우나는 몇 번이나 머뭇거리다 겨우 천상의 손을 잡았다. 우나가 그의 손을 잡자마자 힘을 주었다.

"너무 세게 잡지 마세요."

"달아날 생각하니까 그렇지."

"안 달아나요."

"그럼 더 가까이 와."

"그, 그건 좀. 아야. 사장님!"

"더 꽉 잡기 전에 빨리 옆에 붙어."

키스한 것도 민망하고 놀라 죽겠는데 이젠 손까지 잡고 옆에 붙으라니. 해도 해도 너무하다.

그러나 두근거리는 가슴은 천상의 요구에 기뻐하고 있었다. 아픔처럼 느껴지는 벅찬 가슴의 통증. 못이기는 척 그의 곁에 서니 그가 손을 놓고 어깨를 감싸서 반쯤 품에 안았다. 이러고 어떻게 걷겠다는 거야?

우나의 걱정은 금방 끝이 났다. 천상은 한번 우나를 안더니 바로 놓아주고 다시 손을 잡았다. 함께 주차해 둔 차로 갔다.

자리에 앉으며 우나는 자기도 모르게 긴 한숨을 뱉어 냈다. 아직도 해변에서 그가 했던 키스와 말들이 모두 꿈일지도 모른다는 생각이 들었다.

지금까지 느끼고 있는 아픔의 이유를 알 것 같다. 그를, 천상을 사랑하게 되었는지도 모르겠다. 확인시켜 주기라도 하는 것처럼 사랑을 떠올리기가 무섭게 더 벅찬 통증이 느껴졌다. 가슴을 누르고 싶지만 그럴 수 없었다. 대신 그가 자리에 완전히 앉기까지 잠깐 눈을 감았다.

아.

천상의 손을 느끼는 것과 동시에 입술에 그가 다시 느껴졌다.

"꿈 아니야."

우나는 마음을 들킨 것 같아 뭐라고 말도 못하고 눈을 돌렸다.

"싫어?"

"네?"

"내가 이러는 거 싫어? 네가 싫으면, 정말 싫다면 억지로 하지 않아."

그녀를 보지 않고 앞을 보며 말하는 천상. 우나는 천상의 그런 모습이 낯설었다. 언제나 다그치듯 밀고 나가던 그가 조심스러워한다는 것이 믿어지지 않았다.

"싫은 게 아니라, 좋아서 문제죠."

"좋아?"

"네? 아, 아니, 그게 아니라 싫지 않다고요."

천상은 더 묻지 않기로 했다. 좋단다.

우나가 서둘러 집어넣은 그 말에 가진 모든 불안을 버렸다. 우나가 좋다면 그가 머뭇거리거나 주저할 이유가 없었다.

6
최 운 하

"이제 돌아가는 거야? 저녁 먹으러 갈까?"

우나의 포항행에 어떤 큰 의미가 있다는 걸 기억해 냈다. 아직도
그 의미에는 접근하지 않은 것 같았다.

버거워하는 우나에게 다른 걸 짊어지게 하지 않겠다는 그의 결
심은 키스로 깨졌다. 그가 스스로 생각해 봐도 정말 뻔뻔한 것 같
다. 마음에 아무런 가책이 느껴지지 않으니 그런 말을 들을 만했
다. 우나의 버거운 짐이 뭘까 걱정되고 궁금하기는 하지만 키스한
것이 후회되지는 않았다.

"아, 그게, 한 곳에 더 들렀다가⋯⋯. 그런데 주소를 몰라요."

"천천히 돌면서 더듬어 가면 돼. 걱정하지 마."

천상의 격려 속에 우나는 기억을 떠올리며 할아버지의 집으로
찾아갔다. 일방통행을 만났을 때가 가장 난감했다. 다시 시작해야

했기 때문이다.

몇 번이나 돌고 돌며 조금씩 전진했다. 세월이 많이 흐른 탓에 그녀가 기억하던 건물이나 환경이 많이 바뀌어 있었다. 결국 가까운 주차장에 차를 세우고 걸어서 찾기로 했다.

"어릴 때 휘젓던 곳이라 금방 찾을 줄 알았는데 잘 안 되네요."

"다 사라지고 없어지지는 않아. 한 개라도 남아 있을 테니 실망하지 말고 천천히 둘러봐."

"네."

천상과 자연스럽게 손을 잡고 주변을 둘러보았다. 우나가 주변을 둘러보느라 앞을 잘 보지 못하는 걸 알고 그녀가 어딘가에 걸려 넘어지거나 빠지지 않게 돌보았다.

"아, 저기."

"찾았어?"

"네. 아직 저 집에 살고 계시는지 모르겠지만."

"찾아가서 물어보면 되잖아?"

"안 돼요!"

"우나."

"그게, 좀 복잡해요. 할아버지가 어디까지 알고 계신지 모르고, 또 다른 사람한테 말하실지 모르니까요."

고개를 숙이고 꾹 참고 말하는 우나의 상황을 알고 싶었다. 어렵게 찾았는데 알아보지도 못할 사연이 뭘까?

"그럼 내가 알아볼게. 아무 이름이나 대고 찾고 있다고 하면 되니까. 어때? 네 얼굴 금방 아실 것 같으면 적당한 곳에 숨어 있어."

"아니, 잘 모르실 거예요. 같이 가요. 고마워요."

우나는 이렇게 포기해야 하나 하는 순간에 천상이 좋은 방법을 말해 줘서 기뻤다. 어떻게 해서든 할아버지가 살아 계신지, 이곳에 살고 계신지 알고 싶었다. 아니, 보고 싶었다. 기억이 떠오르고 마음으로 의지한 유일한 사람이었다.

이 층 집 대문 앞에서 어찌해야 할지 몰라 머뭇거렸다. 그런 그녀를 위해 천상은 그의 커다란 몸으로 작은 그녀를 가린 후 초인종을 눌렀다.

오래된 집이지만 넓은 마당이 있는 괜찮은 집이었다. 아무런 반응이 없는 것에 우나가 한숨을 쉬었다. 그러자 천상이 다시 눌렀다. 곧 안에서 문이 열리는 소리가 들린 후 무게감 있는 노인의 목소리가 들렸다.

"늙은이가 좀 느려서 천천히 나가는 겁니다."

노인의 목소리가 점점 가까워 오는 것을 느끼며 천상은 우나를 슬쩍 돌아봤다. 벌써 눈에 눈물이 반쯤 차올랐다. 그의 시선에서 그걸 깨달았는지 서둘러 눈물을 삼키고 표정을 숨기느라 애를 썼다.

철그렁.

"무슨 일입니까?"

"안녕하십니까, 죄송합니다. 제가 찾는 분을 할아버지께서 아실지 몰라서 이렇게 무례하게 찾아왔습니다."

"누굴 찾아? 이런! 누굴 찾는 건지 어서 말해 봐요. 내가 아는 사람이면 당장 말해 줄 테니까. 내 손녀딸 잃어버린 지 십 년이 넘었어요. 그 어린것이 어디서 어떻게 살고 있는지 몰라서 죽을 지경입니다. 아들 녀석이 서울로 오라는 것도 거절하고 이 집을 지키는 것도 혹시나 그 녀석이 나를 찾아올지도 모른다는 생각이 들어서 차마 이사할 수가 없어요. 사람 찾는 마음 내 다 알지, 알아."

"아, 그러니까."

"할아버지."

천상이 이름을 지어내려고 하는 중에 우나가 그의 뒤에서 앞으로 나왔다. 숨기려던 처음의 마음을 바꿨나 보다. 그녀를 찾지 못해 고통스러워하는 할아버지의 마음을 알고 숨길 수 없었던 거다.

"누, 누구? 호, 혹시, 운하냐? 우리 운하야? 맞지?"

"네. 저 운하예요. 할아버지!"

"어이쿠, 내 강아지. 내가, 내가 너를 얼마나 찾았는지 몰라. 여태껏 기다렸고 앞으로 죽는 날까지 기다리려고 했다. 어디 있다가 온 거냐? 어디에서 어떻게 살다가 왔어?"

우나에게서 운하의 모습을 찾을 수 있었던 할아버지는 손녀딸을 가슴에 안고 울부짖었다. 우나는 할아버지가 못 알아볼 거라고 했지만 아니었다.

"우리 운하가 많이 컸네, 많이 컸어. 고맙다. 이렇게 아무 일 없이 커서 이제라도 찾아와 줘서 고마워. 그동안 별생각이 다 들어서 얼마나 힘들었던지……. 이렇게 예쁘게 커서 돌아올 줄 알았으면, 진작 알았으면 좋았을 것을."

안으로 들어가 거실에 앉은 그들은 세월의 벽을 애틋함으로 넘겼다. 할아버지는 우나의 손을 잡고 몇 번이나 고맙다고 했다.

"죄송해요. 얼마 전에 기억이 돌아왔어요. 아무것도 기억하지 못하고, 그냥 고아로 살다가 기억이 돌아와서……."

"운하야, 너, 그때. 사고 날 때 함께 있었니? 그래서 그렇게 된 거야?"

"네."

"어디 심하게 다쳤던 거야? 그래서 기억을 잃었어?"

혹시 놓친 곳은 없는지 헌우는 운하의 몸을 여기저기 다시 살폈
다.

"다친 곳은 없어요. 충격이 커서 그랬나 봐요. 눈앞에서……."

"이젠, 이제는 다 기억난 거야?"

"네. 아버지 어디에 사시는지 알아요. 여긴 주소가 기억나지 않
아서 일찍 올 수가 없었어요."

"애비, 애비 혼자 살지 않아."

"알아요."

"알아?"

고개를 끄덕여 대답하는 운하의 표정은 어두웠다. 다 알고 있는
데도 이제야 나타났다는 건 정말 큰 문제가 있었던 것이 틀림없었
다. 헌우는 자식이지만 운하의 아버지와 지금 그와 함께 사는 운수
엄마도 의심했다. 둘이 운하 엄마 몰래 바람을 피우다 사고 후에
바로 결혼을 했기 때문이다.

하지만 아무런 증거도 정황도 없었기에 의심은 짧게 끝이 났다.
그저 큰 사고의 충격으로 새로운 생활에 마음이 안 가는 탓이라고
생각했다.

"할아버지, 저, 아버지한테는 저 돌아온 거 알리지 말았으면 좋
겠어요."

"……"

운하의 아버지인 성준이 확실히 관련이 있는 거다. 헌우는 운하

가 무서워서 그를 찾아올 수 없었을 거란 생각에 가슴이 아팠다. 뭘 무서워한 건지 물어보고 싶지만 그로서도 두려워 입이 열리지 않았다. 아들이고 며느리고 손녀였다. 누구를 더 위하는 마음이 드는지는 물어보나마나였다.

"운하야, 그 사고 후에 애비도 너 많이 찾았어. 뭔가 오해가 있을 거다. 네 엄마하고 사이가 좋지는 않았지만 너까지. 아니야. 그 정도는 아니었어."

그날 사고의 직접적 원인은 음주운전을 한 전과 2범의 남자였다. 갑자기 휘청거리며 운하와 엄마가 탄 차를 들이받으며 사고가 난 것이다. 사고를 낸 남자는 차에서 튀어나와 즉사했다. 운하 엄마가 탔던 차는 시간이 조금 지나 폭발했고 사인은 폭발로 많은 것이 훼손되어 정확하게 나오지 않았다.

목격자들의 말들이 일관되지 않았다. 아이를 보았다는 사람도 있었고 보지 못했다는 사람도 있었다. 차가 폭발하기 전에 엄마와 아이가 살아서 나왔다는 사람이 있어서 사고의 정확한 경위는 미궁에 빠져 버렸다.

결국 아이의 존재는 발견할 수 없었고 목격자들의 진술이 어긋나 어느 것도 신뢰를 얻을 수 없었다.

"저는, 별로 따지고 싶지 않아요. 이미 지나간 일이고……. 할아버지가 저 때문에 더 이상 걱정하지 않으시면 그걸로 됐어요."

"운하야, 고맙다. 정말 고마워. 내가 이 자리를 지킨 게 얼마나 다행인지 모르겠구나. 네가 살아 있다는 걸 확인할 수 있게 되었으니, 이렇게 잘 자란 걸 두 눈으로 볼 수 있으니 그 지나간 시간을 다 보상받은 것 같아. 잘 왔다."

"할아버지 모시고 함께 살고 싶은데 아직은 준비가 안 되어 있어요. 죄송해요."

운하의 눈물에 헌우도 함께 울었다. 누구의 잘못인지는 몰라도 그가 대신 짊어지고 죽고 싶었다. 서울에 회사를 차리게 두지 말았어야 했는데. 아니, 처음부터 운하 엄마와 결혼하게 두지 말았어야 해. 아니다. 아니야. 어디서부터 막았어야 했을까? 안타깝고 안타까운 인생이었다.

"걱정하지 마라. 아직 건강하고 자주 찾아와서 보면 되니까. 어디 사니?"

"서울에요."

"저 젊은이가 신랑이냐?"

"네?"

그제야 우나는 천상이 옆에 앉아서 이 모든 이야기를 듣고 있었다는 걸 깨달았다. 바짝 붙어 앉지 않아서 그를 느끼지 못했다. 그녀의 마지막 남은 비밀까지 다 알려진 셈일까? 놀란 눈으로 천상과 마주했다.

"맞습니다. 후천상이라고 합니다."

"사, 사장, 아, 그게, 네. 맞아요."

세상에! 넙죽 맞다고 하는 천상의 말에 놀라서 아니라고 하려는데 그가 손을 잡아 꼭 쥐었다. 말하면 혼내 준다는 표시였다. 천상의 기세에 눌려 대답은 했다. 그러나 곧 할아버지에게 이런 거짓말은 그리 나쁜 것이 아닐지도 모른다는 생각이 들었다.

"아직 결혼식을 하지 않아서 당황한 겁니다."

"그렇구나. 곧 결혼식을 할 거냐?"

"아니요. 아직, 상황이 여러 가지 복잡해서 결혼식은 좀 시간이 지난 후에 하려고요."

이번에는 천상의 말을 막고 우나가 대답했다. 언제까지 말릴 수는 없는 거니까.

"결혼식엔 가 보고 싶구나. 불러 줄 거지?"

"염려 놓으십시오. 제가 제일 먼저 연락드리겠습니다."

"고맙네. 그나저나 다리가, 불편한 건가?"

"아, 예."

"꾸준히 물리치료를 받는 중이에요. 열심히 하면 곧 두 다리로 걸을 수 있게 돼요. 걱정하지 마세요, 할아버지. 건강한 사람이에요."

"그럼 됐다. 보기 좋구나. 그런데 무슨 일을 하는 건지 물어도 될까?"

"작은 사업을 하고 있습니다."

"그렇군. 네 애비가 알면 도움이 될 텐데."

"아니에요, 이제까지도 잘 지냈는 걸요. 부족한 거 없어요."

"집이라도 사 줄까?"

"할아버지, 저 집 있어요. 두 채나 돼요."

"그래? 아주 잘됐구나."

"할아버지⋯⋯."

잘됐다면서 눈물을 흘리시는 할아버지의 손을 잡았다.

"잘 살고 있다고 하니까 마음이 놓여서 그래."

현우는 운하의 말을 믿지 않았다. 그를 안심시키려고 거짓말을 하고 있는 거다. 열 살의 어린 나이에 혼자가 된 운하가 뭘 얼마나 잘 살게 되었겠는가.

옆에 앉은 신랑이라는 남자와 나이 차이도 좀 있는 것 같고 진짜 신랑감인지 확신도 서지 않았다. 화장기 없는 수수한 운하의 차림과 달리 남자의 차림에서는 어딘가 고급스러움이 느껴졌다. 저 혼자만 잘 먹고 잘 입는 남자와 운하가 짝일 수 없었다.

그냥 운하의 노력을 생각해서 믿어 주는 척하겠지만 마음은 많이 아팠다.

"자주 연락드릴게요."

"오늘 바로 갈 거냐? 하룻밤이라도 자고 가면 안 돼?"

"그렇게 하겠습니다. 우나하고 저 재워 주십시오."

갈등하는 우나를 앞서 천상이 선수를 쳤다.

"우나?"

"아, 할아버지, 저 지금은 고우나로 살고 있어요. 어릴 때 울면서 이름을 말했는데 그걸 잘못 알아들었나 봐요. 그땐 뭐가 뭔지도 모르고 생각나는 것도 없었던 때라서……."

"안다. 알아. 그랬겠지. 열 살 된 네가 그 큰 사고를 겪고 어떻게 멀쩡할 수 있었겠어."

"지금은 잘 지내요. 걱정하지 않으셔도 돼요. 대학도 다녀요."

"그래?"

"서울에서 그래도 처지지 않는 대학이에요."

"암, 누구 손년데. 어디에 있어도 그 좋은 머리 없어지는 건 아니지. 잘했다. 애썼다."

그녀가 내민 학생증을 보고 이번엔 진짜 감격의 눈물을 흘리셨다. 믿지 않고 믿어 주는 척하다 진짜 대학생이란 걸 알게 되니 기특하고 애틋했다.

그러나 그 놓인 마음이 또 안타깝게 변했다. 운하의 손을 잡고 살펴보니 고생한 흔적이 있었다. 곱디고운 손은 아니었다. 손가락 사이사이로 굳은살이 만져졌다. 불쌍한 것. 좋은 시절을 다 고생으로 보낸 것이 안타까웠다.

"혼자 어떻게 지내세요? 아, 참. 저녁은 드셨어요? 저희 아직 안 먹었어요. 제가 뭐 좀 해 드릴까요?"

할아버지가 그녀의 손을 보고 다시 눈물을 흘리셨다. 운하는 할아버지를 좀 편하게 해 드리려고 명랑함을 담아 말을 돌렸다.

"수고스럽게 그럴 거 없어. 주말만 빼고 매일 들러서 청소해 주고 반찬해 주는 아주머니 있어. 애비가 그런 거라도 안 하면 강제로 이사시킨다고 해서. 잘 지내니까 걱정하지 마라."

"우나가 음식을 아주 잘합니다."

"그래?"

"금방 저녁 해 드릴게요."

자리에서 일어나서 할아버지와 운하는 주방으로 들어가고 천상은 내일 출근이 늦어지는 걸 연락하려고 정원으로 나갔다.

"운하야, 저 사람 믿을 만한 사람 맞아? 억지로 신랑이라고 안 해도 돼. 사람이 이상하면 가까이 하지 마라. 돈이나 뭐 그런 거 필요하면 내가 얼마든지 도울 수 있어. 남자는 함부로 만나면 안 되는 거다."

천상이 나가자마자 헌우는 운하를 주방 한쪽으로 데려와서 작게 말했다.

"그런 남자 아니에요. 너무 좋은 사람이라서 제가 감히 욕심내기 힘든 사람이에요."

사랑을 깨달으며 아픔을 느꼈던 이유를 알게 되었다. 사랑을 이룰 수 없다는 걸 알고 아팠던 거다. 그녀에게 사랑은 아픔이었다. 아니 고우나에게 천상에 대한 사랑은 아플 수밖에 없었다. 포기하고 돌아서야 하니까.

"네가 욕심내기 힘든 사람이 어디 있어?"

"제 흠을 다 보고도 좋다고 해 주는 사람이에요."

결혼했다가 상부한 과부인 걸요. 게다가 고아예요. 고우나에게는 아무도 없어요.

"아무튼 어려운 일 있으면 이 할아버지한테 다 말해야 해. 살날 얼마 안 남은 나한테 넌 소중한 사람이야. 그러니까 주저하지 말고 어려워하지 말고 말해. 알았지?"

"네."

천상이 들어오는 소리에 둘은 떨어졌다. 우나는 할아버지의 그런 모습을 보고 웃었다. 모두 그녀를 걱정하는 마음이라서 좋았다. 진심으로 걱정해 주는 사람이 얼마나 귀한지 잘 알게 되었기 때문이다.

냉장고와 찬장을 뒤져 재료들을 찾아냈다.

"얼른 준비할 테니까 두 분은 거실에서 말씀 나누세요."

우나는 두 남자가 가장 두려워하는 일을 아무렇지도 않게 시켰다. 머뭇거리던 할아버지가 먼저 거실로 움직였고 천상은 하는 수 없이 따랐다.

"나이가 어찌 돼?"

"서른넷입니다."

"운하와 차이가 너무 나는군."

"예. 제가 염치가 없습니다."

"작은 회사를 가지고 있다고?"

"예. 우나를 부족함 없이 살게 할 만큼은 됩니다."

천상은 거짓말로 시작한 상황에 점점 진지하게 젖어 드는 걸 느꼈다. 사실 마음이 없는 건 아니었다. 이제 막 시작했기 때문에 거기까지 가지 않은 것뿐이었다.

그러나 이렇게 된 마당에 우나를 확 옭아매는 것도 좋을 것 같기도 했다.

"여기에다가 그 회사 주소 좀 적어."

"예?"

"왜? 뭐 걸리는 거라도 있는 건가?"

"아닙니다."

헌우가 내민 종이에 회사 주소를 적었다.

"여기가 자네 회사란 말이지?"

"예."

"혹시라도 속이는 것이 있다면 지금 말해. 지금 말하면 상황에 따라 마음을 좀 움직여 볼 테니까."

천상이 주소를 적기에 앞서 주춤한 것이 마음에 걸렸다. 회사가 있다는 것도 다 거짓말일 수 있었다. 겨우 찾아온 운하를 앞으로 절대 고생시킬 수 없었다. 남은 인생을 다 던져서라도 운하를 지키고 돌봐 주고 싶었다.

"저, 사실은, 그 회사가 그리 작지가 않습니다."

천상은 나중에 할아버지가 알고 노여워하실까 두려워 얼른 털어

놓기로 했다. 뭐든 속이는 건 좋지 않았으니까.

"뭐?"

"보는 눈에 따라 다르겠지만 규모가 작은 회사는 아닙니다."

"마지막 기회일지도 모르는데 사실만 말하는 게 좋아."

"사실입니다. 우나가 제 비서로 일하고 있습니다."

"뭐? 운하는 대학생인데 어떻게 비서로 일할 수 있는 건가?"

"잠시 휴학을 하고 비서로 일하고 있습니다."

"그래서 아까 사장이라는 말을 쓴 거였군."

"예."

"부모님은 다 살아 계시고?"

"예."

천상은 할아버지에게 어디까지 말씀드려야 하나 고민했다. 그런 그의 고민을 노련한 할아버지가 알아챘다.

"결혼할 거라면서 가리고 숨기는 게 있다면 그 마음을 믿을 수가 없어."

"죄송합니다. 사실 부모님은 이혼하셔서 각각 따로 살고 계십니다."

"그렇군. 운하 애비는 상처한 후에 재혼한 거지만 그런 일은 요즘 많이들 있다고 하니까."

말을 하면 할수록 운하가 왜 욕심내기 어려운 사람이라고 했는지 알 것 같았다. 운하가 제대로 된 집안에서 제대로 컸다면 그리 처지지 않는 상황이었겠지만 혼자 힘들게 자란 운하에게 천상은 버거운 상대임이 틀림없었다.

"우나가 여기 오기까지 고민도 많았고 많이 두려워했습니다. 저한테는 고아라고 말했으니까요. 어떤 사정이 있는 건지 저는 잘 모르겠지만 우나가 조금이라도 위험할 수 있는 일은 없었으면 좋겠습니다."

천상은 우나의 상황을 잘 알고 싶었다. 아버지를 만나기 두려워한다는 건 큰 문제였다. 그녀가 말했던 사고가 단순한 사고가 아니라는 걸 느낄 수 있었다.

"운하가 제일 잘 알겠지. 사고를 직접 당했으니까. 사실 나도 잘 몰라. 사고가 난 후 어미가 차 폭발로 죽었는데 운하의 시신을 찾을 수가 없었어. 어려서 흔적을 찾지 못할 수도 있다고 했는데 난 믿지 않았어. 사실 세월이 흐를수록 그럴 수도 있다는 생각도 들더군. 차라리 그게 간단하고 좋은 결말이 될 수도 있었어. 이기적이지만 나한테 운하 애비는 아들이니까. 그 아들을 의심하는 일은 고통스러웠어."

물을 한 모금 마신 헌우는 이런 말을 해도 되는 건지 주저했다. 운하가 다 덮고 지내고 싶다는 말을 한 순간부터 그가 아니길 바랐던 일이 현실이 되고 있었다. 정말 아들인 성준에게 아무런 죄가 없다면 왜 운하가 기억을 찾는 즉시, 아니, 다 자라서 어른이 되는 즉시 아버지에게 찾아가지 않았을까? 그것도 어디에서 어떻게 살고 있는지 다 알고 있었으면서.

그건 단순히 성준이 다른 여자와, 그것도 과거 문제를 일으켰던 그 여자와 함께 산다는 이유 때문은 아닐 것이다. 여기까지 힘들게 찾아와서 하는 말이 아버지에게 알리지 말아 달라니, 운하에게서 과거 사고의 공포를 느낄 수 있었다.

"아니겠지. 난 아직도 아니라고 믿어. 그러나 운하가 애비를 두려워하는 일이 날 힘들게 해. 분명 어느 정도 애비가 관련이 된 것은 운하의 반응으로 확실하니까. 사실 두렵지만 운하가 그날 일을 자세히 말해 주길 바라. 그러나 강요할 수는 없지. 이미 대가를 다 치른 아이니까."

헌우는 운하가 어린 나이에 겪어야 했을 어려움을 생각만 해도 가슴이 아팠다.

"운하 애비는 운하를 미워하지 않았어. 그 엄마를 미워했지. 그래서 운하를 위해 운하 엄마와 다시 시작할 생각으로 서울에 집을 마련하고 불러올린 거야. 처음엔 잘되는가 싶었어. 운하가 학교도 다니고 둘도 잘 지내는 듯 보였으니까. 그런데 갑자기 사고가 난 거야."

다시 물을 마시고 한숨을 쉬었다. 성준이 바람을 피웠다는 말은 하지 않았다. 사고 후에 다시 결혼하면서 자연스럽게 알게 된 사실이었다. 운하 엄마 몰래 바람을 피웠다는 건 추측으로 알게 되었다. 아내를 잃고 한 달 만에 결혼할 여자가 갑자기 나타날 수는 없는 일이니까.

"나도 잘 모르겠어. 사고 후에 운하 애비는 정신이 나갔었어. 한 달 정도 있더니 결혼하더군. 다 큰 운하를 찾을 수 없는 이유는 죽었기 때문이라고 믿는 것 같았어. 운하는 어디다 떨어뜨려도 집으로 찾아올 수 있는 아이였으니까. 나한테라도 찾아오지 않을까 기대하는 눈치였는데 그것도 시간이 지나니 사라지더군."

주방 쪽을 본 헌우는 다시 깊은 한숨을 쉬었다.

"운하가 새삼스럽게 위험할 일은 없어. 다 지난 일이니까. 그저 운하가 그때의 공포를 이기지 못하고 피하는 거겠지. 운하 애비가 무슨 억하심정이 있어서 이제까지 딸을 해치려고 날을 세울 리는 없다는 거야."

"아버님 회사는 어디에 있습니까?"

이번에는 천상이 할아버지에게 종이를 내밀었다. 헌우는 천상을 가만히 보더니 주소를 적고 회사 이름을 적어서 보여 주었다.

"아는 회사야?"

"예. 거래처는 아니지만 그리 멀지 않은 곳에 회사가 있습니다."

"운하가 그래서 잘 알고 있었던 걸까?"

"아마 그럴 겁니다."

둘은 한참 말없이 각자의 생각에 잠겼다.

천상은 우나의 아버지가 새로운 여자와의 결혼을 위해 우나의 엄마를 해치려 했을 수도 있었을 거란 생각을 했다. 그러나 우나는 아니었다. 할아버지의 말대로 그가 우나를 해칠 이유를 찾지 못했다.

어리지만 거의 자란 열 살 아이였다. 할아버지와 살게 해도 되는 다른 충분한 방법이 있는데 애써 자기 자식을 죽일 필요는 없다는 생각이 들었다.

할아버지의 말대로 그날의 충격이 심해서, 어쩌면 엄마를 죽인 아버지에 대한 미움과 두려움이 섞여서 피하는 건지도 모른다. 우나에겐 위험이 없을 수도 있었다.

"식사하세요."

우나의 목소리에 겨우 생각을 멈춘 둘이 동시에 고개를 돌렸다.

"뭐라고 한참 대화를 하시는 것 같더니 갑자기 조용해져서 주무시는 줄 알았어요."

"혼자 고생 많았다."

헌우는 자리에서 일어나며 운하의 손을 잡았다.

"있는 걸로 대충 차렸지만 맛있게 드세요."

명랑하고 귀여운 우나로 되돌아온 모습에 천상은 미소를 지었다.

"어."

우나는 천상이 웃는 모습을 보고 깜짝 놀랐다.

미소를 지었어. 말도 안 돼. 저 성격에 저 얼굴에 저런 부드러운 미소가 가능하다니 놀라워.

"여기서 감동은 자제해."

"어머, 누가 감동했다고 그래요? 아니거든요?"

헌우는 둘의 토닥거림을 보고 그도 웃었다. 가짜 사이는 아닌 것이 분명했다. 천상을 믿고 털어놓은 것이 잘한 일임을 다시 확인했다.

간단하지만 솜씨 좋은 우나 덕분에 천상도 헌우도 맛있는 저녁을 먹었다. 저녁을 눈앞에 두고서야 모두 배가 고팠다는 걸 깨달았다. 그 덕에 더 많이 먹었다. 남은 음식이 거의 없을 정도로 모두가 깨끗하게 비웠다.

어릴 때 운하의 가족이 함께 살던 할아버지의 집에 방은 많았다. 헌우가 운하에게는 그녀가 어릴 때 쓰던 그 방을 주었고 천상에게는 부부가 쓰던 방을 주었다.

천상은 그 방으로 들어가기 전에 우나를 보았다. 우나는 마주친 눈에 화들짝 놀라서 고개를 돌렸다. 천상은 천천히 준비하고 잠자리에 들었고 우나는 할아버지와 거실에서 한참을 이야기 하다가 늦은 밤이 되어서야 잠자리에 들었다.

그들 모두에게 밤은 짧았다.

월요일이란 사실에 헌우는 섭섭하고 아쉬우면서도 둘을 아주 일찍부터 재촉했다. 아침에 일하는 아주머니가 온다면서 걱정하지 말고 둘이 올라가면서 아침을 먹으라는 말도 했다. 일하는 아주머니에게 우나를 들키지 않으려 한다는 생각에 천상도 적극 헌우의 말에 따랐다.

"이제 올라가야지?"

"네. 또 올게요."

"그래. 나도 서울 갈 일 있으면 꼭 전화하마."

"네. 꼭 하셔야 해요. 안 그러면 저 삐쳐요."

"알았어. 우리 운하 음식 솜씨가 좋아서 가끔 가서 얻어먹어야겠어."

"맛있는 거 해 드릴게요."

아쉬운 시간은 그렇게 끝이 났다. 우나는 몇 번이나 대문 앞에 선 할아버지를 돌아보며 손을 흔들었다. 천상은 우나를 위해 평소보다 더 천천히 걸었다.

주차해 둔 곳에 도착해서 우나가 머뭇거리자 천상은 문을 열어 주었다.

"운전해서 올라가시게요?"

"오늘은 시간이 많으니까 더 천천히 하면 돼. 괜찮아."

우나와 더 오랜 시간 함께할 수 있게 되어서 천상은 좋았다.

자리에 앉자마자 우나에게 키스했다. 우나는 그의 갑작스러운 키스로 까맣게 잊고 있었던 어제의 일을 생생하게 기억해 냈다. 주말 내내 놀라운 일의 연속이었다.

"할아버지한테 밀려서 가만히 참고 있었으니까 뭐라고 하지 마."

"누가, 뭐, 뭐라고 했다고 그래요? 아."

부끄러워 눈을 내린 우나의 턱을 잡고 다시 키스했다.

이젠 끝났다고 생각했던 우나는 조금 전보다 더 깊고 진한 그의 입맞춤에 숨 쉬는 걸 잊었다.

하아.

그의 입술이 떠나고 잊었던 숨이 몰려와 헐떡였다. 천상의 시선이 느껴져 얼굴이 더 빨개지는 것 같았다.

"고우나."

"네?"

"최운하."

"네."

부끄럽게 마주한 그녀에게 원래 이름을 부르는 천상.

"최운하와도 키스하고 싶어서."

"으아!"

천상은 장난스러운 웃음을 짓더니 피하려는 우나를 얼른 잡아 다시 입을 맞추었다.

"두 사람한테 똑같이 해 줘야 하니까."

"같은 사람인데 두 사람이라뇨. 그리고 똑같이 안 해 줘도 돼요. 그게 뭐라고 똑같이 해 줘요?"

"키스가 별거 아니다 그런 말이야?"

"그게 아니라, 아, 몰라요. 빨리 올라가기나 해요. 중간에 아프기만 해 봐."

"아프면 어쩔 건데?"

"화낼 거예요."

"어떻게?"

"키, 키스 안 해요."

"어. 그건 안 되지. 얼른 출발해야겠군. 아무래도 최운하가 더 좋아질 것 같다."

"뭐예요?"

"미지의 여인처럼 느껴져. 우리 우나가 가지지 않은 뭔가가 있을 것 같은 느낌."

"그런 거 없거든요?"

천천히 골목을 빠져나와 큰 도로로 나왔다. 우나의 토라짐에 힘을 얻은 천상은 앞으로의 시간을 기대했다. 저렇게 귀여운 우나가 자연스럽게 그의 품에 있게 되었으니 기대하지 않을 수 없었다.

사랑을 확인하고 앞으로 어떻게 해야 하는 건지 걱정되고 두렵기까지 했다. 그러나 하루 만에 그의 걱정과 미래까지 모두 정리되는 기적이 일어났다.

내려올 때처럼 휴게소란 휴게소는 다 들렀다. 이번에는 그냥 들러서 쉬는 것이 아니라 그때마다 우나에게 키스했다. 나중엔 휴게소가 가까워 오면 우나가 초조해하기까지 했다.

"그냥 포기해."

"뭘 포기해요?"

"키스를 피하려고 하는 마음."

"그, 그런 거 없거든요?"

마음이 들켜서 민망했다. 키스를 생각하고 있었다는 것 자체가 부끄러웠다.

"그래? 그럼 난 좋지. 자꾸 움츠리니까 내가 미안해지잖아."

"미안한 마음이 들기는 들어요?"

"조금."

"그럼 안 하면 되죠. 이제 서울 다 왔으니까 안 할 거죠?"

"아니."

"미안하다면서요?"

"조금 미안하지만 더 큰 마음은 키스하고 싶어 해서. 더 큰 마음에 따라야 하는 거잖아."

"가끔은, 아니 자주 소외되는 소수의 의견도 존중해 줘야 해요."

"그래? 그럼 심각한데."

"왜요?"

"더 작은 마음이 자꾸만 우나하고 같이 살라고 해서."

"그건 무시하세요."

"민주주의가 방금 탄압당한 거지?"

"다수결."

"그럼 키스하는 거지."

"어휴, 말 안 해요."

"입 다물고 있으면 키스하기는 좋지."

기분이 좋아진 그와 달리 우나는 씩씩거렸다.

"완전 아저씨야. 저런 거 다른 사람은 아무도 모를 거야."

그가 듣는 건 무서운지 아주 작은 소리로 종알거린다. 천상은 터져 나오려는 웃음을 겨우 참았다.

그렇게 즐겁게 서울로 무사히 돌아올 수 있었다. 도착하자마자 천상은 회사로 향했다. 우나는 그의 다리가 걱정되었지만 쉬라고 말할 수 없었다.

그녀 때문에 이틀 동안 내내 고생한 그에게 고마웠다. 그가 아니었다면 할아버지를 찾아가지 않았을 거고 할아버지는 그녀를 생각하며 아직도 고통스러워하고 계셨을 거다. 고맙고 또 미웠다.

다 고맙고 거의 다 완벽했지만 그가 그녀를 대하는 태도가 완전히 바뀐 것은 미워할 일이었다. 감당하기 어려운 그의 품과 키스에 묻혀 정신이 없었기 때문이다.

혼자 좋아할 때는 천상의 반응이나 태도를 상관하지 않아도 돼서 편했는데 막상 그가 좋다고 표현을 하니 모든 일에 그가 의식되어 부담스럽고 어찌해야 할지 몰라 두려웠다.

7
아픈 사랑

우나를 집에 데려다주는 건 막 사랑을 확인하고 그 사랑을 품에 안았던 천상에게 어려운 일이었다. 차에서 내려 주고 싶지 않았다. 몸을 꼼지락거리며 얼른 내리려고 하는 우나의 입술에 몇 번이나 입을 맞추어도 허전한 마음을 달랠 수가 없었다.

"어서 가서 쉬세요. 오늘 힘들잖아요. 어제도 힘들었는데 이러면 안 돼요. 빨리 들어가세요."

"못 가겠어."

"사장님!"

"그 말 말고 다른 거 해 주면 생각해 볼게."

"뭐, 뭐라고 하면 되는데요?"

"자기?"

"으에!"

"자기야?"

"으아아!"

"나만 아는 거 하나 말해. 안 그럼 못 내려. 난 그럼 더 좋고."

고민에 빠진 우나를 보는 것이 즐거웠다. 눈을 굴리며 이 생각 저 생각하느라 바빠 보였다. 우나와 함께 살고 싶다. 아무래도 우나 할아버지에게 했던 결혼에 대한 말을 진짜로 이루어야겠다.

"뻔. 심. 아."

"뻔심이?"

"아니요, 뻔심아예요. 아니면 말고. 더 생각이 안 나고 힘들단 말이에요. 몸살 날 것 같아요."

"그래? 어서 올라가서 쉬어. 내가 옆에 있어 줄까?"

"됐거든요?"

"잘 들어가."

"안녕히 가세요, 뻔심아."

고소한 미소를 지으며 돌아선 우나. 그녀가 건물 안으로 사라진 후에 차를 출발시켰다. 뻔뻔하고 심술 맞은 아저씨라는 걸까? 아마 그렇겠지. 저 작은 머리로 달리 생각한 것 같지는 않다.

그녀의 말대로 피곤하기는 했다. 우나 할아버지 집에서 잔 것이 아니었다면 건강한 그도 휘청거릴 피로였다. 우나가 꽤나 잘 버틴 셈이었다. 심리적으로 많이 힘들었을 텐데.

집에 도착하니 더 버틸 수 있을 것 같던 천상의 몸도 피로를 드러냈다.

"어서 오세요. 수현 아가씨가 와 계세요."

"오늘 수고하셨습니다."

그가 오는 것과 동시에 퇴근하는 아주머니에게 인사했다. 그 일이 있은 후 천상은 이씨에게 예의바르게 대했다. 전에도 예의는 있었지만 그걸 표현하지 않았는데 이제는 가끔 표현하고 성질도 거의 안 부렸다. 모두 우나 덕이라면 덕이었다.

미소를 지으며 인사를 받은 이씨는 가벼운 마음으로 집을 나섰다.

"월요일부터 웬일이야?"

거실에 앉아 있는 수현에게 말했다. 지난번 그렇게 뛰쳐나가서 다시는 안 올 줄 알았다. 그날 미안했던 마음에 최대한 부드럽게 말했다.

"오고 싶지 않았지만 심부름꾼이라서 어쩔 수 없었어. 아빠가 한번 들르래. 루진을 불러서 화해를 시키려고 준비하시는 거 알지? 아빠 오빠한테 이번 일 숨기고 싶어 하시지만 난 오빠가 알고 가는 것이 옳다고 생각해. 어린아이도 아닌데 부모님이 두 사람 사이에 함부로 끼어드는 거 아니잖아."

처음 계획은 그냥 아빠 말만 전하고 가려고 했는데 오랜만에 본 부드러운 말투와 눈빛에 마음이 금방 누그러졌다. 사실 오빠가 성질을 냈던 일을 이해하고 있었다. 다리를 다쳐서 힘든 건 쉽게 말할 수 없는 문제니까. 게다가 믿었던 여자가 배신을 했는데 아무렇지 않은 게 오히려 이상한 거다.

물론 그날 오빠가 한 말에 상처는 입었다. 그 상처가 흔적도 없이 사라진 건 아니라서 조금 성질을 내려고 했는데 오빠의 달라진 태도에 마음을 고쳐먹었다.

"그렇게 생각해 줘서 고맙다."

"오빠, 무슨 일 있었어?"

"왜?"

"갑자기 많이 달라진 것 같아서. 거의 예전으로 되돌아온 것 같아. 아니 예전보다 더 좋게. 잠깐만 이렇게 변했다가 마는 거 아니지?"

"지난번에 너한테 심한 소리하고 많이 반성했어."

"오빠."

"너 때문에 정신 차렸어. 미안하고 고맙다."

수현 덕에 정신 차리고 회사를 갔고 그래서 우나를 만났다. 루진에 대해 한순간도 생각해 보지 않은 나날이었다. 지금 수현 때문에 다시 생각났지만 별다른 흔들림은 없었다. 오히려 깨끗하게 정리되지 않았다는 생각에 불쾌했다.

"고맙다고 말하고 바로 인상 쓰는 거 나 때문에 그런 거 아니지?"

"그래. 아니야. 다른 생각하느라. 금방 갈 거냐?"

"그래야지. 뭐, 재워 주고 싶으면 그러든가."

"자고 가. 집에 가도 편하지 않잖아."

"응."

고마워 오빠.

"난 좀 피곤해서 먼저 들어갈게."

"저녁은?"

"먹었어."

"회사 사람들하고?"

"아니. 여자하고."

"오빠!"

"들어간다. 나중에 말하자."

수현은 오빠가 평소에 여자를 농담 소재로 삼지 않는다는 걸 알고 있었다. 그런 오빠의 입에서 여자란 단어가 나와서 놀랐다.

진짜 여자하고 저녁을 먹은 거다. 누구하고? 루진은 분명 아니다. 아까 루진과 자리를 마련했다는 소리를 듣고 인상을 썼으니까. 아무 여자하고 밥을 먹을 남자가 아닌데. 궁금했다.

그러나 곧 말을 꺼낸 오빠의 의도를 알아챘다. 적당히 얼버무려도 되는 대답에 정확하게 여자라고 언급한 이유는 그리 가벼운 만남이 아니라는 소리였고 곧 그녀도 볼 수 있게 될 거란 의미였다.

피곤하다는 오빠를 붙들고 물어보고 싶었지만 참기로 했다. 이제 루진과는 확실히 정리되는 건가 보다. 아직도 루진에게 기대를 하는 아빠의 기대가 무너지는 건가?

피곤하다는 오빠의 말처럼 수현도 피곤했다. 쉴 자리를 준 오빠가 고마웠다. 기대하지 않고 왔는데. 오랜만에 푹 잠잘 수 있을 것 같다. 수현은 얼른 손님방으로 들어갔다.

◎

우나는 무서운 꿈에 한참을 시달렸다. 차가 뒤집히고 피를 뒤집어쓴 여자가 다가왔다. 소리를 지르고 싶지만 소리가 나오지 않아 어쩔 줄 몰라 하는데 기어이 온 세상이 폭발해 버렸다. 폭발의 소리와 터져 오르는 파편들을 바라보며 잠에서 깼다.

"으."

온몸이 땀에 진득하니 젖어 있었다. 옆으로 누운 몸을 바로 하지 못할 만큼 무겁고 아팠다. 손가락 하나도 움직일 수가 없었다.

한참이 지나서야 지금은 아침이고 출근 준비를 해야 한다는 걸 깨달았다. 창을 통해 들어오는 환한 빛을 보고도 아무런 생각이 없었던 머리에 천천히 현실이 느껴졌다.

"어쩌지?"

정말 어째야 하는지 알 수가 없었다. 몸은 움직일 수 없을 만큼 아픈데 눈을 겨우 뜨고 본 시계는 일어나야 할 시간을 한참 넘겼다. 꿈에서 들었던 폭발 소리는 알람 소리가 아니었을까?

아직 회사에 도착할 시간은 아니라서 연락할 시간은 있었다. 주말 동안 일어났던 일이 그녀에게 준 스트레스가 엄청났다는 걸 정신이 아니라 몸이 확실히 드러내 주었다. 평생 처음 경험하는 무기력감과 몸살 통증이었다.

사장님한테 연락해야 하는 건지 아니면 서 이사님한테 연락해야 하는 건지 헷갈렸다.

"으."

침대 옆에 있는 휴대폰을 집는 데도 힘이 들어 신음 소리가 저절로 흘러나왔다. 겨우 손가락을 움직여 전화를 거는데 지친 한숨이 나왔다.

"여보세요? 서 이사님?"

— 아, 설마 고우나?

"네. 아침 일찍 죄송해요."

— 목소리가 왜 그래?

"저, 몸살이 나서 오늘 회사를 나갈 수가 없을 것 같아서 전화

드렸어요."

— 어. 몸살? 정말 몸살이야?

"정말입니다. 죽을 것 같습니다."

— 사장님 비서 노릇 하는 게 힘들어서 그런 건 아니고?

"그것도 힘들지만 그것 때문에 병이 난 건 아니에요. 어디다 연락을 드려야 할지 몰라서 이사님께 드린 건데, 제가 잘못한 건가요?"

— 아니야, 아니야. 잘했어. 몸살 때문에 못 나온다는 거 확실하지?

"네. 진단서 떼어 가요?"

— 아니야. 몸살 나으면 금방 나올 거지?

"그럼요. 직장인데 바로 나가야죠."

— 휴우, 그럼 됐어. 몸조리 잘하고 제발 얼른 회복해서 빨리 나와요.

"네."

전화하는 동안 없던 힘이 나온 건지 통증이 많이 줄었다. 서 이사의 꼬치꼬치 따지는 소리에 화가 나서 잠시 몸에 힘이 생긴 것이 분명했다.

"빨리 나오라고 난린데. 어후, 오후에는 어떻게든 나가 봐야겠어."

중얼거리고 몸을 겨우 움직였다. 이불을 끌어다 쓰고 눈을 감았다. 빨리 회복하려면 쉬는 게 최고였으니까. 한숨을 몇 번이나 쉬고 늘어지는 몸이 다시 잠들기를 바랐다.

천상은 개운해진 몸으로 회사에 출근했다. 자가운전을 당분간 하지 않기로 했다.

우나. 회사가 보이자마자 벌써 마음이 급해졌다. 우나를 얼른 보고 싶었다. 날마다 조금씩 자연스러워지는 목발 걸음걸이에 더 빨리 사무실에 도착할 수 있었다.

"어서 오십시오."

남자 직원의 굵고 매끄러운 인사가 천상을 한 대 치는 것 같았다. 급격히 찡그려지는 천상의 얼굴에 놀란 직원이 바짝 긴장했다.

"갑자기 왜 사람이 바뀌었지?"

"아, 고우나 씨는 몸살이 심해서 오늘 출근이 어렵답니다. 그래서……."

직원은 말을 이을 수가 없었다. 놀란 표정으로 바뀐 사장이 몸을 돌려 다시 나갔기 때문이다. 비서가 결근한 것이 사장에게 그렇게 큰 문제였나? 그래도 그에게 호통을 치거나 달달 볶지 않아서 다행이었다. 사장이 없는 비서실 근무는 지루할 만큼 한가했으니까.

천상은 우나에게 향했다. 몸살이 났어? 그런데 왜 직접 연락하지 않았지? 걱정과 실망이 뒤섞여 복잡했다. 가는 동안 우나에게 전화했다. 그러나 받지 않았다. 얼마나 심하게 몸살이 났으면 전화도 못 받는 걸까? 걱정에 가슴이 아팠다가 불안한 마음이 들었다.

일부러 안 받는 거라면? 그와의 일을 생각하다가 도망간 거라면? 아닐 거라고 스스로 다독였지만 우나를 끌어당기고 있던 그로선 자신감을 가질 수가 없었다.

건물 아래서 열심히 벨을 눌렀다. 건물 현관을 통과해야 우나의 집으로 갈 수 있었다. 누군가 안에서 나와 주기를 바라며 몇 번이나 눌렀다.

— 누구세요.

"우나? 너 진짜 아파?"

— 사장님.

"문 열어."

— 지금 엉망이에요. 오후에 출근할게요.

"지금 열어. 당장!"

— 아픈 사람 좀 그만 볶아요.

"그러니까 빨리 열어."

아무 소리가 없는 몇 초가 흐른 후 문이 열렸다. 안 열어 주면 어쩌나 걱정하던 그는 얼른 안으로 들어갔다. 마침 엘리베이터가 그를 기다렸던 것처럼 문을 열어 주었다.

우나의 집 문 앞에서 다시 멈춰야 하는 상황에 짜증이 났다. 비밀번호를 알아내든지 해야지 안 되겠어.

"우나."

철컥,

"어후, 진짜 왜 다들. 어?"

머리카락을 손으로 몇 번 만지는 것 말고는 한 것이 없는 우나는 이불을 몸에 말고 있었다. 그가 갑자기 밀고 올라오는 바람에 속옷만 입어 몸을 가리고 있었기 때문이다.

아픈 사람 쉬지도 못하게 이게 무슨 일인지. 아픈데 더 아프게 만드는 그를 보지 않고 투덜거리는데 갑자기 어질했다. 안으로 들어온 천상이 그녀를 안아 올린 것이다.

좁은 현관 벽에 기대며 우나를 안은 천상은 한참 말없이 가만히 있었다.

"많이 아파?"

"사장님이 쉬지도 못하게 해서 더 아파요."

"나한테 전화 안 한 벌이야."

바닥에 발이 닿아 안심이다. 우나는 그가 바닥에 내려 주자마자 겨우 걸어서 침대로 갔다. 바닥에 누울 수는 없으니까. 이불을 만 채로 그대로 침대에 누워 눈을 감았다.

진짜 아픈 건지 확인했으니까 가겠지. 아, 진짜, 사람 일찍 깨워서 괴롭히는 데는 선수라니까. 겨우 잠들었는데. 열 내면 더 아프니까 참자.

"우나."

"잘 거니까 가세요."

바로 위에서 들리는 목소리에 놀라 몸을 반대쪽으로 돌렸다.

"알았어."

풀이 확 죽은 목소리. 우나는 안타까운 마음에 뭐라고 하려다 참았다. 뻔심아는 풀이 좀 죽어야 해.

가만히, 조용히 있다 보니 다시 몸이 아래로 가라앉았다. 부족한 잠이 다시 몰려와 우나는 한번 뒤척이고는 잠들었다.

천상은 작은 식탁 의자에 앉아 우나를 보았다. 이불을 돌돌 말고 불편하게 누워 있는 것 같아서 말았던 이불을 조금 걷어 냈다. 어깨가 드러나고 가는 팔이 이불 위로 나왔다. 연약한 한숨 뒤에 우나는 움직이지 않았다. 잠이 든 거다.

이틀 동안 있었던 일들이 우나의 작은 몸에 큰 충격을 준 것이다. 씩씩하게 마지막까지도 내색하지 않았던 그녀가 안쓰러웠다.

사고로 엄마를 잃은 걸 시작으로 원하지 않는 삶을 살아오는 동안 다른 사람에게 의지하지 않고 모든 걸 혼자 이겨 내느라 얼마나 힘들었을까? 몸이 견디지 못할 정도의 스트레스를 받았으면서도 가장 가까이 있는 그에게조차 매달리지 않는다.

약혼자가 한눈을 팔았다는 사실에 화가 나서 사고를 내고 다친 것을 그 약혼자에게 원망으로 떠넘기려고 했던 그 자신이 부끄러웠다. 사랑하지 않는다는 걸 확인한 아주 좋은 기회로 볼 수도 있는 일이었다.

루진이 다른 남자와 함께 뒹굴고 있는 장면을 보지 않았다면 영영 둘 사이의 사랑에 대해 생각해 보지 않았을 것이다. 사랑이 필요한지 아닌지도 관심 없었으니까.

자리에서 천천히 일어나 조용히 우나에게 다가갔다. 그가 다리가 멀쩡했다면 두 걸음이 안 되는 거리였다.

우나가 눕기엔 충분한 크기였지만 그에겐 작은 침대였다. 한쪽에 힘들게 걸터앉아 우나의 머리를 쓰다듬었다. 많이 힘들었는지 속눈썹조차 움직이지 않고 그대로 있었다.

이마를 지나 뺨으로 손을 움직였다. 까칠한 입술에 손가락을 대도 우나는 미동도 없었다.

"뻔뻔하고 심술 맞은 아저씨가 아니라 소유욕 심하고 너 없으면 안 되는 아저씨야."

오늘 이후로 혼자 아플 일은 없을 거다. 아쉬운 그의 손은 몇 번이나 뺨으로 이마로 움직였다.

서진욱 이사는 갑자기 들이닥친 회장의 존재에 당황했다. 우나가 아파서 쉰다는 놀랄 만한 소식을 전한 후 오늘 하루가 어떻게 가는 건지 모르게 부산했는데 막판에 회장님까지 나타나 그를 놀라게 했다.

"갑자기 온 건 개인적으로 할 말이 있어서 온 거야."

"아, 예."

"후 사장한테 여자가 있어?"

"예?"

"나도 믿기지는 않지만 혹시나 해서. 함부로 말하지 않는 녀석이 여자를 입에 올렸다고 해서 확인을 하고 싶어서 이렇게 온 거야."

"저는 잘 모르겠습니다."

"맞다 아니다가 아니라 잘 모르겠다는 건 무슨 뜻인가?"

"그게, 회사에서 일하면서 그런 생각을 해 본 적이 없다는 뜻입니다. 사장님이 새로 사귀는 여자분이 있다고 해서 겉으로 드러나게 다른 행동을 할 분도 아니고……."

말을 하다 보니 정말 변한 사장의 모습이 떠올랐다. 겉으로 드러난 걸까? 고우나. 설마? 아니야. 우연이겠지. 하아, 이것 참, 아니라고 단정 짓기엔 너무 많은 부분에서 달라졌고 그렇다고 인정하기엔 어려움이 있어.

우나의 결근으로 빈 비서 자리를 채우기 위해 급하게 직원을 올려 보냈는데 그가 말하길, 사장이 우나가 결근한다는 소리에 깜짝 놀라면서 바로 회사를 나갔다고 했다. 평소의 사장이라면 절대 그럴 리 없는 거다.

매일 식사를 함께하고 회의할 때 항상 기다렸다가 함께 가는 둘의 모습을 이상하다 생각은 했다. 퇴근 후에도 가끔 둘이 함께 가는 걸 볼 수 있었다. 그건 다른 사람이라면 몰라도 후천상 사장에게는 불가능한 모습이었다.

결국 우나인 건가?

"뭐야? 뭔가 있기는 있는 거야?"

"아, 저, 그게 아직 잘 모르겠습니다."

"자네, 숨기고 있는 게 있다면 어서 말해. 지금 후 사장이 심각한 상태인 건 잘 알 거야. 다리를 다친 후 불안하게 지내고 있어. 빨리 정상으로 되돌리려면 안정을 찾아야 해. 결혼이 자꾸만 미뤄지고 있으니 안정을 찾을 수가 없잖아?"

불안하게 지내지 않는다. 서 이사는 회장이 아직 달라진 아들을 보지 못하고 걱정하는 걸 이해했다.

고우나. 만약 사장이 그녀를 좋아하게 된 거라면, 둘 사이에 좋은 일이 있는 거라면 그리 나쁠 건 없었다. 나이 차이가 좀 많이 나지만 그건 사장에게 흠이지 우나는 흠이 아니었다. 집안이 어렵다는 것도 사장이 좋다면 뭐 그리 걸림돌이겠는가.

하지만 신중해야 한다. 함부로 입을 놀려 큰 화를 당할 수 있는 거다. 남녀 사이가 언제 어떻게 될지 모르는데 불쑥 지금의 모습으로만 판단하고 말해 버리면 나중에 헤어졌을 때 그 비난을 그가 대신 받게 될지도 모르는 일이다.

"잘 모르겠습니다. 그러나 사장님이 달라지신 건 맞습니다. 더이상 비서가 교체되는 일이 없고 각 부서장들을 달달 볶던 것도 조금 줄어들었습니다. 요즘은 회사에 활력이 생기고 있습니다."

슬쩍 우나의 존재를 말했다. 그러나 아주 적절한 선에서의 공개였다. 어떻게 받아들일지는 그의 책임이 아니었다.

"달라졌다고?"

"예."

"내가 직접 만나 봐야겠어."

"아, 저."

"됐어. 따라 나오지 마."

우나가 없다고 달려 나간 사장이 지금 다시 돌아왔는지 알 수가 없다. 회사를 비운 모습을 보면 또 뭐라고 하지 않을까? 서 이사는 조마조마했다.

천상은 노크도 없이 열린 문으로 아버지가 들어와서 놀랐다. 우나의 깊은 잠을 더 이상 방해할 수 없어서 다시 회사로 왔다. 오후에 온다는 우나를 기다리기로 했다. 아프니 더 쉬라고 말하고 싶지만 그럴 수 없었다.

우나가 그에게 심술궂다고 하는 건 사실이었다. 아픈 우나보다 그녀를 보고파 하는 그의 마음에 먼저 움직였으니까. 작은 집에 우나가 혼자 있는 것이 싫었다.

"갑자기 어쩐 일이십니까?"

"주말에 들르라는 말 들었지?"

강후는 소파에 가서 널찍하게 자리를 차지하고 앉았다. 몇 년 전까지 그가 쓰던 사무실이었다. 아들에게 회사를 넘겨주는 일은 좋기도 하면서 섭섭했다. 뒤로 물러나는 걸 자꾸만 미루는 친구들의 마음을 이해할 수 있었다.

"들었습니다. 시간이 없다고 연락드릴 참이었습니다."

천상이 아버지를 따라 자리에서 일어나 목발을 짚고 맞은편 소파로 와서 앉았다.

"밥 한 끼 할 시간도 없는 것 같진 않구나."

다친 다리를 보니 다시 속이 상했다. 루진이 왜 그런 실수를 한 건지 잠시 원망스러웠다. 그러나 아들을 위해 용서하기로 했다. 루진은 천상과 잘 어울리는 여자라고 믿고 있었다.

"제 사정을 아버지가 아실 수는 없으니까요."

"여자가 있다고?"

단도직입적으로 치고 들어오는 아버지.

"예."

그 공격에 솔직한 대답으로 응수하는 천상. 아들의 대답에 강후는 놀랐다. 설마 진짜라고 답할 줄 몰랐기 때문이다. 서 이사가 고민하는 걸 봐서 아직 확실한 관계는 아닐 것이라 짐작하고 있었기 때문이다.

"누구?"

"곧 인사드리겠습니다."

"뭐? 인사를 해? 그렇게까지 진전된 사이야?"

"더 진전될 것이 없는 사이입니다."

"루진과 헤어진 게 언제라고 벌써?"

"루진과는 이미 오래전에 끝난 사이입니다. 그리고 진지하지 않았던 마음이라 시간이 문제가 되지 않습니다."

"천상!"

이렇게 비집고 들어갈 틈도 없으리라곤 생각도 못했다.

"서른넷입니다. 아버지가 연애에 참견하시는 건 옳지 않습니다. 결혼이든 뭐든 알아서 할 나이가 훨씬 넘었습니다."

"루진과 오래 만났잖아?"

"그건 이유가 되지 않습니다. 루진을 아끼신다는 건 아는데 저는 이미 정리한 사람입니다. 마음에 한 조각도 남아 있지 않습니다."

"대체 어떤 아이냐?"

루진과 사귀게 된 것도 그리 쉽지 않았는데 새로운 여자는 어떻게 사귀게 된 걸까? 아무한테나 마음을 주지 않을뿐더러 쉽게 천상에게 다가오는 여자도 없었다. 그리 오래되지 않았을 둘 사이가 무척이나 궁금했다. 대체 어떤 여자이기에 딱딱한 아들의 마음을 단번에 휘어잡은 걸까?

"적당할 때 인사드린다고 말씀드렸습니다."

"인사받기 전에 누군지 좀 알자."

"기다리셔야 합니다."

벌떡.

강후는 아들의 기세에 밀리고 싶지 않아 몸을 일으켰다. 오늘 그 여자에 대해 알아내려고 했는데 실패다. 어느 누구도 쉽게 입을 열려고 하지 않았다. 수현을 통해 더 알아볼까?

문 쪽으로 가는데 뒤쪽에서 천상이 일어나는 기척이 느껴졌다. 목발. 그래 천상은 불편하지. 그제야 강후는 천상이 다리 한쪽을 마음대로 쓸 수 없다는 것이 생각났다.

돌아보니 그의 예상대로 목발을 짚고 일어나 겨우 자신을 향하고 있었다. 저런 모습을 보면 루진을 용서하고 싶지 않기도 해. 차라리 새로 만나는 여자와 잘되길 바라야 하지 않을까?

거의 천상이 그의 곁으로 왔을 때 사장실 문을 열었다. 뒤에 따라오는 천상을 바라보며 밖으로 나갔다.

"부모님 모두 살아 계시는 얌전한 집 딸이라면 안 될 것도 없지. 루진이 미모와 재능과 좋은 집안까지 다 가졌다는 걸 기억해. 그런 배우자는 별로 없어."

사장실을 다 나가서 잠깐 선 강후의 말을 천상은 듣기 힘들었다. 비서실에 우나가 와서 그들을 보고 서 있었기 때문이다. 아버지가 하는 말을 우나가 모두 듣고 있었다.

"제가 알아서 합니다."

"너 혼자도 아닌데 적당히 구색은 맞아야지. 사회적으로 위치가 있는 네 결혼이야. 사방에서 다 널 보고 있는데 잘 생각하고 결정 해야지."

"사회적 위치든 뭐든 제 결혼이고 제 삶입니다."

"나 사는 거 봤으면 교훈을 얻어. 좋다고 결혼했지만 결국 환경 이 맞지 않아서 이혼했잖아. 어울리는 사람이 따로 있는 거다."

"아버지, 그만하시죠."

"어흠."

그제야 강후는 비서실에 다른 사람이 있다는 걸 알았다. 아까 들 어올 때는 남자 직원이었는데. 작고 예쁘장한 어린 비서가 말간 눈 으로 둘을 바라보고 있었다.

"후 사장 비서인가?"

"네."

"수고해요."

"안녕히 가세요."

천상은 아버지가 나간 후 우나를 보았다. 까칠한 입술이 아니라 면 심하게 앓았던 것을 금방 알 수 없었다. 평소처럼 단정하게 머리를 묶은 우나는 말없이 그와 마주했다. 그녀가 무슨 생각을 할까 궁금했다.

"언제 왔어?"

"방금 왔어요. 하도 이 사람, 저 사람 빨리 나오라고 재촉을 해서 마음껏 아프지도 못하고 끌려 나온 거죠."

평소와 같은 말투인데 어째 표정은 그가 바라던 토라진 예쁜 표정이 아니었다. 건조하고 재미 하나도 없는 인형 같은 표정이었다. 키스 같은 건 허용하지 않을 얼굴이었다.

"괜찮겠어?"

"그 질문의 때는 이미 지나갔어요. 몇 시간 안 남았으니까 잘 버틸 수 있어요."

계속해서 말을 걸어 보지만 우나의 건조함은 가시질 않는다. 아버지가 한 말에 그녀 스스로 마음을 닫아 걸은 것이 분명했다.

하필. 아직 결혼에 대해 말도 꺼내 보질 못했는데 길이 막힌 것 같다.

"내 방에서 쉬게 하려고 나오라고 한 거야."

"말도 안 되는 일이죠. 월요일도 늦었고 오늘도 늦었어요. 일이 많은 건 아니지만 그래도 밀렸어요. 퇴근하고 쉬면되니까 걱정하지 마세요. 안 들어가세요?"

절대로 퇴근하고 건드리지 말라는 의지가 보였다. 점점 천상은 힘이 들었다. 이건 아닌데. 우나의 통통 튀는 모습을 보고 싶었고 그런 우나에게 키스도 하고 싶었다.

그러나 지금 두어 발 떨어진 둘 사이의 거리도 감히 좁히지 못할 만큼 우나의 표정과 눈빛은 차가웠다.

"마실 거 가지고 와."

천상은 결국 돌아섰다. 사장실 문을 열면서 뒤에 서 있을 우나를 생각했다. 저렇게 차갑고 단호한 우나를 어떻게 사랑스럽게 돌려놓을 수 있을까?

머리를 힘겹게 굴려 봤지만 자리에 앉기까지 아무런 생각이 나지 않았다. 그의 말을 피하지 않고 모두 받아 주고 있었다. 우나는 자기 생각과 감정을 잘 감추었다.

똑똑.

문이 열리고 우나가 마실 것을 가지고 들어왔지만 낯설게 느껴졌다. 아무것도 변한 것이 없지만 그가 귀여워서 어쩔 줄 몰라 하는 그 우나가 아니었다. 우나는 그의 책상 위에 컵을 올려놓고 그대로 다시 문을 향했다.

"아버지 말은 신경 쓸 거 없어. 원래 모든 부모는 다 똑같은 말을 하는 거잖아. 그리고 결혼은 내가 하는 것이고."

"저한테 하실 말씀은 아닌 것 같습니다. 회장님 말씀이 뭐 어떻다는 건 제가 상관할 바가 아닙니다."

"고우나!"

정말 차갑게 말하고 돌아선 우나가 문손잡이를 잡았다. 어쩔 수 없이 그녀를 불러 세웠다. 몸이 불편하니 뛰어가 우나를 잡아 안을 수도 없었다. 이럴 때마다 불편한 다리에 분노가 생겼다.

우나가 다시 밖으로 나갈 것이 두려워 자리에서 얼른 일어섰다. 목발을 급하게 끼고 한 발 움직였다.

탕.

급하게 움직이느라 책상 모서리에 다리가 부딪혔다. 꽤나 세게 부딪혔는지 소리도 컸고 통증도 컸다. 천상은 아픔과 노여움에 인상을 잔뜩 찌푸렸다. 통증의 세기에 비해 신음 소리는 나지 않았다. 그의 온 신경이 우나에게 쏠려 있던 탓이었다.

"어휴, 진짜. 뭐가 급하다고 그렇게 서두르세요?"

분노를 겨우 누르고 다시 움직이려고 했을 때 익숙한, 사랑스러운 우나의 투덜거림이 바로 옆에서 들렸다. 감정이 들어 있는 목소리.

고개를 돌려 보니 부딪힌 다리를 걱정스러운 눈으로 내려다보는 우나를 볼 수 있었다. 이럴 줄 알았으면 바닥에 장렬하게 엎어질 걸 그랬다.

"나 혼자 두고 어디 가지 말라고 했는데 네가 말을 안 듣잖아!"

반가움에, 안도에 버럭 소리를 질렀다.

"사장님을 두고 가긴 어딜 가요? 비서실이 어디 모르는 곳이라도 돼요?"

"내 눈앞에서 허락도 없이 사라지면 두고 가는 거야. 넌 그런 것도 몰라?"

"몰라요. 그런 소리는 들어 본 적 없어요."

"이리 와."

팔을 벌리고 불렀다. 조금 전까지 그에게 바락바락 대들던 우나가 깜짝 놀라는 것이 귀여웠다. 처음엔 무슨 뜻인가 몰라 당황하더니 다음엔 어떻게 해야 할지 몰라 주저했다.

"빨리 안겨!"

"무, 무슨 소리예요? 여기가 어디라고……."

"다리 아파."

"어휴, 도대체 사장님은, 마, 말도 안 되게, 이건 아니야. 아닌 거죠."

눈을 이리저리 굴리며 미적미적 다가오는 우나를 기다렸다. 이미 팔 안으로 들어온 그녀지만 그가 힘으로 끌어들이지 않으려고 노력했다. 우나가 원해서 안겨야 하는 순간이니까.

"보고 싶어서 죽기 직전이야. 넌 내가 죽었으면 좋겠어?"

"죽긴 누가 죽어요? 세상에 보고 싶어서 죽었다는 사람 한 명도 못 봤어요. 다 뻥이야. 뻥인데, 씨."

우나가 안겼다. 그의 품에 얼굴을 묻고 씩씩거린다. 이젠 그도 참지 않았다. 두 팔로 작은 우나를 꼭 끌어안았다.

"뻥 아니야. 넌 속고만 살았어? 난 진짜 너 보고 싶어서 죽을 수도 있는 사람이야. 그러니까 함부로 단정하고 미적거리지 마."

우나는 말이 없었다. 한참을 안고 있던 천상은 뭔가 이상해서 우나를 살짝 떨어지게 했다. 처음엔 안 떨어지려고 해서 기분이 좋았는데 그가 너무 좋아서 거절한 것이 아니었다는 걸 금방 알게 되었다. 우나의 얼굴이 닿았던 셔츠가 축축했다.

"울어?"

고개를 숙이고 있던 우나는 그의 말에 얼른 손으로 눈물을 닦아냈다. 천상에 품에 안기는 순간 눈물이 나왔다.

고장 난 인생이라고 생각하지 않으려 했다. 정말 그렇지 않다는 걸 알고 있으니까. 하지만 이럴 때는, 좋아하는 천상을 눈앞에 두고 있을 때는 지나간 그녀의 인생에 원망의 마음이 드는 걸 막을 수가 없었다.

아무도, 어떤 부모도 그녀를 자기 아들의 며느리로 좋다고 생각하지 않을 것이다. 비단 사장뿐만 아니라 다른 어떤 사람이었어도 그녀는 쉽게 받아들여지지 않을 조건만 다 갖고 있었기 때문이다.

"우나."

"안 웁니다. 사장님이 억지로 안기라고 하니까 억울해서 이러는 거죠. 강요는 뭐든 안 좋은 거라고요. 셔츠에 콧물 묻은 건 제 책임 아니에요."

우나는 평소 말투로 말하며 한 발 뒤로 물러나 말끔히 눈물을 닦아 냈다.

"빨아 와."

"설마 지금 당장은 아니죠?"

"지금 당장."

이제야 우나를 놀리는 재미가 좀 생겼다.

"어머, 그럼 뭐 입고 계시려고요?"

"벗고 있지 뭐."

"사장님!"

셔츠 단추를 푸는 천상에게서 두어 발짝 더 뒤로 물러난 우나는 소리를 질렀다.

"뻔심아는 어디 가고 사장님이야?"

"뻔심아는 퇴근 후 이름이죠. 지금은 엄연히 퇴근 전이거든요?"

"그럼 키스도 퇴근해야 할 수 있는 거야?"

"어머, 진짜. 이거 직장 내 성희롱입니다. 분명히!"

눈을 흘기는 우나의 표정에 더욱 안심이 되었다.

"신고할 거야?"

"조심하세요."

"알았어. 그런 의미로 한 번 하면 안 돼?"

"됐거든요. 마실 거 마시고 속 좀 차리세요. 그리고 지금 나가는 거 사장님 버리고 나가는 거 절대 아니에요. 아셨죠?"

우나는 또 사장이 그녀를 따라오려고 급하게 움직일까 봐 천천히 문 쪽으로 다가가서 섰다.

이렇게 사장과 말하다 보면 모든 걸 잊고 그에게 다시 푹 빠지게 된다. 얼른 물러나고 싶었다. 현실을 외면하는 법을 배우지 못했다. 지금 사장과 다정하게 말하는 게 환상이고 그녀의 조건이 현실이었다.

"모르겠는데?"

"좀 배우세요. 사장님이나 되셔서 그런 것도 모르시면 안 되죠. 일이 밀려서 얼른 해야 하니까 사장님도 얼른 일하세요. 직원들만 일시키고 자기는 벌어 주는 돈 쓰기만 하고 그러는 사장 엄청 싫거든요."

"알았어. 일하라고 사장을 닦달하는 비서는 처음이야."

우나가 문손잡이를 잡은 것은 그녀의 의지를 보여 주는 것이었다. 무시할 수 없었다. 천상은 책상으로 돌아가 앉았다. 그가 다 앉기를 기다렸던 건지 앉아서 그녀와 눈을 마주하자 문을 열고 나갔다.

후우.

천상은 긴 한숨을 쉬었다. 우나의 기분을 아주 조금 돌려놨지만 제자리로 온 것은 아니었다. 자기감정을 잘 숨기는 우나가 더 깊이 기어들어 간 건지도 모른다.

그가 생각해도 신기하다. 과부에 고아인 그녀. 물론 진실은 다르지만 누가 그걸 알까? 놀랍도록 특이한 조건이 우나를 사랑하게 되는 마음에 아무런 변화를 주지 않았다. 그게 신기했다.

우나를 좋아하기 전이었다면 그도 아버지와 똑같은 말을 누군가에게 했을 것이다. 아들이 아니어도, 가족이 아닌 다른 사람이 우나와 같은 조건을 가진 여자와 결혼한다고 하면 일단 반대의 의견을 말했을 테니까.

그런데 지금 그에게 우나의 조건은 아무것도 아니었다. 우나가 진짜 고아가 아니라는 사실을 알기 전에도 거치적거리는 문제는 되지 않았다. 아버지가 우나에 대해 알게 된다면 놀라서 엄청난 반대를 하실 건 뻔했다. 그건 어느 부모라도 처음에 보일 반응이었으니까.

앞으로 어떻게 해야 할지 모르겠다. 이런 식으로 잠깐씩만 되돌아오는 것으로 그나 그녀나 견뎌 낼 수는 없는 거다.

회사 일이 잔뜩 쌓인 책상에 앉아서 그는 아무것도 손댈 수가 없었다.

8

겁쟁이

천상은 사무실 책상에 기대어 멀쩡한 다리로 균형을 잡고 서 있
었다. 그가 자리에 앉지도 않고 기대어 선 까닭은 문을 열고 들어
올 우나 때문이었다.

어제 저녁은 그의 예상대로 우나가 빈틈을 보이지 않고 그대로
퇴근했다. 뭐라고 말할 기회도 얻지 못한 그는 처음으로 완벽하게
우나에게 패하고 집으로 돌아갔다. 다음 날을 벼르면서 아쉬움과
불안함을 눌렀다.

그러나 오늘 아침도 별반 다른 상황을 만들어 낼 수 없었다. 출
근해서 마주한 우나는 그야말로 평소와 같은 얼굴로 그를 맞이하며
철저하게 선을 긋고 물러서 있었다.

똑똑.

"아침 드세요."

"거기다 둬."

우나는 책상에 기대어 선 천상을 보고 머뭇거렸다. 그가 책상에 앉아 있으면 책상 한쪽에 아침이 든 접시를 놓고 그대로 몸을 돌려 나오기 좋았지만 그가 접시를 놓는 쪽에 기대어 서 있으니 그를 돌아서 접시를 놓고 그를 돌아서 다시 문 쪽으로 향해야 했다.

하지만 그녀의 내면은 겉으로 드러나지 않았다. 그녀는 여전히 평상시의 표정을 유지할 수 있었고 머뭇거림도 그가 느낄 수 없을 만큼이었다.

천상은 우나가 그의 곁을 돌아 책상 위에 접시를 놓는 걸 보았다. 그가 왜 여기 서 있는지 영리한 우나는 잘 알고 있을 것이다. 그러나 우나는 아무런 내색도 하지 않고 접시를 놓고는 그를 돌아 나가려고 했다.

"우나."

하룻밤을 견뎌 내는 것도 만만치 않았다. 오늘 또 하루를 견뎌 내는 건 하고 싶지 않았다. 어떻게 해서든 돌파구를 만들어야 했고 지금 그러려고 우나의 허리를 감아 품에 안았다.

놀라지도 않고 시선을 돌리는 우나의 싸늘함에 겁이 났다. 품에 안겼으면서도 아무런 반응도 없이 그저 고개를 돌려 다른 곳을 바라보았다.

"그냥 나하고 사귀는 건 어때?"

"그게 무슨 소리예요?"

"복잡하고 거창한 게 싫은 거라면 그거 안 하면 돼. 그저 난 너하고 함께 있고 싶어. 너하고 함께 있을 방법이 있다면 뭐든 선택하겠어."

"저는 내키지 않아요. 사장님은 예측하기 힘든 사람이라서 지금 하시는 말에 믿음도 안 가요."

우나의 시선이 그를 향했다. 천상은 그를 올려다보는 우나의 시선을 잃고 싶지 않았다. 영원히 그를 바라보게 만들 방법이 있다면 정말 뭐든 하고 싶었다.

"매일 아침 널 기다릴 수도 있어."

"설마, 일요일 아침처럼 일찍 깨워서 괴롭히겠단 말이에요?"

"그걸 그렇게 받아들이다니 아쉽군. 난, 보고 싶어서 안달 난 표현인데."

"그게 어디가 안달 난 표현이에요? 심술부리는 거지."

"어쨌든 난 충분히 그런 짓을 할 수 있는 남자야. 네가 마음 돌릴 때까지 끈기 있게 기다릴 수 있어."

"이거 은근히 협박처럼 들려요. 사장님 말 안 들으면 평생 괴롭히겠다는 소리로 들린단 말이에요."

"그렇게 느껴진다니 그것도 아쉽군."

"아쉽다고 끝낼 문제가 아니죠. 나이도 엄청나게 많으신 아저씨 사장님이 어린 저한테 모범을 보이셔야 하잖아요? 참고 인내하고 배려하고……."

천상이 우나의 이마와 뺨을 쓰다듬었다. 그녀가 종알거리는 모습이 예뻐서 자연스럽게 한 행동이었다. 그의 품에서 토라진 우나를 만지지 않고 있기는 어려웠다. 자신이 웃고 있는지조차도 느끼지 못했다.

"왜?"

우나가 말을 하다 말고 눈을 동그랗게 뜨고 가만히 있어서 물었다. 만지는 게 싫었나?

"사장님, 웃었어요."

"내가?"

"설마 비웃은 건 아니죠? 그렇게 말하기엔 아주 기분이……."

계속해서 쌓였던 마음을 풀었다. 키스. 하루 거른 것이 마치 몇 년은 참은 기분이었다. 새삼스럽게 느껴지는 우나의 입술에서 떨어지기가 싫었다.

똑똑.

후다닥.

우나는 어린 새가 위험을 느끼고 파닥거리듯 천상의 품에서 깜짝 놀라며 떨어졌다.

"사장님, 회의 자료 가져왔습니다."

비서실에 우나가 없어 곧바로 노크하고 들어온 관리부 사람이었다. 사장이 책상에 기대어 서 있었고 그 앞에 비서인 우나가 몸을 돌리고 있었다. 사장이 인상을 쓰고 있는 걸로 봐서 비서인 우나가 혼이 나고 있었던 것이라 생각했다.

당황한 그녀가 서둘러 그의 곁을 지나 밖으로 나갔다.

"회의? 아, 그렇군."

천상은 우나와의 좋은 시간을 방해받아 몹시 언짢았다. 정말 오랜만에 하는 키스였는데. 이번 참에 단단히 우나에게 못을 박을 셈이었는데 기회를 놓쳐 버렸다.

관리부 직원이 나갈 때까지 천상의 인상은 펴질 줄을 몰랐다.

사장실을 나온 우나는 은행을 털다 들킨 것처럼 가슴이 뛰었다.

죄를 지은 것도 아니고 부끄러운 장면을 들킨 것도 아닌데 뛰는 가슴이 멈추질 않았다.

다용도실에 들어와 차가운 물을 틀어 얼굴에도 뿌리고 손도 몇 번씩 닦고 나서야 겨우 진정이 되었다. 사장의 손에 잡히면 스스로 빠져나오는 건 불가능했다. 그는 그녀를 잘 아는 것처럼 쉽고 간단하게 정신을 빼앗아 갔다. 그와 함께 있으면 언제나 휘둘려서 그녀가 생각했던 어떤 것도 이룰 수 없을 거다.

사랑해서 더 그래. 그를 사랑하니 그에게 더 빠져 버리는 거야. 아무 생각이 안 나. 정말 천상이 원하는 대로 뭐든 다 해 주고 싶었다. 그러면 안 될까? 다 해 주면 안 되는 걸까?

하지만 그 후엔? 회장님 말처럼 결국 헤어지게 될 거야. 엄마 아빠가 그랬다. 서로 원수처럼 으르렁거렸고 결국 죽음이라는 결과까지 가져왔다.

서로의 마음이 중요하다지만 두 분은 사랑해서 결혼했고 미워하게 되었다. 지금만 보면 안 되는 이유였다. 어떻게 될지 모르는 미래에 확실히 상처가 될 조건을 가진 그녀의 과거가 있었다. 그건 미리 점수를 잃고 시작하는 것과 같았다.

그래. 잘 안 될 거야. 결국 상처받고 헤어지게 될 거야.

진정된 가슴으로 숨을 몇 번이나 길게 쉰 후 싱크대 위를 보니 그녀의 아침이 접시에 담겨 있었다. 먹을 수 없어. 하지만 천상의 키스 때문에 안 그래도 어지러운데 아침까지 굶으면 더 어지럽지 않을까? 일을 해야 하는데 몸을 함부로 하면 안 돼. 먹고 싶지 않지만 어쩔 수 없이 입에 넣었다.

일이 도움이 된 건지 방해가 된 건지는 각자 달랐다. 천상은 회의 준비에 바빠 우나의 일을 잠시 뒤로 미뤄야 했다.

두 시간이 지났지만 우나는 그동안 한 번도 들어오지 않았다. 회의 시간이 다 되어서 고개를 들어 살폈을 때에야 우나가 오지 않은 걸 알 수 있었다.

시간마다 들어오라고 했는데. 회의를 위해 어차피 움직여야 하니까. 자리에서 일어나 사장실을 나왔다.

"우나. 회의실에 가야 해."

"네."

자리에서 일어난 우나의 안색이 좋지 않았다.

"왜 중간에 들어오지 않았어?"

"네? 아, 죄송해요. 깜빡했어요."

"너 나한테서 신경 끊기로 한 거 아니야?"

"아니에요. 비서가 사장님한테 어떻게 신경을 끊어요?"

"안에 서류 있어. 챙겨 줘."

"네."

우나의 움직임이 좀 어색했다. 왜 그러지, 아까 하다가 만 키스 때문일까? 그러나 그렇게 보기에 뭔가 이상했다. 회의실에 가는 동안 잠깐씩 살폈는데 우나는 처음 보는 표정을 하고 있었다. 몹시 기분이 나빠 보였다. 비서실에 있는 동안 무슨 일이 있었던 걸까?

"회의 끝날 때까지 기다리고 있어."

회의실에 거의 다 와서 작게 말했다.

"왜요? 오늘은 그냥 가려고 했는데."

"까불지 마. 내 눈앞에 안 보이면 화낼 거니까 그렇게 알아."

"하여튼 도움이 안 돼."

우나의 투덜거림을 노랫소리처럼 들으며 회의실에 들어가서 앉았다. 다른 사람들이 있는 곳에서 우나는 단정한 표정과 태도를 보이며 그를 거들고는 조용히 퇴장했다.

천상은 건너편 방으로 들어가는 그림자를 확인하고 회의에 집중했다.

참고 또 참다가 결국 회사를 나온 우나는 가까운 병원으로 갔다. 약으로 나을 것이 아니라는 걸 온몸이 말해 주었기 때문이다.

식은땀을 뻘뻘 흘리면서도 택시를 타고 병원으로 혼자 움직였다. 너무 아파서 눈물이 저절로 흐를 지경이었지만 누군가에게, 더욱이 천상에게 부탁한다는 생각은 하지 못했다.

아플 땐 혼자였고 누가 있어도 도움이 되지 않는 사람하고만 살았기 때문에 쓰러져서 의식을 잃지 않는 한 그녀가 스스로 문제를 해결했다.

먹기 싫은 걸 억지로 먹었더니 체한 것이다. 몸이 완전히 좋아지지 않은 상태에서 다시 커다란 스트레스를 받아 엎친 데 덮쳐 버렸다.

응급처치를 하고 병실에서 안정을 찾기 위해 누워 있었다. 한참 쉬었다가 움직여야 좋을 거라는 의사의 말에 따르자면 회사로 돌아가면 점심을 훌쩍 넘긴 시간이 되는 것이다.

으휴. 일생 도움이 안 되는 사람만 만나더니 결국 사장도 그녀에게 조금도 도움이 되지 않은 것이다. 그와 뭘 어찌하겠다는 아주 작은 생각마저 걷어 내는 순간이 되었다.

그녀가 전화를 하기도 전에 먼저 전화가 왔다. 회의가 끝나고도 남을 시간이었으니까. 말도 없이 나갔다고 또 한 소리 듣겠지.

울리는 전화를 처음엔 받지 않았다. 주삿바늘이 꽂혔던 팔을 내려다보며 생각을 정리했다.

"여보세요."

두 번째 울리는 전화를 받았다.

— 고우나! 너 어디야?

귀가 멍멍해질 만큼의 고함 소리에 전화기를 멀리 떼어 냈다.

"병원에 있어요."

— 병원? 왜?

"급체를 해서 치료를 받느라고요. 점심시간 지나서야 돌아갈 수 있을 것 같아요. 자꾸 빠져서 죄송해요."

— 왜 말을 안 해? 아프면 아프다고 말을 해야지. 어느 병원이야?

엄청 화가 난 목소리다. 단단히 결심한 그녀의 마음이 사장의 벼락같은 소리에 바짝 눌려 버렸다. 어디 숨고 싶을 정도로 기가 죽었다.

"조금 있다가 가려고요."

— 너, 빨리 말 안 해?

"금방 나갈 병원을 뭐하러 말해요?"

— 시끄러워. 내가 갈 때까지 움직이지 마. 어디야?

화를 내려고 해도 기운이 없었다. 아파서 다 죽어 가는 사람에게 소리까지 지르며 다그치니 견뎌 낼 수 없었다. 우나는 포기하듯 병원 이름을 말해 주었다. 그녀가 먼저 끊을 수도 없게 천상은 병원 이름을 듣자마자 끊어 버렸다.

그나저나 점심시간 지나서라도 회사로 가야 하나? 우나는 그 시간이 되면 기운이 날지 걱정이었다. 지금 완전히 녹초가 된 상태로 봐서 많이 호전될 것을 기대할 수 없었다.

그러나 더더욱 빠질 수는 없었다. 이것으로 몇 번이나 회사를 빠지게 되는 거니까. 모두 그녀의 개인적인 일로 시작된 일이라 더 미안했다.

통증이 거의 사라지고 가라앉는 몸만 남았을 때 천상이 들어오는 걸 느낄 수 있었다. 그의 목발 소리와 움직임이 어째서인지 우나의 귀에 들렸다. 작은 병원이라 간호사와 말하는 그의 목소리도 들을 수 있었다.

다른 이상은 없는 건지 앞으로 어떻게 해야 하는 건지 꼬치꼬치 묻는 천상 때문에 그녀가 다 창피할 정도였다. 세 살 먹은 아이가 누워 있는 것도 아닌데 왜 저렇게 자세히 묻는 거야?

"고우나."

화난 소리는 아니지만 천상의 말에 우나는 움찔했다. 아까 엄청 화를 낸 그를 기억하기 때문이다.

"체한 거예요. 정말 아무것도 아닌데 사장님이 이러시면 제가 더 죄송하고 부담스럽잖아요."

"아무것도 아니면 말해도 되는 거잖아? 회의 끝나고 너 기다리는데 안 와서 얼마나 놀란 줄 알아? 비서실에도 없고 회사 어느 곳에도 너 없었어. 그렇게 무단이탈하고 뭘 잘했다는 거야?"

"죄송해요. 너무 아파서 정신이……."

너무 아팠다는 말은 괜히 했다. 긴 한숨 소리와 함께 천상의 손이 그녀의 뺨을 감쌌다. 괜한 말을 했다는 생각으로 말을 멈추자마자 시선을 피한 바람에 그의 얼굴을 볼 수 없었다.

"너 실수했어. 사귀자는 말을 한 나를 너무 우습게 생각한 거야. 나는 함부로 그런 말 하지 않는 데다가 좋다는 표현도 네가 처음이야. 내가 무슨 마음으로 너한테 그러는지 모르는 것 같다. 네가 어려서 그런 거겠지만 내 마음을 너무 만만하게 본 거지."

"사장님."

피했던 시선을 들어 그를 보았다. 크게 소리를 낸 것도 아니고 인상을 쓴 것도 아니었다. 천상은 그 어느 때보다 조용하고 부드러운 얼굴을 하고 있었지만 그의 한 마디, 한 마디에 무게가 느껴졌다.

우나는 무서웠다. 천상의 마음을 거절할 수 없을 것 같아서, 거절하기 싫어진 마음 때문에 더 무서웠다.

"겁쟁이."

우나에게서 손을 뗀 그가 이해 못 할 말을 하며 그녀에게서 시선도 뗐다. 천상은 겁먹은 우나의 얼굴을 외면했다.

"네?"

"비겁해."

"대체 무슨 소리를 하시는 거예요?"

누웠던 몸을 일으켰다. 묶었던 머리를 푸르고 멀쩡한 손으로 머리를 쓸어 대충 다듬었다.

천상의 손이 일어나 앉은 그녀의 등으로 옮아 갔다. 그녀가 잘 앉을 수 있게 배려를 해 주는 것이지만 지금 상황이 혼란스러운 우나는 느끼지 못했다.

"무책임하고 이기적이야."

다시 이어지는 천상의 말.

"사장님!"

도대체 무슨 말을 하시는 겁니까?

"맞아."

"네에?"

"네가 방금 한 말 모두 맞아. 인정해."

"제가 무슨 말을 했다고 그러세요?"

"겁쟁이라며? 비겁하고 무책임한 데다가 이기적이라면서?"

"어머, 제가 언제 그랬어요? 그 말은 사장님이 했거든요?"

일어나 앉은 탓에 천상과 금방이라도 닿을 듯 가까워졌다는 걸 그제야 깨달았다. 하지만 늦었다. 지금 몸을 뒤로 하거나 다시 누울 수는 없으니까. 민망한 마음에 천상의 시선을 피해 고개를 돌렸다. 괜히 흘러내리지도 않은 머리를 몇 번이나 쓸어 넘겼다.

"난 그저 네 머릿속에 든 생각대로 말한 것뿐이야."

"저는 그런 생각 안 했어요. 왜 생각까지도 사장님 마음대로 결정하세요?"

천상은 우나의 허리를 잡아 마주 앉아 있었다. 우나도 이런 상황을 의식하는 듯 시선을 그와 맞추지 못하고 이리저리 움직였다.

두려움을 모두 지운 운한. 천상은 그제야 부끄러워하는 우나의 표정은 이런 거구나 하며 잠시 즐겼다.

"여기 의외로 작아서 우리가 하는 말 밖에서 다 들을 수 있겠어. 문도 활짝 열려 있으니 더더욱."

우나가 그에게 기대지 않는 건 그의 탓이라는 생각이 들었다. 그래서 미안하다는 말을 표현한 것이다. 비겁하고 이기적이고 겁쟁이라서 우나가 그를 믿을 수 없는 건 아닐까 생각했기 때문이다.

넉넉하고 믿을 만했다면 제일 힘들고 어려울 때 그에게 손을 내밀어야 하지 않나? 섭섭한 마음과 함께 믿을 만한 남자가 되어 주지 못한 것이 미안했다.

"아, 맞다. 아까 사장님이 간호사하고 하던 말도 다 들렸어요. 어머."

천상이 소곤거리는 것에 맞춰 바짝 얼굴을 마주하고 소곤거리는 우나. 천상이 키스하고 싶은 걸 참고 있다는 걸 알 리가 없었다.

"이제 일어나도 되겠어. 괜찮지?"

"네? 아, 네. 그럼요. 그냥 쉬던 중이었어요."

사장이 자리에서 일어나자마자 얼른 그녀도 따라 일어섰다. 원피스의 주름을 대충 펴고 머리도 만진 후에 그를 보았다.

"이게 꼭 이럴 때 말썽이야."

"네? 뭐가요?"

인상을 잔뜩 구긴 천상. 화난 얼굴인데 갑자기 무슨 일이지?

"목발. 다리 다친 거 별거 아니라고 생각하려고 했고 실제로 크게 어려움은 없는데 이런 때는 정말 화가 나."

"아파요?"

"너 아플 때 안아 올릴 수도 없잖아. 힘들고 지쳤을 때 나한테 기댈 수도 없을 테고. 짜증 나."

"운동하면 더 좋아진다면서요? 목발 없이 걷게 되면 저같이 작은 여자 정도는 가뿐하게 안아 올릴 수 있지 않을까요? 그리고 지금도 기댈 수 있어요. 목발 짚고 있지만 멀쩡하게 서 있는 저보다 사장님이 더 튼튼해요. 봐요, 자, 제가 기대도 안 넘어지죠?"

우나는 천상의 한쪽 팔을 잡으며 머리를 댔다. 너무 밀면 혹시 넘어질지도 몰라서 최대한 가볍게 그의 팔에 몸을 의지했다.

"최운하."

세상천지에 우나가 의지할 수 있는 사람이 누가 있을까? 그마저 기댈 대상에 들지 않는다는 사실이 슬펐다. 정신이 없을 정도로 아프면서도 아무에게도 말하지 못하고 혼자 병원에 오는 우나였다.

힘든 일이 있을 때마다 스스로 해결하고 감당하던 고우나. 이대로 둘 수 없었다. 우나를 버리고 운하로 돌아온다면 달라질까? 원래의 자리로 돌아와 진짜 그녀의 인생을 살아가게 되면 좀 더 자신감을 가지고 그의 마음을 받아 줄 수 있지 않을까?

"네."

"네 말대로 난 이기적이라서 두 여자 사이에서 왔다 갔다 하는 거 싫어. 하나로 정리해."

"제가 언제……."

천상은 우나에게서 몸을 돌렸다. 그에게 체중을 쏟지 않으려고 기대선 우나에게서 떨어지는 건 쉬웠다. 어차피 그에게 온전히 의지하지 않고 있었으니까.

"네 말대로 무책임하기도 해. 그러니 나한테 묻지 말고 네가 결정해. 최운하로 되돌아갈지 아니면 나처럼 불구의 인생인 고우나로 계속 살아갈지."

우나에게서 완전히 몸을 돌린 천상은 병실을 나갔다.

우나가 그를 따라 병실을 나간 건 천상이 병원을 다 나가고 난 후였다.

회사로 돌아온 우나는 이기적인 천상의 배려로 일을 할 수 없었다.

"다 쉬고 와서 상관없습니다."

전화나 컴퓨터로 하는 일만 하고 사장실에 오는 일이나 심부름은 하지 말라는 명령이었다. 우나는 사장실에 들어오지 말라는 소리로 들려서 약간 서운했다.

시간마다 들어가서 한마디 하고 나오는 일은 일에 들지도 않는 건데. 가까이 오는 거 싫다는 소리일까? 화가 난 건지 아닌지 알 수가 없다.

"네 말은 안 믿기로 했어."

"언제는 제 말을 믿어 주셨던 것처럼 말씀하시네요?"

"그럼 포기도 쉽겠어. 가만히 쉬고 있어."

"어차피 앉아 있는 건데……."

"고우나. 난 가만히 비서실에 앉아 있으라고 했어. 한 마디만 더 하면 내 방 소파에 누워 있으라고 할 테니 알아서 해."

"어휴, 알았어요. 가만히 인형처럼 엄청 힘들게 앉아 있겠습니다. 그건 쉬는 게 아니라 고문이라는 걸 사장님은 금방 알게 되실 거라고요."

우나는 더 이상 말했다가 난처함에 휘말릴 것 같아서 얼른 돌아서 사장실을 나왔다. 속은 편해졌지만 피로감은 여전했다. 자리에 앉자 힘든 한숨이 나왔다. 가만히 보면 사장님 말을 들어서 손해 본 적은 별로 없었던 것 같다.

잠깐 눈을 감았다 뜬 후에 밀린 일이 없는지 확인했다. 시간마다 일어날 일이 없으니 금방 여유가 생겼다.

그러나 여유는 그리 좋은 게 아니었다. 갑자기 할아버지가 생각나기도 하고 아버지에 대해 생각하게도 되니까.

"절대로 좋지 않아."

머리를 바짝 다시 묶어 올리며 중얼거렸다.

드드윽.

때마침 울리는 휴대폰의 진동 소리.

"아, 할아버지!"

— 난 줄 어떻게 알았어?

"전화번호에 할아버지라고 해 두었으니까요."

— 그렇구나. 잘 있었어?

"네. 할아버지도 별일 없으시죠?"

— 그래. 내가 며칠 후에 서울 갈 일이 생겨서 연락했어. 가서 네 집에서 좀 자고 가도 되나 해서. 사정이 안 되면 상관없다. 아니, 꼭 자고 갔으면 좋겠어. 부담되지?

"아니에요."

큰일이다. 달랑 싱글 침대 하나 놓고 사는 집에 할아버지를 어떻게 모실 수 있겠는가! 올라오시면 연락하라고 큰소릴 칠 때는 이런 일을 전혀 염두에 두지 않았다.

그러나 주저하는 모습에 할아버지 마음 상하게 할 수는 없었다. 방법은 나중에 찾으면 되는 거니까.

— 사실 네 애비가 그때 출장을 간다고 해서. 애비 없는 집에 내가 어떻게 지낼 수 있겠어?

"아, 그러네요. 저한테 오시면 돼요. 마음 놓으세요."

— 운하 네가 집도 있다고 해서 믿고 말하는 거야. 정말 괜찮은

거지?

"그럼요."

이 일을 어쩐다? 집이 있다고 한 말은 거짓말이 아니지만 그곳에 살고 있지 않는다는 말은 할 수 없었다.

— 신랑은 잘 있지? 결혼식 전이라 아직은 함께 살지 않는 건가?

"네?"

— 아니, 요즘엔 결혼 전에 같이 먼저 살기도 하니까 물어본 거야.

"아, 아니에요."

— 결혼할 사인데 부끄러워할 건 아니지. 혹시 나 간다고 잘 있는 신랑 쫓아내고 그러는 복잡한 일은 꾸미지 않아도 돼. 나 그렇게 꽉 막힌 늙은이 아니야.

"아, 아니, 할아버지, 그렇게까지 마음을 열지 않으셔도 돼요."

— 그날 다 봤으니 그렇지. 널 많이 아끼던데 그냥 둘 것 같지도 않고.

"어휴, 아끼긴요."

— 싸웠어? 허어, 그럼 내 올라갔을 때 꼭 함께 있어라.

"네에?"

— 내가 혼 좀 내 줘야지. 감히 어디 우리 귀한 손녀의 맘을 상하게 했단 말이야? 나이도 많은 사람이?

"하하, 바쁜 일 없는지 미리, 물어볼게요. 그나저나 할아버지 서울엔 무슨 일로 오시는 거예요?"

— 뭐, 별거 아니야. 건강검진. 가까운 곳에서 해도 되는데 네

애비가 극성이라서 할 수 없이 올라와서 검사해. 아주 귀찮아 죽겠
어. 그래도 나 혼자 포항에 사는 조건으로 몇 가지 약속한 것이 있
어서 어쩔 수 없어. 걱정할 거 하나도 없어. 매년 형식적으로 하는
거니까.

"이틀 후에 오세요?"

— 올라가는 건 내일인데 병원에 하루 있으니까 그다음 날 너한
테 갈 수 있어.

"네. 혼자 올라오세요?"

— 아니야. 애비가 사람을 보내 줘. 차 타고 편안하게 올라가는
거니까 걱정하지 마.

"제가 마중이라도 가려고 했는데 안 되겠네요."

— 그럴 것 없어.

"그럼 기다릴게요. 조심해서 오세요."

— 그래. 그날 신랑하고 함께 보자.

"아, 뭐, 네. 그럴게요."

전화를 끊고 그대로 책상에 엎드렸다. 우아. 큰일이다. 어쩌다
생긴 여유의 시간에 폭탄을 맞은 기분이었다.

"아, 큰일이다."

다시 얼굴을 들고 중얼거렸다. 머리를 어서 굴려서 방법을 찾아
야 했다. 게다가 천상에게 할아버지의 방문을 알리기까지 해야 했
다. 하필 오늘. 큰일이다.

건강검진하신 할아버지를 아무렇게나 모실 수는 없는 일이었다.
친구. 없다. 게다가 적당한 집을 가진 사람을 떠올려야 하는데 그
녀 주위엔 적당한 집은커녕 적당한 사람마저 없었다.

자리에서 일어나 서성이기 시작했다.

"무슨 일이야?"

"엄마야!"

걱정으로 서성이는데 갑자기 뒤에서 천상의 목소리가 들렸다. 한참 천상의 얼굴을 떠올리며 갖은 불만을 토해 내던 그녀이기에 놀라지 않을 수 없었다. 생각을 들킨 줄 알았다.

"무슨 일이야?"

"아, 아무 일도, 아무 일도 아니에요."

"고우나. 진짜로 내가 화내는 거 보고 싶어? 너 오늘 나한테 크게 찍힌 날이야. 조심해."

"아니, 그게 아니라, 어쩌지?"

말을 하긴 해야 하는데 싫었다. 그렇다고 말하지 않고 해결할 방법은 없었다. 천상을 다시 그녀의 사정에 끼워 불편하게 만들고 싶지 않은데 그의 날카로운 표정에서 벗어날 다른 방법도 없었다.

"아직 정신을 못 차린 거지?"

"아, 아니에요. 말해요."

불쑥 다가와 허리를 감는 천상 때문에 아까보다 몇 배는 놀랐다. 우나는 그의 가슴을 밀어 내며 뒤로 물러섰다.

"말해."

"할아버지가 올라오신대요."

"그래서?"

"집에서 주무시고 가신대요."

"그런데?"

"사장님도 만나고 싶다고 하세요."

"진짜 고민을 말해."

"어, 없어요."

"내가 참을성이 없다는 걸……."

이번엔 단단히 혼을 내 줄 작정으로 우나를 향해 움직였다.

"으아, 같이, 같이 살까요?"

"뭐?"

뒤로 후다닥 달아난 우나가 한 말에 놀라 그대로 멈췄다.

"아, 그러니까 할아버지를 모실 적당한 집이 없는데, 아, 그게, 사장님 집 있으시죠? 부자니까 아주 넓을 것 같은데, 할아버지가 하루 주무시고 가신다는데 우리 집은 너무 좁아서, 그리고 사장님도 함께 보신다고 하니까. 하하하, 다른 방법이 있다면 좋겠는데 생각나는 게 없고, 아, 죄송해요. 너무 급하고, 주변에 사람은 없고, 사장님이 들어도 완전 웃기죠. 하하, 제가 미쳤나 봐요. 미친 거죠. 말이 안 되는 건데."

"그렇게 해."

"네?"

"당장 이사해. 미리 준비해야 하잖아?"

"그, 그건 그런데 뭐 그렇게까지 적극적으로 협조하지 않으셔도 되는 거 아닐까요? 당장은 좀 그렇지 않나요?"

"갑자기 할아버지가 일찍 오겠다고 하시면 기다리라고 할 거야?"

"그런 일이 일어날까요?"

"우리 생각대로 되지 않는 게 인생 아니야?"

"그건 그렇지만."

"같이 퇴근해서 짐 싸면 되겠네. 한 시간이면 되는 이산데 꾸물거릴 이유 없잖아?"

"그게 그렇게 되나요?"

"바쁘니까 퇴근 시간까지 귀찮게 하지 마."

"아니, 사장님, 사장님?"

횅하니 사장실로 들어간 사장님. 뭐라고 할 말이 잔뜩 남은 우나는 웅얼거렸다. 뭐가 이렇게 복잡할까? 머릿속이 온통 허리케인이 휩쓸고 지나간 것같이 헤집어졌다.

"한 시간이면 되는 이사를 왜 미리 해야 해? 내일, 아니면 할아버지가 갑자기 일찍 오시겠다고 할 때 싸도 되는 거잖아? 그래. 맞아."

겨우 정리하고 사장실 문손잡이를 잡았다.

'바쁘니까 퇴근 시간까지 귀찮게 하지 마.'

아, 씨. 그 말 때문에 문을 열 수가 없었다. 그녀 개인적인 문제니까. 회사 일로 집중하고 있는 천상을 방해하는 짓을 할 수가 없었다. 그래선 안 되는 거니까.

퇴근할 때 말하면 되지. 맞아. 그때 말해도 늦지 않아. 우나는 제법 정리된 생각과 계획에 만족하고 고개를 끄덕였다. 자리로 돌아와 앉아서 침착하게 정리하려고 했다. 퇴근 시간은 그리 많이 남지 않았다.

벌컥.

사장실 문이 갑자기 열려서 우나는 자리에서 벌떡 일어났다. 기회인 건가?

"먼저 퇴근할 테니 시간 되면 움직여. 차를 보낼 테니까 퇴근하고 바로 짐 챙겨서 와. 늦으면 혼날 줄 알아."

"네? 아니, 저기, 사장님?"

휑하고 사라진 사장님. 아니, 목발을 짚고 무슨 걸음이 저리 빠른 거야? 사람이 뭐라고 말할 시간은 줘야지. 준비한 일이 고스란히 날아가는 순간이었다.

천상의 얼굴을 마주하지 못했으니 거절할 수도 없었다. 차를 보낸다고? 그럼 사람을 보낸다는 소린데 그러면 언제 거절을 해? 늦으면 혼나? 첩첩산중이네.

자리에 다시 털썩 앉은 우나는 몇 번이나 막힌 숨을 뚫으려고 한숨을 크게 쉬었다.

회사에서 나온 천상은 집으로 곧바로 갔다. 우나의 마음이 바뀌기 전에 빨리 해치워야 한다는 생각에 서두르는 중이었다. 그 작은 머리로 지금쯤 같이 살자고 한 말을 후회하며 어떻게든 되돌리려고 할 것을 알고 있었다. 그녀와 마주할 시간을 없애야 했다. 지금 그는 뛰는 가슴을 진정시키려고 애를 쓰고 있었다.

작은 여자의 폭탄 발언은 꽤나 힘이 있었다. 할아버지에게 절이라도 해야 하나? 어쨌든 이번 기회에 우나의 옆자리를 확실하게 꿰차야 한다. 거의 억지로 힘들게 얻어 낸 기회였지만 우나가 그에게 손을 내민 첫 번째 일이었다. 혼자서 도저히 해결할 수 없는 일이라서 가능했다.

우나가 작은 원룸에 사는 것이 싫었는데 오늘만은 감사했다. 조금이라도 넓은 집에 살았다면 절대 그에게 손을 내밀지 않았을 테니까.

"아주머니, 저녁에 손님 오니까 조금 더 준비해 주십시오."

"한 분이세요?"

"예. 그리고 앞으로 같이 지낼 겁니다. 손님방 정리해 주시고, 아, 저녁에 짐도 같이 싸 가지고 올 거니까 좀 도와주십시오."

"네. 다른 건 없나요?"

"아, 그게…… 아닙니다. 됐습니다."

"알겠습니다."

이씨는 고개를 갸웃했다. 약간 흥분한 것 같은 천상의 모습이 조금 낯설었다. 단순히 흥분한 것이 아니라 잔뜩 기대한 모습이었다. 소풍을 기다리는 아이처럼 들뜬 모습 같았다.

누굴까? 방에 들어가 뭔가를 열심히 하고 나온 사장은 계속해서 거실을 서성이며 초조해했다. 전화로 누군가에게 뭐라고 한 후에도 몇 번이나 전화를 다시 했다. 천상의 초조감 상승과 함께 이씨의 궁금증도 함께 커져 갔다.

마침내 넓은 집에 가득한 초조감과 궁금증이 사라질 순간이 왔다. 초인종이 울리고 후다닥 현관으로 움직이는 천상의 모습에 웃음까지 나올 지경이었다. 이씨는 천상의 조금 뒤에 서서 누군가를 기다렸다.

"왜 이렇게 늦어?"

작고 귀여운 여자가 현관 안으로 쭈뼛거리며 들어서자마자 천상은 버럭 소리를 질렀다. 뒤에 서 있던 이씨가 놀랄 정도니 작은 여자는 말할 것도 없었다. 그렇게나 기다리던 사람이 오자마자 왜 이러실까?

"어서 오세요."

긴장으로 안 그래도 작은 여자가 졸아 없어질 것 같아서 이씨는 천상을 지나 앞으로 얼른 나서며 여자를 맞이했다. 여자의 손에 든 가방을 얼른 들었다. 뒤이어 커다란 가방을 챙겨 들고 온 운전기사가 들어왔다.

"아, 예. 안녕하세요, 고우나입니다. 이건, 그냥, 제가, 감사합니다."

이씨는 운전기사에게 눈으로 신호하며 돌아섰다. 천상을 지나치며 슬쩍 올려다봤다. 좋아하는구나. 그래서 더 큰 소리로 뭐라고 한 거로군. 천상의 얼굴엔 좋아서 어쩔 줄 몰라 하는 마음이 드러나 있었다. 이씨와 운전기사는 손님방으로 향했다.

"들어와."

천상은 우나가 함부로 움직이지 못하고 머뭇거리고 선 것을 보고 얼른 몸을 돌렸다. 잘 참아야 해.

"최대한 빨리 온 거예요."

안 오려고 했지만 그럴 수 없었다. 일단 하기로 한 일이니 하긴 하는데 기회를 봐서 다시 되돌리기로 했다.

"알았어."

"저기, 사장님 드릴 말씀이 있는데, 저……."

"됐어. 나중에 말하고 저녁 먹자. 배고파. 너 기다리다가 굶어 죽겠어."

"원래 저녁 시간보다 겨우 한 시간 넘겼거든요? 그리고 지금 당장 말해야 한다고요."

"시끄러워. 밥이나 먹고 말해."

"밥 먹기 전에 해결해야 해요."

"너 자꾸 화나게 할래?"

"급하단 말이에요. 사장님한테 화장실 어디냐고 누가 묻고 싶은 줄 알아요?"

"화장실? 그거였어? 따라와."

"씨."

"자, 여긴 네 전용이니까 마음대로 써."

우나는 전화로 천상이 너무 재촉하는 바람에 급한 볼일도 해결 못 하고 짐을 싸서 온 참이었다. 와서도 어렵게 만드는 천상이 미워서 욕실에 들어가면서 흘겨보았다. 하여튼 도움이 안 돼.

천상은 우나가 욕실로 완전히 사라지고 안도의 한숨을 쉬었다. 나가겠다는 말이 아니라 다행이었다. 그 말을 듣지 않으려고 내내 마음을 졸이고 있었다.

"식사 다 준비했습니다."

"수고하셨습니다."

우나가 무사히 급한 볼일을 해결하고 식당에 왔을 때 이씨는 천상에게 인사했다. 우나는 엉거주춤한 모습으로 이씨를 배웅했다. 아직 우나는 이씨가 가고 나면 이 집에 천상과 단둘뿐이라는 사실을 깨닫지 못하고 있었다. 그저 낯선 환경에 잔뜩 긴장해서 이 시간이 빨리 지나가기를 바라기만 할 뿐이었다.

"밥 먹자."

"네."

식탁에 마주 앉았을 때 우나는 깨달아야 할 것을 깨닫게 되었다. 설마, 우리 둘뿐? 설마가 아니라, 아니 이런 건 생각해 본 적 없는데.

그랬다. 그와 함께 살자고 한 말은 할아버지가 계실 동안만 집을 빌려 달라는 말과 동의어였다. 할아버지가 천상도 함께 봐야겠다고 말씀하시는 바람에 그와 함께 집도 얻을 수 있는 방법이 같이 사는 것이었기 때문이다. 그랬는데 이렇게 미리 와 버렸으니 그와 단둘 이 한집에 있게 된다는 걸 알게 되었다.

할아버지도 안 계시고 마땅히 함께할 다른 사람이 이 집엔 없었 다. 오직 사장과 그녀뿐이었다. 숟가락을 들던 손이 힘을 잃고 아 래로 툭 떨어졌다.

"왜?"

"저, 그러니까, 저기, 이 집에, 사장님하고 저하고……."

"그래서?"

"네?"

"그래서 뭘 원해?"

"뭘 원한다니요? 그런 말이 아니라 이 집에 사장님하고 저뿐이 니까……."

"그러니까 우리 둘만 있으니 뭘 기대한다는 거야?"

"아니죠! 절대 그런 거 없죠."

"그럼 됐어. 밥 먹어."

"아, 네."

이게 아닌데 뭔가 따져야 할 것 같은데 아닌가? 남녀가 유별한 데 둘만 있는 이 상황이 이상하지 않은 건가? 이상한 것 같은데 왜 사장님은 아니라고 하시지?

"왜 안 먹어?"

"또 체할까 봐요. 지금 좀 불안하거든요. 저 지금 스트레스받고 있는 게 맞는 것 같아요. 오늘 아침에도 이런 비슷한 기분이었는데 그냥 먹다가 체한 거거든요. 게다가 하루도 지나지 않은 상태잖아요?"

"그렇군. 그럼 죽 먹을까? 너 하루 종일 제대로 먹지도 못했는데 또 거르면 안 돼."

"끓일 줄 아세요?"

"아니. 우나가 끓여 먹어야지."

"어머머, 뻔뻔하다는 거 알고는 있었지만 이렇게까지 심할 줄은 몰랐네요."

"끓여 먹어."

"완전 기가 막혀요."

"옆에서 지켜봐 줄게."

"됐거든요? 차라리 차려진 밥을 조금 먹는 게 낫겠어요."

"미안해. 할 줄 아는 게 없어."

우나는 천상의 정말 미안한 표정과 말투에 가슴이 덜컥 내려앉았다. 한 대 때려 주고 싶게 얄밉던 그가 갑자기 잔뜩 미안한 얼굴로 어깨에 힘까지 다 빼고 말을 하니 놀라지 않을 수 없었다. 천상이 미안하다는 단어의 의미를 알고 있다는 사실도 신기한데 진짜 마음을 담아 사과할 수 있다니 더더욱 놀랄 일이다.

"아니, 뭐, 그렇게 갑자기 진지하게 나오시면, 알았어요. 끓여 먹으면 되잖아요. 끓여 먹을 게요."

"그럴래?"

어휴, 얄미워. 아까 그거 연극 아니야? 사람이 저렇게 신속히 원래대로 돌아오는 거 비정상 같아. 자리에서 그릇을 들고 일어났다. 이왕 일어선 거 죽이라도 끓여야 하니까.

사실 하루 종일 먹은 것이 별로 없어서 힘이 들기는 했다. 체한 뒤끝이라 배는 고프지 않았지만 뭐라도 먹고 기운을 차려야 내일 건강하게 움직일 수 있으니까.

주방으로 가서 밥통에 밥을 반 덜고 작은 솥을 찾아 담았다. 맛있는 쇠고기 국을 솥에 넣고 은근한 불에다 끓였다. 사장에게서 잠시 떨어지자 마음은 편했다. 밥이 끓는 내내 불 앞에 서서 휘휘 저어 가며 복잡한 생각들도 잠시 털어 냈다.

식탁에 앉아 있을 것이라 생각한 천상이 주방 입구에 기대서서 그녀를 하염없이 바라보고 서 있다는 걸 몰랐다. 그녀가 불을 끄는 순간 천상이 제자리로 돌아가는 것도 그래서 몰랐다.

적당히 끓인 밥을 넓은 그릇을 찾아 담았다.

"오래 걸렸네?"

끓인 밥을 담아 돌아오니 뻔뻔스러운 천상이 식탁에 편안히 앉아 있었다. 얄미워.

"먼저 드시지 그랬어요?"

뻔, 뻔, 뻔심아.

"그럴 수야 있나. 그래도 첫날인데."

"됐습니다. 손님 대접 철저히 받는 것 같습니다."

집 안 청소 안 시킨 걸 감사하게 생각합니다. 자리에 앉으면서 입을 삐죽였다. 봐도 할 수 없지 뭐. 자리에 앉아 숟가락을 들고 후후 불어서 먹기 시작했다. 천상은 미워서 절대 보지 않을 작정이었다.

"힘들게 살찌워 놨더니 오늘 하루 만에 다 빠져 버렸네."

해쓱한 우나의 얼굴이 안타까웠다.

"그러고 보니 억울해요. 전 평생 배탈이란 거 난 적 없었단 말이에요. 아프면 아팠지 배탈이 나다니."

"배탈 난 적이 없었어? 어떻게 그래? 사람이 살다 보면 배탈이날 수도 있잖아?"

"탈이 날 만큼 먹어 본 적이 없었으니까 그렇죠. 굶지 않으면 그게 다행이지 어디 먹고 체할 것이 있다고……. 아, 음, 그러니까 그게 아니, 그게, 그러니까 말이 그렇다는 거죠. 그 이상한 얼굴 좀 하지 마실래요? 동정받는 것 같아서 기분 나쁘거든요?"

"앞으로 잘 안 먹으면 진짜 혼날 줄 알아."

"지금은 잘 먹고 있어요. 괜히 그래. 사장님이 너무 먹여서 배탈난 거란 말이에요. 소화가 될 만큼 먹여야지."

"알았어. 내가 다 잘못했어. 그러니까 화내지 말고 천천히 다 먹어. 무조건 내가 잘못한 거니까. 알았어?"

힘들게 끓인 죽마저 못 먹을까 봐 천상은 걱정이 되었다. 우나는 지금 죽을 앞에 두고 두 숟가락도 먹지 못했다. 그가 얼른 사과하고 밥을 먹으니 더 이상 우나도 뭐라고 하지 않고 다시 죽을 먹기 시작했다.

우나가 다 먹을 수 있도록 천상은 천천히 밥을 먹었고 그녀가 다먹을 동안 한 마디도 하지 않았다.

9
사랑의 힘

천상은 자리에서 일어나 앉기를 몇 번이나 했는지 모른다. 방에 불은 아까부터 꺼져 있었다. 그러나 잠들 수 없었다. 손님방에 자고 있을 우나가 생각나서 그를 자꾸만 자리에서 일으켰다.

같이 살자는 말에 좋아서 다른 어떤 것도 생각지 못했는데 막상 우나가 집에 들어오니 아무것도 할 수가 없었다. 심지어 키스도 할 수 없었다. 다음이 어떻게 될지 불안해서 손을 대는 것이 두려웠다. 둘뿐이란 사실이 말할 수 없이 큰 어려움이 되었다.

"이러면 같이 사는 게 무슨 의미가 있어?"

누워 자는 걸 포기하고 앉아 중얼거렸다. 아무것도 못할 거라면 우나를 집에 들여놓는 것이 무슨 의미가 있겠는가? 차라리 따로 살면서 키스하고 싶을 때 키스하고 안고 싶을 때 마음껏 안는 것이 더 좋을 것 같았다.

"미치겠네."

억울하고 궁금해서 더 이상 방에 있기 힘들었다. 그렇다고 나가면 다른 좋은 방법이 있는 것도 아니었다. 자리에서 일어났다 앉았다 하던 것을 방 안을 서성거리는 것으로 바꾸었다. 나가지도 못하고 그렇다고 가만히 들어앉아 있을 수도 없었다.

"물이라도 마시지 뭐."

핑곗거리를 겨우 생각해 내고 조심스럽게 문을 열었다. 서재 옆에 붙어 있는 손님방이 제일 먼저 보였다. 어둠 속에서도 환한 빛 아래 있는 것처럼 선명하게 느껴졌다. 소리가 날까 봐 목발 대신 벽을 짚으며 천천히 걸었다. 꽤나 깊은 밤이라서 그런 건지 그가 움직이는 소리가 아주 크고 선명하게 들렸다.

우나도 들으려나? 아니다. 자고 있겠지. 오늘 하루 종일 아팠으니 피곤해서 깊이 잠들었을 거야. 깊이 잠들었을까?

서재를 끼고 지나면 거실로 나갈 수 있었고 거실로 나가서는 처음 핑계를 댔던 물을 마시러 갈 수 있었다.

그런데 우나가 깊이 잠들었다는 생각이 그의 발을 잡았다. 서재를 끼고 지나갈 수 없었다. 자는 거라도 좀 볼까? 아니야. 보기만 할 자신이 없어. 참을 수 있지 않을까? 우나가 놀라는 건 싫으니까. 맞아. 놀라서 울면 마음이 아플 거야. 그러니 보기만 하고 나올 수 있어.

생각으로 결정을 내리기도 전에 이미 그의 몸은 손님방 앞에 서 있었다. 손을 뻗어 손잡이를 잡는 동안 마지막 결정을 내렸다.

딸깍.

"으아아아!"

"헉!"

쿵.

"으아, 사장님!"

"우나!"

문을 열자 마주한 서로의 모습에 놀라 비명을 질렀다. 불을 켜지 않고 본 검은 그림자가 바로 눈앞에 있었으니 놀랄 수밖에.

목발 없이 벽을 짚으며 균형을 유지했던 천상은 그러는 바람에 넘어졌다. 우나는 뭐라도 집어 눈앞의 의심스러운 그림자를 때리려고 했는데 커다란 그림자가 바닥에 쓰러지는 바람에 다시 보게 되었다. 때리는 건 잊고 얼른 무릎을 꿇어앉으며 크게 다치지 않았는지 살폈다.

"왜 문 앞에 계셨어요? 놀랐잖아요. 죽는 줄 알았단 말이에요."

"물, 물 마시려고 나왔다가 그냥, 좀, 잘 자나 궁금해서."

"어후, 이상한 소리가 나서 안 그래도 알아보려고 했는데 그게 사장님 소리였어요?"

"이상한 소리?"

"뭔가 질질 끄는 소리가 나면서 바람 소리 같은 것도 나고 아무튼 무시무시했단 말이에요. 그게 사장님 때문인 줄 알았으면, 아후, 진짜, 길게 놀랄 거 한꺼번에 놀랐어요."

바닥에 마주 앉은 두 사람은 아직도 가시지 않는 두근거림을 느끼고 있었다.

"다치지 않았어?"

"사장님이야말로 괜찮아요?"

"난 조금 아프기만 해. 아파도 싸지."

"왜요?"

"너 자는 거 보려고 했거든."

"그게……."

"아름답게 포장하고 싶지만 이렇게 꼴사납게 들켰으니 솔직히 말하는 거야. 너 보고 싶었어. 잠이 안 올 정도로."

벽에 등을 기대고 긴 한숨을 쉬었다. 지금 눈앞에 있는 우나에게 손을 대면 끝장이 날 것 같았다. 어둠 속에서도 욕망은 불꽃을 피우며 타오르고 있었다. 넘어지면서 부딪힌 엉덩이의 통증 정도로는 누를 수 없는 열기였다.

"이젠 잘 수 있겠어요?"

우나는 역시 마찬가지라는 말을 삼켰다. 그녀도 잠을 자지 못하고 계속 앉아 있다가 이상한 소리에 이끌려 나온 참이었다.

처음엔 잠이 안 오는 이유를 몰랐는데 천상의 말을 듣고 보니 그녀도 같은 이유였다는 걸 알았다. 그러나 이런 마음을 어떻게 해소해야 하는지는 알지 못했다. 사장님은 알까? 하지만 물을 수 없었다. 그걸 물어보려면 먼저 그녀의 마음을 다 드러내야 하니까.

"노력해야지. 내가 너무 놀라게 했는데 괜찮겠어?"

"괜찮아요. 사장님이라서 다행이에요."

"낯설어서 예민할 텐데 미안해. 이제 들어가서 쉬어. 물 마시고 바로 들어갈 테니까. 그리고 다리는 절어도 남자야. 도둑이나 뭐 다른 위험인물이 있으면 내가 해결해. 그러니 안심하고."

불편한 다리. 살아가는 동안 불편한 다리에 적응해야 하는데 자꾸 불만과 분노가 먼저 나왔다. 우나에게 큰소리친 것처럼 그렇게 해결할 수 없었다. 방에서 뛰어나올 수도 두 다리로 당당히 서서 공격이나 방어도 할 수 없는 상태니까. 다리 하나 정도는 괜찮다고 생각한 그의 허세가 단단히 재교육을 받고 있었다.

"네."

우나는 어둠 속에서도 사장의 분노를 느낄 수 있었다. 그의 다리가 불편한 것을 그녀가 문제 삼은 것처럼 느꼈는지도 모른다. 그건 절대로 아닌데. 그런 건 상관도 안 하는데.

"먼저 들어가."

"저도 물 마시고 들어갈래요."

천상은 다시 한숨을 쉬었다. 우나가 어서 들어가야 견디기에 더 좋은데. 억지로 몸을 일으켰다. 우나는 조금 떨어져서 그를 지켜보았다.

천상은 더 이상 그녀의 시선이 좋게만 느껴지지 않았다. 그가 넘어질까 봐 걱정하는 걸 테니까. 아직 목발 없이 걷는 건 무리였다. 운동을 아주 열심히 하고 있지만 근육이 단번에 깨어나 건강하게 활동할 수는 없으니까.

시간. 그게 필요했고 그래서 초조해하지 말고 기다려야 하는 일이었다. 거실을 가로지르면 짚을 벽이 없었다. 그걸 이제 생각해냈다.

"나는 그냥 들어갈 테니 넌 물 마시러 갔다가 와."

"뻔심아!"

"왜?"

"뻔뻔함은 다 어디다 팔아먹고 갑자기 수줍은 계집애처럼 그래요?"

"내가 뭘?"

"목발 없이 지나갈 자신 없어서 그러는 거죠? 남자가 뭐 그래요? 그래서 어디 강도를 물리칠 수나 있겠어요?"

"고우나!"

"왜요? 제 앞에서 폼이 안 나세요? 이미 그런 거 처음부터 없었다는 거 몰라요? 제가 사장님 남자다운 폼 보고 좋아한 줄 아세요? 제가 사장님 두 다리로 멀쩡히 지낼 때 보고 반한 줄 아세요? 아니거든요? 처음부터 불편할 때 봤고 성질도 아주 안 좋을 때 봤는데 새삼스럽게 왜 그래요?"

"……."

좋아한다고? 반했다고? 우나의 고백에 천상은 할 말을 잊었다. 우나는 자기가 무슨 말을 했는지도 모르는 것 같았다. 저 고백이 설마 동정에서 나온 건 아니겠지?

"목발 가져다 드려요?"

"됐어."

"불 켤까요?"

"괜히 어둠 속에서 고생할 필요 없겠지."

우나는 벽을 더듬어 불을 켰다. 갑자기 환해진 빛에 눈이 저절로 감겼다.

"고우나, 너 빨리 들어가!"

"네?"

"넌 그 차림으로 대체……."

아슬아슬하게 비치는 얇은 면 티셔츠와 반바지를 입은 우나의 모습이 불빛 아래서 안 그래도 위험한 그를 자극하고 있었다.

"어머. 죄송해요."

눈을 뜨고 자기를 살핀 우나는 얼른 방으로 들어갔다. 천상은 정신을 차리기 위해 거실 벽을 짚으며 크게 돌아서 주방으로 갔다. 냉장고에서 차가운 물을 꺼내 마셨다. 마음 같아서는 차가운 물을 머리에다 쏟아붓고 싶지만 그럴 수는 없었다.

주방에서 나온 천상은 왔던 것처럼 거실 벽을 짚으며 돌아서 서재 앞으로 갔다. 스위치를 꺼 거실의 빛을 없앴다. 처음보다 더 어둡게 느껴졌다.

"고우나, 옷 다 입고 나와."

문 안쪽을 향해 소리쳤다. 이대로 자는 건 불가능했다. 우나의 고백에 용기를 냈다.

"옷을 다 입어요?"

"빨리 나와."

작은 소음이 안쪽에서 들렸다. 그의 말대로 옷을 챙겨 입는 소리일 것이다.

그리 오래지 않아 문이 천천히 열렸다. 방에서 불빛이 쏟아져 나왔다.

"대체 왜……."

우나가 나오자마자 허리를 감아 품에 안았다. 열린 방문으로 나오는 빛도 문을 닫아 막았다.

우나는 천상의 행동을 이해하려다 말았다. 다른 때와 다른 차가운 입술이 그녀의 이성을 막았다. 찬물을 마신 천상의 시원한 입술 안쪽은 그 어느 때보다 뜨거웠다.

벽에 기대어 우나에게 깊이 파고들었다. 대충 챙겨 입은 우나의 트레이닝복이 소용없었다. 옷이 그의 욕망을 조금이라도 막아 줄 것이라 기대했는데 아무런 차이가 없었다. 우나의 입술을 파고드는 그의 입술과 함께 그녀의 허리 안쪽으로 파고드는 그의 손이 멈출 줄 몰랐다.

그러나 다른 어떤 것도 막지 못할 것 같던 그의 움직임을 간단하게 막아 낸 것이 있었다.

"젠장."

나직이 뱉어 내는 그의 불만을 들으며 우나는 천상의 품에서 겨우 정신을 차릴 수 있었다. 숨을 헐떡이면서 이게 어떻게 된 건지 생각했다. 왜 갑자기 멈췄지? 천상이 멈추기 전까지 아무것도 생각할 수 없었다. 멈춘 순간 깨닫게 된 지금 상황에 놀랐지만 그마저도 금방 돌아설 수 없었다. 천상의 두 팔이 그녀를 단단히 감아 안고 있었기 때문이다.

"이 다리. 정말 화가 나."

우나의 차림이나 상황에 대해 더 이상 걱정할 필요가 없다는 걸 깨달았다. 그는 혼자서 걸어가기도 힘든 사람이었다. 그런 그가 한참 열이 끓는 몸에 맞춰 우나를 안아서 침대나 그 어디로든 향할 수 없었다.

지금도 그가 다리 하나를 잘 쓰지 못한다는 걸 잊고 우나를 안아 올리려다 알게 됐다. 우나가 다 벗고 있어도 다음을 자연스럽게 이을 수 없는 것이다. 해결하지 못한 욕망과 함께 분노가 그를 힘들게 했다.

갖고 싶은데, 우나를 안고 싶은데 그럴 수 없었다.

"그렇다고 제가 뭘 어떻게 할 수는 없단 말이에요."

"누가 너더러 뭘 하래?"

"그렇게라도 하고 싶게 만드니까 그렇죠. 왜 자꾸 바보처럼 그래요?"

천상의 팔에 힘이 빠지는 것과 함께 우나는 그의 품에서 천천히 나왔다. 어둠이 눈에 익어 그의 표정까지 세세하게 보이지는 않지만 속상한 얼굴이라는 것 정도는 느낄 수 있었다. 천상의 마음에 우나까지 덩달아 아팠다.

"너 안고 싶은데 안 되잖아. 멋있게 안아 올리지는 못해도 최소한 침대까지는 갈 수 있어야 하잖아? 이게 뭐야!"

"어머, 진짜 뻔뻔해. 누가 침대에 간다고 그래요? 그리고 침대에 가면 안 되죠. 아저씨가 아주 정신이 나갔네요. 지금 생생한 처녀를, 와, 말도 안 돼. 열 살이나 더 먹은 아저씨가 이렇게 막 나가도 되는 거예요? 제가 그러자고 해도 말리면서 정신을 차리라고 말해 줘야 옳잖아요? 허락도 안 받고 키스할 때 알아봤어. 남의 첫 키스를 함부로 가져가더니 이제는 첫날까지? 우와, 진짜, 어이없어."

"……첫, 키스였어?"

"네?"

"첫날도 보낸 적 없었던 거야?"

"……그, 그 다리 다친 거 진짜 잘된 일이에요. 알아요? 아주 잘된 일이라고요."

탁.

우나는 냉큼 방으로 들어가 버렸다. 작은 소리가 더불어 난 것은 문이 잠기는 소리일 것이다.

처녀라고? 이름만 과부였던 거야?

천상은 혼란과 충격으로 한참 동안 움직일 수 없었다. 키스도 해 본 적 없는 여자. 우나의 표현을 빌리자면 생생한 처녀였다.

사연이 있었다고 했던 그녀의 말이 기억났다. 아버지처럼 나이 많은 시한부 남편. 겨우 7개월의 결혼 생활. 스무 살의 어린 그녀. 그게 그런 거였어? 무늬만 결혼이고 거의 수양딸 같은 거였단 말이지?

겨우 몸을 움직여 천천히 우나의 방을 지나갔다. 벽을 짚고 방으로 되돌아 왔지만 아까 방을 나갔을 때처럼 침대에 눕지 못했다.

첫 키스.

첫날.

그는 불도 켜지 않고 한참을 침대에 앉아 있었다.

◎

희한한 아침이다.

이씨는 천상이 평소보다 어두운 얼굴을 하고 있는 것이 이상했다. 게다가 어제 온 귀여운 우나의 얼굴도 그리 밝지 않았다. 남녀가 단둘이 한집에서 한밤을 보냈는데 이런 얼굴을 한다면 뭔가 문제가 아주 심각한 거 아닐까?

"잘 먹었습니다."

우나의 예의 바른 인사에 이씨는 그저 흐리게 웃어 주었다. 아무 말이 없는 천상의 눈치를 보는 우나가 좀 안쓰러웠다. 이씨는 우나가 뭔가 잘못한 것이 있다고 생각했다. 그렇지 않고서야 우나가 천상의 눈치를 볼 리 없고 천상이 입을 다물 리도 없으니까. 어제는 그렇게나 좋아서 난리였는데.

"안녕히 다녀오세요."

이씨는 두 남녀를 배웅했다. 마지막까지 난처한 얼굴을 한 우나와 한결같이 어두운 얼굴의 천상이었다.

우나는 천상의 반응에 초조했다. 그녀가 처녀라는 것이 그에겐 뭔가 다른 의미가 있는 걸까? 좋으면 좋은 거지 나쁜 건 아닐 텐데 왜 천상은 무서운 얼굴을 하는 걸까?

하긴, 누가 그녀의 처녀성을 믿어 주겠는가. 결혼에 상부까지 한 상황에서 모든 건 판단되었다. 천상이 첫 남자가 된다고 해도 그건 그녀에게만 의미가 있는 일이었다. 어제 그가 첫 남자가 될 수도 있었다. 마음이 원했고 몸도 원했으니까. 그의 말대로 불편한 다리 때문에 그 일이 이루어지지 않았다.

하늘이 도우신 걸까? 그와 이어질 수 없다는 걸 다시 한 번 깨닫게 해 주시려고 말이다.

"피곤하지 않아?"

"네? 아, 별로."

회사에 거의 다 왔을 때 처음으로 천상이 입을 열었다. 기쁘다고 해야 할지 속상하다고 해야 할지. 우나의 마음은 복잡했다.

"이러다 너 쓰러지는 거 아닌지 모르겠다."

"그럴 리가요. 보기보다 건강해요."

천상은 우나의 기운 없는 모습이 걱정이었다.

"할아버지 잘 모실 생각만 해."

"네."

말없이 회사에 도착해서 우나는 비서실에 남았고 천상은 사장실로 들어갔다. 아침을 집에서 먹었으니 둘이 마주할 일은 없었다.

우나는 사장실을 한번 보고는 일을 시작했다. 지금이 평범한 사장과 비서의 관계라는 생각이 들었다. 이제까지는 그녀나 그나 서로에게 너무 많이 파고들었다.

하긴 그녀는 천상에 대해 아는 것이 없었다. 오직 그녀의 인생만 천상에게 오롯이 다 파헤쳐졌다. 불공평해. 지금 이 상황은 마지막 비밀까지 다 파헤쳐진 결과였다. 다 알고 나니 후회가 되는가 보다. 사귀기만 하려고 했는데 처녀라서 부담스러워졌나? 그럴 수도 있겠지.

탁탁탁.

키보드 소리가 유별나게 커졌다. 원래 이런 거라고 인정하고 정리하려고 하는데 점점 감정이 끓어올라 누르기 힘들었기 때문이다.

갑자기 억울하단 생각도 들고 화도 났다. 그녀는 그에 대해 하나도 모르고 오직 천상만 그녀에 대해 다 알아낸 후 판단 내린 상황이 몹시 불공평하게 느껴졌다. 적어도 그에 대해 어느 정도 알고 난 후 그녀의 결정도 동반되어야 하는 거 아닐까? 이렇게 갑자기 밀려 나가려니 엄청나게 손해 보는 기분이 들었다.

결혼은 무리야. 맞아. 그것까지 욕심내면 사람이 아니지. 그래서 조금도 바라지 않았고 기대하지도 않았어. 그래도 그 전까지는 당당할 수 있는 거 아니야? 죄 지은 것도 없는데 왜 일방적으로 평가받고 거절당해야 하는 거야?

벌떡.

아니야. 아니야. 자리에서 일어난 우나는 다용도실로 들어갔다. 차가운 물을 마시기 위해서였다. 침착하자. 잠이 모자라서 그런 건지 말도 안 되는 생각에 푹 빠져 버렸다. 천상의 완전히 달라진 태도에 당황해서 되지도 않을 것을 생각했다.

벌컥, 벌컥.

한 잔 가득 따랐던 물을 다 마시자 겨우 정신이 들었다.

이렇게 정리되는 게 좋은 거야. 서로 덤덤하게, 별다른 감정 기복 없이 일상적이고 편편하게 지내는 거야. 각자 할 일에 충실하고 맡은 바 책임을 다 하는 일상.

생각을 정리하고 있는데 전화벨이 울렸다. 후. 한숨을 길게 내쉬고 자리로 돌아갔다.

— 이루진입니다. 사장님 계시죠?

"네. 연결해 드리겠습니다."

이루진. 사장의 심기를 오르락내리락 잘도 움직이는 여자. 회장님이 아끼던 며느릿감. 아니, 며느릿감의 기준이라고 할까? 미모와 학력과 집안까지 두루두루 다 갖춘 여자라니까.

이번에도 책상을 치는 소리를 내며 부를까?

통화가 끝나고 한참을 기다렸다. 그러나 사장실 안은 조용했고 책상 치는 소리를 핑계로 사장실에 들어갈 기회가 없었다. 이젠 정말 정리가 되려나 보다.

벌떡.

이건 미친 거다. 미친 게 아니라면 사장실로 뛰어들어 가고 싶을 리가 없으니까.

하지만 정확하게 표현할 수 없는 감정이 그녀를 사장실로 밀어붙였다.

똑똑.

사장실 문을 두드리면서도 치열하게 저항했다. 안 들어가. 못 들어가. 들어가면 안 돼. 그러나 몸은 또 다른 사람의 지시를 받는 것처럼 우나의 절규를 다 무시하고 움직였다.

문은 열렸고 책상에 앉은 천상이 그녀를 빤히 바라보았다.

"……."

"……."

우나도 천상도 아무 말 하지 않았다. 우나는 그의 어떤 반응에 대응할까 했는데 아무런 말이 없는 천상 때문에 난감해졌다.

"왜 들어왔냐고 안 물어보세요?"

그가 부르지도 않았는데 들어온 우나. 달라지려나?

"왜 들어왔어?"

우나는 최운하로 다시 시작해야 한다. 진짜 운하의 삶을 살게 되는 건 기쁜 일이지만 10년이란 긴 시간을 넘어 다시 제자리로 돌아오는 건 힘든 일이기도 했다. 그녀가 변화하는 동안 원하는 대로 키스할 수도 안을 수도 없을지 모른다.

그러나 뭐든 운하의 인생이 제자리를 찾는 일에 도움이 되고 싶었다.

"지금 저 놀리시는 거예요?"

"왜 그렇게 생각해?"

"제가 하라는 대로 하시니까 그렇죠."

"그게 문제야?"

"왜 사장님은 예상을 못 하게 행동하세요? 좀, 상식적으로 반응하시면 안 돼요?"

"그건 내가 너한테 하고 싶은 말이야."

"저는 지극히 상식적이거든요?"

"그래? 난 전혀 모르겠는데?"

"후, 아니에요. 상식적이라고 말한 거 취소예요. 지금 제가 생각해도 제 행동은 상식적이지 않아요."

"어째서?"

"사장님의 사생활이 궁금하니까요. 아까 전화한 여자가 누군지, 누군데 매번 사장님의 감정을 마음대로 휘젓는 건지. 아, 씨. 기분 엄청 나쁘거든요? 저는 사장님한테 휘둘리고 사장님은 내가 모르는 어떤 여자한테 휘둘리고. 기분 나빠요!"

"휘둘리지 않아. 미안해. 앞으로는 그런 모습 절대 보이지 않을게."

솔직하게 다가오는 최운하가 예쁘기도 하고 얄밉기도 했다. 상식을 파괴할 만큼 그를 좋아하면서도 그 감정을 깊이 감추기 때문이다. 그녀의 좋아한다는 고백을 듣지 못했다면 한참을 마음 졸이며 고생했을 것이다.

"누가 그러래요? 뒤에서 혼자 실컷 휘둘리고 나한테 감추시겠단 말이에요?"

"그럼 안 되겠지?"

"당연하죠."

"사귀던 여자야."

"회장님이 기대하시고 총애하시는 며느릿감이었고요?"

"이미 멀어진 사이라는 걸 잘 모르셔서 그래."

한 번에 경계를 넘어서려는 걸까? 사귀는 것을 넘어 결혼까지 넘보는 건 아주 훌륭한 자세야. 루진의 존재에 반응하는 것이 기뻤다.

"그런 것 같지 않아요."

"사실, 오래 사귀었어. 그래서 그렇게 생각하시는 거지."

"헤어졌어요?"

"당연하지. 내가 관계 정리도 안 하고 너한테 집적거렸을 것 같아?"

"네."

"고우나!"

"최운하예요. 그리고 정리 안 하셨어요. 정리하신 거라면 그렇게 반응하면 안 되는 거죠."

"이젠 그렇게 반응 안 하잖아. 그래서 알아보려고 들어온 거 아니야?"

그녀는 스스로 최운하라고 말하는 걸로 앞으로의 길을 분명하게 알려 주었다. 천상은 그녀의 결심이 기특했다.

"그 여자는 왜 자꾸 전화하는 거예요?"

"……."

다 좋은데 이 부분이 마음에 걸렸다. 그는 다 정리했다고 하지만 루진이 서성거렸다. 루진의 마음까지 그가 정리해 줄 수가 없었다. 그 일로 운하가 속상할까 봐 걱정이 되었다. 아무것도 누구도 운하의 마음을 힘들게 하지 않기를 바랐다.

"알았어요. 주제넘었네요."

"다시 만나자고, 다시 시작하자는 거야."

몸을 돌리려는 우나를 그의 말이 잡아 세웠다. 어쩔 수 없다. 정직이 최선이니까.

"알았어요. 방해해서 죄송해요. 나가 보겠습니다."

"이젠 최운하로 있을 거냐?"

"봐서요. 상황에 따라 왔다 갔다 하는 것도 좋을 것 같은데."

"내가 싫다고 했지?"

"제가 고아인 것이 싫으세요?"

"아니. 고아도 아니면서 고아인 척 스스로 쪼그라들어서 사는 네가 싫어. 진실을 인정하고 수용했으면 좋겠어. 넌 고아 아니야. 아버지에 할아버지까지 있잖아? 어머니를 잃은 슬픔을 나눌 가족이 있는데 여전히 너 혼자 독점하면서 다른 사람 인생으로 살아가는 거 싫어."

"그럼 싫은 걸로 결론 내리신 거네요."

"최운하. 까불지 마. 고우나는 네 결정에 따라 나도 버려. 그럼 최운하로 가는 거지. 그렇다고 내 마음이 변하는 건 아니야. 내가 우습게 보지 말라고 했어, 분명히."

운하는 몸을 돌렸다. 천상의 처음 보는 말투와 표정에 놀랐다. 두렵고 또 두근거렸다. 절대로 놓지 않겠다는 다짐을 들은 것이니까.

문을 열고 나오기까지 천상은 아무 말도 하지 않았다. 운하는 자리로 돌아와 앉은 후에도 한참 아무것도 하지 못했다.

맞아. 고우나라면 사장실에 들어가지 못했다. 부모 없이 고생고생하며 자라서 자신의 뜻과는 전혀 상관없는 결혼을 했고 상부한 여자, 고우나.

인생의 반을 잃고, 아니 잃기로 작정하고 다른 사람으로 살아가는 고우나라면 당당하게 사장실 문을 열고 들어가 이루진이란 여자가 누군지 따지지 못했을 것이다. 그녀 자신의 반을 받아들일 자신이 없는 고우나는 나머지 인생도 당당히 받아들일 수 없을 테니까.

갑작스러운 사고로 엄마를 잃고 고통 속에 살다가 다시 깨어나 할아버지도 찾고 아버지도 아는 최운하. 잃었던 어린 시절을 기억했고 나머지 인생도 제자리로 되돌리려는 최운하는 사장실 문을 열고 들어가 당당하게 따질 수 있었다.

최운하의 삶이란 제자리를 찾는 삶이란 뜻이다. 고우나라는 이름처럼 다른 삶에 얹혀 맞닥뜨릴 진실을 피하는 삶이 아니라, 뭐든 흐트러진 것을 정리하고 떨어져 나간 것을 끼워 맞춰 제자리로 돌리는 삶을 살아가기로 결심한다는 뜻이기도 하다.

이미 고아로 인생을 살아온 그녀가 아버지로부터 거절당하는 일을 두려워할 필요는 없었다. 그걸 알면서도 미뤄 온 그녀의 모습을 천상은 내버려 두지 않았다.

"하여튼 도움이 안 돼."

투덜거린 운하는 사장실을 한번 보고는 일을 시작했다.

천상은 운하와 함께 퇴근하는 차 안에서 곧 있을 어려운 시간들에 대해 생각했다. 이제 그녀와 단둘이 또 밤을 보내야 한다. 어제처럼 힘들고 충격적이지 않을지는 모르지만 두려운 것은 사실이었다.

조용해진 운하. 우나에서 운하로 돌아오려는 그녀의 변화에 신중하게 반응해야 한다. 사실 그녀가 말한 것 이상 아는 것이 없었다. 겉으로 드러난 사실 안에 숨은 그 많은 시간 동안의 경험은 아무도 알 수 없는 그녀만의 영역이었다.

"아까 점심 부실하게 먹던데 속이 아직도 안 좋아?"

"아니에요. 입맛이 없어서요."

"살찌우는 내 계획은 아직도 살아 있어."

"잠만 제대로 자면 금방 회복돼요. 찔리는 데 없으세요?"

"없어. 나도 못 잤어. 다 네 탓이야. 너나 찔려 해. 난 안 찔리니까."

"……."

잘 회복되어 가는 중이라고 생각했는데 갑자기 운하의 입이 닫혔다. 통통 튀면서 뻔뻔하다느니 아저씨가 너무하다느니 해야 할 것 같은데 가만히 입을 다물고 시선을 아래로 내렸다.

생각에 잠긴 것 같은데 천상에겐 낯선 모습이었다. 뭘 어떻게 해야 할지 몰라 천상도 입을 다물고 집까지 갔다.

"어서 오세요."

"다녀왔습니다."

이씨에게 인사한 운하는 방으로 들어가 옷을 갈아입었다. 천상이 어떻게 움직이는지 상관하지 않았다. 천상은 잠시 운하의 움직임을 보다가 방으로 들어갔다.

"뭐 해?"

옷을 갈아입고 나오니 운하가 이씨와 상을 차리고 있었다.

"상 차려요. 앉으세요. 참, 아주머니 퇴근하시라고 하려는데 괜찮죠?"

"왜?"

"밥 천천히 먹고 제가 정리하면 되니까요."

"그러고 싶으면 그렇게 해."

천상은 자리에 앉아 운하를 따라 시선을 옮겼다. 이씨는 밝은 얼굴로 평소보다 이른 퇴근을 기뻐했다. 빨리 둘만 있고 싶어서 그런 거라면 참 좋을 텐데. 천상은 퇴근하는 이씨에게 인사하고 다시 자리에 앉았다.

운하의 말대로 천천히 식사를 하고 정리했다.

"오늘은 어떻게 하실 작정이세요?"

"뭘?"

"또 한밤중에 일어나 제 방을 기웃거리실 거냐고 묻는 거예요."

"안 그래."

"그래요? 실망인데요?"

"왜?"

"이젠 마음이 달라진 건가 해서요."

"너, 운하가 되니까 눈에 보이는 것이 없어진 거냐? 가만히 누르고 있는 나를 건드려서 얻을 거 하나도 없어. 조심해. 지금은 서로 조심해야 할 때야."

"왜요?"

"최운하!"

"사귀기만 하자고 하셨잖아요?"

"그만!"

"왜 달라졌는데요?"

"사귀기만 하고 싶지 않아서."

"결혼이라도 하겠다는 말이에요?"

"그래."

"그래서 안 건드리는 거예요? 키스도 안 하고 몸에 손도 안 대고?"

"맞아."

"그게 결혼하는 것하고 무슨 상관인데요? 오히려 그런 거 많이 하면서 결혼하는 거 아니에요?"

핑계 아니에요? 모든 걸 알게 되니까 물러서려는 거 아니에요? 어제 잤어야 해. 운하가 되기 전에 우나로 그의 품에 안겼어야 했어.

"지금 나 유혹하는 거냐?"

"네."

초조해요. 좋다고 매 순간 어쩔 줄 몰라 하던 모습이 사라지니 불안해요. 여전히 좋아하고 있는 걸까? 마음이 바뀐 건 아닐까? 그래서 확인하고 싶어져요. 최운하가 되는 게 좋은 건지 불안해요. 다시 우나로 돌아가고 싶어져요. 당황스럽도록 아무 때나 키스해 주는 사장님을 다시 찾고 싶어요. 참지 못하겠다고 투덜거리는 사장님의 품이 그립단 말이에요. 다 잃어버릴 것 같아서 두렵고 정말 운하로도 괜찮은 건지 알고 싶어요.

"진정해."

"이제야 나이 든 아저씨 역할을 하기로 하신 거예요?"

"그래."

"어째서요? 고아가 아닌 여자라서요? 아무것도 없는 여자였을 땐 쉽게 사귀기만 할 수 있었는데 지금은 안 되는 건가요? 아버지가 있어서? 할아버지가 계시니까?"

"아니. 네가 처음이라서. 고아나 그런 거 상관없어. 네가 결혼한 경력이 있었던 여자라고 알고 있었을 땐 키스도 안는 것도 자연스럽다고 생각했어. 함께 살다가 결혼해도 될 것 같았어. 네 마음을 잡는 것만 중요했지 그 나머지 방법은 뭐든 상관없다고 생각했어. 그런데 너 처음이잖아. 그건 달라. 처음을 망치고 싶지 않아. 최고의 예의를 다해서 그 선을 넘고 싶어졌어."

"이미 키스했잖아요. 이미 안아 놓고선."

함께 살다가 결혼해? 무슨 방법이든 상관이 없어? 천상의 계획을 모두 알게 되니 그를 사랑하는 것과 상관없이 두려움을 느꼈다. 무서운 아저씨다. 그의 말대로 정말 그녀는 그를 겁도 없이 우습게 보고 있었다. 그가 그녀에게 좋다고 하는 말의 의미를 크게 두지 않고 있었다. 그게 그를 우습게 보는 원인이었다.

가슴이 두근거렸다. 이제까지 느끼던 통증과 달리 기대감이 느껴지는 경쾌한 두근거림이었다.

"그러니까 첫날은 지켜 주고 싶은 거야."

"이기적이에요."

"참아."

"이 상황 뭔가 이상해요."

"하긴. 참으란 말은 내가 아니라 네가 해야 하는 거 아니야? 넌 왜 이렇게 무모해? 뭘 좀 알고 행동해."

"겁쟁이."

기쁘다. 그녀를 위해 거리를 지켜 주는 그의 모습에 혹시나 했던 두려움이 모두 사라졌다. 최운하로도 괜찮은가 보다. 최운하도 좋아하는가 봐. 기쁜 마음에, 감사한 마음에 괜히 그를 흘겨보며 투덜거렸다.

"맞아."

"비겁해요."

"그것도 맞아."

"잠이 안 온단 말이에요."

이젠 정말 그가 원하면 함께하고 싶었다. 솔직히 그녀가 그를 원했다. 그가 다시 안아 주고 키스해 주길 바랐다.

"참아 봐. 나도 참고 있으니까."

천상은 너무 솔직하고 아무것도 모르는 운하의 말에 인내가 점점 흐려지는 걸 느꼈다. 죄책감이 그를 붙들지 않았다면 벌써 일어나 운하를 품에 안았을 것이다. 식탁이 고마웠고 불편한 다리에 안심했다. 감정대로 바로 움직이지 못하는 상황이 그를 견디게 해 주었다.

"안 참으면 안 돼요?"

"그런 말은 네가 더 하지 않아도 내 머릿속에 매 순간 하는 말이야. 지금 바로 이 순간에도 하고 있어. 안 참으면 안 될까? 운하가 좋다는데 뭐가 문제야? 이런 말들 때문에 머리가 멍할 지경이야."

"어머. 알았어요. 나중에 딴말하지 마요."

"그 말 들으니까 갑자기 후회가 돼. 그냥 같이 잘까?"

이젠 확실히 그가 사랑하는 예쁜 그녀로 돌아온 것 같다. 그걸 확인하자마자 통통거리는 운하의 말에 잘 참았던 욕망이 훅 하고 튀어나왔다.

"사장님!"

"자기야, 라고 불러."

"으엑!"

"그게 그렇게 싫어?"

"안 어울려요."

"그럼 뭐라고 할 건데? 계속 사장님이라고 하면 혼날 줄 알아. 빨리 생각해."

"어후, 이럴 줄 알았으면 연애해 보는 건데."

"내가 다 해 봤으니까 됐어. 그냥 내가 하라는 대로 하면 돼. 자기야."

"으에에! 들어가서 잘 거예요."

운하는 편해진 사장의 모습에 약간 긴장했다. 막상 그가 평소의 모습을 되찾자 바로 긴장이 되었다. 이게 무슨 마음인지 모르겠다. 키스하고 안아 달라고 조를 땐 언제고 이젠 물러서려고 하니 말이다.

뭐가 뭔지 헷갈려 얼른 방으로 도망치기로 했다. 그녀의 방으로 쪼르르 도망하는데 아무 말이 없다. 혼자 두고 가면 안 된다고 소리를 지를 줄 알았는데. 하긴 집이라서 그럴까? 어쨌든 서운함을 감추고 방으로 들어왔다.

긴 한숨과 함께 침대에 앉아 최운하로 앞으로 맞닥뜨려야 할 상황에 대해 생각했다. 최운하가 되어도 괜찮다고 확인했다. 지금부터 최운하가 되어 당당하게 천상을 사랑하고 싶었다. 그러니 이제 그 대가를 치러야 할 차례였다. 최운하는 저절로 돌아오는 것이 아니었기 때문이다.

아버지. 지금 일하는 회사에서 조금만 가면 아버지가 있는 곳이었다. 마주해야 한다. 아버지가 더 이상 그녀를 해칠 이유가 없다는 걸 인정하고 대면해야 한다. 엄마의 끔찍한 죽음을 말하고 함께 짊어져야 한다. 아버지니까. 아버지니까 엄마의 죽음을 알아야 하고 그녀가 가졌던 아픔을 알아야 했다.

그리고 아버지의 결정을 인정해야 한다. 이미 그녀가 아버지를 먼저 버렸으니 버림을 받는 건 아니었다. 그래. 버림받는 거 아니야. 지금 새삼스럽게 버림받을 위치도 아니고.

두 손을 모아 잡고 세게 힘을 주었다. 기억을 되찾고 가장 두려워했던 일을 더 이상 미룰 수 없었다. 천상에 대한 사랑이 그녀를 밀어 댔다.

최운하가 되어야 해. 제자리에 서야 해.

똑똑.

"옷은 다 입고 있어요."

어젯밤이 생각나서 문을 열지 않고 소리 높여 대답했다.

"잘 자."

"네."

실망이다. 그녀를 불러내려던 게 아니었다. 잘 자라는 그의 말에 기운이 다 빠졌다. 기대했는데. 키스는 하고 싶었는데.

최운하가 되려는 결심을 다지는 그 밤에 몇 번이나 천상의 품을 떠올렸다. 숨어서 피하고 싶은 마음이 그를 생각나게 했다.

그러나 잠들기 마지막에 두려움을 밀어낼 수 있었다.

이젠 더 이상 고우나는 없어.

10
오해와 착각, 그리고 진실

　어떻게 시작해야 할까? 운하는 아버지를 만나는 생각에 몰두했다. 그냥 회사로 찾아가 안녕하시냐고 인사하기로 마음먹었다가 다시 전화로 먼저 아버지의 의사를 알아보는 것이 더 좋지 않을까 생각했다.

　두 생각과 다른 작은 생각들도 저마다 위세를 뽐내서 쉽게 결론이 나지 않았다. 복잡하고 겁이 나서 잠시 생각에서 멀어지기로 했다.

　곧 다시 만나게 될 할아버지에게 전화를 드렸다. 위로와 용기를 얻기 위해서였다.

　"할아버지, 어떠세요?"

　— 매년 하던 건데도 생각이 잘 안 나서 낯설고 당황스럽고 그래. 넌 어떻게 지내?

"할아버지 기다리면서 지내요."

— 그날 신랑하고 있을 거지?

"네."

— 사실 애비가 출장을 연기해서 네 집에서 자고 가는 건 취소하려고 했는데 네가 기다린다면 그냥 자고 가도 되겠지?

"시간이 지나니까 마음이 약해지시는 거죠? 걱정하지 마세요. 잘 데 없어서 자고 가시는 거 아니잖아요. 그럼 저 섭섭해요."

— 그래. 알았다. 그런데 운하야.

"네."

— 아직도 애비한테 알리지 말아야 해? 뭔가 눈치를 채는 것 같아서 좀 힘든데.

"아, 네. 죄송해요. 이젠 제가 찾아뵈려고요."

그녀가 바랐던 용기와 위로는 아니지만 할아버지의 말에 더 미뤄 두지 못했다. 할아버지에게 말해 버렸으니 어떻게 해서든 해야 했다. 한 발 뗄 힘은 생긴 셈이었다.

— 그래? 잘 생각했다. 운하야, 애비는 처음부터 너 아꼈어. 그거 잊으면 안 돼.

"네."

— 나하고 같이 갈까? 내가 옆에 있어 주마.

"아니에요. 이젠 걱정하지 마세요. 제가 잘 할게요. 할아버지 저……."

— 뭔데? 무슨 말인데?

"아니, 내일 뵙고 말씀드릴게요."

— 그래. 뭐든 용기를 내서 꺼내 놓는 게 해결의 시작이야. 내가

널 위해 할 수 있는 일은 뭐든 할 거야. 그러니까 힘들거나 어려우면 꼭 나한테 말해.

"네."

― 아이고, 뭘 또 검사해야 한단다. 내 다시 연락하마.

"네. 조심하세요."

― 그래.

할아버지께도 그날의 사고에 대해 말해야 하지 않을까 생각했다. 그러나 이제 겨우 안정을 찾은 할아버지께 새삼스럽게 그날을 상기시켜서 짐을 지워 드리는 건 내키지 않았다.

할아버지를 통해 아버지가 출장간다는 사실을 알고 시간이 좀 있을 거라고 생각했는데 아니었다. 출장이 미뤄진 아버지의 스케줄이 그녀를 벌써부터 재촉했다. 다시 아버지의 회사 위치와 전화번호를 살피며 이런저런 생각에 잠겼다.

"실례합니다."

"아, 네. 어떻게 오셨죠?"

완벽하다고 생각이 들 만큼 멋진 여자가 타이트한 투피스 차림으로 우아하게 비서실에 들어섰다. 예의도 바르게 운하를 향해 미소를 지었다.

"제 목소리 기억 못 하시네요. 이루진이라고 해요."

"아, 네."

미모와 지성과 좋은 집안까지 가졌다는 루진을 직접 보니 고개가 끄덕여졌다. 천상은 눈이 높기는 한 것이다. 물론 회장님도.

"잠깐 기다려 주시겠어요? 말씀드리겠습니다."

"그러세요. 화를 낼지도 몰라요. 부탁드려요."

"네."

천상의 성질을 알면서도 여유 있고 당당한 태도에 같은 여자인데도 멋있게 느껴졌다.

똑똑.

루진의 시선을 느끼며 사장실 안으로 들어갔다. 문을 닫고 책상에 앉아 그녀를 바라보는 천상에게 다가갔다.

"손님이 찾아오셨습니다."

"손님?"

"이루진이란 아주 멋진 분이십니다."

"뭐?"

"차는 뭐로 준비할까요?"

"됐어. 아니, 아니야. 녹차로 해."

"알겠습니다."

운하는 천상이 화를 내려다 참는 걸 보았다. 그녀 앞이라 그런 걸까? 금방 차분해진 천상이 친히 일러 준 녹차를 준비하기 위해 사장실을 나갔다.

"들어오시랍니다."

"고마워요."

루진이 운하의 곁을 스쳐 지나갔다. 향수 냄새.

다용도실에 들어와 팔을 들어 코에 대 보았다. 멋진 여자가 풍기는 냄새와 혹시라도 비슷한 냄새가 나려나 했지만 그런 기적은 없었다. 화장품도 몇 개 없이 사는 그녀에게 비싼 향수는 언감생심이었다. 몸 여기저기 냄새를 맡아 봤지만 아무 냄새도 나지 않았다. 차라리 아무 냄새 안 나는 게 다행이지.

자신감 상실의 한숨을 뿜으며 차를 준비했다. 잘 쓰지 않는 접대용 잔을 꺼내 쟁반에 예쁘게 차렸다.

 똑똑.

 안에서 들어오라는 어떤 소리는 없었지만 잠시 시간을 둔 후 문을 열었다.

 소파에 마주하고 앉아 있는 둘의 모습이 눈에 들어왔다. 묘한 기분. 아니 불쾌한 기분이다. 좋아한다고, 죽을 만큼 보고 싶다고 말했던 천상이 아름다운 여자와, 그것도 오래도록 사귀던 옛 여자와 마주한 모습이 그녀를 힘들게 했다.

 헤어졌다고 했지만 자신감 넘치는 루진의 표정과 태도에서 이별은 보이지 않았다. 나가 버릴까? 하지만 흔들리는 모습을 보여 주고 싶지 않은 자존심이 그녀를 잡았다.

 아르바이트 하던 때를 억지로 떠올렸다. 지금 운하에게 그 경험은 소중했다. 손님이다. 두 사람은 그냥 손님일 뿐이야. 평소처럼 자연스럽게 차를 놓고 나가면 돼. 그렇게 마음먹고 테이블에 차를 놓았다.

 "운하 너도 앉아."

 "네?"

 "이루진이 누구냐고 물었잖아?"

 "천상 씨. 지금 뭐하는 거야?"

 천상의 이상한 말에 운하가 뭐라고 반응하기 전에 루진이 먼저 소리를 높였다.

 "내 할 말은 다 했어. 더 할 말이 없는데 네가 찾아온 거고. 운하 앞에서 너 만나는 거 싫어. 운하 없는 데서 만나는 것도 난 가

급적 하지 않을 생각이고."

천상은 자리에서 천천히 일어나 목발을 짚고 운하 옆에 섰다. 그의 움직임을 따라 루진의 시선이 올라갔다. 운하와 천상을 번갈아 보며 당황하는 중이었다.

"지금 이 여자가 새로 생긴 그 여자란 거야?"

"그 여자가 아니라 최운하야."

"사장님!"

운하는 옆에 선 천상에게서 한 발 물러서며 소리쳤다. 이게 무슨 뒤통수 맞는 상황인 거야?

"밖에서 궁금해하지 말고 직접 보고 들으라고."

"지금 이게 할 짓이에요? 우리 둘이 뭐, 싸우기라도 하란 말이에요? 둘 사이의 일은 둘이서 해결하셔야죠. 그리고 지금 저 기 많이 죽었단 말이에요."

"기가 왜 죽어? 내가 너 아니면 안 되는데."

"완전 자기 멋대로인 거 아시죠? 저한테 왜 이러세요? 이름도 바꾸게 하시더니 이젠 여자 문제도 떠넘기기예요? 연애 경험 없다고 했잖아요. 이럴 때 어떻게 해야 하는지 모른단 말이에요."

"그만!"

루진은 자리에서 일어섰다. 이런 상황은 들어 본 적이 없었다. 천상이 다른 여자를 벌써 사귀고 있다는 사실도 놀라운 일인데 그 여자에게 모든 걸 던지는 것까지 보게 된 것이다. 무례하게 느껴질 정도로 직설적이고 부드러운 구석이라곤 찾을 수 없는 거친 천상이 작은 여자에게 절절매고 있는 모습을 보이고 있었다.

다른 누구는 천상의 이런 모습이 별달라 보이지 않을 수도 있지만 몇 년을 사귄 그녀는 똑똑히 느낄 수 있었다. 천상은 운하라는 여자에게 절절매고 있었다. 토닥거리는 둘 사이를 보여 주고 싶었던 걸까? 연극 아니야?

"아버님도 아셔?"

"곧 다 아시겠지."

"기대하지 않는 게 좋다는 건 알죠?"

루진은 다시 운하를 보았다. 이번에는 위에서부터 아래까지 꼼꼼히 운하를 살폈다. 절대 허락하지 않으실 거야.

"아버지가 허락하시든 말든 그게 나하고는 별 상관이 없어."

루진의 불순한 시선에 운하가 인상을 썼다. 천상은 그 모습에 미안하고 화가 났지만 운하의 말처럼 루진의 행동이나 말에 감정적으로 크게 반응하는 건 좋지 않았다. 특히나 운하 앞에서는 절제해야 했다.

"천상 씨."

"이제까지 너는 집안끼리의 맺음에 충실해서 날 만났나 보구나. 그래서 내 마음 따위 상관없었던 거고. 실수로 여길 만큼 아무렇지도 않게 자기 생활 즐길 수 있는 거였고. 그래서 내가 그만 정리하자는 말을 해도 신경 쓰지 않았어. 그렇지?"

"뭐라고요? 아니야. 설마 당신이 그 사랑이라는 말도 안 되는 환상에 사로잡히기라도 한 건 아니겠지? 그런 거 없이 좋은 감정만 갖고도 이제까지 우리 잘 지냈어. 그런 거 따지지 않고 지내다가 갑자기 왜 이래?"

"이젠 따지기로 했어. 그게 이유야. 앞으론 아주 심하게 따질 생각이거든. 그래서 너하고는 다시 시작 못 해. 아니, 안 해."

"천상 씨, 내가 바보야? 나 때문에 사고까지 낸 사람이 어떻게 금방 마음을 돌릴 수 있다고 믿을 수 있겠어? 다 아니까 이런 짓 그만해. 내가 몇 번이나 미안하다고 사과했잖아? 너무 심하게 몰지 마."

운하는 천상의 사고가 이 멋진 여자 때문이라는 사실을 알게 되었다. 그렇게나 많이 좋아했었구나. 루진의 말처럼 그렇게나 많이 좋아해 놓고 금방 마음을 돌렸다는 건 그녀로서도 이해할 수 없었다.

"그 사고 너 때문이라고 착각해서 그래. 너 때문 아니야."

"이젠 거짓말까지?"

"거짓말 아니야. 나 때문이야. 자존심이 상해서. 자존심과 사랑은 다른 거야. 확실할 거라고 믿었던 내 인생의 항로가 어이없는 곳에서 틀어진 걸 본 내가 멀쩡할 수 있었겠어? 그 당시 내 마음에 넌 없었어. 오로지 네가 준 수치만 있었지. 그것 때문에 감정을 억제하지 못하고 폭발한 거야. 그러니까 사고는 순전히 나 때문에 난 거야. 내가 믿었던 삶의 모습이 부서진 것에 대한 분노. 그거 말고 다른 건 없어."

천상은 자기 안에서 마음이 정리되는 걸 느꼈다. 몇 번이나 다시 꺼내서 살펴볼수록 루진과의 사이에서 사랑은 없었다는 걸 확신할 수 있었다.

"지금 운하를 향한 내 마음이 너에게 가졌던 마음과 다르다는 건 정말 달라서 깨달은 거야. 같은 종류로 치부하고 쉽게 보지 마. 운하를 위해선 내가 최고의 가치로 두고 있는 자존심이란 것도 죄다 집어던질 수 있으니까."

운하는 천상의 말에 놀라 뒤로 또 물러섰다. 영화를 보는 것처럼 두 사람의 대화와 모습에 빠져 몰두하고 있다가 갑자기 날벼락을 맞은 느낌이었다.

"말도 안 돼."

"이젠 너도 그만 우물에서 나와. 내가 널 거절할 수 없다는 건 네 착각이야. 난 이미 거절했고 벌써 지난 일이 됐어. 그만 받아들여. 사고 핑계도 그만 대고. 순전히 내 책임이니까."

"내가 여기까지 어떻게 왔는데, 전화로 거절당한 것도 참고 절대로 당신이 부르기 전까지는 가지 않을 거라는 나만의 결심도 꺾으면서 찾아온 거야. 나야말로 자존심을 던져 버리고 온 거라고!"

루진은 더 이상 여유로운 모습을 보여 줄 수 없었다.

"아버지가 주말 약속을 취소하셔서 부랴부랴 찾아온 건 아니고?"

"천상 씨!"

"이유가 뭐든 우리 사인 이미 끝났어."

"거의 부부처럼 살아온 우리야. 이러지 마. 나 없이 어쩌려고 그래요? 다리까지 다쳐서 이젠 예전처럼 매력 없단 말이야. 내가 애원하고 매달릴 때 잡아. 이만하면 당신 자존심 충분히 세우고도 남았잖아? 내가 이렇게까지 뛰어와 매달리면 이젠 넘어가 줘야 해."

루진의 말에 천상은 운하를 보았다. 눈을 동그랗게 뜨고 둘을 번갈아 보던 운하와 눈이 마주쳤다. 부부? 운하의 눈이 그렇게 묻는 것처럼 보였다. 이런 건 알리고 싶지 않았는데. 감추고 싶은 비밀을 들킨 사람처럼 가슴이 두근거렸다. 괜히 운하더러 있으라고 했다.

"너 없이 잘 살고 있고, 이전에도 너 없이 잘 지냈어. 그런 착각하게 만든 거 내 탓이라면 사과한다. 이제 너야말로 그만해. 내 마음은 몽땅 운하에게 있어."

"나, 나는, 인정할 수 없어. 절대 인정 못 해. 운하라고? 말도 안 돼. 당신 눈이 이렇게 낮았어? 좀 괜찮은 여자를 데려다 놓고 나보고 믿으라고 해야지. 내가 이런 여자한테 밀렸다는 걸 어떻게 믿어?"

인정할 수 없다는 말을 하면서도 비참했다. 그녀가 무슨 말을 할 때마다 천상은 운하의 눈치를 보고 있었기 때문이다. 이미 이성은 천상의 말을 믿고 있었다. 천상의 모든 관심은 운하에게 가 있었기 때문이다. 운하의 표정의 변화가 있을 때마다 천상이 반응했다. 어떻게 이럴 수가 있지? 저 남자가 저렇게 예민하고 감정적일 수 있는 거야?

"그만해! 내가 참고 있는 건 운하가 옆에 있어서야. 예의 없는 말 한 마디라도 더 하면 예전의 나보다 더한 날 보여 줄 수도 있어. 경고했어."

움찔.

운하와 루진 둘 다 천상의 매서운 눈에 놀라서 움찔했다. 낮게 가라앉은 침착한 목소리처럼 들리지만 세상 어떤 협박보다 무서웠다.

"당신 후회할 거야. 마지막 기회까지 난 분명히 줬으니 원망 마요."

"원망 안 해."

루진은 섰던 자리를 떠나 운하 앞으로 갔다. 루진이 키가 큰 데

다가 하이힐을 신은 탓에 가까이 다가오자 운하는 평소보다 더 작게 느껴졌다.

"신데렐라의 끝은 아무도 말해 주지 않아요. 왜인 줄 알아요? 누구도 장담할 수 없기 때문이죠. 우리 모두는 분수에 맞는 삶을 살 때 행복해요. 황금빛 궁전에서 매일 벽난로나 청소하다가 일생을 보내지 않으려면 잘 생각해요."

"이루진, 네가 걱정해 줄 일은 아니야."

천상은 운하의 팔을 잡아 그가 있는 쪽으로 끌었다. 작은 운하가 천상에게 이끌려 그의 곁에 붙어 서는 걸 루진이 노려봤다.

"그동안 지냈던 시간에 대한 예의라고 생각하세요. 이게 마지막인가요? 잘됐네. 죄책감과 양심에 눌려 장애인 남편을 둘 뻔했는데 벗어날 수 있게 됐으니까. 난 할 만큼 다 했어요. 거절해 준 당신에게 고맙다고 해야 하는 거죠? 고마워요."

차갑고 도도하게 몸을 돌린 루진은 사장실을 나왔다.

쭉 뻗은 멋진 그녀의 몸은 사무실 복도를 지나 여자 화장실에 들어가서야 흔들렸다. 빈 곳에 들어가 문을 닫고 앉아 입을 막고 울었다. 자존심이든 사랑이든 이유야 어찌되었건 지금 그녀는 아팠다. 되돌리고 싶었다. 옛날 그와 그녀의 관계로 되돌리고 싶었다. 그 남자와의 실수는 천상을 향한 그녀의 외침과도 같았다.

하지만 그녀 자신도 들킬 때까지 몰랐으니 천상이 알 수는 없었다. 천상이 사고를 내고 다리 한쪽을 영원히 정상적으로 되돌릴 수 없다는 걸 알았을 때 그녀의 진짜 마음을 확실히 알게 되었다. 그를 잃을지도 모른다는 그 사실에 다다랐을 때에야 알게 된 것이다. 그가 그녀에게 어떤 의미인지를.

늦었다. 되돌리기엔 늦었다. 아니 어쩌면 처음부터 되돌릴 어떤 것도 없었는지 모른다. 차가운 천상의 눈을 마주하는 순간 그에게 그녀의 자리는 애초에 없었을지도 모른다는 믿고 싶지 않은 사실을 보았다.

계속 버티면 뭔가 방법이 나올 줄 알았는데 다른 여자라니. 기회 도 없이 사라져 버렸다.

루진의 눈물은 오래가지 않았다. 마냥 울고만 있을 그녀가 아니 었다. 부서진 자존심을 드러내지 않을 만큼은 이성이 남아 있었다. 눈물을 말끔히 닦고 화장을 간단히 고친 후 평소의 얼굴을 하고 밖 으로 나왔다.

루진이 나간 사장실에 천상과 운하는 말없이 서 있었다. 운하의 시선이 바닥으로 향한 것과 달리 천상의 시선은 운하에게 고정되어 있었다.

"어이, 신데렐라."

"네? 어머, 누구한테 신데렐라라고 하는 거예요?"

"아니야?"

"아니죠. 사장님이 왕자라고 착각하시는 거예요?"

"당신 눈에 왕자로 보이지 않아?"

"병원 가 보셔야겠어요. 할아버지 입원하고 계신 데 옆방 잡아 드려요?"

"앞으로 함부로 기죽고 그러진 않겠군. 아까 그 여자가 그러잖아 나더러 장애인이라고. 내가 너한테 한참 모자란 거야. 내가 너 잡 고 늘어지는 거고."

"맞아요. 여자 문제도 혼자 해결 못 하고 떠넘기기나 하고."

"너 아니면 안되겠지?"

"저도 눈 높거든요?"

"그래?"

"일하세요."

한 모금도 마시지 않은 차를 다시 쟁반에 담아서 천상을 보지 않고 사장실을 나왔다. 다용도실에 들어가 차를 싱크대에 버리고 나서 벽에 기대어 눈을 감았다.

갑자기 멋진 여자와 마주하게 한 천상 때문에 무안했고 그 여자 앞에서 생각지도 못한 고백을 쏟아 내는 천상 때문에 두근거렸던 시간이었다. 무슨 남자가 옛날 애인을 앞에 두고 고백을 하고 난리야. 깜짝 놀랐네.

"운하."

언제 따라 들어온 건지, 놀라서 뜬 눈앞에 사장이 아주 가까이 있었다. 좁은 다용도실이 그로 인해 꽉 찼다.

아주 잠깐 서로 바라보고 섰다가 키스했다. 평소처럼 천상의 일방적인 움직임이 아니었다. 운하, 그녀가 이번에는 함께 움직였다. 그의 품에 안기며 발끝을 들어 그의 입술에 입을 맞추었다.

"최운하로 돌아오니 아주 좋은데?"

몇 번이나 아쉬운 듯 다시 이어지던 키스가 겨우 끝나고 천상이 한숨처럼 한 말이었다.

"무슨 차이가 있다고."

"고우나는 절대로 못 할 일을 최운하는 하니까. 고우나는 끝까지 신데렐라 놀이 했을 거야. 그렇지?"

품에 안긴 운하의 머리를 쓰다듬었다. 운하는 부끄러운지 그의 품에 묻은 고개를 들지 않았다.

"왕자님 아니라니까 자꾸 그러시네."

"우리 아버지 앞에서 기죽지 마. 조만간 마주할 테니까."

"왜요?"

드디어 품에 있던 고개를 들어 그를 올려다보았다.

"너하고 첫날 보내려면 절차를 거쳐야지."

"어머, 너, 너무 노골적인 거 아니에요?"

이젠 아예 그의 품에서 빠져나갔다. 다용도실을 나가고 싶은데 그가 허락하지 않았다. 좁은 문 앞에 그가 버티고 서 있었다.

"어제처럼 한 번만 더 유혹하면 정신을 잃어버릴 거야. 그러기 전에 빨리 해결하는 게 좋잖아?"

"다시는 유혹하지 않아요."

"그래? 지금 키스는 뭐가 다른 거야?"

"누, 누가 뭘 했다고 그래요?"

"다시 할까?"

"됐거든요? 여기가 어딘지 알고 자꾸 이러세요?"

"회사인 줄 아는데 귀여운 여자가 키스해 주는 기회를 놓치지 않은 거지. 이번엔 내가 해 줄까?"

"사장님은 귀엽지 않아요."

그에게서 완전히 돌아선 운하. 계속 그를 보고 있을 수 없었다. 그가 해 준 고백에 감동받아 키스를 하긴 했는데 갑자기 결혼까지 끌고 가는 것에 겁이 났다.

"겁쟁이."

사장의 말에 돌아서니 다용도실을 나가는 그의 뒷모습을 볼 수 있었다. 천천히 사장실로 들어가는 그를 끝까지 지켜보았다.

겁쟁이라고? 무모한 것보단 좋은 거 아닐까?

잠시 서 있던 운하도 다용도실에서 나와 자리에 앉았다.

최운하. 할아버지가 포항으로 내려가신 후에 아버지를 만날 건지 아니면 급하게라도 그 전에 만날 건지 정한다는 핑계로 복잡한 감정에서 도망 나와 있었다. 그러나 천상의 고백이 더해져 마냥 도망 나와 있을 수 없었다.

겁쟁이. 천상의 그 한마디가 자꾸만 그녀를 재촉했다.

그래. 하기로 했잖아? 결심했는데 미루면 뭐하겠어? 기다리며 힘든 것보다 하고 힘든 게 나아. 하자. 해.

성준은 아버지의 집에서 발견했던 쪽지에 대해 아직까지 생각하고 있었다.

가끔 주말이 아닌 월요일에 아침 일찍 복잡함을 피해 아버지 집에 들르곤 했다. 그날도 특별한 연락 없이 일찍 들렀는데 거실 테이블 위에 종이가 있어서 보게 되었다. 아버지 필체로 된 주소와 다른 사람의 글씨로 된 주소. 그의 회사 주소와 여기서 멀지 않은 회사의 주소가 적혀 있었다.

뭐지? 처음엔 크게 마음에 두지 않았다. 그런데 아버지의 행동이 이상했다. 그가 본 종이를 서둘러 감추는 것 같더니 어딘가 초조한 것처럼 가만히 계시질 않았다.

무슨 일이냐고 물어도 별일 아니라는 말만 되풀이했다. 그러나 일이 있는 것이 분명한 태도였다. 다시 그가 본 종이의 주소가 생각났고 자꾸만 마음에 걸렸다.

얼마 후에 있을 건강검진에 대해서도 매년 그랬던 것처럼 차를 보낸다고 하니까 자꾸만 거절하려고 하셨다. 혼자 올라갔다가 혼자 내려오고 싶다면서. 그게 또 그 주소와 무슨 상관이 있을까 하고 마음이 쓰였다.

결국 이상하다는 것만 느끼며 서울로 올라왔는데 출장 간다는 말에 아버지가 평소와 다르게 기뻐하는 걸 느꼈다. 이건 절대 그냥 두고 볼 일은 아니었다. 그래서 출장을 미뤘다.

건강에 이상이 있으신 건가? 아니면 다른 무슨 일이 있는 걸까? 아버지 집에서 봤던 회사에 대해서 새삼 다시 알아봤지만 아버지가 그 회사와 얽힐 어떤 것도 생각할 수 없었다.

결국 따져 물었다. 놀라서 말을 하지 못하는 아버지. 나중에 말해 주겠다면서 기다리라는 말로 그를 더욱 불안하게 만들었다.

"검사 끝나면 집으로 모시겠습니다. 며칠 쉬었다가 내려가세요."

혹시나 하는 불안에 병원에 직접 찾아왔다.

"아니야. 바로 내려갈 거다. 내가 알아서."

"바로 내려가는 걸로도 모자라 혼자 내려가시겠다고요? 아버지, 요즘 왜 이러십니까?"

결국 큰소리를 냈다.

"후, 혹시, 아직 연락 안 왔어?"

"무슨 연락 말입니까?"

"운하."

"예? 아버지, 운하는, 운하 일은, 설마, 혹시, 운하가 연락했습니까? 그 아이 살아 있습니까?"

"그래. 살아 있어."

"아닐 겁니다. 가짜일 겁니다. 아버지, 요즘이 어떤 세상인데 그런 사기에 넘어가십니까? 멀쩡히 살아 있는 아이가 왜 그동안 연락을 안 했겠습니까? 다 가짜라서……."

"너한테는 말하지 말아 달라고 하더라. 네가 어디에서 어떻게 사는지 운하는 다 알고 있어."

"아버지."

"내가 직접 만났고 우리 운하 맞아."

"그럴 리가 없습니다. 운하가 맞다면, 제가 어디 사는지도 다 안다면 왜 아버지만 찾고 저는 안 찾아옵니까?"

"그건 내가 묻고 싶다. 왜 우리 운하가 널 두려워하는 거냐? 왜 나조차도 만나러 오길 꺼려야 해? 너한테 말할까 봐 전전긍긍하는 모습 난들 좋은 줄 알아? 너 그날 무슨 짓 한 거야? 운하에게 묻고 싶었지만 그럴 수 없었다. 잔뜩 겁먹은 그 아이한테 그날을 캐물을 수 없었어. 사고 때 충격으로 기억을 잃고 있었다고 하더라. 금방 찾아올 수 없었던 이유야."

성준은 말을 이을 수 없었다. 운하가 살아 있다는 기쁜 소식도 잠시 운하가 그를 두려워한다는 소식을 들어야 했다.

무슨 짓을 한 거냐고? 그날 무슨 짓을 했지? 아버지의 호통에 과거로 돌아가 대체 무슨 짓을 했는지 스스로 캐물었다.

"그날 전 서울에 있지도 않았습니다. 아시잖아요?"

"그래. 안다고 생각했다. 그런데 지금은 아니야. 운하가 널 무서워할 이유가 있어. 운하 어미 미워해서 해쳤니?"

"아버지!"

"그럴 수는 있다고 생각했다. 물론 우연히 일어난 사고였겠지만 그런 마음은 먹을 수 있다고 생각했어. 그렇지만 그런 마음 때문에, 드러내지도 않은 그 마음 때문에 운하가 널 무서워한다는 건 이상하지 않아? 그날 사고, 음주운전자가 사고 낸 거 확실한데 왜 운하가 널 무서워해? 다 자라서까지, 기억을 되찾은 후에도 두려워하는 마음을 먹는 건 절대로 이상한 거지. 안 그래?"

"오해가 있었을 겁니다. 분명 오해가 있었던 게 틀림없습니다. 제가 어떻게 운하 엄마를 해칠 생각을 할 것이며 운하를 겁먹게 할 일을 왜 하겠습니까? 그날 사고와 상관도 없는 저를 왜 운하가 무서워합니까? 오햅니다. 분명 어린 마음에 오해한 것이 분명합니다. 운하는 지금 어디 있습니까?"

"연락한다고 했어."

"아버지."

"그 아이가 널 찾아가겠다고 했어. 그래서 물었어. 안 그랬다면 운하에 대해 입을 먼저 열 생각 없었다. 기다려. 찾아간다고 했으니까 기다려 봐라."

"언제 온답니까?"

"그건 나도 몰라. 결심한 것 같으니 꼭 갈 거야. 내가 함께 가주마 했지만 거절했어. 우리 운하라면 오해든 뭐든 당당하게 풀어낼 아이야. 그렇지 않아?"

야무지고 똑똑한 아이였다. 성준은 어린 운하를 기억하며 고개를 끄덕였다.

운하가 살아 있었다니! 야무지고 똑똑해서 연락하지 않는 이유가 단 하나라고만 생각했다. 죽음. 그러나 충격으로 기억을 잃어서 그랬단다. 그럴 수도 있구나.

13년. 다시 만나게 될 운하의 모습이 어떨지.

"그 회사. 그게 운하하고 관계가 있습니까?"

"아, 그거, 운하가 다니는 회사야. 취직할 나이잖아."

아버지와 대화를 끝내고 회사로 돌아온 성준은 일이 손에 잡히지 않았다. 운하가 그를 두려워했다는 말만 계속 머릿속에서 맴돌았다.

오해야. 큰 오해가 있어. 만나서 풀어야 하는데 만나러 오지 않으면 어쩌지? 결국 오해한 채로 거절하면 어쩌지?

— 사장님, 전화 왔습니다. 최운하라고 하는데요?

"뭐?"

심장이 툭 떨어지는 줄 알았다. 현기증이 날 만큼 놀랐다.

— 연결할까요?

"연결해, 어서!"

비서가 연결을 했을 텐데 아무런 소리가 들리지 않았다. 잘못된 걸까?

— ……여보세요?

길고 힘든 몇 초를 보내자 소리가 들렸다. 처음 듣는 목소리지만 벌써 운하가 생각났다.

"나다."

— 저, 찾아뵙고 싶은데 어떠신지 몰라서요.

"딸이 아빠 찾아오는 게 무슨 흠이라고 조심을 해? 어서 와라.

너 살아 있다는 소식 오늘 겨우 들었다. 내가 더 기다려야 하니?"

— 퇴근하고 뵐게요.

"지금 당장 만나고 싶지만, 그래, 조금 더 참아 보지. 꼭 와야
해."

— 네. 회사로 찾아갈까요?

"너 편한 대로. 편하게 말하기엔 내 회사가 좋겠지? 기다리고 있
으마."

— 네.

전화를 끊고도 믿어지지 않아 한참을 멍하니 있었다. 아버지 말
씀처럼 정말 조심스럽다.

운하는 그렇지 않았는데. 엄마와 이혼한다면 엄마와 살겠다고 엄
포를 놓을 정도로 당차고 당당했었다. 진짜 운하가 아닐지도 몰라.

그를 두려워한다는 말엔 동의할 수 없었다. 그날, 사고가 나기
전까지 운하와 그 사이에 두려워할 어떤 사건도 없었다. 운하가 가
짜이거나 굉장한 오해가 있었거나 둘 중의 하나였다.

운하는 굳이 기다리겠다는 천상을 말리지 못하고 아버지 회사에
왔다. 회사 앞까지 데려다준 천상은 그녀를 언제까지라도 기다리고
있을 것이다. 그의 그런 행동에 큰 용기를 얻은 건 사실이었다. 아
버지가 무서운데 그 무서운 사람의 회사에 혼자 들어가기 힘들었기
때문이다.

토닥거리면서 얻은 용기로 회사 안에 선뜻 들어섰다. 아직 퇴근
이 다 이루어지지 않은 회사 안은 분주했다. 안내를 받아 아버지가
기다리는 사장실로 갔다.

"사장님, 손님 오셨습니다."

"들어오시라고 하고 먼저 퇴근해."

"알겠습니다."

비서의 안내로 운하는 매일 들락거리는 사장실과 다른 사장실로 들어섰다.

앉지도 못하고 서 있던 아버지를 바로 마주했다. 뒤로 문이 닫히는 소리가 들렸다. 혼자 적진에 들어와 있는 두려움이 운하의 몸을 굳게 만들었다.

"운하."

가짜일 거라고, 실망하지 않으려고 애써 가짜라고 거의 믿고 있었다. 그러나 마주한 순간 바로 알 수 있었다.

운하. 그의 딸 최운하가 맞았다. 아버지가 어째서 그렇게 확신하신 건지 마주한 순간 알 수 있었다. 젊은 시절 어머니의 모습을 운하에게서 볼 수 있었다.

"아, 안녕하세요."

"앉아라."

"네."

한번 마주하고는 다시 눈을 맞추지 못하는 운하. 성준은 가슴이 찢어지는 것 같았다. 마음에 묻고 아파했던 사랑하는 딸을 눈앞에 두고도 재회한 기쁨을 나눌 수 없는 상황이 힘들었다.

"그동안 어떻게 지냈냐고, 왜 이제야 왔느냐고 부둥켜안고 그동안 아팠던 시간을 털어 내고 싶은데 넌 아닌 것 같구나. 할아버지가 그러시더구나, 날 두려워한다고. 내가 그 사고에 무슨 짓이라도 한 거냐? 나는 모르는 일이야. 그날 난 홍콩에 있었어."

그의 원망 섞인 질문에 운하가 낯익은 눈빛으로 그를 마주했다. 그래. 저 눈빛. 당당하고 야무진 눈빛은 어릴 때 그대로였다.

"모르신다고 발을 뺄 셈이신가요?"

"운하!"

"사고로 차가 뒤집어졌어요. 저는 엄마가 남은 힘을 다 짜내서 차 밖으로 내보내 준 덕에 근처에 있던 사람 품에 갈 수 있었죠. 아빠 차가 서더군요. 엄마가 거의 차 밖으로 기어 나왔을 때였어요. 아빠 차가 가려서 엄마의 모습을 볼 수 없었지만 곧 차가 떠나고 차 밖으로 거의 다 나와 있던 엄마의 몸이 다시 불타는 차 안으로 들어가 있는 걸 봤어요. 구하려고 했지만 시간이 없었죠. 차가 곧바로 터졌으니까요."

"……."

"어리고 증인도 증거도 없으니 인정하시든 아니든 법적으로 뭘 다시 할 수는 없을 거예요. 그날 정말 홍콩에 계셨나요?"

"그날 홍콩에 있었다. 세월이 지났지만 조사하면 못 찾을 것도 없어."

"아빠 차였어요. 번호판을 보고 확인했어요. 아빠가 맞는 건지 확인하려고 아프고 당황스러운 그 상황에서도 차 번호판을 몇 번이나 봤단 말이에요. 처음엔 아빠가 엄마를 구하려고 오신 줄 알았어요. 너무 기쁘고 감사해서 소리치며 뛰쳐나갈 뻔했죠."

"네 엄마와 사이가 좋지 않았지만 그런 심한 짓을 할 만큼은 아니었다."

"사람은 상황에 따라 변하죠. 아무 생각이 없다고 하지만 기회가 주어졌을 때 충분히 행동할 수 있다고 생각해요. 그러니 평소 아빠의 생각이 어떻다는 건 제게 아무런 의미가 없어요. 정말 홍콩에 계셨다고 해도 아빠가 그날 일에서 완전히 제외되진 않아요. 아빠 책임이에요. 그 차. 누가 사용했든 아빠가 그 차의 주인이고 그 차를 이용할 수 있게 허락한 거니까요."

"……."

정희. 그녀뿐이다. 헤어지자고 하면서 아파트와 차를 주었으니까. 아니야. 믿을 수 없어. 그럴 수가 있을까?

그러나 운하의 말대로 갑작스러운 상황을 이용할 가능성은 충분했다. 어떻게 이런 일이!

"할아버지와 죄인처럼 만나는 게 싫어서 결심했어요. 그리고 제 신분을 다시 찾고 싶어요."

"당연해. 당연히 찾아야지."

"스무 살에 마흔아홉인 아저씨와 결혼했었어요. 결혼 7개월 만에 아저씨가 돌아가셨어요."

"뭐라고?"

"저를 살려 준 여자와 십 년 살았는데 알코올중독자였어요. 매일 일하면서 돈을 벌어야 했고 학교도 제대로 다니지 못했어요. 결혼한 아저씨가 남겨 주신 돈으로 공부해서 대학까지 갈 수 있었어요. 이건 나중에 할아버지가 알게 되실까 봐 미리 말씀드리는 거예요. 할아버지가 모르셨으면 좋겠어요."

할아버지를 핑계 대고 있지만 다른 사람들도 모르길 바랐던 과거였다. 아버지에 대한 원망을 누르느라 말을 잠깐 끊었다.

"기억을 되찾은 건 결혼한 아저씨가 돌아가셨을 때 돌아왔어요. 저는, 다 자라서 기억이 돌아온 건 다행이라고 생각해요. 그날 충격으로 기억을 잃지 않았다면 어린 제가 할아버지를 찾아갔을 것이고 그날 엄마를 해친 사람의 손에 멀쩡할 수 없었을지도 모르니까요."

"……."

성준은 운하의 말에 그녀의 손을 저절로 살피게 되었다. 지금의 아내인 정희의 손보다 더 거칠어 보이는 손이었다. 그의 눈길을 눈치챘는지 운하는 자기 손을 모아 쥐었다.

"재산에 대해선 걱정 안 하셔도 돼요. 그것 때문에 새삼스럽게 나타난 거 아니에요. 제가 먹고살 만큼은 충분히 있어요. 저는 그저 제 신분을 되찾고 싶은 것뿐이에요. 저를 딸로 여기고 싶지 않더라도 그 부분은 감당하셔야 해요."

최운하란 이름으로 살기로 작정한 건 후천상이란 남자 때문이에요. 열등감 가득한 고우나로는 그 남자를 사랑할 수 없기 때문이죠. 그와 어떻게 되든 당당하게 사랑하고 싶어요. 최운하가 되기로 했고 되어야 해요. 그러니 부녀지간이란 걸 회복하는 문제는 절대 양보할 수 없어요.

"운하야, 그러지 마라. 말도 안 되는 소리야. 너를 딸로 여기고 싶지 않다는 말은 날 상처 주는 소리야. 그리고 재산에 대해서도 조금도 걱정하지 않았어. 내가 돈 때문에 널, 아니. 됐다. 내가, 내게 책임이 있어. 맞아. 내 책임이야. 상처, 그거 받아 마땅하지. 널 그렇게 살게 했는데 이보다 더한 상처라도 받아야 하겠지."

십 년이 넘도록 운하의 인생을 저 바닥으로 끌어내린 그의 죄를 어떻게 다 갚을 수 있을까? 결혼에 알코올중독자와의 삶이라니. 어린 운하가 겪었을 비참한 시간에 대한 아픔은 짧게 설명한 말만 들어도 충분히 느낄 수 있었다. 엄마를 끔찍하게 잃은 경험도 모자라 어린 운하가 겪어 내야 했을 그 참담한 시간은 절대 지울 수 없는 것이었다.

"제가 죽었다고 생각했을 때와 살았다는 걸 알았을 때, 재산은 큰 걱정거리죠. 아빠는 아니라고 하셔도 누군가는 그게 아주 큰 의미가 있을 테니까요."

"그건……."

아니라고 말할 수 있을까? 정희가 재산을 노리는 게 아니라고 장담할 수 있을까? 그날 정희가 그랬다면, 그런 짓을 할 수 있는 여자라면 재산이든 뭐든 노리는 게 당연하지 않은가. 분노와 안타까움이 섞여 그를 떨게 했다.

"도대체 어쩌다 이렇게 된 거냐? 내가 너와 왜 이런 말을 해야 해? 겨우 이루어진 재회가 이런 말로 채워지다니. 이게……."

기다리고 찾아 헤맸던 딸을 보듬어 안아 위로해 줄 수도 없는 이 상황은 모두 그의 죄로 시작된 것이었다. 그동안 살아온 시간은 도대체 뭘 위한 시간이었을까? 그가 만들어 낸 결과가 너무 끔찍해서 감당하기 두려웠다.

"저는, 할아버지가 내일 저희 집에서 지내다 가세요. 그것 때문에 괜한 거짓말을 하셔야 할 할아버지께 죄송해서……."

몸을 떨며 소리 없이 눈물을 흘리는 아버지의 모습에 충격을 받았다. 운하는 어떻게 받아들여야 할지 몰라 생각지도 않은 말을 했다.

그러나 그 말도 다 끝을 맺기 힘들었다. 깊은 울림의, 고통이 느껴지는 아버지의 소리 없는 통곡이 그녀에게도 전해졌기 때문이다.

끊어 내려고 그렇게나 노력하고 노력했던 아버지에 대한 감정이 다시 되살아나 우는 아버지의 모습에 그녀도 아팠다.

"미안하다. 미안해. 정말 미안해. 어떻게 이렇게 될 수 있지? 그 긴 세월이 어떻게 그리 끔찍할 수가 있는 거냐?"

차오르는 슬픔과 고통을 겨우 누르며 눈물을 닦았다. 몇 번이나 숨을 조절해서 겨우 입을 열수 있었다.

"그냥 끝까지 덮고, 모른 척 살아가려고 했는데……."

이렇게 아픈 아버지의 모습은 생각도 못했다. 죄송하고 속상했다.

그냥 참을 걸 그랬나? 사장님과는 어찌 될지도 모르는데 이기적인 생각으로 괜히 아버지 마음만 아프게 만든 건 아닐까? 고요한 호수를 막대기로 마구 휘저어 놓은 것 같았다.

"아니야. 제발 그런 말은 마라. 네가 죽었다고 생각하면 편안한 줄 알아? 부모 마음에 죽은 자식이 어떤 식으로 새겨지는지 넌 몰라. 세월이 가면 갈수록 더 커지는 그 아픔을 넌 몰라서 그래. 그러니 지금이라도 찾아와 준 거 고맙다. 정말 고마워. 잘한 거야. 찾아온 건 잘한 거야. 용기 내 줘서 고맙다. 고마워."

서로의 눈물이 마를 때까지 둘은 말없이 있었다. 간간히 한숨 소리와 눈물을 닦는 소리만 방에 가득했다.

벌컥.

"아, 사장님?"

갑자기 문이 열리면서 천상이 들어왔다. 성준과 운하는 놀라서 동시에 자리에서 엉거주춤 일어섰다.

운하가 사장님이라고 칭하는 걸 이상하게 여기며 성준은 목발을 짚은 건장한 남자를 보았다.

"너, 괜찮아?"

"그럼요, 괜찮죠. 가만히 기다리신다면서요? 이렇게 불쑥 들어오시면 어떻게 해요?"

"걱정돼서 그렇지. 잠깐 있다가 온다는 사람이 한참이 되어도 안 오니까 무슨 일이 생긴 건가 해서 온 거야. 정말 괜찮아? 너 울었잖아."

천상은 가까이 다가온 운하를 끌어다 품에 안으며 눈물을 마저 닦아 주었다.

"누구지?"

"아. 네, 저……."

뭐라고 소개해야 하지?

"후천상입니다."

"후천상? 설마 그 후 사장?"

"맞습니다."

아버지 집에서 발견한 종이에 적힌 회사 사장이었다.

그가 운하와 무슨 관계지? 평범한 회사 사장과 직원 사이는 절대 아니었다. 운하를 걱정해서 뛰어들어 온 천상의 기세는 성준을 압도했다. 그의 태도에선 운하에게 조금이라도 위험한 짓을 한다면 가만두지 않겠다는 위협과 함께 경고를 느낄 수 있었다.

"운하와 곧 결혼할 겁니다."

"사장님!"

"왜? 첫날을 함께하려면 귀찮아도 결혼해야 해."

운하는 정말 괜찮은 것 같았다. 운하의 아버지인 성준의 눈물 자국에서 둘 사이의 거리가 좁혀진 것을 추측할 수 있었다.

그러나 성준에게 운하는 혼자가 아니라는 걸 똑똑히 알려 주고 싶었다. 그가 뒤에서 버티고 있다는 걸 알기를 바랐다.

"처음엔 그런 생각도 없었잖아요. 갑자기 왜 그래요?"

"그럼 결혼 안 하고 첫날을 보내도 되겠어?"

"그게 또 왜 그렇게 돼요?"

"빨리 정해. 아버님이 날 죽이실지도 몰라."

"아!"

돌아보니 아버지가 무시무시한 눈빛으로 천상을 노려보고 계셨다. 이게 어떻게 된 거지?

"운하야, 결혼 없이 첫날은 불가능해진 것 같다. 그러니 결혼해야 해. 잔소리하지 말고 준비나 해."

"말도 안 돼."

"운하가 좀 피곤합니다. 요 며칠 많이 아파서요. 이제 그만 가 봐도 되겠습니까?"

예의 바른 것 같은데 어딘가 건방져 보이기도 하다.

천상과 성준의 팽팽한 신경전이 있기라도 한 것처럼 아슬아슬했다.

"아팠어? 그랬구나. 그럼 어서 가 봐. 쉬어야지. 그리고 후 사장, 뭐가 어떻게 된 건지 차차 알게 되겠지만 결혼 없이 첫날은 안 돼!"

"아빠!"

"알겠습니다. 조만간 다시 뵙겠습니다. 가자."

"어, 저, 그럼, 안녕히 계세요."

"그래. 이젠 숨지 마라."

"네."

어정쩡하게 인사한 운하는 돌아서면서 천상을 노려봤다. 그런 운하의 눈길에 오히려 기쁜 얼굴을 한 천상은 운하의 손을 잡고 사장실을 나갔다.

둘이 사라지고 성준은 다시 소파에 주저앉았다. 어렵고 힘든 시간을 홀로 지내고 좋은 신랑감까지 보여 준 딸이 고맙기도 하고 애틋하기도 했다.

후우. 정희. 피할 수 있는 죽음이었다는 건가? 다 나온 몸을 차 안으로 밀어 넣었다고? 어떻게 그런 일을 할 수 있지? 아닐지도 몰라. 아니면 좋겠어. 상상하기도 힘든 그 일을 십 년이 넘도록 함께한 아내가 했다고 믿고 싶지 않았다.

그러나 운하의 두려움은 그날의 일을 가리지 못하게 했다. 그때 운하가 먼저 몸을 피하지 못했다면 운하도 엄마와 함께 잘못될 수도 있었을까? 아! 말도 안 돼. 생각할 수가 없어.

운하가 했던 말이 가슴과 머리에서 요란하게 뒤섞여 그를 힘들게 했다.

'아빠 책임이에요. 그 차. 누가 사용했든 아빠가 그 차의 주인이고 그 차를 이용할 수 있게 허락한 거니까요.'

그랬다. 그가 준 것이다. 그가 정희에게 헤어지자면서 준 차와 아파트였다. 그래서 운하의 말대로 그의 책임이었다.

그러나 아직도 믿어지지 않는다. 믿고 싶지 않아서 그런 것이리라. 제발 아니라고 누가 아니라고 말해 주면 좋겠다. 그날 그 차를 쓴 건 정희가 아니라 다른 누구였다고 말해 주면 좋겠다.

그러나 운하 엄마를 불타는 차 안으로 도로 넣을 의도를 가진 다른 사람을 생각해 낼 수 없었다. 그와 절대로 헤어질 수 없다면서 운하 엄마를 찾아가겠다는 협박도 서슴지 않았던 정희 말고 다른 사람이 생각나질 않았다.

으. 두 손으로 머리를 잡으며 신음을 흘렸다.

돌아온 딸. 고통과 고난의 13년을 홀로 살아 낸 딸의 신랄한 질책이 안일하게 살았던 그의 인생을 후려치는 기분이 들었다.

미안하다. 미안해. 뒤늦게 밀려오는 후회에 다시 몸을 떨었다. 이제 어쩌지? 운하의 말처럼 증거도 증인도 없는 13년 전의 그 일을 다시 들춰낼 수는 없다. 그래도 그냥 이렇게 살 수는 없었다. 그래서도 안 되고.

"후."

긴 한숨으로 어렵게 이성을 회복했다. 사업에 능한 그의 정신이 그를 혼란 속에 오래 있게 하지 않았다. 몇 번이나 눈을 감았다 뜨며 정신을 바짝 차린 성준은 전화를 했다.

"나야."

— 퇴근 시간인데 오시지 않고 전화는 왜 하세요? 약속 있으세요?

"오늘 아버지 모시고 들어간다는 건 알지?"

— 그럼요. 준비 다 했어요.

"조금 늦을 거야. 저녁은 먹고 들어갈 테니까 차리지 말고."

— 그래요? 어휴, 미리 말해 주시지 그랬어요? 음식 준비하느라 바빴는데.

"끊을게."

— 운수 바이올린 사 주시는 거 잊지 않았죠?

"나중에."

열두 살의 운수. 운하를 잃고 얻은 자식이라 운하만큼은 아니지만 관심을 가지려고 노력했던 아들이었다. 겨우 가라앉힌 감정이 다시 들썩거렸지만 잘 견뎌 냈다.

평소와 다르게 먼저 끊으려던 전화 마지막에 정희의 다급한 소리가 들렸지만 주저하지 않았다.

11
뒤바뀐 운명

성준은 아버지를 만나러 병원에 갔다. 퇴원 수속도 하고 집으로 모시기 위해 이미 말씀드렸던 일정이었다.

지금 그의 상태는 운하를 만나기 전과 달랐다. 운하와의 만남으로 그의 마음과 생각이 모두 갈아엎어졌기 때문이다.

"고생하셨습니다."

"다음엔 이렇게 유난하게 하지 말자. 필요한 검사만 하고 이상이 있다고 하면 그때 자세히 하면 되지."

"그러겠습니다. 운하네 집에서 주무시기로 했다면서요?"

"그래. 어? 만났어? 만났구나. 뭐라고 해? 오해였어?"

"그런 셈입니다. 야무지게 혼났습니다."

"허어, 그랬어? 운하가 단단히 작정하면 피할 방법은 없겠지. 운하는?"

오해였어? 다행이야. 정말 다행이야. 헌우는 운하와 성준의 만남을 원했지만 혹시라는 그 의외의 상황 때문에 많이 두려워하고 있었다. 정말 성준이 그 일에 관여했다면, 책임이 있는 거라면 어쩌나 하는 두려움에 몰래 떨고 있었다.

그래서 오해였다는 성준의 말 한마디가 주는 안도감은 이루 말할 수 없었다. 운하 얘기를 하면서 깨끗해진 아들의 표정을 보고 기뻤다.

"후 사장이 데려갔습니다. 다시 데려와야 하지 않을까 걱정입니다."

"후 사장이 거기까지 갔어? 하긴, 같이 사는데 그만큼은 하겠지."

헌우는 후천과의 처음 만남에서 혹시나 하고 의심했는데 매번 확신하게 되어 기뻤다. 이젠 아버지인 성준에게까지 도장을 찍었으니 달리 더 의심하고 확인할 것도 없었다.

성준에 대한 오해도 풀리고 애틋했던 운하의 미래까지 보장된 것 같아 헌우의 기쁨은 이루 말할 수가 없었다. 이젠 천상이 운하와 애를 낳았다고 해도 기뻐서 춤을 출 것 같았다. 운하의 짝으로 천상보다 마음에 드는 사람을 찾을 수 없을 것 같았다.

"같이 산다니요?"

"요즘 애들이 그렇지. 그리고 우리 운하가 지금까지 고아로 자랐잖아. 듬직한 그가 운하를 그냥 두었겠어? 그리고 그 사람 품에 있어야 좀 안심이지. 운하를 많이 아껴. 어디서 그렇게 신랑감도 잘 얻었는지 모르겠다. 우리 운하는 하여튼 야무져. 아무한테나 시집 안 간다니까."

마흔아홉의 남편. 성준은 다시 가슴이 아팠다. 그렇게 야무지고 똑똑한 운하가 어쩔 수 없는 사정으로 비정상적인 결혼을 했을 걸 생각하니 미칠 것 같았다.

아버지에게 말씀드릴 수 없었고 그러자고 한 운하의 말을 충분히 이해했다. 그도 이렇게 아픈데 나이 든 아버지가 운하의 그 사정을 다 알고 버틸 수 있을 것 같지 않았다.

"운하가 피곤하다고 하긴 했는데 저녁 함께 먹을까요?"

"오, 그래. 그거 좋다. 저녁 먹고 운하네 집에 같이 가면 되겠어."

"아버지, 운하네 집에 가서 주무시는 건 다음으로 미루시는 게 좋겠습니다. 오늘 운하 저 만나서 많이 힘들 겁니다. 조용히 쉬게 해 주면 좋겠습니다."

"아, 그게 또 그렇구나. 많이 힘들어했어?"

"그 어린것이 혼자 얼마나 무섭고 힘들었겠습니까? 아빠라고 있으나 마나 했으니 혼자 감당하느라 고생 많았죠. 큰 오해로 무서워하기까지 했던 저를 만나러 왔으니 그 마음 얼마나 힘들었겠습니까? 제 죄로 하나뿐인 아이 너무 많이 상하게 했습니다."

"다 지나갔잖아? 다행히 좋게 다시 만났으니 그것만 생각하자. 앞으로 잘하고. 참, 그래서 말인데, 운수 어미가 얼마 전부터 말하던 땅이 있어. 운수 앞으로 해 달라고 하더구나. 그런데 그거 운하 주려고 한다. 운수는 네가 잘 챙겨. 내가 가진 건 다 운하 주려고."

"그러세요. 신원 회복시키고 바로 옮겨드리겠습니다."

"내가 해 줄 것이 지금은 그것뿐이라 미안해. 나 걱정할까 봐 집이 두 채라고 말은 하는데 어린것이 무슨 수로 재산을 모을 수 있었겠어? 빨리 보탬이 되어 주고 싶어. 아무리 후 사장이 운하를 아 끼낀다고 해도 지금 그 상황이면 조금 처지는 거잖아? 우리 운하 조 금이라도 더 당당하게 해 주고 싶어."

성준의 가슴이 또 무너졌다. 무슨 수로 재산을 모았겠는가? 그 답을 알고 있었기 때문이다. 어린 운하가 그의 나이만큼이나 먹은, 아니, 그보다 더 나이 많은 남자와 결혼해서 얻은 재산이었다. 울 지 않으려고 어금니를 물었다. 운하에게 전화를 걸며 몸을 돌려 자 리에서 일어섰다.

"나다."

— 무슨 일이세요?

운하의 목소리에는 걱정이 잔뜩 들어 있었다. 어렵사리 삼킨 눈 물이 다시 나오려고 해서 이번에는 하늘을 올려다보았다.

"할아버지 퇴원하시는데 함께 저녁 먹자고 하셔. 너도 힘들고 할 아버지도 수고하셨으니까 겸사겸사 함께 저녁 먹는 것도 좋을 것 같아서. 사정이 안 되면 거절해도 돼."

— 아니에요. 할아버지 저희 집에 모시려고 했는데 잘됐네요.

오늘은 그곳에 가지 않겠다는 말은 하지 않았다. 만나서 잘 말하 는 것이 좋을 것 같아서였다. 만날 장소를 정하고 전화를 끊었다.

저희 집. 아버지 말씀처럼 둘이 함께 사는 건가? 후 사장이 아직 첫날을 보내지 않았다고 했는데 어떻게 된 일인지 알아봐야겠다.

운하는 전화를 끊고 천상을 보았다. 기운 없는 그녀를 위해 회사 에서 잠시 쉬었다 가자고 해서 사장실에서 그의 품에 안겨 소파에 거의 드러눕다시피 하고 있던 참이었다.

어쩌다가 이런 포즈까지 하게 된 건지 그녀는 생각하고 싶지 않았다. 천상의 말에 일일이 반응하다 보면 늘 그녀가 생각지도 못한 결과가 되어 있곤 했으니까.

"뭐라고 하셔?"

"저녁 함께하자고 하세요. 할아버지도 함께."

"괜찮겠어?"

"어차피 할아버지 모시려고 했으니까 잘된 거죠."

"난 네가 괜찮겠냐고 물었어."

"안 괜찮아요. 사장님이 지금 너무 꽉 안고 있어서 숨도 못 쉬겠어요."

토라진 듯 고개를 돌리며 그의 품에서 겨우 빠져나와 앉았다. 천상의 품이 편안하긴 했나 보다. 아무 생각도 없이 포근하게 안겨 있었다.

"통통거리는 거 보니 괜찮네. 오해는 좀 풀렸어?"

아무것도 묻지 않던 천상이 몸을 바로 하며 드디어 아버지에 대해 물었다.

"모르겠어요. 더 복잡해졌어요."

아버지가 아니다. 그렇다면 남은 사람은 단 한 사람. 이정희. 운수의 엄마뿐이다. 아버지라면 차라리 묻고 지나가려고 했다. 그러나 이정희라면 달랐다. 그녀 마음 안에서 잘 묻어지지 않을 것 같았다.

마주하지 않으면 된다고 다스렸지만 그런 일은 없을 것이다. 아버지가 그녀의 아버지니까 지금 아버지의 아내로 있는 그녀를 안 만나고 지낼 수는 없었다. 마주한다면 그때, 그 일이 떠올라 견딜 수 없을 것이다. 해결해야 하는데. 그래서 더 복잡해졌다.

십 년도 넘은 일인 데다가 운수라는 배다른 동생까지 있는 상황이다. 아버지도 어느 정도 눈치채셨겠지만 그들의 삶을 다 부숴 버리는 일을 할 수 있을까? 이도 저도 할 수 없어 더 답답하고 힘들었다.

"한 가지씩 하자. 다 생각하지 말고. 그 작은 머리로 생각할 수도 없어."

따라 일어나 앉은 천상이 운하의 머리를 쓰다듬었다. 말은 핀잔을 주는 것 같아도 그녀를 위로하고 있었다.

"별로 안 작거든요? 몸이 작다고 뇌도 작은 줄 아세요?"

"그래. 네가 아니라고 해도 너 작아. 뇌는 아주 작을 것 같다. 요만큼?"

"어휴, 하여튼 도움이 안 돼."

"지금 움직이면 돼?"

"아, 네. 사장님도 가시게요?"

"넌 꼭 나를 빼더라? 함께야 우린. 잊었으면 기억하고 몰랐으면 알아 둬. 다시 따로 놀려고 하면 혼내 줄 테니 잘 알아 둬."

이번에는 진짜로 작은 머리를 쥐어박았다. 운하의 작은 비명 소리와 째리는 눈을 뒤로하고 몸을 일으켰다.

할아버지에 아버지까지. 운하의 가족 모두에게 신랑감으로 찍어 뒀으니 그리 어려운 출발은 아니었다. 사실 아주 좋았다. 운하의 주춤거림을 뚫을 힘을 얻은 것 같았다.

함께 저녁도 먹고 할아버지도 모시고 오면 그의 입지는 점점 더 좋아지는 것이다. 미적거리는 운하와 달리 힘차게 움직이는 이유였다.

"아, 참. 너 이제는 사장님이라고 하지 마."

"그럼 뭐라고 해요? 자기는 진짜 아닌 거 아시죠? 와, 그건 정말 이상하단 말이에요."

"알아. 그건 우리 둘이 있을 때 하는 말이고 어른들 계실 때는 달라야지."

"끝까지 그 자기라는 말 포기 안 하시는 군요."

"내 로망이야. 그러니 네가 먼저 포기하는 것이 좋아. 어쨌든 이 제부터는 사장님이 아니라 천상 씨로 해. 그게 가장 무난할 것 같 다."

"절대 안 무난하거든요? 그냥 아저씨라고 하면 안 돼요?"

"싫어. 절대로 싫어. 천상 씨가 싫으면 자기로 해. 여보로 하던 가. 아, 맞다. 당신도 있었지?"

"으아아!"

"골라. 천상 씨야 여보야 당신이야? 난 다 좋아. 자기가 제일 좋 지만 이 정도 선에서 물러나 주지."

"순전히 자기 마음대로야."

"다른 좋은 호칭을 발견해 내면 되잖아? 나처럼 적극적으로 힘 써 보지도 않고 무조건 싫다고 하면 안 되는 거야. 다른 거 없지?"

"씨, 없어요. 천상 씨로 해요. 으으, 이상하지만 그게 제일 좋은 것 같아요. 천상 씨!"

흥, 하고 돌아서 사장실을 나가는 운하의 뒤에서 웃었다. 천천히 목발을 짚고 몇 발 걷는데 나갔던 운하가 다시 들어왔다.

"놓고 나간 거 아니에요."

"혼내 주려고 했는데 알아서 척 돌아오는군. 눈치가 빨라졌어."

"치."

가까이 다가온 운하를 잡아 품으로 끌었다. 못 이기는 척 끌려온 운하에게 키스했다. 집으로 가면 할 수 없으니까. 운하가 그의 허리를 안으며 키스가 이어지게 만들었다. 아주 잠깐의 달콤함을 기대했던 천상은 운하의 반응에 더 많을 걸 얻었다.

그러나 끝내고 싶지 않은 키스를 끝내야만 했다. 불편한 그의 다리가 막았고 식사 시간도 다가왔기 때문이다. 이번엔 불편한 다리를 원망하지 않았다.

성준은 목발을 짚은 천상이 자리에 앉을 때까지 노려봤다. 늑대 입에서 운하를 지키고 구해 내야 한다는 본능을 숨기기 힘들었다. 아직 시집을 가기에 운하는 너무 어려. 나이 많은 남자의 노련함에 운하가 속은 것일 수도 있지.

운하는 천상을 이모저모 살펴 주고 자리에 앉았다.

한참 놀러 다니고 미팅이다 뭐다 연애도 하며 꾸미고 다닐 나이였다. 귀한 시절을 다 고생으로 보내고 겨우 맞이한 정상적인 시간을 누리지도 못하고 늑대 같은 한 남자에게 잡혀 살게 되는 건 절대로 반대였다.

"아팠다더니 까칠하구나."

성준의 눈에 아까는 보지 못했던 것들이 보였다.

"금방 좋아져요. 걱정하지 마세요."

"운하야, 오늘 너희 집에서 자고 가려고 했는데 그거 취소해야겠다."

"왜요?"

"내가 좀 힘들기도 하고 네 아빠가 출장을 연기해서 집에 가서 쉬려고. 이렇게 볼 수 있으니 내가 가기로 한 의미는 다한 거지 뭐. 자네도 함께 와서 좋구먼."

천상을 향해 웃는 할아버지와 달리 아버지는 굳은 얼굴 그대로 였다. 운하는 아까 아버지의 사무실에서 천상이 첫날이 어떻다는 둥 하는 말을 한 탓이라고 생각했다.

식사는 평범하게 끝났다.

성준은 운하를 향하는 천상의 눈길을 몇 번이나 차단했고 할아 버지인 헌우는 그런 성준에게 몇 번이나 눈치를 줬다.

운하는 의미가 좀 다른 불편함을 느끼며 밥을 먹었다. 체할 것 같지는 않았다. 불편했지만 그녀를 위하는 마음이 충돌하는 시간이 었다는 걸 알고 있었기 때문이다. 불편함 중에 감사를 느끼게 되어 가끔 울컥하기도 했다.

"그럼 내일 점심도 함께해요. 이렇게 그냥 내려가시면 섭섭해 요."

"알았다. 내일 우리 모두 바쁠 것 같지 않냐? 우리 운하 이름 되 찾고 그래야 하니까."

"그래. 하루라도 빨리 되찾는 것이 좋을 것 같구나."

"네."

"후 사장이 내일 우리 운하 사정 좀 봐줘."

"알겠습니다."

마지막 인사를 하며 각자의 차로 돌아가야 할 때 성준이 머뭇 거렸다. 천상이 운하를 데려가는 것이 자꾸만 마음에 걸렸기 때문이다.

그러나 그가 운하를 데려갈 수는 없었다. 그게 또 그를 힘들게 했다. 딸을 집으로 데려갈 수 없는 아버지란 사실에 부끄럽고 미안했다. 천상에게서 구하는 것보다 먼저 그의 상황을 정리하는 것이 우선이란 생각이 들었다.

머뭇거림은 그렇게 무겁게 끝이 났다. 천상과 운하, 그와 아버지. 그렇게 나뉘어 각자의 집으로 향했다.

"아버지, 집에서는 운하 이야기 아직 꺼내지 않는 게 좋을 것 같습니다."

성준은 차 안에서 아버지에게 조심스럽게 부탁했다.

"아, 그래. 알았다."

그 말 후에 둘 사이에 긴 침묵이 있었다. 아버지인 헌우도 눈치를 챈 것이다.

"운수 엄마가 말했던 그 땅 말입니다."

"그래."

"그거 운하 준다고 하지 마시고 기부한다고 하십시오."

"그래? 알았다."

왜냐고 묻지 않았다.

"땅 이야기는 안 해도 되니까 걱정하지 마라."

"아닙니다. 땅 이야기 꺼내 주십시오. 그래서 말씀드리는 겁니다."

"기부한다고 내가 먼저 말을 꺼내란 말이냐?"

"예."

집에 도착할 때까지 둘은 더 이상의 대화를 나누지 않았다.

"어서 오세요. 운수야, 할아버지께 인사드려."

살이 잘 찌는 체질이라 늘 다이어트를 달고 사는 정희는 혼신의 힘을 다한 결과 삼십 대 후반의 평범한 몸매를 유지했다. 운수는 그런 정희를 닮아서 오동통한 소년이었다.

운동을 별로 좋아하지 않는 운수는 느리게 움직여 아버지와 할아버지를 마중 나오는 중이었다. 대충 가까워진 거리에서 중얼거리며 인사를 했다.

"식사하고 오신다고 해서 저희도 먼저 먹었어요."

"잘했다. 내가 너 귀찮게 하는구나."

"아니에요. 검사는 잘 받으셨죠?"

"뭐 매년 하는 거니까. 마실 거 좀 다오."

"네."

느리게 나왔던 운수는 학원 숙제가 많다며 다시 방으로 들어갔다.

거실에 편안하게 앉은 둘 앞에 음료수가 놓였다. 정희는 음료수를 놓고 성준 옆에 앉아 헌우를 보았다.

가져온 음료수를 한 모금 시원하게 마신 헌우는 잔을 내려놓으면서 입을 열었다.

"참, 네가 일전에 말했던 그 땅 말이다."

"아, 네. 요즘 값이 더 올랐더라고요. 제가 그랬잖아요, 그거 자리가 좋아서 결국 제값 톡톡히 한다고요."

정희는 그걸 운수 몫으로 달라고 했던 말을 성준이 듣지 않기를 바랐다. 성준은 그런 걸 싫어했기 때문이다. 하나뿐인 손자에게 빈 땅 정도 물려줄 수 있는 것이라 여겼지만 성준은 그런 말 하는 것 자체를 싫어했다.

슬쩍 성준의 눈치를 보며 왜 시아버지가 지금 그 얘기를 꺼내는 건지 궁금했다. 성준 앞에서 보란 듯이 운수에게 주겠다고 약속해 주시려는 걸까?

"그래. 그래서 나도 뭐든 해 보려고 알아보다가 좋은 기회가 되어서 결정했다."

"결정하셨다고요?"

"그래. 기부하려고. 사실, 거의 기부한 거나 다름없어. 변호사하고 상의해서 복잡한 건 처리해야 하니까."

"아버님! 기부라니요? 그거 운수에게 달라고 제가 먼저 말씀드렸잖아요?"

성준은 정희의 날카로운 소리를 들으며 예상한 바를 확인했다. 평소에 그 앞에서 절대로 하지 않던 말을 아버지 앞에서는 저렇게 아무렇지도 않게 했던 것이다.

아이를 앞세워 재산을 차지하고 싶었던 걸까? 그게 아니라면 아직 초등학생인 운수를 들먹여 가만히 있는 땅을 내놓으라고 할 필요는 없는 거다. 어차피 세월이 가면 운수에게 돌아갈 땅이었다. 운하는 없는 사람으로 되어 있으니 말이다.

왜 기다리지 못하고 아버지에게 땅을 내놓으라고 했던 건지 이젠 이해할 수 있었다.

"아버지가 결정하신 거야. 운수가 지금 그 땅을 가져서 뭘 하겠어? 당신이 뭐 생각한 게 있어? 투기라도 할 작정이야?"

"아니, 그게, 지금 아버님이 그 땅 기부하셨다는데 당신은 아무렇지도 않아요?"

"잘하신 거지. 어려운 사람들에게 나눠 주는 것도 운수에게 좋은 교육이야."

"말도 안 돼. 도대체 지금 운수를 뭐로 보고, 하나뿐인 손자한테 그깟 땅 하나 넘겨주시는 게 그렇게 아까우셨어요? 우리 운수 손자로 생각하시기나 하는 건가요? 아니죠? 만약에 그랬다면 이럴 수는 없어요. 멀쩡히 유산받을 손자를 두고 어떻게 남한테 주실 수가 있어요?"

헌우는 놀랐다. 운하가 돌아와 정희에 대해 다시 생각하고 있었지만 이렇게 바로 확인할 수 있게 되어 놀랍고 안타까웠다. 정희 말대로 운수가 있으니 좋게 살기를 바랐기 때문이다.

그런데 정희의 날카롭고 이기적인 모습에서 운하의 상처와 그날의 사고가 생각나 감정이 뒤흔들렸다. 더 앉아 있지 못하고 자리에서 일어섰다.

"나는 돌아가야겠다."

"아니, 아버님, 갑자기 이러시면, 아니, 제 말씀은 그런 게 아니라요. 그냥 좀 섭섭하다는 말씀이에요. 이렇게 일어나시면 어째요?"

성준의 표정과 헌우의 표정이 굳은 걸 그제야 봤다. 정희는 실수했다는 걸 깨닫고 수습하려고 했지만 이미 늦었다. 헌우는 한 번도 본 적 없는 딱딱하고 무서운 표정을 하며 현관으로 향했고 성준은 그런 헌우를 잡지 않았다.

"여보, 아버님 가신다잖아요? 이 밤에 어딜 가신다고……."

"얻어 낼 재산도 없는데 가시든 말든 상관없잖아?"

"여보!"

성준은 아버지가 운하에게 갈 것이라 생각해서 잡지 않았다. 그가 말리지 않았으면 오늘 아버지는 운하의 집에서 지낼 계획이었으니까.

"아버지한테 언제부터 땅 이야기는 꺼낸 거야? 돈이 필요해? 돈이 필요했으면 나한테 말해야 하잖아?"

"누가 돈이 필요하대요? 왜 이래요? 마치 제가 넘봐선 안 될 걸 넘본 사람 같잖아요. 운수 준다고요. 우리 운수 앞으로 해 달라는데 그게 무슨 문제라고 이래요?"

"아버지는 당신이 먼저 말하지 않았어도 운수 앞으로 그 땅 주실 생각이었어. 세상에 하나뿐인 손잔데 안 주실 이유 없잖아?"

"그런데 왜 기부하셨대요? 기부하셨다잖아요?"

"당신은 왜 기다리지 못하고 달라고 한 건데? 운수 핑계 대지 말고 솔직히 말해. 뭐야, 무슨 일인데 그 땅이 필요했어?"

"제가 언제 땅이 필요하대요? 왜 이러세요? 분명히 운수라고 말했잖아요?"

정희는 가슴이 뜨끔했다. 돈. 그거 아주 많이 필요했다.

"운수도 지금 필요 없어. 진짜 이유 말하고 싶지 않다면 그렇게 해."

성준은 자리에서 일어섰다.

"그래요. 나도 사장님 마누라 노릇이나 하고 싶었어요. 귀금속에 명품 두르고 휘젓고 다녀 보고 싶었단 말이에요. 결혼하고 당신 나한테 해 준 게 뭐 있어요? 남들 다 가지는 다이아 반지 가져 보기를 했나, 아니면 옷 방에 명품 가방 들여놓기를 했나. 내가 사장님하고 결혼해서 달라진 게 뭐가 있어요?"

목에 걸린 펜던트. 성준이 그녀와 처음 함께 지내면서 사 준 보석이었다. 성준은 그걸 주면서 처음으로 보석 가게에서 손수 골라 산 것이라고 쑥스러운 듯 말했다. 그래서 정희는 다른 어떤 것보다 그걸 잘 챙겼다. 성준과 그녀를 이어 주는 증거였기 때문이다.

"당신은 나하고 결혼한 목적이 그거였어? 돈? 그래서 헤어지자고 해도 헤어지지 않은 거야? 내 돈이 탐나서?"

정희에게 해 준 선물. 운하 엄마에게도 손수 보석을 선물해 준 적이 없었다. 그걸 정희에게 선물하고 오래 괴로웠다. 아내에게 이렇게 잘했으면 사이가 개선되었을 수도 있지 않았을까 하는 생각에서였다.

그 후로 그래서 정희에게 어떤 것도 선물하지 않았다. 특히나 운하 엄마가 생각나서 여자들이 좋아하는 건 따로 신경 써서 사 주지 않았다.

"내 나이 겨우 스물셋이었어요. 그 나이에 애 딸린 남자 사귀는 목적이 뭐가 있었겠어요? 본처하고 사이 나빠서 욕구불만 잔뜩 쌓인 당신에게 내가 바랄 게 뭐가 있었겠어요? 십 년 넘게 현모양처로 얌전히 살아 줬잖아요? 운수 잘 키우면서. 그러면 최소한 그 대가는 받아야 하는 거 아니에요?"

가끔 징징거리면 성준은 상품권을 두둑이 주거나 생활비를 더 많이 넣어 줬다. 다른 집 여자들도 남편을 달달 볶아서 차지한다고 했다. 이번 참에 커다란 몫을 받을 수 있었으면 좋겠다.

태우. 어쩌다 그런 제비를 만나서 고생이다. 달라는 돈 떼어 주고 성준에게 들키기 전에 얼른 정리하고 싶었다.

"스물셋. 그래. 어린 나이지. 내 죄가 이렇게 되돌아오는 건가 보군."

운하의 나이 스물셋. 천상에게서 구해 낸다 만다 하는 것 자체가 부끄러운 일이었다.

그 시절, 욕구불만 가득했던 마흔을 앞둔 그였다. 사업 확장이다 뭐다 하고 싶고 해야 할 일이 산더미인데 운하 엄마는 마냥 사랑 타령이었다.

급기야 서울에 사무실을 열고부턴 바람을 피우냐고 달달 볶았다. 홧김에 진짜 바람을 피웠다. 안 피우고 의심받느니 피우고 말겠다는 생각과 함께 운하 엄마를 향한 원망도 함께 담았다.

믿었는데, 운하 엄마를 믿었다. 그가 하는 일을 지지해 주고 밀어줄 여자로 믿었다. 운하를 낳고 좋았다. 참 예쁜 운하. 그 운하와 운하 엄마를 위해 멋지고 잘나가는 남자가 되고 싶었다. 그래서 시작했고 그래서 더 열심히 일했다.

그러나 운하 엄마는 늘 불평을 했다. 연애할 때처럼 그렇게 해 달라고. 철이 없다고 느낀 후부터 깊은 대화는 포기했다. 그저 몇 마디로 하루를 넘기는 날들이 쌓여 결국 커다란 벽이 생겼고 그다음부터 다시 서로를 이해하기는 불가능했다.

그렇게 운하 엄마를 보냈다. 허무하게. 운하의 말대로라면 살려고 했던 운하 엄마는 정희로 인해 죽어야 했을 것이다. 겨우 나온 차 안으로 다시 밀려 들어가는 장면이 그를 떨게 했다.

교통사고 때문에 거의 죽어 가던 몸이었겠지만 얼마나 두려웠을까? 살려 달라고 소리치고 애원했을 것이다.

"알기는 아는 건가요?"

"그래. 조금이지만 알게 되었어."

"어휴, 그러면 제가 미안하잖아요. 너무 화가 나서 한 말이니까 마음에 두지 마세요. 당신 멋있었어요. 그래서 헤어지고 싶지 않았고요. 절대로 당신하고 헤어지고 싶지 않았어요. 당신이 헤어지자고 했을 때 세상이 무너지는 것 같더라고요."

"그래서 그랬어?"

"네?"

정희는 갑작스러운 남편의 질문에 가슴이 쿵 하고 내려앉는 걸 느꼈다. 그녀를 마주 보는 성준의 표정이 무슨 말을 하는지 이해할 수 없었다.

"그래서 그랬겠지."

"무슨 소릴 하시는 거예요? 아무튼, 상품권 이런 거 말고 제 카드 만들어 주세요. 생활비 카드 말고 필요할 때 쓸 수 있는 카드 하나 주세요. 사고 싶은 거 많단 말이에요. 당신은 부자면서 어쩌면 젊은 아내를 그렇게 초라하게 만들어요? 나도 돈 들이면 엄청 예쁘단 말이에요. 당신 아내가 예쁘면 당신이 좋은 거잖아요. 저 카드 만들어 주실 거죠?"

당장에라도 눈물을 쏟을 것 같은 성준의 표정을 보며 교태를 부렸다. 성준이 별로 내색은 안 했지만 그녀를 좋아하는 것이 분명했다. 그녀가 화를 내니까 어쩔 줄 몰라 하는 것이 그 증거였다. 앞으로는 가끔 화를 내야겠다고 생각했다.

"내일 이것저것 해서 연락할 테니까 기다려."

이제 더 이상의 머뭇거림이나 고민은 없었다. 믿고 싶지 않았고 믿을 수 없었던 그날의 일이 믿어졌다. 그래서 앞으로 어떻게 해야 할지도 정했다.

"어머, 좋아라. 와, 당신 너무 멋져요. 우리 운수 바이올린 비싼 거 사 주세요."

정희는 대답 없이 돌아서는 성준의 뒷모습에 눈을 흘겼다. 그러나 곧 웃음으로 바꾸었다. 그녀가 원하던 걸 들어준다는데 불만은 없었다. 많이 뉘우친 모습을 보니 조금 미안해지기도 했다.

그녀는 성준이 서재로 들어가 밤을 새울 때까지 그가 그녀를 위해 뭐든 해 줄 것이라 믿었다.

그러나 성준이 서재에 들어가 문을 잠근 채 밤을 새우자 불안해지기 시작했다. 그녀가 생각했던 반응이 아니었다.

침실에서 특별한 서비스를 해 주려고 기다리고 또 기다렸지만 그는 오지 않았고 그녀가 서재 문을 두드리는 것도 무시했다.

뉘우친 것이 아닌가? 아니면 너무 크게 충격을 줘서 상심한 것일까? 이런저런 자잘한 불안함을 안고 그녀도 제대로 잠들지 못했다.

◎

천상은 운하 없는 하루를 보내야 했다. 그녀가 뭘 하는지 누구와 함께하고 있는 건지 잘 알고 있지만 눈앞에 없으니 자꾸만 신경이 쓰였다.

어젯밤도 힘들게 보냈다. 운하의 마음이 복잡하지 않았다면 힘든 인내를 끝내 버렸을지도 모를 밤이었다.

다행인지 불행인지 운하의 표정이 계속 좋지 않았고 그런 운하의 상태 때문에 그의 본능은 잘 눌러졌다. 그래도 편안히 자지 못한 밤이었다.

운동으로 몸을 피곤하게 해도 운하를 안고 싶은 마음은 꾸역꾸역 잘도 올라왔다. 매일이 힘겹고 안타까운데 그나마 편안한 시간에 그녀가 없으니 불만이 더 쌓였다.

"언제 끝나?"

대뜸 묻기부터 하게 된다. 빨리 오라는 말을 하지 않으려고 애쓴 결과가 겨우 이거였다.

— 여기저기 다녀야 해서 시간이 좀 걸려요. 불편하세요?

"당연히 불편하지, 그럼 편하겠어?"

— 흔쾌히 보내 주는 척하더니 왜 이렇게 사람을 졸라요?

"보고 싶으니까 그렇지."

— 어쩜, 얼굴 안 보인다고 별말을 다 하시네요.

"저녁은 함께 먹을 수 있는 거지?"

— 그럼요. 거의 다 끝나 가고 있어요. 그리고 음, 저기, 전화해 줘서 고마워요. 좀 힘들었거든요.

주저하더니 조용히 속삭이듯 고맙다고 말하는 운하. 이름을 되찾고 자리를 되찾는 일을 하는 동안 생각이 많았나 보다. 천상은 머리라도 쓰다듬어 주고 싶은데 그럴 수 없어서 더 안타까웠다.

그러나 매번 말을 한 효과가 나타나는 것인지 운하가 힘들다는 말을 그에게 해 주어서 그건 고마웠다.

"내가 갈까?"

— 됐어요. 할아버지 내려가시는 거 보고 들어갈 거예요.

"할아버지 내려가시는데 난 인사 안 드려도 돼?"

— 그럴 시간이 없으시대요. 내려가서 하실 일이 있다면서 서두

르세요. 아빠도 그러시고. 저, 아빠하고 할아버지 표정 별로 안 좋으세요. 그래서 저도 덩달아 더 힘들고⋯⋯.

"운하 고생 많이 해서 어쩌지? 첫날 보내려면 힘을 많이 저축해 두어야 할 텐데 걱정이야."

— 어머, 어머. 이게 무슨 짓이에요? 진짜, 하여튼 뻔뻔하기는. 끝어요.

"힘 많이 쓰면 안 돼."

— 몰라요!

기운 없던 운하의 펄펄 나는 목소리를 들으며 전화를 끊었다. 조금 위로가 되었으려나?

그나저나 왜 아버지와 할아버지의 표정이 안 좋았던 걸까? 운하로 인해 과거 그 사건의 진실을 알게 된 것일까? 운하도 좋지 않았다. 그건 그 사건이 여전히 운하의 가족들에게 큰 영향을 미치고 있다는 증거일 것이다.

아버지가 그 사건의 주인공이 아니라는 건 쉽게 추측할 수 있었다. 그렇다면 누군가 다른 사람일까?

벌컥.

운하에 대해 깊이 생각하는 중에 갑자기 문이 예고도 없이 열렸다. 운하가 없어서 비서실에 사람이 없는 탓이었다. 오늘은 운하 없이, 다른 누구도 없이 그 혼자 있기로 했기 때문이다. 운하 대신으로 누군가를 불러 올리려면 절차도 복잡하고 많은 사람들이 수고스러워 그냥 그렇게 하기로 결정했다.

운하에 대한 일이 아니라면 천상이 그런 깊고도 넓은 생각까지 할 수는 없었을 것이다.

"아버지."

불만 가득한 얼굴로 예고도 없이 들어온 강후는 소파에 팔을 턱 벌리고 앉아 천상이 오기를 기다렸다. 천상이 천천히 움직여 자리에 앉자마자 입을 열었다.

"비서실의 그 아가씨였다면서?"

"예."

루진에게 듣고 달려오신 것이리라. 루진이 확실한 정보를 제공했을 것이다. 타이밍이 약간 빨랐지만 그리 걱정되진 않았다. 고우나는 오늘부로 완벽하게 최운하가 될 테니까.

"그 아가씨는 어딘 간 거냐? 비서실에 있는 것이 아니었어?"

"오늘은 일이 있어서 밖에 있습니다."

"반대다."

"전 찬성입니다."

"루진에 비해 너무 처지잖아?"

"루진과 비할 수 없이 좋은 여자입니다. 저한테는."

"너무 어려. 뭘 알아? 작고 어리고 평범하고."

아직 운하의 과거에 대해 아무것도 모르시는 데도 이 정도다. 물론 다 예상한 바이지만 슬슬 걱정이 몰려들었다. 허락하지 않으실까 봐 걱정하는 것이 아니라 운하에게 뭐라고 하실까 봐 그게 걱정이었다.

"작고 어린데 제가 꼼짝 못합니다. 운하 말고 다른 여자는 없습니다."

"어울리지 않아."

"어울리든 아니든 운하는 내 여잡니다. 아버지 말씀처럼 제가 다른 여자하고 결혼한다면 운하는 다른 남자한테 가는 거잖습니까?"

"그야 당연하지."

"전 그럼 미칩니다. 사랑을 느끼지 못했던 루진이 다른 남자 품에 있는 걸 보고도 사고를 내는 겁니다. 운하가 다른 남자한테 시집가는 거 살아선 못 봅니다."

"루진이 다른 남자 품에 있었어? 그냥 대강 추측하고 그런 게 아니야?"

"아버지, 절 어떻게 보시는 겁니까? 그리고 지금 루진의 일을 말하는 게 아닙니다. 몇 번이나 말씀드렸지만 루진과는 끝났습니다. 그래서 아버지 뛰어오신 거 아닙니까? 루진이 저한테 여자가 있고 그게 바로 비서실 아가씨였다고 말하는 걸 듣고 오신 거잖습니까?"

"아, 그래. 그건 그렇지만……."

"제 성격 아시니까 길게 말씀 안 드립니다. 제가 아무나 사귀지 않는다는 건 아버지가 더 잘 아십니다. 운하 사랑합니다. 죽으면 그때 헤어지겠습니다."

"이놈! 지금 애비 앞에서 그게 할 소리야? 죽다니! 허, 참. 뭐가 그렇게 극단적이야?"

"제가 원래 그렇게 생겨 먹은 걸 어찌합니까? 운하가 떠나도 전 못 잊습니다. 아마 평생 장가 안 가고 이상한 사람으로 살아갈지도 모릅니다. 그것도 어렵지 않게 예상하실 수 있으실 겁니다."

"아주 애비를 앉혀 놓고 협박을 하는구나. 죽지 않으면 미친다는 게 할 소리야?"

"운하를 잘 달래서 저하고 결혼하게 하시는 게 아버지한테는 최선의 방법입니다."

"그건 또 무슨 소리야?"

"운하가 저하고 결혼하지 않으려고 하니까요."

"뭐? 아니, 지가 뭐라고 너하고 결혼을 안 해?"

"그러게 말입니다. 그래서 지금 죽을 지경입니다."

"넌, 어떻게 된 남자가 어린 여자 하나 휘어잡지를 못해?"

"루진이 그러더군요. 남편감이 장애인인 것이 부담스러웠다고."

"뭐, 뭐라고?"

"아버지, 저 장애인입니다. 다리 평생 정상으로 돌아오지 않습니다. 절룩거리면서 살아야 하는데 어느 여자가 좋다고 하겠습니까? 멋지게 안는 것도 제대로 못합니다."

"아니, 그게, 지금, 네 다리가 어디가 어때서? 젊고 부자고 건강한데 그깟 다리 좀 절룩거리는 게 그렇게 대수야?"

"대수죠. 다 갖춘 여자한테 저는 모자라도 한참 모자란다는 거 이성적으로 인정하셔야 합니다."

"이놈. 이 애비를 이렇게 면전에 두고 비참하게 만들다니! 왜 다리는 다쳐서 일을 이 지경이 되게 만들어? 루진을 안은 놈 신나게 패 주고 잊어버리지 뭐가 모자라서 사고를 내느냔 말이다!"

더 참지 못하고 강후는 자리를 차고 일어났다. 속이 상해서 죽을 지경이었다. 훌륭한 며느리를 골라도 시원치 않을 천상이었다. 자랑스럽고 믿음직스러운 아들이었다.

그런데 이제 모자란다고? 그 말을 어찌 인정할 수 있겠는가! 아니다. 천상은 여전히 믿음직한 멋진 아들이야. 그러나 그의 말대로 여자들의 생각은 다를 수 있었다.

장애인이라고? 어디서 감히 그런 말을. 루진에 대한 분노가 치솟았다. 아들의 다리를 영구히 못 쓰게 만든 장본인이 그런 말을 입에 담다니. 괘씸하고 또 억울했다.

"운하하고 조만간 함께 식사하시죠?"

"일없다. 연락하지 마."

강후는 상처 입은 마음을 달래려고 돌아섰다. 사장실을 나오는 발걸음이 무거웠다.

대쪽 같고 바위 같던 아들이 측은하게 보인다는 사실이 믿어지지 않았다. 아니야. 이건 아니야.

12
안 돼요, 못 해요

　정희는 하루 종일 남편 성준의 연락을 기다렸다. 어제 대강 정리
해서 연락한다는 말이 실행되기를 기다린 것이다. 밤새 불안하고
불편했는데 낮은 밤보다 더했다.

　점심이 지나갔을 때는 그러려니 했다. 회사 일로 바쁜 사람이니
까 오후에 연락을 해 주겠지 하며 마음을 달래고 기다렸다. 그러나
세 시가 넘고 다섯 시가 가까워 오고 있을 때 이건 아니라는 생각
이 들었다.

　기어이 참지 못하고 성준에게 전화를 했다.

　— 무슨 일이야?

　평소보다 더 차갑고 딱딱한 말투에 정희는 불안을 느꼈다. 그녀
가 화낸 일이 긍정적으로 결론이 난 것이 아니라 어쩌면 부정적으
로 결론이 난 건 아닐까?

"연락해 주신다고 하고선 연락이 없어서요."

— 기다려.

"일찍 들어오세요. 참, 운수 바이올린 왜 안 사 주세요? 기다리는데. 선생님이 악기가 좋아야 소리도 좋다는데 우리 운수 실력이 안 늘어요."

— 그 문제도 들어가서 말할 테니 기다려.

"어휴, 진짜. 운수 바이올린은……."

— 이정희.

"네?"

— 기다려.

"알았어요."

무언가를 잔뜩 참고 있는 것 같은 숨소리를 낸 성준의 말에 얌전히 전화를 끊었다.

혹시 들킨 걸까? 아니야. 들켰다면 그냥 있지 않았을 거야. 아닌가? 아니야. 아내가 바람을 피웠는데 가만히 있을 남자는 아니야. 아닐 거야. 뭔가 다른 문제가 있어서 그런 거겠지. 기다리라는 말은 안 사 준다는 말이 아니잖아? 그렇지.

"왜 전화는 해? 내가 전화하지 말랬잖아?"

태우다. 권태우. 땅 보러 집 보러 다니다가 부동산 사장의 소개로 만난 남자. 젊고 잘생긴 그는 매너도 참 좋았다. 그게 다 그녀를 털어먹으려고 갖춘 거겠지만 알면서도 좋았다.

— 누님, 가게 오픈해야 하는데 돈이 모자라잖아요. 누님이 좀 도와주신다고 해서 오늘내일 기다리는데 연락도 없고. 정말 기가 막힌 가게를 이렇게 막 던져 놔도 되는 겁니까?

"내가 안 준대? 준다잖아?"

— 그러니까 이렇게 전화를 드렸죠. 그 준다는 돈 언제 줄 건지 확실히 좀 해 달라고. 건물 주인이 이번 주에 돈 못 받으면 다른 사람에게 넘긴다고 엄포를 놓았어. 누님, 제가 집으로 찾아가서 빌어야 되겠습니까?

"야! 너, 기다려. 이번 주에 가능할 거야. 지금 나는 뭐 가만히 있는 줄 아니? 그리고 너, 잘 생각해. 나 남편한테 쫓겨나면 나만 손해 보는 거 아니야. 나한테 공들인 너도 쪽박이야. 함부로 일 그르칠 생각 안 하는 게 좋아."

— 어후, 우리 누님은 너무 세. 그렇게 예쁜 얼굴로 왜 이렇게 무섭게 구는가 몰라? 알았어요. 얌전히 기다릴게. 사장님 체면 구기면 나도 멀쩡하기 어려우니까 조심해야지.

"끊어."

— 잠깐, 누님. 심심하면 놀러와. 누님 품에 안고 있던 때가 너무 그리우니까. 하여튼 매력 넘친단 말이야. 중후하신 사장님은 우리 누님 어떨 때 소리 지르고 자지러지는지 모르지? 모르겠지. 회사 일로 너무 바쁘셔서 우리 누님이 어딜 만져 줄 때 기분 좋은 소리를 내는지 아무것도 모를 거다. 아, 그립다, 우리 누님.

"돼, 됐어. 아무튼 기다려."

전화를 끊은 정희의 몸이 떨렸다. 태우가 말을 하는 동안 그가 준 쾌락을 기억했기 때문이다. 정말이지 성준은 절대로 그녀에게 그런 기쁨은 주지 못할 거다.

아쉽다. 이제 태우를 정리하면 한동안 무덤덤한 삶을 살아야 하니까.

어쩌다가 이렇게 되었을까? 성준과 절대 헤어지지 않으려고 그녀가 할 수 있는 건 다했다. 그렇게 얻은 결혼이었는데 어쩌다가 이렇게 어긋났을까? 정말 돈만 보고 성준을 잡은 건 아니다. 아니었다. 지금은 돈만 보이지만 예전엔 그가 좋았다. 돈도 많고 속 깊은 아저씨. 그녀가 원하는 걸 아무렇지 않게 해 주는 듬직한 아저씨. 그래서 탐을 냈고 헤어지자고 했을 때 독하게 마음먹었다.

후우.

잠깐 두려운 기억이 떠올랐다가 사라졌다. 그래. 아마, 이런 기억 때문일 거다. 집에서 얌전히 운수를 키울 수 없게 된 건 불안이 점점 커져서 그랬다. 나이는 들고 이제 더 이상 성준이 그녀를 열렬히 원하지 않는 것 같고.

사실 성준이 열렬히 원해서 한 결혼은 아니었다. 그래서 더 세월이 두려운 건지도 모른다. 게다가 성준의 나이의 무게가 느껴지면서 젊은 몸에 불만이 쌓였다. 성준과 원만히 그 상태를 해결할 만큼 지혜롭지 않았다.

평범한 성격의 성준. 그녀와 나이 차이가 있는 그가 점점 낯설고 멀게만 느껴졌다. 사십을 바라보며 뭔가 돌파구를 찾고 싶었고 그냥 허무하게 젊은 시절을 보내고 싶지 않았다. 흰 머리카락이 하나둘 보일 때마다 절망했고 두려웠다.

스물다섯에 결혼해서 벌써 서른여덟. 오십이 넘은 남편. 그리 많은 나이는 아니지만 그녀에겐 많았다.

"기다리라면 기다리지 뭐."

운수가 학원에서 오기를 기다리며 주방으로 들어갔다. 저녁에 뭔가 특별한 걸 해서 성준을 기분 좋게 해 줘야겠다는 생각이 들었다. 어제 도우미 아주머니가 해 놓고 간 밑반찬이 있으니까 찌개 한 가지만 더하면 되겠지.

성준은 정희를 앞에 두고 앉아 한참 동안 입을 열지 못했다. 어디서부터 어떻게 시작해야 할지 생각나지 않았다.

"여보, 무슨 말을 하려고 이렇게 사람 진을 빼요?"

정희도 성준의 침묵에 점점 두려워져 더 이상 견딜 수 없었다. 온갖 생각이 그녀를 옥죄어 숨 쉬기 어려웠다.

"운수도 있는데 이제 어쩔 거야?"

"뭘 어쩌긴 어째요? 여보, 대체⋯⋯."

모른 척 발뺌을 하려는데 잘되지 않았다. 성준의 표정은 모든 걸 알고 있다고 말해 주고 있었다. 확실하지 않으면 이제 어쩔 거냐는 말 대신 이게 어떻게 된 거냐고 말하거나 믿을 수 없는 얼굴로 물었을 것이다.

다 알고 확인한 얼굴이다. 괜히 발뺌하느라 그를 더 화나게 할 필요는 없었다.

"이정희!"

"네. 외로워서 그랬어요. 곧 마흔이 다가오는데 너무 외롭고 삭막하게 지냈다는 생각이 들어서 억울하고 두려웠어요. 어쩌다 보니 그냥 자연스럽게 다니다가 그렇게 된 거예요. 미안해요. 정리하려고, 그래서 돈이 필요했던 거예요. 미안해요. 이번만 용서해 주세요. 이제까지 잘했잖아요? 그저 실수로, 젊고 잘생긴 남자가 나를 좋다고 하니까 잠깐 정신이 나갔던 거예요."

정희는 바닥에 무릎을 꿇고 빌었다. 차라리 알려지니 의외로 속이 후련했다. 남편이 화를 내도 잘 해결해 줄 것 같은 희망도 생겼다. 무릎 같은 거 천만번 꿇을 수 있었다. 제발 이 이상한 상황이 정리되기를 바랐다.

"너, 바람도 피웠어?"

"네?"

"대체 어디까지 망가질 셈인 거냐?"

"아니, 여보, 당신, 그 말이 아니었어요?"

뭐가 어떻게 된 거지? 정희는 자리에서 일어나 의자에 앉았다. 그녀를 서재로 불러 문을 닫아걸었을 때부터 태우에 대해 들킨 거라고 짐작했다. 그런데 아니야?

"됐다. 차라리 잘된 거다. 이혼하자. 그걸로 마무리하자."

"여보! 안 돼요. 싫어요."

"예전처럼 고집 피우면 될 거라고 생각하지 마. 이게 운수한테 제일 좋은 방법이야. 조용히 이혼하자."

"자기도, 자기도 바람피워서 나하고 결혼해 놓고 어떻게 나한테 이래요? 나는 실수였잖아요. 당신은 두 살림도 차렸지만 난 그저 잠깐씩 만났다가 헤어진 거고 그것마저도 정리하려고 얼마나 노력했는데요. 이럴 수 있어요? 절대 용납 못 해요. 이혼? 누구 맘대로요? 법정에서도 그거 웃기다고 할 거예요. 누가 누구를 흉본단 말이에요?"

"조용히 이혼하는 게 좋아. 아니면 과거 다 들춰야 해. 사실 다 들춰서라도 바로잡으려고 했어. 그런데 운수가 걸려. 그 앤 잘못 없잖아? 더 이상 자식한테 상처 주지 말자."

"그러니까 이혼은 안 돼요. 운수 생각한다면 이혼하지 말아야죠."

"아니. 이혼해야 해. 당신이 바람피워서 이혼한 걸로 하자."

"여보. 대체 무슨 소리예요?"

"운하 엄마. 그날, 자동차 사고. 내 차 타고 운하 엄마한테 간 거. 더 말해? 더 말해서 낱낱이 들춰 줄까?"

정희의 딱딱하게 굳은 얼굴이 그의 말을 다 이해했다고 알려 주었다.

"그, 그건, 이미 지난 일이에요."

"지난 일을 내가 어떻게 알았을까?"

성준의 질문에 정희의 눈이 휘둥그레졌다. 그래. 어떻게 알았지? 십 년도 더 지난 일인데 어떻게 갑자기 알았지? 목격자라도 나타난 걸까?

"바람피워서 이혼한 게 누구를 죽였다는 죄보다 훨씬 가벼워. 그걸로 덮을 수 있다면 덮자."

"누가 누구를 죽였다는 거예요? 웃기지 마요. 말도 안 되는 일을 들춰서 괜한 사람 살인자 만들어요? 게다가 이혼? 천만에요. 절대 못 해요. 과거 들추려면 들춰요. 십 년도 넘은 일이에요. 뭐가 있을까요? 누가 말해 줄까요? 죽은 운하라도 살아 돌아온다면 모를까 아무도 없어요."

"운하가 돌아왔어."

"……."

"그 아이 원래 자리로 다시 되돌아왔어. 이제 다 자라서 당신이 어쩌기 힘들게 되었지. 운하도 어쩌고 싶었어?"

"아, 아니에요. 아니에요! 거짓말. 거짓말이야. 죽은 아이가 어떻게 살아 돌아와요? 가짜야. 가짜라고."

"그날 당신이 하는 행동 모두 보고 있었어. 차 밖으로 기어 나온 운하 엄마를 다시 차 안으로 집어넣은 거 당신이야. 뭘 더 말해 줄까?"

"……."

정희는 아무 말도 못하고 몸을 떨며 제자리에서 일어섰다.

"잘못한 대가 치러야 해. 나도 운하 돌아온 순간 깨달았어. 내가 원하지 않아도 그대로 나한테 되돌아오게 되더군. 지금 우리 운하 당신하고 내가 만났던 바로 그 나이야. 스물셋. 내 죄 때문에 십 년이 넘는 시간 동안 운하가 혹독하게 대가를 치렀어. 내 대신. 이제는 더 이상 운하에게 대가를 치르게 할 수 없어."

"거, 거짓말이에요. 운하가 거짓말하는 거예요. 운하가 진짜 운하라고 해도 열 살 어릴 때였고 그 시간이 또 십 년이 넘게 흘렀어요. 날 미워해서 거짓말할 수도 있다는 거 모두 알아요. 엄마 몰래 바람피웠다가 엄마가 죽자마자 결혼했는데 그걸 좋아할 자식은 없죠. 난 아무 짓 안 했어요. 그리고 물러선다고 내가 그냥 물러설 줄 알아요? 당신 회사 한쪽 잘라 내야 할 거예요. 기어코 받아 내고야 말 거니까."

성준은 법적으로 일을 해결할 생각이 없었다. 그러나 법적으로 해결한다고 해도 지금 정희의 말처럼 어림없을 것이다.

그러나 이혼은 할 수 있었다. 정희의 행실이 부정하다는 그 사실이 그걸 가능하게 해 줄 것이다.

재산. 운하의 말에서 하나 흘릴 것이 없었다. 누군가에게 중요한 재산.

"그래. 운수를 상관없이 당신 욕심을 채우겠다면 그렇게 해. 잘라 내야 한다면 잘라 내야지. 내가 가질 자격은 없어. 잘라 갈 몫이 있다면 가져가. 내가 시작한 일이고 내가 감당해야 하니까 사리진 않겠어."

"여보!"

전혀 밀리지 않고 오히려 소름끼치게 담담한 얼굴로 재산을 가져가라는 성준의 말에 정희의 오기가 한꺼번에 사라졌다.

성준에게서 그녀는 이미 철저히 잘려진 것이다. 이제까지 저 단호함이 두려워 함부로 대들지 못했다는 걸 기억했다.

그리고 그런 성준을 닮은 어린 운하도 생각났다. 성준 몰래 만났던 운하는 어린 나이에도 당차고 야무졌다. 절대로 엄마와 아빠를 헤어지게 하지 않을 거라는 당돌하고 건방진 운하의 말에 기가 질렸었다.

그 아이가 돌아온 것이다. 서재를 나간 성준의 자리를 하염없이 바라보았다. 모래 위에 집을 지은 것을 이제 깨달았지만 아직도 포기할 수 없었다.

운수가 있어. 아직 운수가 남았어. 모래성은 아직 다 무너지지 않았어.

◎

천상은 기운이 다 빠진 운하에게 겨우 밥을 먹이고 편안히 마주할 시간을 가졌다. 테이블이 원망스러웠다.

"어서 집에 가자. 집에 가면 편안하게 밥 먹을 수 있는데 왜 먹고 가자는 건지 모르겠어. 이제 다 먹었으니 어서 가자."

"할아버지 내려가셨어요."

"그래서?"

"이제 사장님 집에 있을 이유 없다는 소리예요."

"누가 그래?"

"네?"

"누가 우리 집에 있을 이유가 없다고 그래?"

"누가 그럴 게 뭐 있어요? 처음부터 그렇게 약속한 건데."

"나는 같이 살자고 약속했어. 할아버지 내려가시면 다시 헤어진다는 약속은 한 적 없어."

"또 이상하게 끌고 가지 마세요. 피곤해요. 싸울 힘도 없어요."

"그러니까 쓸데없는 소리 하지 말고 일어나. 집에 가서 쉬자."

"사장님."

"자기."

"어우."

"사장님."

"달링, 가자."

"으! 그 말은 또 어디서 들었어요?"

"거봐. 나는 늘 노력하잖아. 너는 한 게 뭐가 있어? 없으면서 핀잔이야. 자기라고 해 봐. 안 그럼 집에 안 보내."

"진짜, 진짜, 이상해. 이상하단 말이에요."

"집에 안 가고 싶으면 안 해도 돼. 나야 좋지 뭐."

"씨. 기운도 없는데."

"그러니까 얼른 하고 가자."

"자기야!"

눈 딱 감고 질렀다. 그렇게나 듣고 싶다는데 너무 거절하는 것도 미안한 일이다. 운하는 그를 보지 않고 얼른 말해 주었다.

"느낌이 별로야. 원수한테도 그것보다는 더 상냥하게 말할 수 있겠다."

"아이, 자기야아, 이제 그만 집에 가요. 엄청 피곤하단 말이에요, 응?"

"그, 그래."

천상은 운하의 첫 애교에 가슴이 두근거려 참기 힘들었다. 눈웃음까지 지으며 저렇게 심하게 애교를 부릴 줄은 몰랐다. 한입에 꿀꺽하고 싶은데 너무 심장이 떨려서 실행에 옮기지 못했다.

대신 일어나면서 운하의 턱을 잡고 아주 진하고 짧은 키스는 해 주었다. 깜짝 놀란 운하의 표정이 또 말도 못 하게 귀여웠다. 집이 아니라서 화가 나기도 하고 안심이 되기도 했다.

천천히 밖으로 나오는 동안 한 번도 뒤돌아보지 않았다. 지금 상태에서 부끄러워하는 예쁜 모습까지 감당할 수는 없었기 때문이다.

"집에 데려다준다면서요?"

차에 탔는데 천상의 집으로 향하고 있었다는 걸 나중에 알았다.

"누구 집이라고는 하지 않았잖아. 화내지 마. 어차피 오늘은 피곤하니까 잘 쉬고 내일 가. 짐도 안 챙기고 그냥 가려고 했어? 어디 도망가?"

"아니. 그게 아니라…… 알았어요."

지금 그녀는 마음이 너무 약해져서 천상의 품에 그냥 뛰어들 것 같았다. 그래서 억지로라도 그에게서 멀어지려고 한 건데 생각대로 되지 않았다.

지금 차 안에서도 나란히 앉은 자세를 유지하기 힘들었다. 피곤해서가 아니라 그에게 안기고 싶어서. 천상의 위로와 넉넉하고 편안한 품이 너무 그리웠다. 겨우 몇 번인데 벌써 그녀의 것처럼 원하게 되었다.

　천상의 집으로 들어와 방으로 들어가려는데 그가 운하를 불러세웠다.

　"운하야."

　"네."

　"아무래도 첫날을 미리 치러야 할까 보다."

　"네? 갑자기 왜요? 예의를 다해서 정식으로 할 거라면서요?"

　"그러려고 했는데 네 태도가 영 마음에 안 들어서."

　"그게 무슨 소리예요? 제가 뭘 어쨌는데요?"

　"나한테 솔직하지 않잖아. 게다가 여전히 자기 혼자 짊어지려 하고. 나한테 기대게 하려면 미리 첫날을 보내야 할 것 같다."

　"아, 아니에요. 무슨 그런 말을. 저 완전 솔직하거든요? 힘들다고 아까 전화로도 말했잖아요. 그리고 지금 피곤하다고 말도 했고."

　"그리고 또 있는데 감추고 있잖아."

　"아니, 그걸 어떻게……. 재주도 좋아. 그래도 그건, 이런 건 다른 모든 사람들이 다 감추는 거예요. 남자 품에 안기고 싶다는 말을 그냥 막 하는 여자가 어디 있어요?"

　"품에 안기고 싶었어?"

　"아, 아니. 마, 말이 그렇다는 거죠."

　"이리 와."

"돼, 됐거든요?"

"그럼 첫날 보낼까?"

"사장님!"

"어허!"

"자, 자기야."

천상의 품에 꼭 안겼다. 이번에 작정하고 안아 준 탓인지 평소보다 더 꼭 안겼다. 빈틈 없는 상태가 그녀를 안심시켰다. 쑥스럽던 것도 잊고 긴 한숨을 쉬며 그의 품을 느꼈다.

크다. 참 크고 좋다. 그의 품에서 나가고 싶지 않았다. 이렇게 영원히 안전함을 느끼며 지내고 싶었다. 이래서 안기지 않으려고 애를 쓴 건데.

"이제 쉬어."

떨어지고 싶지 않은 운하는 천상의 말에 밀려 겨우 떨어졌다. 언제까지나 그의 품에 있을 수 없다는 건 너무나 분명한 사실인데 그걸 인정하기 힘들었다. 조금만, 조금만 더 있으면 좋겠는데. 그러나 감정을 오랫동안 감추며 지내 온 그녀는 마음을 다시 잘 감추었다.

"안녕히 주무세요."

그의 눈을 볼 수 없어서 인사하는 동시에 몸을 돌려 방으로 들어왔다.

욕실에 들어갈 준비를 하고 방을 나왔을 때 집은 조용했다. 다리 회복을 위해 하는 운동도 오늘은 하지 않는 건지 아무런 소리를 들을 수 없었다.

천천히 욕실로 들어갔다. 따뜻한 물이 아주 잠깐 천상의 품을 대신해 주었다. 누우면 바로 잘 것 같은 늘어진 몸을 끌고 다시 방으로 돌아와 그대로 침대에 들어가 누웠다.

오늘 하루 왜 아버지와 할아버지는 그렇게 힘들어했던 걸까? 그
녀 때문은 아니었다. 그녀에게 최대한 잘해 주려고 노력하는 모습
이 보여 부담스럽기까지 했으니까.

그날의 사고 때문이겠지. 운수 엄마를 어떻게 대해야 할지 어렵
게 돼서 힘드신 거다. 그러나 아무렇지도 않은 척 덮는 건 불가능
했다. 아버지가 엄마를 해친 것이 아니란 사실을 알게 되어 기뻤는
데.

아버지를 두려워하면서도 오해하는 건 아닌지 매번 생각했다. 그
러다 생각하기 싫어졌다. 절대 잘못 본 건 아니라는 사실이 생각을
힘들게 했기 때문이다.

그렇게 미뤄 두고 억지로 잊으려고 하던 일을 후천상이란 남자
때문에 꺼내 들게 되었다.

마주한 진실을 마냥 기뻐할 수 없는 현실. 이제 그녀에게서 아버
지에게로 떠넘겨진 그 사고였다. 아버지니까, 또 책임이 있으니까
함께 짊어져야 한다는 천상의 말이 떠올랐다.

엄마를 죽게 만든 여자와 행복하게 잘 산다는 건 불가능했다. 거
짓 위에 세워진 집이 버티면 얼마나 버틸 수 있을까?

후. 금방이라도 잠에 떨어질 것 같던 몸이 무겁게 내려앉기만 하
고 잠으로 들어가지 못했다. 뒤척일 기운도 없으면서 정신은 너무
말짱했다.

달깍.

예민한 신경을 불평하는데 문이 열리는 소리가 들렸다.

설마. 눈을 떠서 살펴보고 싶었지만 웬일인지 움직여지지 않았

다. 그냥 자는 거 보러 들어왔을 텐데 괜히 유난 떨 거 없지 뭐. 어두운데 뭐가 보일까마는 그래도 천상이 원한다면 허락해 주고 싶었다. 어차피 뒤척일 기운도 없었다.

천천히 다가오는 소리가 났다. 침대 바짝 그가 선 것이 느껴졌다. 내려다보고 있겠지. 가만히 누워 그가 가기를 기다리기로 했다.

어?

가지 않는다. 가지 않는 것은 물론이거니와 점점 그녀에게 다가오는 것 같았다. 아니겠지. 그래. 잠깐 뽀뽀하고 가려나? 그건 용서해 주지 뭐.

그러나 얼굴 어디에도 그의 입술이 느껴지지 않았다. 게다가 침대가 출렁거렸다. 이게 뭐야? 그가 걸터앉은 걸까? 어두워서 다행이다. 밝았다면 지금 그녀의 놀란 마음이 드러났을 테니까.

어쩐지 그가 얼굴을 빤히 보게 내버려 둘 수 없었다. 어둡지만 혹시 들키지 않을까 해서다. 출렁거린 침대의 움직임을 이용해 몸을 뒤척였다. 자연스럽겠지? 벽 쪽으로 돌아누워 그의 시선에서 멀어지려고 했다.

으아!

그녀의 모든 추측이 빗나갔다. 천상은 놀랍게도 이불을 들추고 안으로 들어와 누웠던 것이다. 그걸로 끝일 리가 없었다. 뻔뻔하게 그녀 옆에 누워 자는 척하는 그녀를 끌어다 안아 품에 두기까지 했다.

이런데도 자는 척해야 할까? 이건 반응을 해야 당연한 상황이지? 맞아. 이렇게 잘 수는 없어.

"아무 짓 안 할 테니 그냥 자자. 네가 궁금하고 보고 싶어서 잠이 안 와. 그냥 안고 자기만 할 테니 걱정하지 마."

아니, 이, 이보세요. 그게 말처럼 간단한 게 아니잖아요? 이러고 잠이 와요? 잠을 자겠다는 생각 자체가 틀린 거 아니에요?

그러나 그녀의 생각을 말로 할 수는 없었다. 등을 돌린 그녀를 뒤에서 품어 안은 천상의 긴 한숨 소리가 들렸기 때문이다. 그의 더운 숨이 머리 위에 느껴졌다. 끌어안으면서 그녀에게 팔베개를 해 준 덕에 등으로 그를 처음부터 끝까지 확실하게 느낄 수 있었다.

아까보다 더 바짝 끌어안은 상황. 말도 못 하게 놀라운 상황이라서 그런지 진짜 말을 못 했다.

한동안 천상의 숨소리만 들으며 가만히 있었다. 정말 이대로 자도 되는 걸까? 차츰 천상처럼 뻔뻔해지는 마음을 느끼며 다른 어떤 시도도 하지 않기로 했다.

몸에 힘을 빼고 마음을 편안하게 먹었다. 점점 그에게 기대는 마음이 자라는 것 같았다. 정말 크고 든든한 사람이다. 마음이 놓일수록 잠으로 빠르게 빨려 들어갔다. 감각이 천상을 느끼는 마지막에 그녀를 감아 안은 그의 팔을 살짝 쓰다듬었다.

"운하."

운하의 반응에 아래로 꽉 눌렀던 열기 한쪽이 터져서 혹시나 하면서 그녀를 불렀다. 그의 팔을 쓰다듬은 건 좋다는 그녀만의 신호라고 생각했다.

뭘 해도 좋다는 소리일까? 그렇게 이해하고 더 많은 걸 하고 싶었다.

그러나 그의 작은 부름에 규칙적인 숨소리로 대답하는 운하에게 다른 뭘 할 수가 없었다. 이럴 줄 알았으면 처음부터 대놓고 파고 드는 건데 그랬다.

다시 긴 한숨을 쉬고 잠을 청했다. 움직이고 싶어도 그러지 않았 다. 다양하게 운하를 느끼는 건 아주 위험했으니까. 지금 이대로 잠들어야 해. 천상은 그의 방에서 잠들 때보다 더 많이 자신을 달 래며 겨우 잠이 들었다.

부드럽고 따뜻한 느낌에 빠져들어 가고 싶다. 천상은 희미한 빛 을 느끼며 품에서 느껴지는 말랑함을 즐기려고 거치적거리는 옷감 을 걷어 올렸다. 옷을 걷어 내고 좀 더 부드러움을 느끼는 동안 그 의 눈 안으로 빛도 더 많이 들어오게 되었다.

마침내 반쯤 뜬 눈 안으로 꿈인지 생시인지 구분할 수 없는 모습 을 보았다.

운하. 그의 손길 때문인지 잔뜩 흐트러진 그녀의 몸이 온전히 그 의 품 안에 안겨 있었다. 그의 손은 운하의 가슴 바로 밑에 가 있 었다. 그녀가 걸친 티셔츠를 걷어 올리는 중이었기 때문이다.

이거 꿈이지? 아니라도 할 수 없지. 생각은 오래할 수도 없었고 오래 하고 싶지도 않았다. 아직 잠에서 깨지 않은 운하의 뺨에 입 술을 댔다. 뺨에서 입술로 미끄러지는 동안 운하가 꿈틀거렸다. 뒤 척이려는지 입을 살짝 벌리며 몸에 힘을 주었다.

벌어진 입술이 고마워 얼른 담뿍 입에 담았다.

"음……."

뭐가 뭔지 모르겠다는 운하의 흐린 신음 소리. 키스가 진해지는 동안 운하의 정신도 빠르게 돌아오고 있었다.

운하의 가슴 아래 있던 천상의 손은 위로도 아래로도 움직이지 않았다. 아직 그 손이 하고 싶었던 일을 기억하지 못했기 때문이다.

품에 안긴 반쯤 벗은 운하에게 키스할 수 있다는 사실에 감격해 격하게 그 상황을 즐기고 있었다.

"아, 사, 사장님?"

거칠어진 숨소리가 말해 주듯 천상의 움직임이 예사롭지 않았다. 이미 그는 그의 손이 하려던 일을 기억했고 그 기억대로 실천하려고 운하의 위로 몸을 움직인 후였다.

자다가 맞이한 격한 키스에 잠이 깬 운하는 달콤함에 빠져 정신을 잃는 대신 놀라서 번쩍 눈을 떴다. 그의 입술을 억지로 밀어 내고 겨우 말을 할 수 있었다.

"자기."

운하의 놀란 질문에 이성을 조금 챙긴 천상은 당장에라도 파고들려는 자신을 힘들게 다스렸다. 손끝에 느껴지는 운하의 말랑한 가슴이 그의 정신을 한 움큼씩 빼앗아 갔다.

"에, 자, 자기야, 지금 뭐 해요?"

"그냥 하자."

"뭐, 뭘 해요?"

"첫날. 이만큼 진행했는데 중단하는 건 힘들어."

"그, 그래도, 저는……."

"내가 다 아니까 운하는 내가 하라는 대로만 해. 무서워?"

"아, 모르겠어요. 무서운 건지 떨리는 건지."

운하의 당황한 모습에 미소를 지으며 가볍게 입 맞추었다. 지금 그에게도 약간의 여유가 절실히 필요했다.

천천히.

"키스할게."

굳이 말하지 않아도 되지만 어쩔 줄 모르는 윤하를 위해 다정하게 말해 주었다. 스스로도 여유를 가지기 위해 천천히 키스했다.

그러나 그의 목을 감는 윤하의 가는 팔 때문에 가벼움은 금방 날아갔다.

애써 속도를 조절하느라 윤하를 감은 한 팔을 풀어 베개를 세게 그러쥐었다. 몸 아래서 여리게 움찔거리는 윤하의 반응에 정신이 오락가락했다.

이제 옷을 벗기면 되나? 이런 생각은 해 본 적도 없는데. 오락가락하는 정신 사이로 조심스러운 그의 마음이 움직임을 방해했다.

손끝에 닿은 윤하의 가슴을 이대로 가져도 되는 건지 아니면 더 기다려야 하는 건지 결정하기 힘들었다.

"이제 벗길 거니까 놀라지 마."

결국 입술을 떼고 티셔츠와 속옷을 함께 잡고 말해 주었다. 그가 한 말이 무슨 의미인지는 금방 알아듣지 못하는 것 같았다.

그 증거로 멍하니 올려다보던 그녀가 그가 손에 힘을 주어 움직일 때에야 눈을 동그랗게 떴다.

"아, 그, 자, 잠깐만요."

"괜찮아."

"그럼, 보지 마세요."

"보고 싶은데."

"안 돼요."

반쯤 올렸는데 그녀가 몸을 움츠렸다. 올리던 기세로 밀고 나가면 금방 끝날 일이지만 운하의 떠는 모습에 밀어 올릴 수 없었다.

"알았어. 안 볼게. 안 봐."

훤히 뜬 아침 해가 원망스러웠다. 운하는 일찍 일어나려고 커튼을 치지 않고 잤던 것이다. 안 볼 자신은 없지만 지금 그게 문제가 아니니까.

"으아."

웅크린 몸을 아주 조금 편 순간 옷을 마저 밀어 올렸다. 그녀는 눈을 꼭 감고 다시 몸을 웅크렸지만 이미 그가 목 밑까지 옷을 밀어 올린 후였다. 가슴이 훤히 드러난 것을 느꼈는지 두 팔로 가리려고 허우적댔다.

그러나 그녀를 누르고 있는 그의 묵직한 몸 때문에 그녀가 원하는 결과는 얻기 어려웠다.

"운하, 괜찮아. 이제 한 번만 참으면 다 끝나."

사실 이제 시작이지만 운하에게 앞으로의 여정을 다 말해 줄 순 없었다. 밀어 올린 옷을 벗기려면 운하의 팔을 위로 올려야 하는데 두 팔을 모아 웅크리고 있으니 어쩐다?

아. 슬쩍 내려다본 것이 화근이다. 운하의 말대로 보지 말았어야 하는데. 탐스럽게 드러난 운하의 아담한 가슴을 보고야 말았다.

옷을 다 벗겨 내지 않아도 되잖아? 운하의 가슴에 머무른 눈길이 떠나지 못하고 빛을 냈다.

"앗! 안 돼요."

실수다. 어느 정도 상황을 만들고 시작했어야 하는데 너무 빨랐다.

그러나 눈앞에 드러난 가슴을 보고 다른 걸 생각할 수는 없었다. 먼저 입술을 대 버렸으니 운하가 놀라서 펄쩍 뛸 만했다.

다급한 비명을 지르며 그를 피해 몸을 움직인 운하에게 뭐라고 할 수 없었다. 입술에 남은 달콤함에 그의 정신은 아직도 다 돌아오지 못했다. 마저 먹어야 하는데.

그러나 놀라서 울음을 터트릴 것 같은 운하의 표정이 다 돌아오지 못한 미약한 이성을 도와 그의 몸을 잡아 주었다.

"운하야."

가슴을 두 팔로 가리며 등을 돌린 운하를 어찌 달랜다?

"못 하겠어요. 못 해요."

말려 올라갔던 티셔츠를 서둘러 내린 후 완전히 그에게서 완전히 등을 돌렸다. 운하의 옆에 힘든 한숨을 쉬며 얼굴을 묻을 수밖에.

미치겠네. 시작이나 하지 말걸.

"일어나서 출근 준비해."

그녀에게서 최대한 떨어진 곳에 눈을 감고 몸을 눕혔다. 매정하게 느껴질 만큼 이불을 끌어다 몸을 가렸다.

다리를 다쳐 본 경험이 없었다면 이 고통이 제일인 줄 알았을 것이다. 다행인지 불행인지 지금 몸에 느껴지는 고통은 참을 만했다. 저절로 나오는 힘든 한숨은 어쩔 수 없었다.

"죄송해요. 힘들어요?"

"최운하, 자꾸 옆에서 재잘거리면 안 참고 확 덮치는 수가 있다."

"네? 아, 네."

그의 조용한 위협에 펄쩍 놀라 일어난 운하는 손에 잡히는 대로 옷을 집어 욕실로 뛰어갔다. 어떻게, 어떻게!

정신이 하나도 없는 상태로 씻고 욕실에서 나와 방문을 조심스럽게 열어 봤다. 천상은 없었다.

이게 무슨 마음일까? 다행인 것 같기도 하면서 안타깝고 아쉽기도 했다.

이후로 운하는 천상에게 아주 꽉 잡혔다. 뭔지 모르지만 죄지은 느낌이 들어서 그가 하는 모든 말에 충성되게 따랐다.

13
사랑의 증표?

천상의 눈치를 잔뜩 보게 된 운하는 오늘도 일이 있어서 회사를 잠시 떠나야 한다는 말을 하려고 한참 용기를 그러모았다.

똑똑.

점심시간 전이 좋을 것 같아서 아까부터 기다렸던 시간이었다.

용기를 내서 사장실로 들어갔다.

"저, 죄송한데요, 밖에서 볼일 볼 것이 좀 있어서 나가야 할 것 같은데 괜찮을까요?"

그녀가 들어온 걸 알면서도 고개도 들지 않고 있는 천상에게 다가가 입을 열었다. 아침부터 그와 눈을 마주하기 어려웠다. 그녀 때문이 아니라 그가 피했기 때문이다.

"신원 회복 때문에 그래?"

"아, 네."

여전히 고개를 들지 않은 천상. 대답 없이 시간을 보내더니 그녀의 작은 한숨 소리에 겨우 고개를 들었다.

"이리 와."

책상 의자를 뒤로 빼서 반쯤 돌리더니 두 팔을 벌리고 대뜸 그녀를 불렀다. 뭘 어쩌라는 걸까? 운하는 주춤거리며 그에게 다가갔다.

천상은 그의 팔이 닿는 곳에 운하가 오자 냉큼 잡아끌어 무릎에 앉혔다.

"왜, 왜요?"

"키스하려고."

"네?"

너무도 당당하게 천상은 운하의 입술을 가졌다. 이거 계속 이래도 되는 걸까? 눈도 마주하기 힘든 그가 틈만 나면 그녀를 불러 당당하게 키스를 요구했다.

이번엔 아니겠지. 다른 이유겠지 하고 그의 품에 끌려가면 어김없이 키스를 했다. 지금도 혹시나 했다가 역시나 하는 순간이었다.

이제까지 그가 했던 키스와 오늘 그가 하는 키스는 달랐다. 키스를 하며 위험을 느끼기가 쉬운가 말이다. 환상적이고 달콤해서 정신을 쏙 빼앗겨야 마땅한 키스일 텐데 운하는 오늘 아침의 일 이후로 그가 키스할 때마다 아주 위험하다는 느낌을 받았다.

정신을 쏙 빼앗기는 대신 몸을 더듬는 천상의 손길에 부끄러워 얼굴을 붉혀야 했다.

"점심 먹고 다녀와."

언제 그랬냐는 듯이 그녀를 놓아주고 다시 책상에 놓인 일거리로 몸을 돌리는 천상. 계속 이러시겠다고? 와, 이거 더는 못 참아. 너무 얄미워. 완전 못됐어.

"화나신 거예요?"

"뭐?"

"지금 저한테 화나서 이러시는 거죠?"

"무슨 소리야?"

이제야 겨우 천상과 마주했다. 미워.

"무슨 소리냐고 묻는 거 진짜로 몰라서 묻는 거 아니죠? 아닐 거야. 사장님이 모를 리가 없어. 나 화나라고 일부러 그랬으면서 아닌 척하기예요? 좋아요. 뭐, 화나시면 어쩔 수 없죠. 그래도 이젠 안 참아요. 못 참아요. 미안해서 잘해 드리려고 했는데 계속 이렇게 화나 계시면 저도 어쩔 수 없다고요. 저라고 안 하고 싶었겠어요? 저도 하고 싶었단 말이에요. 그런데 안 되는 걸 어떻게 해요? 갑자기 무섭고 떨려서 죽겠는 걸 어떡하냐고요?"

괜히 눈물까지 나오고 난리다. 운하는 돌아서서 눈물을 닦았다. 달려 나가고 싶은데 몸을 돌리는 순간 목발이 보여 그러지도 못했다.

마음 같아서는 그가 싫어하거나 말거나 흥 하면서 문을 열고 달려 나가고 싶은데 그건 그에게 공평하지 못한 것 같아 참았다.

사랑이 뭔지 눈물을 흘릴 만큼 격한 감정 상태에서도 그의 주변이 훤히 들어와 배려하게 만들었다.

"하고 싶었어?"

깜짝이야. 바로 뒤에서 그가 안으며 묻는 바람에 나오던 눈물이 쏙 들어갔다. 마주하지 못한 것이 안타까웠다. 그가 소리를 내며 웃고 있었다.

화난 거 아니었어? 화난 거잖아? 화난 게 아니라면 왜 그렇게 이상하게 굴었을까?

"운하가 하고 싶었다니 다행이네. 난 걱정했지. 첫 경험에 너무 겁을 잔뜩 먹은 것 같아서 다음은 아예 시도하지도 않을 것 같아서 말이야."

"그래서 이상하게 굴었던 거예요?"

"익숙해지라고 그런 건데. 겁도 나고. 운하가 싫다고 하면 난 아무것도 못 하니까."

"설마. 사장님이 무슨 겁을 내요?"

"겁났어. 다시는 못 만지게 할까 봐."

"왜 못 만지게 해요? 좋았는데."

"무섭고 떨린다면서?"

"그건 싫은 게 아니죠. 좋지만 무섭고 떨렸다는 거라고요. 경험도 많다면서 그런 것도 몰라요?"

"몰라. 그리고 조심스러워. 넌 내가 사랑하는 사람이니까."

아, 불공평해. 고백하면 감동하잖아요. 그의 품에서 몸을 돌렸다. 마주 안아 줘야 하니까.

"다음엔 아무리 이상한 느낌이 들어도 꼭 참아 볼게요."

그를 마주 꼭 안으며 애교를 담뿍 담아 말했다.

"다음엔 네가 참든 안 참든 그냥 해 버릴 거니까 그렇게 알아."

잘 나가다가 이게 무슨 말인가. 사랑스럽게 그를 안고 있던 팔을 풀었다.

"치, 다음은 없어요."

"그거야 두고 볼 일이지. 오래 걸려?"

"뭐가요?"

"볼일?"

"아, 몇 시간? 가 봐야 해서. 퇴근 전까지 돌아오려고요."

"전화해. 만날 사람이 있으니까."

"누구요?"

"와서 보면 알아."

"미리 말해 주면 어디가 덧나요?"

"귀엽게 굴면 안 보낸다?"

"어후, 진짜. 갈 거예요. 혼자 점심 드셔야 해요."

"억지로 나하고 먹어야 할 사람 많아."

"엄청 좋으시겠어요."

문을 열고 나가며 한 소리를 했다.

책상으로 돌아가는 천상이 다시 소리 내서 웃는 걸 들었다. 그가 웃는 걸 볼 때마다 감동이다. 왜 그럴까? 모르겠다. 그의 웃는 모습을 생각하며 그녀도 웃었다.

◎

정희는 태우를 만났다. 그녀가 먼저 태우에게 연락했고 태우는 돈을 주려는가 하고 반가운 마음에 응했다.

"오, 우리 누님 나 때문에 고민 많이 했나 보네? 얼굴이 반쪽이 됐어. 이러면 내 마음 약해지는데."

"돈은 아직이야."

"뭐? 아직도 준비 안 했으면 어쩌라고? 돈도 준비 안 됐으면서 이 꼭두새벽에 난 왜 불러낸 거야?"

살가운 미소를 싹 지우고 거만하게 뒤로 기대앉은 태우는 아예 정희를 보지도 않았다. 카페에 앉아 있는 다른 여자들을 살폈다. 여자들을 주로 밤에 만나서 덫을 놓는 그의 직업 아닌 직업 탓에 보통 사람들의 아침은 그에겐 새벽이었다.

돈 때문에 떠지지 않는 눈을 하고 억지로 나왔는데, 젠장.

"이혼 위기야."

"뭐? 어쩌다가? 난 아무 짓 안 했어. 근처엔 얼씬도 안 했다고. 어쩌다 들킨 거야? 잘하지 그랬어."

태우는 불쾌한 표정을 지으며 자리에 앉아 있는 것도 싫은 건지 연신 몸을 들썩였다.

"잘하면 한몫 챙겨서 이혼할 수 있어. 바람피웠다고 맨손으로 쫓겨나진 않아. 그동안 입 다물고 살림 잘했는데 한 번 실수했다고 벌거벗겨 내쫓기겠어? 그 사람도 나하고 바람피워서 결혼한 거야. 변호사 알아보고 있는 중이야. 그러니 돈에 대해선 실망하기에 일러."

"그래? 그러면 잘 정리하고 부르지 왜 또 중간에 불렀어? 이런 거 알려지면 한몫 챙기는 데 불리한 거 아니야?"

"지금은 그게 문제가 아니야."

"뭐가 문젠데?"

"나한테 불리한 증거를 가진 사람이 나타났어. 그 사람 때문에 재산이 깎일 수 있어."

"그래서? 나더러 그 사람을 어떻게 해 달라는 거야? 꿈도 꾸지

마. 난 불법은 안 해. 교도소에 가는 일 안 만들어."

"나한테 한 것처럼 하면 안 돼? 그건 불법 아니잖아? 날 꼬인 것처럼 꼬여서 손에 넣고 주물러. 잘되면 내 사위되는 건데 그것도 좋잖아?"

"사위? 설마 남편 딸이야? 오, 센데?"

"올해 스물셋이야. 혼자 십 년 넘게 지냈으니 고생은 많이 했을 거야. 별 볼 일 없이 자랐겠지. 죽은 줄 알았는데 살아서 최근에 다시 돌아왔어. 네가 돈 좀 쓰면서 잘 구슬리면 금방 넘어올 수도 있어. 사람 잘 믿는 스타일이야. 한번 믿으면 절대 안 흔들리고. 물론 한번 아니라고 마음먹으면 그것도 골치지만."

"누님 남편처럼?"

"……."

태우는 굳어 버린 정희를 외면하며 속으로 비웃었다. 자기가 잘난 줄, 똑똑한 줄 알지만 결국 어리석음에 빠지는 여자들이다. 그런 정희의 말을 믿고 그녀가 원하는 바를 해 주고 싶지는 않았다.

그러나 시도해 보는 것이 나쁠 건 없었다. 새로운 목표물이 될 수도 있으니까. 다 늙은 여자들 등치는 것보다 젊고 기회가 많은 여자와 결혼하는 것도 괜찮은 일이 될 것도 같았다.

살다 지겨우면 한몫 들고 이혼하면 되니까. 그가 이혼 경력을 가진다고 한들 그게 무슨 큰 걸림돌이 되겠는가.

"누님이 원하신다면 해 드려야지. 한번 보여 줘. 아, 그리고 돈 좀 쓰려면 밑천이 있어야 하잖아? 알다시피 난 누님이 준다는 돈을 못 받아서 빈털터리야. 장사를 시키려면 밑천도 함께 줘야지."

"그 정도는 줄 수 있어."

성준 몰래 생활비를 따로 떼어 내 통장에 저금해 둔 것이 있었다. 그건 위급할 때 쓰려고 둔 것이 아니라 사고 싶은 코트가 있어서 모으고 있는 중이었다. 이미 그렇게 해서 가방 몇 개는 사 두었다. 성준이 그런 쪽으로 관심이 없어서 묻지도 않았고 물어도 짝퉁이라고 하면 그만이었다.

이런저런 계산을 하다 보니 조금 초조해졌나 보다. 정희는 버릇처럼 목에 걸린 펜던트를 만지작거렸다.

"누님, 내가 매번 생각한 건데 그 목걸이 값이 꽤 나가지 않을까? 거기 달린 보석 크기가 장난 아니야. 누님이 하도 애지중지해서 말 안 꺼냈던 건데 그거 팔면 어때? 내가 이 생활하면서 많이 봐서 아는데 아주 비싼 거야."

"알아."

안다. 잘 알고 있다. 보석 가게에 가서 물었다가 크게 놀랐으니까.

"알아? 그렇겠지. 나는 그거 담보로 보고 일하면 되겠네."

"성공하고나 말해."

"내 실력 알잖아? 이제 겨우 스물셋인 아이야. 그런 코흘리개 못 꼬일 것 같아? 여자들 다 똑같은 데다가 경험도 있으니까 걱정하지 마."

"뭐가 똑같은데?"

"돈 잘 쓰고 칭찬해 주고 사랑해 주는 척하면 내가 뭘 하고 다니는지 내 생각이 어떤지 그런 거 살피지 않아. 내가 배우기까지 했으니 더 생각 못 하지 뭐. 누님도 내가 있는 척, 아는 척했을 때 감동했잖아? 아, 저런 남자가 날 이렇게나 좋아하다니 하면서 말이야."

"웃기지 마. 알면서도 넘어간 거니까. 적당한 때 끊어 내려고 마음먹고 속아 준 거야."

"오, 그러셨어? 그래서 내 품에서 그렇게 애원을 하고 난리를 친 거야? 나하고 잔 후부터 난 누님한테 연락한 적 없어. 누님이 매번 먼저 연락했지."

"그, 그건. 그건 달라."

"달라? 다르겠지. 누님이 다르다면 다른 거지. 어쨌든 신상이나 알려 줘. 지금 한집에서 살고 있는 거 아닌 것 같은데."

"곧 알려 줄게. 실수나 하지 마."

"난 프로야. 몇 번을 말해? 내 통장 번호 알지? 거기 돈이나 넣어. 돈 들어온 거 보고 움직일 테니까."

정희는 쭉 뻗은 몸을 거만하게 흔들며 카페를 나가는 태우를 보았다. 그의 말대로 그는 배우기까지 한 전문 제비였다. 어쩌다 일찍부터 이런 곳으로 발을 들인 건지는 몰라도 잘생긴 얼굴에 쭉 뻗은 몸. 그리고 학벌까지 갖추고 있었다.

태우라면 운하의 마음을 사로잡을 수 있지 않을까?

혼자 온갖 고생을 하다 나타난 운하다. 운하가 그날, 그 장면을 봤다면 무서워서 숨었을 수도 있다. 하지만 이제 다 컸으니 생활이 너무 고단해서 나타났을 수도 있는 것이다.

하늘이 도우려는 거다. 마침 태우가 그녀 곁에 아직 있었으니 말이다. 돈이라면 뭐든 할 남자다. 교도소 어쩌고 하면서 발을 빼지만 그건 돈을 더 얻어 낼 속셈이 분명했다. 가진 돈을 탈탈 털어서라도 이 위기를 벗어나고 말리라.

헌우는 포항까지 내려와 울고 있는 정희가 안타까웠다.

"운수 아빠가 화내는 거 이해해요. 그래도 아버님, 그거 오해예요. 운하가 분명 놀라서 잘못 본 거라고요. 차를 타고 가긴 갔었어요. 그렇지만 놀라서 바로 돌아왔어요. 어린 나이에 충격이 커서 기억이 잘못된 거라고요. 제가 어떻게 그런 짓을 할 수 있겠어요? 아버님, 우리 운수 생각해서라도 좀 도와주세요."

"내가 도울 게 뭐가 있겠니. 난 아범이 하자는 대로 따를 거다."

"아버님, 흐윽, 잘못했어요. 돈 욕심낸 거 때문에 섭섭하신 거라면 정말 잘못했어요. 주변에서 자꾸 저를 이상하게 보니까, 운수 아빠가 나이가 많잖아요. 제가 너무 젊고 그래서. 돈이라도 좀 있으면 당당할 수 있을까 해서 그런 거죠. 제가 못나서 그랬어요. 죄송해요."

"운수는 어쩌고 이렇게 내려왔어?"

"제가 쫓겨나면 우리 운수 지금보다 더 나빠져요. 아시죠? 우리 운수 예민하고 소극적인 아이라는 거. 그런 애가 부모가 이혼한 가정에서 산다고 생각해 보세요, 어떻겠어요? 도와주세요. 운하에게 제가 직접 설명할게요. 만나서 무릎이라도 꿇으라면 꿇을게요. 제가 그날 도와주지 않고 서둘러 도망친 죄 달게 받을게요. 절대로 전 해치지 않았어요."

헌우는 정희의 말에 마음이 많이 흔들렸다. 정말 운하가 정희의 말처럼 그럴 수도 있다는 생각이 들었다. 물론 운하 엄마를 도와 차에서 나오게 하지 않고 그대로 달아난 건 정말 벌을 받아 마땅한 일이었다.

그러나 그때 마음에 잠깐 실수한 거라면 용서해 줘도 되지 않을까? 이미 운수도 있는데 가정을 조각내서 좋을 것이 뭐가 있을까? 성준이 나이도 들었는데 이혼하고 혼자 운수를 키운다는 건 가슴 아픈 일이었다.

"뭐라도 해서 도와주지 그랬어? 그냥 가 버리니까 운하가 충격을 받은 거 아니야. 네 좁은 마음에 성준을 뺏길까 봐 불안해서 그랬겠지만 그래도 그러면 쓰나."

"네. 맞아요. 제가 잘못한 거예요. 그래도 아버님, 죽인 건 아니에요. 그건 다른 거잖아요? 이렇게 억울하게 우리 운수하고 헤어질 수 없어요. 운수가 저를 그런 엄마로 기억하게 할 수 없어요. 운하 어디 있어요? 제가 무릎 꿇고 빌어 볼게요."

헌우가 흔들리는 것을 본 정희는 더욱 애처롭게 말했다. 성준은 묵직한 사람이라서 아버님에게 자세히 말해 주지 않았을 것이라 생각했는데 그녀의 생각이 맞았다.

게다가 그녀가 바람피운 것도 말하지 않은 것이 분명했다. 그걸 다 안다면 헌우가 그녀의 눈물에 저토록 안타까운 표정을 지을 수는 없을 테니까.

"서울에. 그냥 무턱대고 찾아가지 말고 시간을 좀 줘."

"그럴게요. 뭐든 아버님이 하라고 하시는 대로 할게요."

"아범 회사 근처에서 일하고 있어. 먼저 전화해서 조용한 곳에서 만나 봐."

"네. 감사합니다. 아버님 정말 고맙습니다."

"운수가 불쌍해서 그래. 운수는 죄 없잖아?"

운하가 부모의 잘못으로 너무 고생을 많이 했다. 그걸 아는데 운수까지 또 고생하게 할 수 없었다. 운하는 이제 좋은 신랑감도 만나고 오해도 풀었다. 앞으로 그가 해 줄 수 있는 모든 것을 해 줄 생각이었다. 그러니 운수의 불행을 좀 막아 보고 싶었다.

"그럼요. 잘할게요. 아버님, 제가 잘할게요."

정희는 서울로 올라오는 길에 몇 번이나 전화번호를 내려다보았다. 큰 회사에 다니고 있다고? 고생하느라 학교도 못 나왔을 거 같은데 어떻게 회사엔 다니게 되었을까? 청소라도 하나? 설핏 불안한 마음이 들어 무서웠다.

그러나 고개를 젓고 다시 생각했다. 혼자 컸어. 그리고 운수 아빠도 운하가 불쌍하다고 그랬잖아? 운하의 불쌍함은 사실이야. 태우가 그 불쌍함을 이용해서 잘해 줄 수 있을 거야.

서울에 도착하자마자 헌우가 가르쳐 준 회사로 갔다. 운하의 전화로 연락을 먼저 했다.

— 여보세요?

"저, 운하?"

— 네. 누구세요?

"저기, 나야. 운수 엄마. 아니다. 이렇게 말하면 모르려나?"

— ……알아요.

"알아? 아, 운수 아빠가 말해 줬나 보구나."

— …….

"한번 만나고 싶어. 사실 만나야 하잖아?"

— 꼭 그래야 할까요?

"앞으로 어떻게 되든 만나야 할 것 같아. 서로 오해가 있다면 풀어야지."

— 오해 같은 거 없는데요.

"내가 하는 말도 들어 줘야 공평해. 그렇다고 생각하지 않니? 지금 일방적으로 내가 몰리고 있어. 혹시라도 나한테 억울한 사정이 있다면 어쩌려고 그래?"

— ……언제 어디서 만날까요?

"아, 지금 회사 앞인데 될까?"

— 회사요? 아, 지금은, 회사에 없어요. 근처에서 만나요.

회사에 없어? 그럼 그렇지. 멀쩡한 직장인은 아닌 것이다. 아직 퇴근 시간도 아닌데 회사에 없는 직원이 어딨어? 모두를 속이고 있는 건지도 몰라.

"그래. 난 상관없으니까. 근처 카페에서 기다릴게."

— 네.

건조한 마무리. 당찬 어린 시절을 떠올리게 하는 운하의 목소리였다. 떨거나 머뭇거리는 걸 느끼지 못했다. 마음을 단단히 먹고 대면해야 했다.

"나야. 지금 운하하고 만나기로 했으니까 여기로 나와. 내가 만나는 거 보고 얼굴 확인하면 돼."

태우에게 전화해서 불러냈다. 직접 보고 빨리 진행하기를 바랐다.

운하는 볼일을 마치고 회사로 돌아오는 길에 정희의 전화를 받았다. 갑작스럽고 두려웠다.

그러나 지금은 어린 열 살의 그녀가 아니라는 사실을 기억하며 차분하게 대화를 했다. 어쩔 수 없는 일이고 해야만 하는 일이었다.

어떻게 나올까? 아니야. 뭐든 생각하고 만나면 안 돼. 그냥 마주해야 해.

"사장님, 먼저 퇴근할게요."

"들어오자마자 바로 퇴근해? 그리고 먼저 가다니? 넌 하루 종일 날 버려두고서도 미안하지도 않아?"

"만날 사람이 있어서. 갑자기 생긴 약속이라서 그래요."

미루면 만날 수 없을 것 같아서 바로 약속한 것이다. 지금도 이렇게 떨리는데 다음을 기다리는 건 절대 할 수 없었고 하고 싶지도 않았다.

혹시라도, 혹시라도 그녀가 착각한 것이 있을까 봐 걱정이었다. 기억만 남은 그날의 사고가 없던 것이길 마음 한쪽에선 바라고 있었다.

"내가 먼저 말했어. 그리고 만날 사람은 나도 있다고 했어."

"죄송해요. 저는 지금이 아니면 안 되는 일이라서. 정말 죄송해요."

"무슨 일인데?"

"나중에 말씀드리면 안 될까요?"

"안 돼. 너, 내가 그렇게 제외되는 거 싫다고 했지?"

"그런 거 아니에요. 저도 잘 모르겠고 혼란스러워서 그래요. 만나고 나서 바로 말씀드릴게요."

"만나고 나서 바로?"

"네. 이제 속이 시원하세요?"

"아니. 지금 네 얼굴 힘들어 보여. 나한테 말도 안 하고 나가려는 너, 마음에 안 들어."

"뭐든 다 사장님한테 말할 수는 없는 거잖아요? 그렇게 궁금하고 불안하면 제 몸에 차라리 카메라를 달아 놓지 그러세요?"

"가 봐."

"네?"

"가 보라고. 귀도 먹었어?"

"아니요."

차갑게 허락하는 천상의 말에 가슴이 덜컥했다. 지금 이 혼란과 두려움은 감히 말로 꺼내기 힘든 거였다. 천상에게 기댈 수도 없는 문제였다. 그가 화를 내는 건 싫지만 어쩔 수 없었다.

들어오자마자 바로 회사를 다시 나가야 하는 상황이 더욱 미안했다. 만나자는 카페는 걸어서도 충분히 갈 수 있는 곳이었다. 만날 장소가 가까워 올수록 가슴이 뛰고 힘들었다.

어릴 때 한 번 본 얼굴. 기억이 날까? 그 여자도 그녀를 기억할까? 잡스러운 생각이 우수수 들어오자 정신이 더 없었다.

카페 문을 열고 안으로 들어서자마자 우수수 몰려들었던 잡생각이 한꺼번에 사라졌다. 어쩐 일인지 한 번 본 그 얼굴이 카페 안에 앉아 있었기 때문이다. 기억하지 못할 줄 알았는데.

운하가 다가가자 기다리고 있던 정희는 놀라서 눈을 크게 떴다. 정희는 운하를 알아보지 못했기 때문이다. 아마 그 사실이 정희를 놀라게 한 것 같다.

"어, 어서 와. 날 알아보네?"

"자신 없었는데 보니까 알겠네요."

"앉아."

"오래 마주하고 싶지는 않아요."

"나도 그래. 나도 원망스럽거든. 갑자기 나타나서 우리 가정을 온통 휘저어 놓으니까."

담담하려고 애를 쓰느라 정희는 다시 목걸이를 만지작거렸다. 그 바람에 운하도 목걸이를 보게 되었다.

흠칫하는 운하의 표정에 만지던 목걸이를 놓았다. 비싼 목걸이를 하고 있다고 놀란 걸까?

"이건, 운수 아빠가 처음 사 준 선물이야. 듣기 싫은 소리겠지만 이렇게 비싼 목걸이를 사 줄 사람은 아닌데 큰마음 먹고 나한테 사 준 거지. 그래서 귀하게 여기는 거야."

성준이 그녀를 얼마나 사랑하는지 말해 주고 싶었다. 감히 끼어들지 말고 꺼져. 목걸이에서 눈을 떼지 못하는 운하를 위해 드러나게 몸을 세워 앉기까지 했다.

"언제 사 주신 건가요?"

"만나고 얼마 안 있다가. 그땐, 미안하지만, 운하 엄마하고 아빠가 아직 같이 살 때지."

"그럼 사고 전에 사 주셨던 건가요?"

"이미 운수 아빠는 이런 걸 사 줄 만큼 날 생각한 거야. 엄마가 돌아가셔서 그냥 결혼한 게 아니라고."

서로 너무 사랑해서 결국 결혼할 수밖에 없는 사이였으니까 굳이 엄마를 해칠 이유 없었다는 그 말을 해 주고 싶었다. 직설적으로 말하지 않아도 비슷한 효과는 본 것인지 운하의 얼굴이 굳었다. 이기고 있는 기세를 타고 질문했다.

"그날, 그곳에서 날 본 게 확실해? 정말 나를 본 거야?"

"네? 아, 그건, 그건 아니요."

정희를 본 게 확실했다면 아빠를 의심하지 않았겠지. 운하는 정희의 질문에 덜컥했다.

"어머! 그렇지? 그럴 거야. 내 그럴 줄 알았다니까. 오해라니까 사람들이 믿지를 않아. 운하 너도 오해야. 그날 내가 거기 간 건 맞는데 그냥, 너무 끔찍해서, 놀라서 바로 도망쳤어. 그게 죄고 비난받을 거라면 받을게. 그렇지만 살인자 취급은 하지 말아 줘. 운수, 그 어린것한테 함부로 상처 주는 건 안 되지."

정희는 크게 마음을 놓았다. 보지 않았어. 역시. 주변을 살폈는데 아무도 없었어. 앙큼한 것. 절대 밀리지 않겠어.

그녀의 뒤에 앉아서 운하를 열심히 살피고 있을 태우를 생각했다. 그래 이젠 태우에게 너무 크게 기대하지 않아도 돼. 성공하면 좋은 거고, 실패해도 달아날 구멍은 얼마든지 있으니까.

"그 목걸이 비싼 건가요?"

"비싸지. 아빠가 싸구려 사 주실 사람 아니잖아? 더군다나 사랑하는 여자한테."

운하는 정희의 빛나는 눈이라든가 밝아진 표정에 신경 쓰지 않았다. 아니 보이지 않았다. 오직 정희가 하고 있는 목걸이만 바라보았다.

엄마 것이 아니었어? 엄마 것인 줄 알았다. 고씨 아줌마가 넘겨준 목걸이를 엄마의 유품이라고 생각해서 소중하게 다뤘다. 고씨 아줌마가 전해 준 그대로 고이고이 간직했다.

그런데 정희 것이라고? 설마 아빠가 똑같은 걸 선물해 주신 걸까? 어떻게 된 건지 확인해야 해.

"그만 일어나 봐야겠어요."

"그래. 그렇지만 이건 알아 두고 가. 그날 일 함부로 말하지 마. 내 얼굴 본 것도 아니고, 설사 봤다고 해도 증거 없이는 안 되는 거야. 아무도 믿지 않는 이야기 퍼트리면 나도 못 참아."

"그러세요."

뭐? 넋이 나간 듯 자리를 떠나는 운하를 보며 뭐라고 말하려다 말았다.

완전한 패배를 인정하려면 시간이 좀 걸리겠지. 정희는 그녀의 무죄가 확실시된 이 만남에 감사했다. 이젠 세상에 그녀를 죄인이라고 말할 어떤 사람도 없었다. 남편인 성준에게 절대로 밀리지 않으리라.

이혼? 그런 거 절대 못 해. 아니, 한다고 해도 그냥은 안 해. 최대한 받아 내고야 말겠어. 그래. 하면 하는 거지.

운수가 마음에 걸렸지만 젊은 그녀의 인생이 더 애틋했다. 남은 인생을 사랑하지도 않는 남자와 결혼으로 묶이는 게 꼭 좋은 일은 아니야. 돈 많고 아직 젊으니 새로운 인생 못 살 것도 없어. 그래. 차라리 재산분할에 더 힘써야겠어.

"누님, 좋은 일 있어?"

"아는 척하지 말고 가. 얼굴은 잘 봐 뒀어?"

"물론이지. 귀엽네?"

"그 실력 감상 좀 하게 해."

"걱정하지 마."

카페를 나가는 태우를 보며 목걸이를 만졌다. 역시 이건 행운의 목걸이야. 보란 듯이 걸고 다니길 잘한 거야.

천상은 운하를 마주하고 말없이 한참을 앉아 있었다. 누구를 만나겠다고 나갔던 운하가 금방 다시 돌아왔다.

그런데 갔을 때와 돌아왔을 때의 얼굴이 너무나 달랐다.

"이젠 말해."

"아, 그게, 운수 엄마, 그러니까 아빠의, 이정희를 만났어요."

새엄마라고 칭하기도 힘들었다. 입 밖으로 나오지 않는 호칭을 삼켰다.

"뭐? 너는 그 여자를 만나러 가면서 나한테 말도 안 해? 위험하면 어쩌려고?"

"네?"

"그날 사고에서 엄마를 죽게 한 여자일 가능성이 크잖아. 아버지라고 생각했다가 오해가 풀린 거 아니었어?"

"제가 말도 안 했는데 어떻게 그렇게 잘 알아요?"

"사랑하면 관찰하게 되고 집중하게 돼. 주변 사람들의 말도 경청하고 네 말도 듣고. 그렇게 추측한 거야. 사실 오늘 변호사를 불렀어. 사람들은 약해. 욕망에 쉽게 흔들리지. 그래서 언제 어떻게 변할지 몰라. 어머니를 해친 여자라면 돌아온 널 반가워하지 않을 게 분명하잖아? 준비를 해야지. 옛날처럼은 아니어도 널 어떻게든 어렵게 할 수 있으니까."

"아, 목걸이."

"뭐?"

"목걸이에 대해 알아봐야겠어요. 사실, 그날 이정희의 얼굴을 본 건 아니거든요. 차를 봤는데 아빠는 아니라고 하니 그날 그 차에 있던 사람은 이정희가 된 거였어요. 그런데 얼굴을 본 것이 아니니까 뭐라고 할 수 없죠. 그렇죠?"

"그래. 다른 사람이 타고 갔다고 한들 누가 밝혀내겠어? 게다가 그날 어린 네가 본 걸 얼마나 심각하게 받아들이겠어? 다른 증거가 없다면 간단하게 결론 나겠지."

"잠깐만요."

운하는 서둘러 성준에게 전화를 했다.

— 그래.

"아빠, 저, 운수 엄마가 하고 다니는 펜던트 목걸이 우리 엄마한테도 사 주셨던 거예요?"

— 아, 그거. 미안하다. 아니, 너 운수 엄마 만났어?

"아빠, 제발 대답 먼저 해 주세요."

— 그게, 미안하다. 그거 운수 엄마한테만 해 준 거야. 그 이후론 마음이 쓰여서 다른 선물은 해 준 게 없지만.

"어디서 사셨어요? 그거 비싼 거라 세월이 많이 지났어도 알아낼 수 있는 거죠?"

— 그 보석 가게는 아직도 있으니까 알아볼 수 있어. 무슨 일이냐?

"아니, 확인해 보고 말씀드릴게요."

— 운하야, 운수 엄마 만나지 마.

"네. 이젠 혼자 안 만나요."

— 그래. 미안하다. 아빠 죄가 커. 미안해.

"아니에요. 끊을게요."

운하는 떨리는 손을 잡아 무릎에 올렸다. 옆에 있던 천상이 그 손을 잡아 자기 입술에 댔다.

"뭔가 생각난 거야?"

"네."

"변호사가 오면 자세히 말해. 뭐든 생각나는 건 다 말해."

"알았어요."

불안하게 눈을 굴리는 운하를 안아 주었다. 이번 일을 마무리하면 운하는 정말 운하가 된다.

그날의 일을 마무리하지 못한 채 다시 운하로 완전히 돌아오는 건 불가능했다. 천상은 운하를 온전하게 되돌리기 위해 결정을 내렸던 것이다.

"운수. 보지도 못한 동생이지만 마음에 걸려요."

정희의 감정적 공격을 완전히 피할 수는 없었다. 운수라는 아이 때문에 매번 정희에 대한 마음이 걸렸다.

"서로 노력해야지. 진실을 덮는다고 그 아이가 행복해지는 건 아니야."

"네."

"변호사하고 함께 저녁 먹으려는데 불편하면 우리끼리 먼저 먹을까?"

"아니에요."

운하는 눈을 내리고 한숨을 쉬었다. 작은 그녀의 몸이 금방이라도 바닥으로 꺼져 내릴 것 같았다.

"오늘도 첫날은 안 되겠어."

"그, 그게 무슨 소리예요?"

"운하가 아주 예민하고 힘들어서 감히 못 건드리겠어."

"어머, 진짜 이러기예요?"

"그럼, 그냥 눈 딱 감고 건드려 줄까?"

"우와, 사장님!"

"이제야 운하 같네."

아. 감정적으로 깊게 가라앉았던 그녀를 위로 쑥 건져 올리더니 기어이 키스를 한다. 웃었으니 넘어가야지. 천상의 미소에 모르는 척 그의 입맞춤에 응했다.

저녁 시간은 길었다. 상담 후에 운하의 작은 집으로 셋이 향했다. 그녀가 고이 간직했던 목걸이를 넘기는 것으로 셋의 동행은 끝이 났다.

집에 왔으면서도 집에 머물지 못한 운하는 입을 내밀며 천상의 집으로 다시 향했다. 정희를 만난 일을 빌미로 절대 혼자 둘 수 없다면서 운하의 의견을 무시했다.

그날 밤은 천상의 말대로 조용히 지나갔다. 예민하고 피곤했던 운하는 천상의 손길에 바로 잠들었고 함께 잠들다 또 운하를 덮칠 걸 걱정한 천상은 운하가 잠들자마자 자기 방으로 돌아왔다.

14
번번함

정희는 며칠 동안 잠잠한 남편이 두려워지기 시작했다. 운수를
앞에 두고 언제든 싸울 태세를 했는데 성준은 어떤 반응도 보이지
않았다. 매일 서재에서 자고 나오는 그는 운수에겐 평상시와 똑같
이 대했다.

단 한 가지 평소와 다른 것이 있다면 운수의 교육에 대해 정희의
의견을 철저히 무시하는 것이었다. 운수의 학원과 과외도 정리되었
다. 이미 돈을 납부한 것들이 아깝다는 그녀의 말을 들은 것인지
남은 수업은 듣게 했지만 그 후의 것은 없앴다.

운수에게 시키던 바이올린 수업도 정리했다. 운수와 이야기를 하
고 나온 그가 결정한 것이다.

운수는 바이올린 대신 수영을 시작했다. 주변의 흐름과 너무나
다른 성준의 교육 태도에 불만이 많았지만 당분간 잠잠하기로 했

다. 어차피 운수를 계속해서 키울 수 있을 것 같지도 않으니까. 이혼하면서 운수를 데리고 나올 생각은 없었다.

"카드가 어째서 정지되었죠?"

생활비 카드가 정지되었다. 그녀가 떼어 두었던 돈을 태우에게 절반 주고 나니 초조해져서 생활비를 확인하려다 알게 되었다. 낭패다.

"내가 직접 결제할 거니까. 당신 통장이 있다면 말해. 따로 용돈 넣어 줄 테니까 카드를 만드는 건 당신이 알아서 해."

"여보!"

"통장 번호 말해. 용돈은 필요하잖아?"

"이런 식으로 천천히 날 밀어낼 생각인가요?"

"오해야. 천천히 밀어내는 것이 아니라 당신이 없는 생활에 적응하는 중이야."

"이혼은 없어요. 당신 생각대로 되지 않아요. 설사 이혼이 된다고 해도 당신 말처럼 회사 반은 잘라 내야 할 거예요. 그렇게 초월한 척하더니 이젠 아까운가 보죠?"

"맞아. 처음엔 아낌없이 줄 생각이었어. 내 죄니까. 내가 받아야 할 죗값은 그것보다 훨씬 더 크다고 생각했어. 그런데 이젠 아니야. 내 죗값은 내 죗값이고 재산은 재산이야. 당신이 아니라 다른 좋은 곳에 쓰인다면 얼마든지 내어놓겠지만 당신한테 가는 거라면 이젠 막을 생각이야. 당신은 그걸 받을 자격이 없으니까."

"한번 해보겠다는 거예요? 어차피 실패할 일 시작하면 운수가 힘들 텐데 걱정도 안 된단 말이에요?"

"그런 말 할 자격 당신한테 없어. 한 번 실수? 한 번 실수라고

했어? 그래. 그 한 번 실수가 왜 그리 반복적이야? 나도 바람피워
서 할 말 없다고 했던가? 그래. 할 말 없지. 게다가 마지막까지 체
면을 지키고 싶어서 당신이 운하 엄마에게 한 그 엄청난 일도 이미
지난 일이라면서 덮으려고 했던 파렴치한 사람이니까."

성준은 자신의 파렴치함을 말하면서 다시 깨달았다.

"그렇지만 이젠 체면도 내려놨어. 잘못한 일에 대해 치러야 할
대가가 있다면 치러야지. 운수를 핑계 댄 건 나나 당신이나 똑같
아. 자식을 그렇게 안타깝게 생각했다면 애초에 내가 당신과 바람
을 피우지 말았어야 했고 당신도 마찬가지야. 나나 당신이나 자식
에 대한 걱정은 그저 핑계일 뿐이야. 바람피울 때 마음에 자식은
없었으니까."

그 시절, 조금만 정신을 차리고 행동했더라면 오늘 이런 후회는
하지 않았을지도 모르는데. 후회, 또 후회가 된다.

"내 자식이 얼마나 큰 상처를 입을지 그런 거 생각도 안 했어.
그저 내 생각과 내 삶이 제일 중요했지. 우리가 어떻게 하든 운수
는 이미 상처를 받았고 앞으로도 받을 거야. 나와 당신 때문에."

아버지에게 가서 운하의 연락처를 알아낸 정희의 영악함에 놀라
고 두려웠다. 그녀는 그가 생각하는 것처럼 어리고 철이 없는 여자
가 아니었다.

그녀는 사람을 죽게 하고도 아무렇지도 않게 자식을 낳고 살았
고 바람을 피우기까지 했다. 바람을 피우다 들켜도 크게 고통을 받
지도 않았고 심지어 지난날의 잘못에 대해 거의 잊어 가고 있기까
지 했다.

정희는 도덕적인 양심이 거의 무뎌진 상태였다. 앞으로 그녀가

어디까지 어떻게 갈지 생각하고 조심해야 하는 이유였다. 다행이 사업을 하며 사람들의 잔인함과 부도덕함을 많이 겪은 덕분에 정희를 판단하는 데 감정에 휘둘려 우왕좌왕하지 않았다.

정희는 자기의 잘못에 대해 조금도 반성하지 않았고 앞으로 반성할 생각도 없어 보였다. 그녀의 양심에 호소하는 건 어리석은 짓이었다.

"난 지지 않아요. 내가 집에서 애나 키우며 바보처럼 지냈다고 생각하겠지만 그렇지 않아요. 있다는 사람들 이혼 부지기수로 봤어요. 아는 변호사도 넘친다고요. 괜히 시간 끌며 당신 명예나 더럽히지 말고 회사 반만 떼어 주세요. 그걸로 아주 조용히 사라져드리죠."

아니면 절대 아닌 남편의 성격을 아는데 구차하게 매달릴 필요 없다. 성준은 이미 결심한 것 같았다. 이럴 땐 그녀의 몫을 챙기는 것이 상책이었다.

부유한 이혼녀는 할 만했다. 주변에서 본 여자들이 하던 것처럼 하면 되겠지. 성준의 회사 반이면 평생 놀고먹어도 살 수 있었다. 마음에 드는 남자하고 즐겁게 지낼 만큼 여유 있는 인생이라면 굳이 결혼 생활에 목맬 필요 없는 거지. 돈이 사람 만들고 돈에 사람들은 움직인다. 돈만 있으면 불행은 없는 거야.

"당신 하고 싶은 대로 해. 그런데 정희야, 진실은 드러나게 마련이야. 그건 기억해. 그리고 드러난 진실은 무시한 시간을 꼭 그대로 대갚음해 줘. 그것도 기억해야 해. 나는 네가 후회한다면 끝까지 도우려고 했어. 네가 후회하고 아파하기를 바랐어. 하지만 넌 조금도 변할 생각이 없으니까. 이젠 각자 결정했으니 그대로 하자.

넌 너대로 난 나대로."

"내가 이겨. 내가 이긴다고요. 생활비 끊은 것도 대가를 치를 거야. 좋은 변호사 못 구했나 봐요? 지금 하는 일 내가 다 걸고넘어질 거야."

돈이 끊어지면 태우에게 줄 돈이 줄어든다. 변호사 비용도 대야 하는데. 이렇게 빠르게 성준이 뭔가를 할 줄 몰랐다. 솔직히 돈에 관한 일에 준비가 없었다.

늘 생활비가 넉넉하니 그걸 잔뜩 유용한다고 뭐가 그리 문제가 될까? 그렇게 생각했다. 곧 이혼할지도 모를 처지에 생활비를 생활비로 쓰지 않는 것이 당연한 거니까. 그런데 그녀가 뭘 하기도 전에 새로 더 얻는 건 고사하고 남은 돈마저 모두 막혀 버렸다.

그러나 길이 아주 없는 건 아니다. 이혼 후에 받을 돈을 약속하고 뭐든 할 수 있으니까.

"바람피운 젊은이하고 만나는 널 보고 하던 대로 하는 건 어리석은 짓이지. 이런 말도 하고 싶지 않았지만 그간 살아온 정을 생각해서 말해 주는 거야. 돈 버리지 말고 처분에 따라. 네가 아는 변호사들은 돈에 움직이는 사람들이야. 돈이 없으면 네 변호도 없어. 게다가 이길 확률도 없는 일이라는 걸 잘 알거다."

여전히 자신만만한 정희. 후회든 양심이든 그녀를 찌르는 건 남아 있지 않았다.

"겁주지 마요. 사업하던 식으로 날 몰고 갈 생각인가 본데 마음대로 안 될 걸요?"

"좋은 사람들과 만나고 다녔다면 그런 전문 제비를 만날 일이 없었겠지. 그렇게 생각 안 해? 네 주변에 정직하고 지혜로운 사람이 없다는 건 너한테 비극이야."

부동산이다 동산이다 하며 투기와 불법에 휩쓸려 다니는 사람들과 어울린 정희의 사람됨을 다시 보게 되었다. 누가 부추긴 것이 아니라 그녀 스스로 그런 걸 좋아한 탓이다.

그러나 이 모든 것이 그의 죄였다. 아내를 배신한 순간 그의 눈이 멀었고 사람됨이란 걸 살필 수 없게 된 거니까. 그가 앞으로 겪을 모든 일은 그래서 그가 짊어져야 할 것이었다.

"잘 먹고 잘사는 사람들만 있으니까 걱정하지 마요."

정희는 자리를 박차고 일어났다. 기가 죽었기 때문이다. 성준의 말이 그녀의 가슴을 내리눌렀다.

잘 먹고 잘사는 사람들? 정말 그들이 잘 먹고 잘사는 걸까? 그들의 어려움이나 고통은 보지 않았다. 재산 뚝 떼어 받은 이혼을 잘했다고 큰소리치던 그들은 그 큰소리를 위해 다른 사람들보다 더 화려한 생활을 보여 주려고 했다.

그러나 눈치는 채고 있었다. 공허한 삶의 자리를 채우지 못해서 날마다 불안과 초조함으로 지내야 하고 어떻게든 사람들을 모아들여야 하는 그들의 삶에 만족과 감사는 한 치도 없다는 걸 눈치는 채고 있었다.

그들이 정말 만족한 삶을 살고 있다면 그녀를 불러서 집이나 땅을 보러 가자고 할 이유는 없었다. 집 사는 재미, 땅 사는 재미. 그런 거 없었다. 집 사고 땅 사는 것보다 사람들과 어울리는 재미가 더 컸고 그런 재미가 계속해서 부풀어 올라 기어이 남자를 끼고 놀게 된 것이니까.

아니야. 재밌게 만족스럽게 살 수 있어. 그들은 어리석어서 그래. 돈을 쓸 줄 몰라서 그런 거지. 그렇게나 많은 돈을 가지고서도 그렇게밖에 살 수 없는 건 그들이 못나서 그런 거야.

죽어 가는 기를 어떻게든 살리려 생각을 막았다.

방으로 돌아온 정희는 앞으로 어떻게 해야 할지 생각했다. 그녀의 통장을 지키고 싶었는데 그럴 수는 없게 되었다. 이럴 줄 알았으면 사는 동안 더 많이 떼어 놓는 건데.

옷 방에 있는 명품 옷과 가방들을 처분하면 될까? 그래. 일이 잘되면 몇백 배는 돈을 가지게 되는데 이깟 것 나중에 다시 사면 돼.

하나하나 꺼내어 세어 보니 그녀가 생각했던 것보다 많았다. 그녀 스스로도 가진 것에 대해 크게 인지하지 못하고 있었던 것이다. 그동안 이 많은 걸 사려면 돈이 꽤 들었을 텐데 어떻게 다 샀을까? 자기 스스로도 믿기지 않을 정도였다.

얼마 전에 성준에게 명품이 없다고 징징거렸던 일이 생각나 아주 잠깐 뜨끔했다. 이 정도면 아쉽다고 말할 만큼은 절대 아니니까.

남편은 그녀가 이렇게 많은 사치품을 가지고 있다는 걸 정말 모르는 걸까? 모르겠지. 안다면 생활비를 올려 달라고 말할 때마다 뭐라고 했을 테니까.

정희는 성준이 사업하는 사람이라는 걸 잊었다. 자수성가한 성준이 수천만 원이 새어 나가는 걸 모를 수 없을 거라곤 생각지 못했다. 이제까지 누리고 살았던 풍요함이 성준의 배려였다는 걸 깨닫지 못했다.

성준은 천상이 전해 준 사실에 놀라 한참을 말하지 못했다.

"그 목걸이가 사고 현장에 떨어졌다는 거로군."

"운하가 전해 받은 그대로 간직한 덕분에 조사가 좀 수월했습니다."

피가 묻은 그대로 간직한 덕분에 보석에 대한 진실만이 아니라 현장에 그 보석이 떨어졌다는 사실까지 증명할 수 있었다. 그 펜던트가 정희의 것이라는 증거는 정희가 스스로 매일 보여 주고 있었다.

보석 가게에서 정희의 부탁으로 사고가 나고 얼마 후에 똑같이 복제해 주었다고 했다. 값을 단번에 치르지 못해서 몇 번을 나누어 냈다는 기록까지 그대로 남아 있었다. 오래도록 자리를 지키고 장사를 한 덕에 보석 가게에서 과거 기록은 어렵지 않게 얻을 수 있었다.

"우연이라고 말하기 두렵군. 운하 엄마에게 미안해하던 목걸이가 증거가 되었으니 말이야. 이제 어떻게 할 생각인가?"

"저는 운하를 위해서 최대한 조용하게 처리하고 싶습니다. 순순히 인정하고 반성한다면 선처를 생각할 수도 있습니다. 운하가 운수를 마음에 두고 힘들어하니까요. 조용히 처리할 수 있겠습니까?"

"그렇군. 그런데 운하가 다른 말은 안 해?"

"다른 말이라니요?"

"아, 그게, 음. 내가 처리를 했지만 운하가 좀 불쾌한 일이 있었어. 말하기 좀 곤란한데, 어쨌든 대가를 톡톡히 치르게 했으니까."

"무슨 말씀입니까?"

태우에 대해 운하가 입을 다물었다는 건 이해했다. 지금 천상의 표정이 살벌하게 변한 것으로 봐서 사실을 낱낱이 알게 되었을 때

앞서 말한 선처라는 단어가 무색해질 테니까.

그도 운하의 그 일로 정희를 조금도 용서하지 않기로 했다. 운하가 기억을 잃어 일찍 나타나지 않은 것이 천만다행이었다. 그 당시 그는 운하의 말을 믿지 않았을 테고 정희가 그 사이 정말 운하를 해쳤을지도 모른다.

생각만으로도 끔찍하고 두려웠다. 다 큰 운하에게도 그 악한 마음을 접지 못하고 손을 뻗었으니 생각할 것도 없었다.

"운수 엄마가 남자를 시켜서……."

탕.

성준이 뭐라고 말을 이을 필요도 없었다. 천상은 책상을 치고 일어났다. 목발을 서둘러 집어 끼고 몸을 움직였다.

"선처라는 말은 없던 걸로 해 주십시오. 그리고 일이 완전히 다 마무리될 때까지 운하는 제집에 머물 겁니다."

"아, 그래."

거친 기운을 남기고 사라진 천상에게 아무런 감정은 없었다. 오히려 운하를 생각하는 그의 마음이 보여 마음이 놓이기까지 했다.

정말 죽은 운하 엄마가 도와준 것인지 운하는 그 힘든 과거에도 불구하고 사랑하는 사람의 품에 있을 수 있게 되었다. 감사하고 또 감사한 일이었다.

천상은 집으로 돌아가는 차 안에서 운하에게 한 마디도 하지 않았다. 지난 며칠 여러 가지 일로 바쁜 나날이었다. 같은 시간에 집으로 돌아가지 못하는 일도 많았다. 오늘도 운하 아버지와 대화가 길어졌다면 운하가 먼저 집으로 돌아갔을 날이었다.

그러나 성준과의 대화 중에 천상이 먼저 일어났고 대화는 끝이 났다. 일찍 돌아온 그와 운하는 같은 차를 타고 집으로 돌아가는 중이었다.

"무슨 일 있었어요?"

운하가 참지 못하고 조심스럽게 물었다. 평소 보여주지 않았던 애교스러운 몸짓까지 섞었다.

오늘 아버지를 만나러 간다고 나갔다가 생각보다 일찍 돌아왔다. 돌아온 그의 표정이 정말 좋지 않았다. 이제까지 묻지 못하고 참고 있었는데 여전히 입을 다문 그를 더 이상 견딜 자신이 없어 먼저 입을 열었다.

"있었어."

"어머, 무슨 일인데요?"

"입 다물어."

"아!"

단단히 화가 났다. 이번은 진짜였다. 천상이 화를 내니 정말 무서웠다. 운하는 바짝 기가 죽어 집 안으로 들어왔을 때까지 숨도 제대로 쉬지 못했다.

"밥 먹어."

"아, 네."

천상이 무서워 아무것도 하지 못하고 있는 운하에게 차가운 그의 명령이 떨어졌다. 이씨도 처음 보는 천상의 화난 얼굴에 긴장을 감추지 못했다.

"아주머니 수고하셨습니다. 퇴근하세요."

"네."

이씨는 운하의 기죽은 얼굴이 안쓰러워 눈으로 위로해 주고 얼른 짐을 챙겨 집을 나섰다.

운하는 이씨가 집을 나가는 걸 애처롭게 바라본 후 얼른 식탁에 앉아 조용히 밥을 먹었다. 입 다물라고 해서 이젠 말도 시킬 수가 없었다. 뭣 때문에 화가 났을까?

"최운하."

"……."

"최운하!"

"어마. 아, 네!"

어떻게 천상의 마음을 풀어 줘야 하나 고민하느라 그가 조용히 부른 소리를 듣지 못했다. 그러다 버럭 지른 천상의 소리에 수저를 떨어트리고 고개를 들었다.

"밥만 먹으면 어떡해? 반찬은 전시용이야?"

"제가 밥만 먹었어요? 아, 그런가?"

"골고루 먹어."

"네."

잔뜩 기가 죽어 그의 말에 흠칫 놀라면서 대답하는 운하. 그러나 천상은 그런 운하에게 동정을 베풀지 않기로 했다.

혼나야 해. 일이 있으면 당연히 그에게 먼저 와서 말했어야지, 어쩌자고 아버지가 해결해 줄 때까지 감춘단 말이야?

"다 먹었어?"

"다 먹었어요."

"소화제 먹어."

"소화제요?"

"긴장하고 먹어서 체할지 모르잖아?"

"아니, 괜찮을 것 같기도 한데."

"먹으라면 먹어."

"네."

중간까지 밥만 먹어서 그리 많이 먹지 않았다. 그래도 천상이 시키는 걸 거절할 만큼 기가 회복되지 않았다.

그가 노려보는 가운데 소화제를 먹었다. 소화제도 체할 것 같지만 그런 말은 하지 않았다.

대충 정리했지만 설거지는 미뤘다. 천상이 거실로 운하를 소환했기 때문이다. 죄인 취급을 받으며 운하는 거실에 그와 떨어져 앉았다.

"넌 내가 우습게 보이지?"

"네? 아니에요. 감히 누가 그래요? 어떻게 사장님을 우습게 봐요?"

"지금 우습게 보고 있는 거야. 내가 둘이 있을 때 그렇게나 사장이라 부르지 말라고 했는데 넌 그 말이 말같이 안 들린 거야. 하나부터 열까지 내 말은 네 콧등에도 다다르지 못하고 있다는 증거지."

"오, 아니에요. 죄송해요. 그건 버릇이 돼서 그래요. 게다가 지금은 잔뜩 긴장도 했고요. 절대 그런 의미 아니에요. 자기야, 안 그래요."

"못 믿겠어. 넌 내 생각 같은 거 하나도 하지 않아. 내가 네 마음 어디에 있는지 찾을 수가 없어."

"어머, 자기는 왜 그러세요? 그런 말도 안 되는 소리를 왜 해요?

제 마음 어디에 있는지 모르겠다니 너무해요. 여기저기, 요기도 있고 여기도 있는데. 다 사장님, 아니 자기야가 있단 말이에요."

천상은 운하의 사랑 고백을 기분 좋게 들었다. 그에 대한 마음이 온몸에 가득하다고 저렇게 예쁘게 말하는 운하는 자신이 감정을 다 드러내고 있다는 사실을 깨닫지 못했다.

"다른 남자 만났다며?"

"네? 누가 그래요? 제가 사장님, 아니, 자기야 말고 누굴 만나요? 와, 천벌받을 일이네. 내가 사장님, 아이고, 우리 자기 말고 남자는 아무도 없는데 그게 무슨 소리예요?"

갈수록 장관이다. 천상은 운하의 이어지는 고백도 기쁘게 들었다.

"이정희가 보낸 남자."

"아!"

"용서받을 생각하지 마라."

"사장님, 아니, 자기야."

왜 이런 긴박한 상황에 천상이 싫어하는 사장님이란 소리는 툭툭 나오는 거냐!

운하는 그가 그 일을 알게 된 것에 놀랐다. 천상이 싫어할 줄 알고 숨긴 것도 있지만 이런저런 일로 수고하는 그에게 자잘한 걱정거리를 주고 싶지 않아서 말하지 않은 마음이 더 컸다.

과거 사고에 대한 진실을 파헤치면서 아버지와 할아버지 모두 힘들어하셨다. 물론 그녀도 힘들었다. 엄마를 잃은 상처를 계속 들쑤셔야 하니까. 그런 그녀 곁에서 든든한 바위처럼 힘이 되어 주고 실질적인 도움을 주는 천상이 고마웠다. 그래서 잘해 주고 싶었고 걱정 끼치지 않으려고 했다.

그런 그녀의 마음과 정반대로 천상은 말하지 않은 일에 화를 내고 있었다. 그가 화내는 지금 진심이 느껴져 더 두려웠다. 어쩌지?

"잘생겼나 보지? 두 다리도 멀쩡하고 말이야?"

"아니, 왜 이상한 곳으로 빠져요? 두 다리 멀쩡하고 아니고가 무슨 상관이에요? 사장님, 아니 자기는 다리 불편한 거 너무 의식하는 거 아니에요? 불편한 것 말고 아무 이상도 없으면서 뻑 하면 다리가 어쩌고 하는 거, 자기처럼 멋있는 남자가 할 말은 아니잖아요?"

"딴소리하지 마!"

소리는 질렀지만 그의 목소리는 운하의 고백을 들은 순간부터 차가운 기운을 잃고 있었다.

"딴소리 아니에요. 그래요. 잘생겼어요. 와, 어찌나 잘생겼던지 속이 느글거리더라고요. 그리고 젊었죠. 아직 뭐가 뭔지 생각이 있는 건지 없는 건지. 뇌가 신생아 수준이더라고요. 됐어요?"

"그놈하고 뭘 한 건데?"

"뭘 하긴 뭘 해요? 만나자고, 내가 예쁘고 귀엽다나 어쨌다나, 맛있는 거 사 준다면서 차 한 대 앞에 놓고 폼 잡고 섰기에 우리 멋진 자기 차 불러서 그 차 타고 따라가겠다고 했더니 기가 죽더라고요."

운하는 천상을 슬쩍 살피며 말을 이었다.

"우리 자기가 내가 너무 예쁘고 귀여워서 경호원 없이는 어디 다니는 걸 싫어해서 함께 다녀야 하는데 괜찮겠냐고 했더니 얼굴이 하얗게 됐죠. 자기야가 그동안 사 준 비싸고 맛있는 음식 줄줄 말하면서 그런 거 사 줄 거라면 안 먹어도 된다고, 우리 자기야 때문에 너무 자주 먹어서 질렸다고 했더니 그 말 듣고 또 하얗게 됐죠."

천상의 표정이 조금 누그러진 걸까? 그가 확실히 반응하지 않아 초조해졌다. 운하는 조금 더 애교스럽게 말했다.

"자기 차에서 운전기사님이 내려서 저한테 인사하는 거 보더니 말도 없이 달아났어요. 이게 다예요. 이런 걸 어떻게 자기한테 말해요? 바쁜 우리 자기가 이런 일로 감정이 상해야겠어요? 그래서 아빠한테 말한 거예요."

역전.

천상은 계속 우위를 차지할 수 없었다. 마음만 먹으면 얼마든지 그의 마음을 사로잡을 줄 아는 운하를 이제 알게 되었다. 어찌나 애교스럽고 깜찍하게 말을 하는지. 자기라는 말을 저렇게 시기적절하게 술술 사용할 수 있으면서 그동안 안 해 준 것이 서운할 지경이었다.

"나는 운하가 조금이라도 위험하거나 불쾌한 거 싫어. 특히나 그런 상황을 내가 몰랐을 때는 더더욱 싫고."

"알았어요. 다음엔 다섯 살짜리 꼬마가 다가와서 집적거려도 부를 게요. 전화해서 살려 달라고 할게요."

"운하야."

"네."

서로가 치솟아 올랐던 감정들을 모두 버리고 차분해진 상태였다. 천상이 소파에 앉은 채 손을 뻗었다. 운하는 처음에 그가 왜 그러는지 몰라 가만히 바라만 보았다.

"이리 와."

운하의 가라앉았던 감정이 그의 부름에 다시 출렁거렸다. 앞서 둘의 흔들렸던 분위기가 생각나서 쉽게 거절하지 못하고 천천히 자리에서 일어나 천상에게 다가갔다.

가까이 다가온 운하의 팔을 잡아 그가 품으로 끌었다. 어느 정도 예상한 행동이라 운하는 자연스럽게 그의 품에 안겼다.

"오늘부터 같이 잘 거야."

그의 품에서 안전함을 느끼며 눈을 감고 있던 운하의 눈이 번쩍 뜨였다. 고개를 들고 그에게 뭐라고 말하려는데 천상이 두 팔에 힘을 주며 운하의 고개를 그의 품에서 떠나지 못하게 했다.

"더 이상 기다리는 건 의미가 없어서 그래. 그날 이후로 네 상태가 좋을 때를 노리느라 시간을 보낸 거야. 다른 이유는 없어. 혹시라도 기대하고 느긋하게 있었던 거라면 꿈 깨."

"누가 들으면 선전포고라고 오해하겠어요. 지금 낭만은 하나도 없는 거 아세요?"

"없지. 바짝 긴장한 마당에 낭만을 찾을 여유라는 게 있을 수가 없잖아?"

여전히 가슴에 얼굴을 묻고 있는 그녀는 천상이 웃는 걸 느낄 수 있었다.

"또 저 대신 말씀하시는 거죠? 긴장한 사람의 대사가 전혀 아니에요."

"아니야. 저번에도 말했지만 난 운하가 어떻게 반응할지 두렵고 떨려. 사랑하니까."

"치. 제가 어떤 반응을 해도 자기야 마음대로 할 거면서."

"그건 그렇지. 결과는 같지만 마음은 전혀 달라. 두렵고 떨리는 마음으로 운하를 덮치는 거니까."

"어머, 완전 뻔뻔해."

이제는 천상이 얼굴을 들라고 해도 들 수 없었다. 운하는 스스로 그의 품에 더 깊이 얼굴을 묻었다. 어휴, 부끄러워. 도대체 이럴 때는 어떻게 처신해야 하는 걸까?

"운하야, 이번에는 못 한다고 해도 할 거야. 안 한다고 해도 할지도 몰라."

"그러면 안 되잖아요?"

"그러니까 미리 말하는 거야. 절대 안 물러서. 그러니까 네가 포기하고 참아."

"벌써 떨린단 말이에요. 아, 어떻게 하지?"

"눈 딱 감고 있으면 돼."

억지로 떨어지지 않으려는 운하를 품에서 떼어 낸 천상은 천천히 자리에서 일어났다. 운하는 뛰는 가슴을 진정시키느라 그가 손을 내민 것도 보지 못했다.

"최운하."

"네? 아, 네."

겨우 그의 소리를 듣고 벌떡 일어난 운하는 천상의 손을 그제야 보았다. 잡아야 하나? 숨도 못 쉬겠어. 이러다 안기기도 전에 죽는 거 아닐까?

눈앞이 캄캄하다. 천상의 손에 잡혀 천천히 그가 이끄는 대로 가는데 정신을 차리니 그의 방문 앞이었다. 한 번도 들어가 보지 않았던 방.

잠시 멈춘 천상이 잔뜩 긴장한 운하를 내려다보았다.

정말 그는 멈추지 않을 건가 보다. 마지막 애원의 눈빛으로 운하가 올려다봤지만 그의 표정은 조금도 변하지 않았다.

목발을 짚었던 손으로 문을 열고 다시 목발을 짚으며 그녀를 안으로 이끌었다. 처음 천상의 방 안으로 들어온 운하는 아주 잠깐 긴장에서 벗어날 수 있었다.

그의 방을 둘러보는 동안 잠시의 휴식을 얻었다. 그러나 커다란 침대가 두 눈 가득 들어왔을 때 다시 아까보다 곱절로 긴장이 되돌아왔다.

"불 끌까?"

"네? 아, 저기, 저는……."

용기는 처음부터 없었다. 천상과 침대를 번갈아 보자 두려움이 솟구쳤다. 아닌가? 어쨌든 숨 쉬는 것도 힘들만큼 가슴이 뛰고 정신이 없었다. 다리에 침대가 닿았다가 떨어질 때마다 화들짝 놀랐다.

"잘못될 거 없어. 키스하는 것하고 똑같은 거야."

"그래요?"

"특별할 거라고 괜히 생각해서 그래. 별다르지 않아. 사랑하는 마음이 있으면 평소에 키스하고 안고 눈을 마주하는 것처럼 자연스럽고 아무렇지도 않아. 내가 싫으면 그만두고. 내가 싫어?"

"심술. 알면서."

"예쁘네. 우리 운하는 요렇게 토라질 때가 제일 예뻐."

"지금은 그런 말 소용없어요."

말은 그렇게 했지만 엄청나게 소용이 있었다. 그가 예쁘다고 웃으면서 말해 준 적이 없었기 때문이다. 사랑한다고 말했을 때보다 더 좋았다. 마음이 놓이면서 몸이 자연스러움을 조금 되찾았다. 그런 그녀의 마음을 아는 건지 뭔가를 집어 드는 순간 방 안에 불이 꺼졌다.

사이드 테이블에 리모컨을 내려놓은 천상은 운하가 다른 생각할 틈을 주지 않으려고 얼른 품으로 끌어안았다. 운하를 품에 안고 걷지 않아도 된다. 바로 침대 옆에 서 있으니까.

놀라서 파르르 떠는 운하의 기분을 풀어 주려고 부드럽게 키스했다. 어두운 것이 도움이 되었는지 운하의 몸이 빠르게 안정되어 갔다.

이제까지 어떤 키스보다 길고 부드러웠다. 천상의 배려 때문인지 아니면 없던 용기가 생긴 탓인지 운하는 그의 손길이 몸에 닿아도 놀라지 않았다.

옷이 벗겨지는 걸 남의 일 보듯 할 수 있었고 뭔가를 생각하려고 할 때마다 천상이 키스해 주었다. 그녀도 달리 다른 생각을 하고 싶지 않아 그의 입술에만 신경을 썼다.

그러다 피할 수 없는 상황과 맞닿았다. 침대에 그와 함께 눕게 된 것이다. 맨살이 드러나서 그와 닿을 때 느낌이 달랐다. 그가 했던 말을 기억하며 자연스러움을 찾으려고 애를 썼지만 찾을 수 없었다. 어디가 어떻게 자연스러운 건데?

"운하야."

탁한 그의 목소리가 억울하던 마음을 단번에 치워 주었다. 허리를 감는 그의 팔을 느끼며 그의 품에 안기기를 기대했다. 이젠 불편하고 부자연스러운 건 그만하고 자연스러운 포옹을 하려나 봐.

운하는 그의 목을 두 팔로 감으며 편안한 그의 품에 꼭 안기려고 했다.

그러나 곧 그녀가 생각하고 기대하던 포옹이라는 달콤함은 없다는 걸 알게 되었다. 운하의 경계심을 모두 없애 버린 천상은 이제까지의 배려가 뭘 위한 것이었는지 철저히 보여 주었다.

"앗!"

평생 처음 느껴 보는 만족스러운 아침이라고 해야 할까? 잠이 깨면서 느껴지는 운하의 따뜻함과 부드러운 맨몸이 그를 만족스럽게 했다. 작은 몸이 그의 품에 꼭 안겨 있었다. 천상은 눈도 뜨지 않고 운하의 뺨에 입술을 비볐다.

그러나 커다란 만족감으로 행복한 그와 달리 품에 안긴 운하는 그렇지 않은 것 같았다.

"치워요."

이른 아침의 피곤한 목소리.

"잘 잤어?"

"잘 잤겠어요? 후천상 씨는 아주 잘 주무셨나 보죠?"

"응. 난 우리 운하 안고 자니까 아주 잘 잤지."

토라진 운하를 알지만 그걸 알고 있다는 표시를 하고 싶지 않았다. 치우라며 몸을 빼려는 그녀를 더욱 세게 끌어안으며 다시 운하의 뺨에 입술을 비볐다. 눈을 뜨고 싶지 않았다. 아침이 왔다는 게 아주 싫었다.

"일어날 시간 넘었어요."

"일어나기 싫어."

"에이, 좀 놔주세요. 허리 아프단 말이에요!"

운하의 아프단 말에 자연스럽게 팔에 힘이 빠졌다. 뜨고 싶지 않은 눈을 뜨고 그의 품에서 나가는 운하를 보았다.

작은 몸으로 민첩하게 움직인 운하는 바닥에 떨어진 그의 커다란 셔츠를 입어 몸을 가렸다. 그를 흘겨보고는 옷을 챙겨서 방을 뛰어나갔다.

"오늘은 풀기 어렵겠는데?"

침대에서 일어나 앉은 천상은 중얼거렸다. 어렵다고 말하면서 표정은 전혀 그렇지 않았다. 활짝 웃기까지 하고서 천천히 침대에서 나왔다.

15
마무리

천상은 입을 내민 귀여운 운하를 생각하지 않으려고 애를 썼다. 운하는 분명 지금도 비서실에 혼자 앉아 사장실을 노려보면서 입을 내밀고 있을 거다. 자꾸만 서류를 보는 중간 갑자기 웃음이 나와 그 자신도 민망할 지경이었다.

똑똑.

"사장님, 손님 오셨습니다."

삐쳐 있을 운하가 접대용 표정을 유지하며 말했다.

"누구?"

"동생분이라고 하시는데요?"

"수현이? 들어오라고 해. 너도 함께 있어."

"아닙니다."

운하의 접대용 표정은 단번에 지워졌다. 흥. 천상은 다시 나오려는 웃음을 꾹 참고 수현이 왜 회사까지 온 건지 생각했다. 운하가 나가고 곧 수현이 어두운 얼굴로 들어왔다.

"네가 회사까지 웬일이야?"

"지금 저 아가씨가 오빠의 애인이야?"

"그래. 곧 새언니가 될 사람이야. 그거 확인하려고 왔어?"

"겸사겸사. 아니, 그게 아니다. 놀라서 온 거지."

"뭐가 놀라운데?"

수현이 앉은 소파에 마주 앉은 천상은 불안한 생각이 들었다.

"오빠, 저 아가씨에 대해, 고우나에 대해 다 알아?"

"고우나? 그 이름은 어떻게 알아?"

"어떻게 알기는 고우나로 비서 채용된 거 아니야? 이름도 바꿨어?"

"아, 너는 아직 잘 모르지. 원래 이름은 최운하야. 어릴 때 사고로 이름이 잠깐 바뀌었던 거야. 회복시켰으니 이제부턴 원래 이름인 최운하로 해야 맞아."

"내가 들은 소문이 그냥 뻥은 아니었네. 오빠, 오빠처럼 빈틈없는 남자가 어쩌다 그랬어? 어쩌다가 저런 아가씨를 좋아하게 된 거야?"

"뭐?"

"소문이 좋지 않아. 변호사들 사이에 소문이 날 정도야. 요즘 내가 이혼 문제로 자주 들락거리잖아. 그러다 듣게 됐어. 오빠가 내 오빠라는 걸 알고 알려 준 거겠지."

"그게 무슨 소리야?"

"오빠라면 알 거야. 일주빌딩 사장님."

"알아."

운하의 아빠라고 말하려다 말았다.

"그 사장님이 이혼 다툼 중이신가 봐. 이유가 고우나 때문이야. 아니, 최운하라고 했던가? 저 아가씨가 그 사장님의 잃었던 딸이라나 봐. 그런데 이제 나타나서 재산을 차지하려고 한다네. 오빠한테 그 사장님이 자기 아빠라고 밝히지 않은 걸 보면 정말인가 봐. 어쩜. 과거에도 그렇게 어리숙한 노인의 재산을 가로챘던 경력자라면서……."

쾅.

"어디서 그런 쓰레기 같은 소리를 듣고 다니는 거냐?"

"오빠, 이건 그냥 쓸데없는 소리가 아니라……."

"그 여자가, 우리 운하를 그런 식으로 모함하려고 한단 말이지? 사람들 입에 함부로 우리 운하를 오르내리게 하다니 용서 못 해."

"오빠, 너무 화내지 말고 잘 좀 생각해. 완전히 거짓말은 아닌 것 같단 말이야. 결혼도 했었다고 해. 그건 서류가 있으니까 숨길 수 없는 거잖아?"

"아버지한테도 말했어?"

"아니. 오빠한테 먼저 알려야 하는 거지. 오빠가 처리해야 하잖아?"

"이런 식으로 나오겠단 말이지? 참고 또 참았는데 기어이 날 건드려?"

"오빠!"

"잘 들어 후수현. 우리 운하에 대한 어떤 말도 난 용서 안 해. 그리고 운하에 대한 어떤 일도 내가 다 아는 일이야. 결혼? 했었어. 그 남자의 시한부 인생을 지켜 주었고 남겨 준 재산도 얻었지. 그걸로 운하가 뭘 한 줄이나 알아? 모르지. 아무도 그런 건 관심도 가지지 않으니까. 그저 자기들 입방아 찧기 좋은 소리만 부풀리고 부풀려서 사람 하나 짓밟아 너덜너덜하게 만드는 걸 자랑하듯 하니까."

운하가 먼저 듣지 않아 다행이다. 그러나 동생이 옮겨 준 사실에 실망했다.

"수현아, 너도 그런 사람들 때문에 아파 봤잖아? 이제까지 그런 사람들 때문에 힘들어 놓고서 왜 진실을 확인하기도 전에 덩달아 휩쓸려 입을 놀리는 거냐? 네 이혼에 대해 아무것도 알지도 못하면서 이리저리 이야기를 부풀리고 만들어 냈던 그 사람들과 너도 이젠 똑같아."

"아."

수현은 오빠의 호통에 정말 놀랐다. 사람들을 원망했으면서, 그녀의 사정을 다 알아주지 못한다고 그렇게 아파하고 슬퍼했으면서, 오빠의 말처럼 그녀도 똑같이 누군가를 그렇게 상처 주고 있었다는 사실이 너무 아팠다.

"그러네. 미안해. 오빠, 정말 미안해. 사람들의 입에 휘둘리면서 나도 모르게 쌓였던 내 감정 폭발을 대신했어. 누군가의 흉을 보면서 떠들어 대는 동안 나는 잘난 것처럼 여겼어. 정신이 나갔었나 봐. 남 상처 주기가 이렇게 쉽다는 거 처음 알았어. 오빠가 말해 주지 않았으면 여전히 난 걱정하는 척하면서 계속 흉을 보고 다녔을 거야. 어쩜 이럴까? 이렇게 형편없다니! 소문이라고 생각하면서도 미리 죄인 취급하며 뒤에서 수군거렸어. 정말 미안해."

"운하는 어릴 때 사고로 부모와 떨어져 지냈어. 자라서 나이 많은 사람에게 시집간 것도 사실이야. 아까 말했듯이 그 사람이 운하에게 잘해 주고 싶어서 시한부 선고를 받고 일을 추진한 거야. 그 사람은 그게 최선이라고 생각했겠지. 작은 원룸에 살면서 받은 재산에서 나오는 돈은 꼭 필요한 곳에만 쓰고 나머진 고아원에 계속 기부하고 있어. 나한테도 한 마디 말조차 없어서 내가 알아낸 거야."

"그렇구나. 몰랐어. 정말 대단해. 나 같으면 좋은 집에서 부유하게 살면서 불편한 과거를 숨기고 지냈을 텐데. 돈으로 과거를 치장하려고 무던히도 애썼을 거야. 운하 씨는 안 그랬구나. 그런데 어쩌다가 그런 일에 휘말린 거야?"

"알다시피 이혼소송 중이잖아. 최 사장님이 운하의 과거 사고에 대해 알고 이혼하려고 한 거야. 지금 아내로 있는 이정희가 운하와 운하 엄마를 해치려고 했으니까."

"어머. 어쩜 그렇게 끔찍한 일을."

"그 여자가 이혼에 유리한 고지를 차지하려고 최 사장님을 협박하려는 거겠지. 아직 그쪽은 우리가 확실한 증거를 가지고 있다는 걸 모르니까. 협상할 여지가 충분히 남아 있다고 생각하는 거야. 운하 아버님은 나 때문에 흔들릴 거다. 내가 다 알고 있다는 걸 모르시기 때문에 운하의 과거를 듣고 내가 운하를 떠날 수도 있다고 생각하실 테니까."

"그럼 이제 어떻게 할 거야? 최 사장님이 흔들리면 안 되잖아? 게다가 내가 알 정도면 아빠가 아는 것도 시간문제야. 둘한테 그건 좋지 않아."

"다른 사람들은 다 신경 안 써. 상관없어. 운하 귀에만 들어가지 않으면 돼. 우리 운하만 모르고 있으면 돼."

천상은 자리에서 일어나 사장실 밖으로 나갔다.

천상의 동생이라면서 좋지 않은 표정을 한 수현 때문에 운하는 기분이 많이 가라앉아 있었다. 그런 중에 천상이 사장실에서 나왔는데 험악한 표정이었다.

동생이 천상에게 무슨 말을 한 걸까? 왜 그녀를 불쾌한 시선으로 본 것일까? 짐작 가는 일은 있지만, 인정하고 준비는 했지만 막상 닥치니 힘이 들었다. 천상마저 험악한 표정을 짓는 것에 가슴이 철렁하면서 슬퍼졌다.

"가방 챙겨서 따라와."

"네?"

"두 번 말하게 하지 마."

아침과 너무나 다른 천상. 이렇게 금방 변해 버리는 거구나. 누군가의 몇 마디 말에 이렇게 금방 사라지는 거였어. 투정 부릴 여유도 자격도 그녀에게 허락되지 않았다.

그를 따라 나온 수현과 눈이 마주쳤는데 아무 말도 하지 않았다. 아까 들어갈 때와는 조금 다른 표정이지만 지금 운하에게 그런 건 아무런 상관이 없었다.

눈물이 나오려는 걸 꾹 참았다. 그의 말대로 가방을 챙겨서 뒤를 따랐다.

그래. 아니라면 할 수 없지. 어차피 오래 함께하지 못할 거라고 생각했는데 뭐. 너무 빨리 끝나서, 이렇게 갑자기 변해 버려서 슬프고 아프지만 어쩔 수 없지.

그런데 화는 나. 배신감도 느껴지고. 사랑한다고 해 놓고, 죽을 만큼 보고 싶다고 해 놓고 왜?

"여긴 왜요?"

복잡한 감정 때문에 목소리가 갈라졌다.

"혼인신고하러."

"네?"

혼인신고? 이런 소리를 또 듣게 될 줄은 몰랐다. 어린 그녀에게 충격과 공포로 다가왔던 혼인신고. 그녀 몰래 누군가 해치운 그 혼인신고. 거부하려고 해도 누구도 도와줄 수 없는 상황이었다.

혼인신고를 왜? 조금 전까지 그녀를 힘들게 했던 감정과 생각으론 도저히 이어지지 않는 단어였다. 동생의 말을 듣고 싫어진 것이 아니었나? 동생의 말을 듣고 이젠 더 이상 그녀를 사랑하지 않기로 한 거 아니었어? 기뻐해야 하는 걸까? 그런데 표정은 왜 저럴까?

"누구 혼인신고요? 설마 우리는 아니죠?"

"여기 너하고 나 말고 없어. 그리고 잔말 말고 따라. 나 지금 무지하게 화났으니까."

빈말은 아니다. 절대로. 천상의 표정은 일부런 만든 게 아니었다. 정희가 보낸 남자에 대해 말할 때보다 더 무섭고 서늘했다.

화내는 대상이 혹시 그녀가 아닐지도 모른다는 생각이 들었다. 그녀에게 화를 내는 거라면 혼인신고가 아니라 이혼 신고를 해야 마땅하니까. 물론 결혼하지 않아 이혼은 할 수 없지만 어쨌든 헤어지겠다는 말이 아니라 법적으로 꼭 붙어 있겠다는 그의 주장이 더이상 두렵게 느껴지지 않았다.

급격하게 뒤바뀐 상황에 감정도 크게 흔들렸다. 재촉하는 천상의 기세에 밀려 구청 직원의 도움을 받아 서류에 사인했다.

"아빠한테는 왜 가요?"

서류를 하다 말고 갑자기 아버지한테 간다는 천상. 그녀의 질문에 대답은 없었다. 그러나 대답을 들을 필요가 없었다는 걸 아버지를 만나서 알게 되었다.

"혼인신고?"

운하에 대해 안 좋은 소문을 듣고 노심초사하던 성준이었다. 때를 맞춰 온 것처럼 정확하게 들어온 천상을 보고 깜짝 놀랐는데 그가 생각했던 것과 정반대의 말을 해서 처음보다 더 놀랐다.

운하의 과거를 알고 화를 내려는 게 아니었나? 나이 든 남자와 결혼한 운하. 알코올중독자와 함께 살았다는 건 어린 운하의 선택이 아니니 어쩔 수 없다고 해도 그보다 더 나이 든 남자와 살았다가 상부한 과거는 쉽게 덮을 수 있는 일이 아니었다.

결혼한다고 말하던 천상이 마음을 바꿔 먹는다고 그가 뭐라고 할 수 없었다. 그런데 혼인신고를? 아무것도 모르는 거다. 아직 천상의 귀에 들어가지 않은 것이다. 그럼 모른 척 허락해 줘야 할까? 어쩌지?

"운하 과거에 나이 든 사람과 결혼한 적 있다는 거 다 압니다. 제가 모르는 과거는 거의 없습니다. 운하하고 결혼하고 싶습니다. 그러니 저희 둘 결혼 허락하신다면 서명해 주십시오."

"알아?"

다 안다고? 다 알면서도 결혼하고 싶다는 그의 말이 꿈만 같았다.

"지금 시간이 없습니다."

운하의 주눅 든 모습과 화가 잔뜩 난 천상이 혼인신고를 하겠다는 게 어울리지 않았지만 다 알고 하는 결혼을 반대할 생각이 없었다. 성준의 입장에선 천상이 운하와 결혼하겠다고 해 주는 것이 감사였다. 다 안다면 마음에 근심 없이 흔쾌히, 감사히 허락해 줄 수 있었다. 천상의 요구에 기꺼이 응했다.

"이후로 저쪽에서 어떤 위협을 하거나 협박을 해도 흔들리지 마십시오. 그들이 흔든다고 흔들릴 이유 하나도 없습니다."

"아, 그렇군. 그래서 서두른 거로군. 고맙네. 고마워."

"이게 다 무슨 말이에요?"

"넌 알 거 없어."

아무것도 모르고 있는 운하의 질문을 천상이 차갑게 잘라 냈다. 성준은 천상이 운하가 아니라 정희에게 화내고 있다는 걸 그제야 겨우 알게 되었다.

서둘러 떠나는 천상의 뒷모습에 안도의 한숨을 쉬었다. 그래서 왔구나. 흔들리지 말라고. 지금 잔뜩 두려움에 쌓여 흔들리고 있는 그를 알고 막아 주려고 온 것이었다.

사실 과거를 들춰서 세상 사람들에게 알리겠다는 협박을 받고 운하를 지켜야 한다는 생각에 모든 걸 포기하려고도 했다. 천상이 오지 않았다면, 결혼을 원하지 않았다면 그리했을 것이다.

그러나 이젠 더 단단히 마음먹고 맞설 수 있었다. 모두 천상 덕분이었다.

"또 어디 가는데요?"

아버지에게 허락을 구하는 건 마땅한 일이라고 이해했다. 그런데 아버지 회사에서 나온 천상은 또다시 어딘가로 향했다.

"묻지 마."

차를 타자마자 전화로 아까 봤던 수현과 통화했다. 동생을 다시 만나기로 한 것 같았다. 곧 수현을 다시 만나 혼인신고서에 사인을 받았다.

운하는 혼인신고의 결과에 대한 것보다 어서 이 과정이 끝나 천상에게 법적 혼인을 서두르는 이유를 듣고 싶었다. 천상의 기세에 맞춰 혼인신고는 아주 빠르게 이루어졌다.

"이제 다 끝났으니까 말 좀 해 주시면 안 돼요?"

모든 것이 다 끝나고 다시 회사로 돌아오면서 운하는 용기를 내서 물었다. 하라는 대로 다 했으니 설명해 줘도 되는 거잖아요?

"운하 너는 이제 내 여자야."

"아니 누가 그런 말 해 달래요?"

이유를 말해 달라니까 딴소리다. 혼인신고하면 법적으로 부부가 되는 건데 그걸 몰라서 질문한 것이 아니다. 이상해. 뭔가 속은 것 같기도 하다.

마지막까지 뭔가 사연이 있을 것이라 믿고 별다른 말 없이 따라 줬는데 그게 아닐 수도 있는 거야? 큰일이 있었던 게 아니야? 설마. 아니겠지. 이런 크고 중대한 일을 이런 식으로 휘둘려 하는 건 아니잖아? 그러나 그가 작정하고 휘두른 거라면? 그는 그녀를 정신없이 휘두르는 데 선수였으니까 충분히 가능성이 있었다.

이제까지의 불같던 노여움을 감추고 갑자기 그녀를 안는 걸 보니 뒤늦게 생각난 그녀의 추측이 맞는 것 같았다. 이제는 그녀가 차갑게 그를 밀어 냈다.

"첫날 지냈는데 결혼해야지. 첫날을 당겨 지냈으니 혼인신고도 당겨 하는 게 정상이야. 결혼식은 주변 정리 끝나고 하자."

운하에게 나쁜 일이 있을까 봐 서둘러 조치를 취했는데 끝나고 보니 그가 가장 원하던 일이 이루어져 있었다. 안심도 되고 또 운하에 대해 남다른 감정이 생겼다.

그를 차갑게 밀어 낸 운하의 머리를 쓰다듬으려고 했지만 그것도 운하는 허락하지 않았다.

"솔직하게 말해요. 무슨 일이에요? 내가 어리다고 지금 얼렁뚱땅 넘어가려는 거죠? 이러면 저도 진짜 안 참아요."

가출할 거야. 짐 싸서 도망갈 거라고. 안 그래도 어젯밤 일 때문에 도망가려고 했는데 자꾸 이러면 진짜 갈 거야. 무섭게 사람을 휘둘러 생각지도 못한 일을 하게 해 놓고 다정하게 설명은 못 해도 최소한 이해할 수 있는 말은 해 줘야지. 자기 좋을 대로만 하고선 여전히 딴소리를 하다니 너무해.

"여기저기서 말 나오는 거 싫어서. 그리고 불안하기도 하고. 너는 언제든 나 두고 훌쩍 도망갈 거 같거든. 이렇게 얼른 혼인신고 안 하면 절대 허락해 주지 않을 거 아니야? 어제도 겨우 첫날 치렀는데 결혼도 또 그렇게 힘들게 할 생각을 하니까 안 되겠다 싶더군. 그래서 그랬어. 너 붙잡으려고."

도망갈 생각까지 알아채다니 놀랍다. 가끔 천상은 모르는 게 없는 사람처럼 굴었다. 지금도 뜨끔한 운하는 몸을 돌려 표정을 감췄다.

"만족할 만한 설명이 아니에요. 생각 좀 해 봐야겠어요."

"운하."

천상은 지은 죄 때문에 운하의 생각한다는 말에 가슴이 덜컥 내려앉았다. 운하를 괴롭히는 일을 막으려고 겸사겸사 혼인신고를 했는데 그 일에 대해 화를 내지 않을까 걱정이었다.

좋은 분위기와 그의 열렬한 프러포즈로 결혼까지 가야 하는데 그걸 모두 건너뛴 것이 미안했기 때문이다. 첫 결혼도 서류로 훌쩍 지났는데 이번 결혼까지 이런 식으로 해 버려 미안했다.

그러나 시간이 없었다. 이정희는 운하가 혼자 있으면 있을수록 더 상처를 내려고 할 테니까. 운하가 그의 아내가 되었다면 그들의 전략은 대폭 수정되어야 할 것이다.

사실 그런 여유도 주고 싶지 않았다. 아직 처지를 모르고 발악하는 걸 더 이상 봐주지 않을 생각이다. 운하에게 하려던 파렴치한 짓도 겨우 넘겼는데 이젠 참지 않을 것이다. 아주 철저하게 끝을 볼 생각이다. 조금의 반성도 없는 사람에게 자비는 필요 없으니까.

사장실에 홀로 남겨진 천상은 일에 집중하기 어려웠다. 생각한다는 운하가 뭘 어떻게 결론 내렸을지 궁금하고 걱정이 됐다. 이미 그가 원했던 일은 이루었지만 운하가 불편해하는 건 원하지 않았다. 그가 바라는 대로 운하도 기뻐하길 바랐다.

벌컥.

"아버지?"

강후의 등장에 천상은 금방 이유를 눈치챘다. 수현이 왔으니 다음은 아버지였다.

사장실 안으로 들어선 강후는 혼자가 아니었다. 운하를 함께 불러들였다. 아버지와 잘 해결하려고 생각했던 천상은 운하의 등장에 바짝 긴장했다.

"앉아라."

강후가 앉고 천상과 운하가 그와 나란히 마주 앉았다.

"결혼했었다고?"

천상의 아버지답게 앉자마자 직설적으로 상대가 준비할 시간도
주지 않고 대화를 시작했다.

"네."

"사별?"

"네."

"스무 살에 마흔아홉인 홀아비하고 7개월의 짧은 결혼 생활. 남
겨진 재산이 조금 있었고."

"네."

"최 사장의 딸이라고?"

"네."

"사고로 기억을 잃었다가 이제야 다시 찾아온 것이고?"

"네."

"대학 이 학년이고 지금은 잠시 휴학 중. 천상의 비서로 일하게
된 건 서진욱 이사의 적극적인 추천이 있었다지?"

"네."

"뭐가 문제냐?"

"네?"

"후 사장과 결혼할 수 없는 이유가 뭐야?"

"네?"

결혼할 수 없는 이유라면 아주 많았지만 안타깝게도 지금은 혼

인신고까지 한 상태였다. 말씀도 드리지 않고 한 일이기에 결혼했다고 말할 수도 없었다.

"후 사장이 장애인이라서 싫어? 그런 흠은 너도 흠이 있으니 서로 덮어 주면 될 테고 뭐가 문제야? 말해 봐. 죽어 가는 늙은 아저씨와 결혼해서 얻은 재산을 필요한 곳에 기부하고 있다는 것도 안다. 그렇게 속이 깊고 배려가 많은 네가 어째서 우리 후 사장에겐 그리 박한 거냐? 다리 불편한 거 말고 다 괜찮은 남자야."

"너무 괜찮은 남자라서요. 제가 흠이 많아서 내키지 않았습니다."

반대가 마땅해야 할 것 같은데 어째 말씀하시는 내용이 완전히 달랐다. 이걸 어떻게 받아들여야 하지? 결혼하지 말라는, 강력히 반대한다는 뜻의 반어법인가? 천상처럼 아버지인 회장님한테도 정신없이 휩쓸리는 기분이었다.

"그렇지. 그랬겠지. 그렇고말고. 좋아. 결혼해라."

"네?"

"최성준 사장 만나서 마무리 지을 테니 결혼하는 걸로 알고 있어. 신혼여행 어디 가고 싶은지 정하고 말해. 내가 특별히 보내 주지. 후 사장 없는 동안 내가 잠시 회사 살펴보면 되니까 뭐, 길게 다녀와도 된다. 자, 그럼 더 할 건 없지? 됐어. 그럼 다 잘된 걸로 알고 일어나마."

"아니, 저기……."

벌떡 일어선 강후를 따라 일어난 운하는 결론에 놀랐다. 당했다. 천상에게 당하듯이 정신없이 휩쓸려 그녀가 생각지도 못한 곳에 오게 된 것이다.

결혼은 이미, 서류로, 어쨌든 했는데 뭐라고 말씀을 드려야 하나 걱정이었다.

신혼여행? 어째 갈수록 태산이다. 천상보다 한술 더 뜨는 아버지의 태도에 정신이 하나도 없었다. 천상을 흘긋 올려다보니 아무런 표정도 없이 담담히 있었다.

"음, 한 가지 사과할 것이 있구나. 천상의 아버지 자격으로 네 허락 없이 조사 좀 했다. 함부로 살폈다고 화내지 않았으면 좋겠구나. 다 죽어 가는 아들 하나 살려 보려고 애를 쓴 거니까 이해해 줘."

"아닙니다."

다 죽어 가는 아들? 어딘가 아들이 또 있는 건 아닐 텐데. 운하는 천상을 다시 올려다봤다. 천상은 다 죽어 간다는 말이 민망할 만큼 생생하고 팔팔하다. 어찌나 생생하고 팔팔한지 그녀를 밤새 고생을 시키더니 그런 그녀를 끌고 혼인신고까지 하게 만들었다.

"보기엔 작고 어려서 약할 줄 알았는데 세상 어떤 사람보다 강하다는 걸 알게 되었다. 그게 참 매력이야. 난 그런 여자가 좋거든. 후 사장을 쥐고 갈 여자는 좀 그래야 해. 잘 끌고 가 주길 바란다."

"저보다 열한 살이나 어립니다. 누가 누구를 끌고 갑니까?"

작은 운하를 잘 달래고 이끌어서 날마다 기쁘고 좋은 날들을 보낼 생각인데 아버지가 망치는 것 같았다. 운하가 주도하면 그가 원하는 건 아무것도 얻을 수 없을지도 모른다. 그런 일은 없겠지만 아주 조금의 가능성도 싫어서 입을 열었다. 운하에게 앞으로 쭉 그가 주도할 인생에 대해 확인시켜 주는 의미도 있었다.

"열한 살?"

운하는 놀랐다. 열 살이라고 생각했는데 열한 살이라고? 서류를
작성할 때도 눈치채지 못했다. 종이에 적힌 숫자를 볼 정신이 아니
었으니까.

"후 사장이 속인 게 있는 것 같군. 어쨌든 둘은 결혼하는 거니까
난 그렇게 알고 간다."

강후는 천상이 운하의 표정에 긴장하는 걸 보고 얼른 사장실을
나왔다. 요즘 둘이 함께 지낸다는 걸 알고 있었다. 천상이 우격다
짐으로 운하를 데려왔겠지. 천상은 그러고도 남을 놈이니까.

과거를 자세히 들여다보면 볼수록 운하에 대한 선입견을 버릴
수 있었다. 게다가 최 사장 딸이기까지 하다. 뭘 더 바라겠는가! 운
하가 아니면 죽겠다는 아들이었다.

아들의 장애가 새삼 그의 가슴을 아프게 하고 있는 상황에 나타
난 운하. 차고 넘치는 며느릿감이니 얼른 찜하고 엮어 놔야지.

"열한 살? 와, 열 살이라고 하지 않으셨어요?"

"가끔 숫자가 헷갈려서 그래."

"오, 그렇군요. 매일 서류에 있는 복잡하고 기다란 숫자 하나하
나 그렇게 깐깐하게 살피시면서 덧셈 뺄셈이 헷갈렸군요."

"겨우 한 살 차이야. 뭐가 달라?"

"아저씨."

"그 소리 싫다고 했지?"

"아저씨."

"운하!"

"저는 진심으로 생각을 계속해 봐야겠어요. 오늘 하루가, 아니

어제부터 제 마음에 드는 게 하나도 없단 말이에요!"

"첫날이 마음에 안 들었어? 문제점을 잘 찾아서 오늘은 마음에 들게 해야겠군."

"진짜!"

운하는 그의 곁에서 빠르게 멀어졌다. 천상은 따라가지 않고 그의 책상으로 가서 앉았다.

인생에 큰 의미가 있는 일을 한 날인데 그가 계속 방해하고 싶지 않았다. 충분히 생각하고 행동하는 것이 순서이겠지만 이번만은 행동이 먼저여서 생각할 시간이 없었다.

늦었지만 일어난 일을 마음으로 정리할 시간을 가지는 것이 마땅했다. 운하가 충분히 생각하고 흔들림 없는 결론을 내리길 바랐다.

그리고 그걸 믿었다. 사랑하니까. 운하의 사랑과 그 자신의 사랑을 믿었다.

◎

상처뿐인 재판.

누가 이기고 진 날이 아니라 모두 평생 잊지 못하는 커다란 상처를 입은 날이었다.

정희는 명확한 증거에 충격을 받았고 그 증거가 다름 아닌 그녀가 소중하게 생각했던 펜던트라는 사실이 더 충격인 것 같았다. 목걸이는 그녀를 위한 행운의 부적이 아니었다.

사고 현장에 떨어진 목걸이. 운하 엄마를 불이 붙고 있는 차 안으로 다시 밀어 넣는 과정에서 떨어졌다. 나오지 않는 비명을 지르며 허우적대던 운하 엄마의 손에 목걸이가 잡혀 떨어져 나간 것이다. 피가 얼룩진 그 펜던트엔 정희의 피도 묻어 있었다.

몸싸움 같은 거 없었다던, 그냥 보기만 했다던 정희의 증언을 뒤집을 증거였다. 지금은 매끄러운 목덜미지만 운하 엄마의 손톱에 긁혔던 곳이었다. 죽어 가던 사람이지만 마지막 힘을 다해 필사적으로 움직였던 운하 엄마는 그렇게 죄의 증거를 세상에 남겨 놓았다.

사고 당시의 증언과 재판 과정을 지나는 동안 운하는 다시 그날을 자세히 떠올려야 했고 두려움과 충격을 느껴야 했다. 이미 십년도 더 지난 일이지만 여전히 생생한 그날을 그렇게 재판과 함께 모두 다시 들춰냈다.

그러나 재판이 전부 부정적인 것은 아니었다. 다시 기억을 끄집어 올리는 힘든 그 과정은 운하에게 도움을 주었다. 더 이상 누르고 감추지 않고 낱낱이 들춰 착각했던 부분들과 부풀려졌던 감정을 다시 볼 수 있게 해 주었다.

그렇게 그날을 기억에서 정리해 구석에 밀어 둘 수 있었다.

13년이 지난 후 겨우 밀려난 아픈 기억이었다.

정희가 그날 사고에 대해 순순히 자백했다면 그녀가 한 추한 행위를 굳이 밝혀낼 필요는 없었다. 그러나 마지막까지 몸부림치는 그녀 때문에 가정에 소홀했던 그녀의 생활이 드러났고 그러는 중에 성준은 두 배의 고통을 느껴야만 했다.

정희는 죄를 반성하지 않고 오히려 돌아온 운하를 위협할 목적으로 불륜남과 공모한 죄가 더해져 가중처벌을 받았다. 마지막에 선고를 받고서야 비명을 지르며 울부짖던 정희의 모습에서 성준은 자유로울 수 없었다.

죗값을 치러야 한다고 다짐하고 견뎌 내려고 준비했지만 막상 앞에 닥친 일은 꽤나 세고 무서웠다. 재판 기간 동안 할아버지인 헌우와 함께 있는 운수의 생각에 마음이 아팠고 허무했던 십여 년의 세월을 감당해야 했다. 그의 잘못된 행동으로 시작된 가족의 불행에 대해 책임을 느꼈다.

그는 몇 번이나 생각했다. 왜 그랬을까? 잠시뿐인 젊은 시절을 왜 그렇게 어리석고 불행하게 보내야 했을까? 왜 그런 선택을 했을까? 왜?

아마도 이런 질문은 운수를 키우는 동안에 인생의 고단함 어딘가에서, 외로움 어딘가에서 불쑥 다시 살아나 그를 괴롭힐 것이다.

— *The end*

에필로그

천상의 얼굴이 펴질 줄 몰랐다.

"쓰레기 같은 낭만을 강요하면서 술이나 퍼먹이고 지성인이 나서서 없애야 할 쓸데없는 서열을 더 열심히 강조하는 그런 모임에 나가는 이유가 뭐야?"

운하가 열심히 다니고 있는 동아리 엠티에 간다고 한 후부터 천상의 기분은 말할 수 없이 나빠졌다.

"우리 모임은 그런 거 없어요. 그리고 있다고 해도 난 가 보고 싶단 말이에요. 진짜 그런 게 있다면 동아리 탈퇴할 거예요. 그런 곳에서 지식을 좀 더 얻는다고 한들 못된 습관과 선입견만 잔뜩 끼고 살게 된다면 기다란 삶의 여정에 큰 걸림돌이 될 거니까. 가서 확인하고 올게요."

"안 돼."

"자기야."

"아무리 자기라고 애교 부려도 소용없어."

이번에는 진짜 허락하지 않을 테다. 천상은 단단히 마음을 먹었다. 재판도 끝나고 결혼도 했다.

일 년이 다 되어 가지만 아직도 꿈처럼 달콤한 신혼이다. 조금, 아주 조금 불만이지만 행복해하는 운하만 있다면 그의 아주 작은 갈증은 무시할 수 있었다.

대학. 휴학했던 대학을 다시 다니게 된 운하는 그 어느 때보다 활기찼다. 원래 최운하가 그랬던 거니까.

그런데 그게 불안했다. 젊은 남자들이 우글거리는 대학에 그의 운하가 다니고 있는 데다가 활동적인 그녀의 성격이 주변에 많은 사람들을 끌어들였기 때문이다.

아르바이트하느라 아무것도 하지 못했던 그녀는 기지개를 켜듯 몸을 펴고 그녀가 할 수 있는 모든 활동을 했다. 봉사는 말할 것도 없고 동아리에 들어가기까지 했다.

말릴 수도 없고 그렇다고 적극 지지해 줄 수도 없어서 말없이 지켜만 보던 참이었다. 대학 방학이 지금보다 짧았다면 그는 견디지 못하고 벌써 터트렸을 것이다.

"너무해요. 저는 천상 씨가 해 달라는 거 다 해 줬는데 이런 작은 일도 하나 허락해 주지 않는다는 거예요?"

천상 씨. 운하가 삐친 모양이다. 천상은 분위기가 반전될 위기라는 걸 깨달았다.

"나야말로 다른 건 다 운하가 하자는 대로 했어. 엠티는 안 돼."

"제가 하자는 대로 했다고요? 어머, 말도 안 돼. 결혼 전 일은 따지지도 않겠어요. 너무 많아서 말할 순서 정하기도 어렵다고요. 결혼 후에 신혼여행부터 오늘까지 잘 생각해 보세요. 제 입으로 말하지 않아도 천상 씨가 아주 잘 알 것 같은데요?"

"……."

아무리 뻔뻔한 그였지만 신혼여행부터 생각해 보라는 운하의 말을 무시할 만큼은 아니었다. 아니, 그의 뻔뻔함을 누를 만큼 그가 한 행동이 좀 심했다는 것이 더 정확했다.

물론 그에게도 커다란 핑계는 있었다. 좋으니까, 좋아서 어쩔 수가 없었다. 하루가 이틀이 되고 이틀이 삼일이 되었다. 다리도 불편한데 방밖으로 나가서 돌아다니는 건 귀찮으니까.

호텔 테라스에서 내려다보는 풍경이 아름다웠다. 꼭 나가지 않아도 이국의 정취를 마음껏 느낄 수 있었는데 그런 생각과 만족감은 오직 그만 느낄 수 있었다.

운하는 퉁퉁 부어서 신혼여행에서 돌아온 후 며칠을 말도 하지 않았으니까.

뭐, 그 뒤로도 가끔, 운하의 표현으론 자주라고 하지만, 어쨌든 가끔 그가 원하는 만큼 안은 건 사실이었다. 학교 지각도 가끔 했고 주말은 그가 운하를 독차지하는 바람에 다른 약속을 잡을 수도 없었을 것이다.

"신혼여행 다녀온 후 며칠 화낸 거 말고 그 이후로 천상 씨한테 한 번도 뭐라고 하지 않았어요."

"너도 좋았으니까 그런 거지."

"……."

운하가 말을 잃었다. 천상은 그냥 찔러본 건데 운하가 말을 하지 않아 기뻤다. 정말 좋았던 거로군. 이거 큰 소득이야.

"엠티는 없던 걸로 해. 알았지?"

자신감 넘치는 그의 마무리.

"오늘 할아버지께 다녀오겠어요."

헌우는 포항 집을 정리하고 서울로 올라와 성준의 집 옆에 살게 되었다. 그 결정은 헌우가 했고 강력한 그의 의사를 모두가 받아들였다. 가까운 곳에 살면 운수를 돌보기도 좋고 혼자인 그를 성준이 많이 챙길 수 있어서 좋았다.

게다가 헌우는 운하를 마음 편히 볼 수 있었다. 운수를 혼자 키우는 성준이 아직 젊었고 운하가 그를 보러 오는데 조금이라도 불편할까 봐 걱정되어서였다. 헌우는 운하에게 운수에 대한 감정을 강요하고 싶지 않았다.

"무슨 소리야?"

자신감 넘치던 가슴이 철렁했다. 저 표정 낯익어. 감정을 숨긴 운하의 표정이었다. 요즘은 좀처럼 볼 수 없었는데.

"이기적이고 뻔뻔한 남편의 처사에 화가 나서 반항하려고요."

"협박하는 거냐?"

"네."

"겨우 엠티 때문에?"

"아니요. 앞으로 이어 갈 부부 관계 때문에요."

"그게 무슨 소리야? 부부 관계라니? 설마 그거 야한 거냐?"

"네."

"안 하겠다고?"

"그럴 순 없죠."

"그거 다행이군. 그럼 어쩌겠다고?"

"많은 생각과 더불어 여러 사람들의 조언을 듣고 정리하고 조정해야겠어요."

"최운하, 내가 잘못했다."

운하의 표정에 그는 심각해졌다. 좀처럼 볼 수 없었던 과거의 표정이 드러난 것이 그를 두렵게 했다.

함께 사는 동안 행복하지 않았던 걸까? 감정을 눌러야 할 만큼 드러내고 싶지 않은 일이 있는 것이다. 투덜거리든 애교를 부리든 어떤 방법이든 그녀 마음을 그에게 드러냈다. 그 후 어떤 결과가 되든 그건 상관없이 운하는 그에게 그녀를 모두 드러내 주었다.

그런데 지금은 감추었다. 그 사실이 그를 두렵게 했다.

"네?"

"엠티 다녀와."

다른 남자들이 운하와 웃고 떠드는 걸 상상하기도 싫지만 지금 그런 건 아무런 문제가 아니었다. 운하의 감추어진 생각이 그를 바짝 긴장하게 만들었다.

"자기야."

"다른 생각은 하지 말고. 여러 사람들의 조언 따위 들을 생각도 하지 말고."

"화났어요?"

"조금."

"미안해요. 이번에 처음이자 마지막으로 다녀오려고 한 거라서 고집 피웠어요."

운하는 천상의 심각한 표정에 뜨끔했다. 다른 때 같았으면 벌써 투덜거리면서 포기했을 것이다. 그러나 이번엔 그러지 않았다. 마지막이니까. 미련이 남는 게 싫어서 정리하려고 한 건데. 조금 흔들렸다. 그냥 포기할까? 그러나 힘들게 받아 낸 허락을 다시 물릴 수는 없었다.

"그랬어?"

"잘 다녀올게요."

"알았어."

여전히 드러나지 않는 무언가를 누르는 운하의 모습에 그의 마음이 무거워졌다.

천상은 엠티를 다녀온 운하가 말을 많이 잃은 걸 느꼈다.

"실망했어?"

"네?"

"엠티. 탈퇴하고 싶을 만큼 엉망이었어?"

"아니요. 그 정도는 아니지만 그렇다고 썩 좋지도 않았어요. 술 취해서 주정하는 모습이 엠티의 한 부분이라고 느끼는 것이 슬퍼요. 알코올중독자와 살았고 또 알코올중독자에게 내내 시달렸던 저로선 술에 취하는 걸 걱정하지 않는 태도가 두려워요. 자신이든 타인이든 해치지 않고 마실 수 있는 사람들은 별로 없는 것 같아요."

"그래서 우울한 건 아니잖아? 무슨 일이야?"

더 이상 운하의 숨어 있는 일을 모른 척할 수 없었다.

"우울한 거 아닌데. 그래 보여요?"

"기운도 없고 말도 별로 없고. 내가 아는 운하는 톡 건드리면 파르르 떨면서 입 내미는 아주 귀여운 여자거든. 그런데 요즘 그 여자가 어디로 갔어."

"학교 휴학했어요."

"뭐?"

"아기 낳으려고요."

"운하야."

아기라는 말에 가슴이 철렁했다. 그가 아기를 기다린다는 걸 알아챈 걸까?

절대 드러내지 않으려고 노력했고 잘하고 있다고 자신했다. 아직 아기를 갖기에 운하가 젊었고 학교도 다녀야 했다. 운하의 그런 상황을 그도 마음 깊이 이해했고 기쁜 마음으로 기다리고 있었다. 절대 초조해하거나 열렬히 원한 적은 없는데. 그저 본능처럼 아기를 기대한 것이 잘못된 걸까?

"학교 마치고, 졸업하고 낳기로 했잖아? 아직 내 나이 그렇게 많지도 않고 양가 부모님도 다 건강하신데 왜 그래? 내가 뭐 눈치라도 줬어? 아니지? 난 우리 운하 밤마다 괴롭히는 재미로 사는데 그럴 리가 없어. 왜? 어째서?"

"밤마다 너무 괴롭힘을 당해서 좀 쉬려고요."

"최운하!"

"치, 병원에 가야 해요. 삼 개월은 됐을 걸요?"

"뭐? 너, 네가 피임한다고 했잖아? 약 먹는 거 잊었어?"

운하가 거짓말을 할 리는 없었다. 이런 일을 농담으로 쓸 여자도 아니다. 그럼 진짜 임신? 정말? 아기가 생긴 거야? 터져 나오려는 기쁨을 간신히 눌렀다. 어쩌다 실수로 생긴 거라면 운하는 힘들 테니까. 어쩌지?

"아니요. 일부러 안 먹었어요."

"왜?"

"낳고 싶어서요. 스물넷이면 엄마 되기에 충분하잖아요?"

"그게, 그게 아니라……."

운하가 결정한 일이라는 사실이 그를 더 기쁘게 했다. 이젠 마냥 기뻐해도 될까?

"싫어요? 어머, 싫단 말이에요? 그래도 할 수 없어요. 난 아주 예쁘게 낳을 거니까."

모두가 제자리에서 행복하게 잘 살고 있다고 믿고 싶었지만 그렇지 않았다. 다들 제자리에서 달라진 인생을 어색하게 살아 내고 있었다.

이제는 목발이 필요 없는 천상과 함께 쇼핑을 나섰을 때, 그의 눈이 어디로 향하는지 보았다. 본능적으로 아기들에게 관심을 가지는 그를 보며 생각하게 되었다.

학교에 대한, 공부에 대한 열망은 이제 별로 없었다. 삶을 열심히 살아가는 한 과정일 뿐 그녀의 목적은 아니었다.

자연스럽게. 천상과 결혼한 아내로 자연스럽게 아이의 엄마가 되는 것도 좋을 것 같았다.

"운하야."

"내일 같이 병원에 가 줄 거죠?"

"넌 혼나야 해. 내가 제외되는 거 싫다고 그렇게나 말했는데 아주 최고로 중요한 결정에서 제외시키다니. 널 어떻게 혼내 줄까?"

"뽀뽀."

"그걸로 넘어갈 수 없어."

"으응, 자기야, 뽀뽀. 지금 우리 아기가 멋진 우리 자기야 입술이 먹고 싶대요."

"넌, 도대체……."

"아빠가 될 건데, 기분이 어때요?"

"좋아서 죽을 것 같다. 진짜 미치게 좋아. 너는 하여튼 혼나야해. 어제도 많이 괴롭혔는데 그러다 위험하면 어쩌려고. 오늘은 입술 부르트게 뽀뽀할 테니 알아서 해."

"오늘부턴 많이 괴롭히지 않을 건가요?"

"봐서. 의사 선생님과 아주 긴밀히 오랫동안 상담을 한 후에 말해 줄게."

"자기야 닮았으면 좋겠어요."

"은하야."

"네."

"고맙다. 사랑해."

"어휴, 쑥스럽게……. 나도."

이룰 수 없을 거라는 생각에 아프던 사랑. 지금도 때때로 그 사랑 때문에 아프다.

그러나 사랑의 통증은 언제든 감당할 수 있었다. 성장통처럼 통증 후에 부쩍 자라난 사랑을 볼 수 있기 때문이다.

어렵고 힘든 시간을 의미 있고 감사한 시간으로 만들어 주는 유일한 기적, 사랑.

운하는 사고 후에 겪은 13년이 없었다면 천상을 만나 사랑할 수 없었다고 믿는다. 지나간 아픈 시간이 꼭 필요했던 그와의 만남에 불만은 없다. 오히려 그 시간에 감사했다. 태어날 아기는 그녀의 감사를 더욱 크고 진하게 만들어 줄 것이다.

작가 후기

'사랑은 아름다운 통증'이란 노래 제목이 생각납니다.

누군가를 사랑하는 데 아픔은 반드시 동행하게 되는 것 같습니다.

어릴 때 사랑은 모든 것이 아름답고 좋은 기분만 들고 행복하기만 한 것이라 생각했습니다. 사랑을 꿈꾸는 이유가 그래서였으니까요.

그러나 진짜 사랑은 아프다는 걸 세월을 보내면서 깨닫게 됩니다. 누군가를 위해선 인내하고 견뎌 줘야 할 순간들이 많기 때문이겠죠.

사랑은 이기적일 수 없고 그래서 아름다운 통증을 수반할 수밖에 없음을 다시 생각하게 됩니다.

사랑은 그 사람을 위해 자발적으로 아픔과 동행하는 것.

지금 그 사람을 위해 아픈 중인가요? 당장에 훌훌 벗어 버리고 자유롭고 평화로울 수 있지만 그러고 싶지 않다고요?

정말 사랑하고 있다는 증거일지도 모릅니다.

2015년 12월

유수경 드림.

아픈 건가요?

1판 1쇄 찍음 2015년 11월 25일
1판 1쇄 펴냄 2015년 12월 1일

지은이 | 유수경
펴낸이 | 정 필
펴낸곳 | (주)뿔미디어

기획 · 편집 | 이영은

출판등록 | 2002년 9월 11일 (제1081-1-132호)
주소 | 경기도 부천시 원미구 소향로 17, 303(두성프라자)
전화 | 032)651-6513 / 팩스 032)651-6094
E-mail | scarlets2012@hanmail.net
블로그 | http://blog.naver.com/dahyangs
홈페이지 | http://bbulmedia.com

값 9,000원

ISBN 979-11-315-6903-0 03810